U0642020

性格的命运

中国古典小说审美论

石钟扬 著

人民东方出版传媒
東方出版社

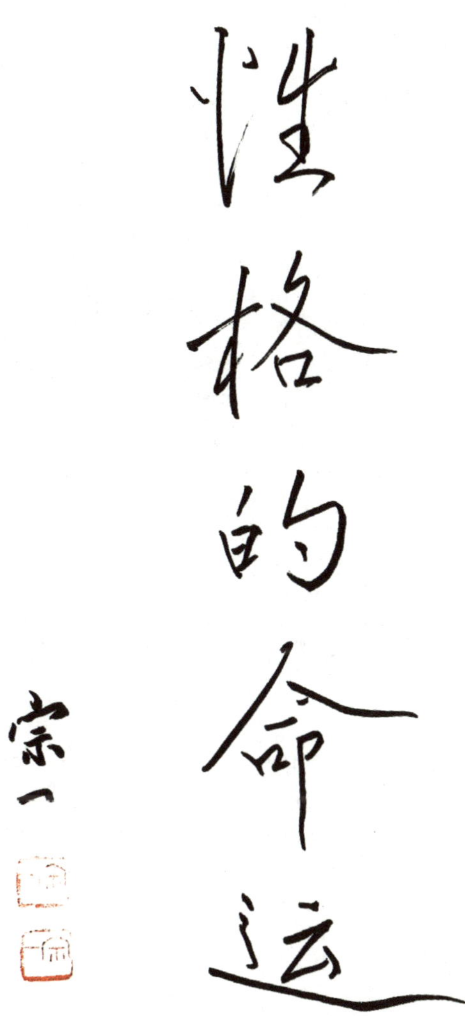

宁宗一先生题签

序一　重构小说审美空间

宁宗一

有史无情是史家所长，有情无史乃诗家所长。对于历史人物，古代历史学家记载的大多是他们的事迹，而其丰富的内在的精神世界恰恰被史家所略。而这又恰恰给文人们虚构和演绎故事提供了广阔空间！基于这一点，无论中外文学都为其历史记忆提供了一部部色彩各异的心灵史和繁复多样的人物性格史！文学艺术是贴近人类灵魂的精神产品，它是捍卫人性的，越是灵魂不安的时代，我们越是需要它的抚慰。如果我们不透过作家的创作去追溯其灵魂深处，又如何能领悟这些作家从自己的心灵所感受所表达的时代和人民的心灵呢？

令人感到欣慰的是，改革开放以来，我们看到文史界的精神同道对人类性格史、心态史和心灵史的关注与日俱增！其表现往往是对一个时代、一个社会的情感心理的关注！这一转变，无疑是和国际文史学界对心灵史、心智史、心态史的关注同步发生的！

于是，对小说研究者来说，其研究视野也越来越拓展到内宇宙。这无疑深化了对人的本体和人的实践的认识和心理感受。

钟扬兄在观照古代小说中人物性格、心理、心态时，最大特点正是打破了已往对古代作家只看到链索两端的环节，即只看到作家写人物性格心理过程的开端与结局的陈旧模式，而更明快地把握了作家心理，从而对其笔下人物的心灵过程产生无限的兴趣！从复仇性格（干将莫邪）到义士性格（关羽）、奸雄性格（曹操）、勇士性格（武松、鲁达、李逵）、悟空性格，再到流氓性格（西门庆）、宝玉性格、悲剧性格（黛玉）……皆有精准的解读。

钟扬的这些独特而精彩的发现，窃以为得力于他最感兴味的人物性格的多重组合和心灵流程的真实性！他的小说研究当然不是小说创作，但他的学术兴趣和操作程序的重点，恰恰是他建构人物心灵的辩证分析。他观照的是作家笔下的人物在不同语境中所呈现的不同的生命状态！全书各章对人物心理流程和命运的探讨都是通过作家对相对恒定的心态的观照写出时代的变迁对个人命运的影响，又从人物个人命运与心灵历程的走向反射出时代的变迁！所以钟扬的文化学术研究走的乃是双向交流和相互观照的路数，而这一点正是其独特的发现和书写！

钟扬的大作还有一个不可忽略的特色，是他全书中间用其性格的语言去研究古代小说家的心理状态 、人性特色、性格变迁。他像一位当代小说家那样采用将心比心的方式，以自己之心去捉摸几百年前之文心和他笔下人物之心。这是因为他对人物的理解来自对自己的理解！心灵的性格的心态的洞察来自自我意识与认知。

他善于在字里行间，穿透纸背去体悟、把握作家与书中人物的虚伪、诚实、愤激、强悍、脆弱、孤独、痛苦和爱恨。将心比心是一种真切地用内心体验去研究对象的方法，也是一种观照策略。这种平等对话的形式，又是一种可以逼真地描述出作家和人物的心理流程的策略。所以他的小说研究既不与对象的心相悖，也不会与他的研究对象之心重合。因此，窃以为钟扬兄首先恪守了传统小说诗学之观念，又有“中立旁观者”的姿态，这才使他在书中体现出史识、今识和诗识！

纵观小说艺术的研究，流别万殊，而目的则是求索文化艺术的特殊性。随着小说文化的变迁，小说美学的研究模式的创新与突破也是必然的趋势！对于浩如烟海的中国古典小说的创造性的审美研究，必然显示出新时期的审美的和历史的新光芒！我们今天的古典小说研究的审美开掘与发现，就是要以哲理和审美的眼光，从凝视到发现，最后达到审美化的透视！

不可否认，在小说研究领域存在着一种似是而非的认识，即认为："古典小说的价值，在今天主要是它的认识价值"！言下之意，就是并不在审美价值和美学意义上！这当然是一种误解！我们仅从小说文体及小说观念的几次重大更新，即可看到小说叙事模式的不断突破和重构！

钟扬的小说审美意识重在多维地审视人物性格！正如别林斯基所说："描写了人，也就描写了社会！"他说明了一个艺术真谛，因为只有描写了各色人等，才能全面地反映出社会风貌！老舍则更加清晰地看到："小说的成败，是以人物为准！"（见《老牛破车》）说中国古典小说的成就给世界小说史增添了很多不朽的典型人物，绝非过分之语！其中尤以明清长篇通俗小说贡献的更多！正是基于这种宏观之认知，钟扬对人物性格、心灵的解剖后的阐释就有了明确的指证，即"人是杂色的""人是带着自己心理的整个复杂性的人"！人不是单色素的，人物自身有其心理和性格逻辑，这是钟扬对小说中人物性格阐释的一个极为重要的心得。

中国小说长期生活在传统诗文的傲慢与偏见之中，成"君子弗为"之小道。是"五四"新文化运动以其作为推行白话文之教本、启蒙之利器，使中国小说地位彻底改观，而走进中国文学史、走进大学讲坛。钟扬对"五四"新文化运动情有独钟，他坚持用"五四"之光去观照中国小说及其人物的性格与命运。从"五四"宝藏中吸取分析、质疑、批判的精神力量，于是在他笔下即使是中国小说的顶峰《红楼梦》也能见其艺术缺陷，即使是中国小说史开山之作鲁迅的《中国小说史略》也能发现其不足，旨在让人们了解："古代人的性格描绘在今天是不再够用了"（恩格斯语），"诚望杰构于来哲也"（鲁迅语）。创新是人类前进的基石。

我很看重审美之第一印象。钟扬此书主体撰写于上个世纪八十年代，初版于九十年代，是思想解放的产物。其思维敏锐且文采富丽，字里行间洋溢着青春气息，好看耐看，本身已成审美对象。我一读而印象深刻，已隔多年我无暇再读，以上所言即我阅读的第一印象。我知道此书为钟扬学术发轫之作，日后他以“西门庆论”为起点写出了《人性的倒影：金瓶梅人物与晚明中国》，以“站在高耸的塔上眺望”为起点写出了《文人陈独秀：启蒙的智慧》等一系列有影响的著作，不断重构着审美空间，尤其是中国小说的审美空间，令我惊喜。

我行年九十，岁月不饶人，有请序者多婉拒之。然钟扬与我结缘于南开，关系非同寻常。上个世纪八十年代他游学于朱一玄先生门下，兼与研究生一起听我开的“元曲”小课，从此我们为学术时相辩难，成为家事、国事、天下事，事事可聊的朋友。南开相关学术活动，尤其是朱先生八十、九十、百岁寿庆他都积极参与，并写下大作《中国小说史料学中的“朱氏体系”》，让朱先生及朱门弟子都很感激。去年南开百年校庆，朱先生的《红楼梦人物谱》被列入“津沽名家文库”，钟扬与我应出版社之邀共同为之撰写“导读”……今欣闻钟扬成名之作在东方出版社再版，我替他高兴。钟扬请我为新版写几句话，我岂有理由推脱？此亦性格的命运。愿读者诸君理解我的一番心意。

庚子冬月于南开大学

序二　养分和热量即寓于滋味之中

舒芜

石钟扬先生的《性格的命运》将要出版，他将一部分原稿给我看了，要我写一篇序言。我觉得他的文章写得很有情趣，我的确是有滋有味地读下去的。作者深入地研究了中国古典小说名著，细致地分析了一些精彩篇章的艺术技巧，例如关于《搜神记》中的干将、莫邪的故事，关于《西游记》中大闹天宫的故事，关于《三国演义》中赤壁之战和曹操的形象，关于《水浒传》中武松、鲁达、李逵的形象，都能剔抉文心，发皇幽隐。作者又能宏观地提出中国古典小说研究上的一些重要问题，例如关于《西游记》不可称为神话，关于金圣叹论艺术虚构，关于中国古典小说名著的艺术上的缺陷，关于鲁迅《中国小说史略》的不足之处，都能独立探讨，自抒所见。我所读到的原稿，据说约占全稿的一半；另一半我未读到的，当然还会涉及其他的小说和其他问题。作者掌握了丰富的材料，进行过辛勤的钻研，但写出来时力避学究气的沉闷，力求生动活泼，所以很能使读者有滋有味地读下去，而养分和热量即寓于滋味之中。

我就是得益的读者之一。我读了以后，觉得过去对于这些名著的艺术技巧，认识得很不够，现在经过作者的指点，才知道原来是这么丰富，这么精妙，任何轻视忽视都是不对的。但是更于我有益的是，作者清醒地指出：《三国演义》的艺术难以表现《水浒传》的生活，《水浒传》的艺术难以表现《西游记》的生活，《西游记》的艺术难以表现《红楼梦》的生活。《红楼梦》是中国古典小说的最高峰了，“不过它终究表现的是旧时代的生活那种比较静止停滞的生活”，这是蒋和森先生论《红楼梦》的话，作者表示完全同意。作者明确指出：“即使是古代小说成功的创作经验，也不能机械地搬用。”作者说出了一个警句：“传统的‘佳处’，或许只能喂养出二、三流的作家；而历史的‘陋处’，却或许能激励出第一流的作家。”作者有这样开阔的眼光，所以能穷究古典小说的佳处而不陷于自大复古。我们读者得了这个指点，也就能继承“五四”文学革命传统，而不是背弃这个传统去接受中国古典文学遗产。

作者的观点，也有我不能同意的。最突出的是关于鲁迅的问题。作者说：鲁迅被神化为圣人，《中国小说史略》被神化为天书，又说，《中国小说史略》被造神的信徒们“弄成了中国小说史研究的最大障碍”。这些都同我所知道的事实不符。“文化大革命”中，鲁迅仅以一个空名被利用了一番，而那场运动实际上正是反鲁迅的。我在“牛棚”中时时重温鲁迅的名文《智识即罪恶》和《阿金》，佩服那“油豆滑跌小地狱”早就预言了“牛棚”，并时时举出来与一二难友会心地苦笑。当时表面上尊崇鲁迅，谈来谈去也只是谈他的关于“两个口号”的文章，连这些文章也从未重新发表过，至于说到尊《中国小说史略》，捧为天书，我更是从未知道有这样的事。《中国小说史略》是伟大的开山之作，而开山之作必然有许多不足之处，实际上从来就有一些研究者不断地在指出其不足，加以补正，如本书专篇所评论，这也是很正常的。本书作者也确认，至今为止，还没有一部中国小说史能够超过《中国小说史略》，那么只能说后来者还未能实现鲁迅的“诚望杰构于来哲也”的愿望，不能说是鲁迅的书成了“中国小说史研究的最大障碍”，正如地壳的造山运动至今尚未造出一座山高过珠穆朗玛峰，不能说是珠穆朗玛峰妨碍了别的高峰的形成一样。此外还有一些小地方与我的意见不相同，不一一列举了。

尽管有这些我未能同意之处，但我仍然认为，总的来看，这是一部有趣有益的好书，我很愿意向读者介绍。是为序。

1990年12月10日于北京

序三　心灵的沟通

方非

当你感到很寂寞，想找个朋友谈谈话的时候，你就打开这本书吧。

什么是性格？这是个谜。

什么是命运？这也是个谜。

这二者之间有何联系？这更是个谜。

这些个谜，哪个生活着的人不予关注，哪个直面人生的哲人不想破译？从古老的玄学到现代的人论，就记录着人们上下求索的心灵历程。这本书的作者另辟蹊径，他从干将、莫邪到三国英雄，从梁山好汉到儒林人物，从孙悟空到贾宝玉，从潘金莲到王熙凤，从杜丽娘到林黛玉……这些大家早已熟知的中国小说人物（杜丽娘是戏曲人物）的性格及其命运这一独特的角度，引出种种话题，娓娓谈来，风趣、透彻，时有妙论。这些文字都是作者在多年的读书生涯中，随手记下的当时的心得、感受，稍事整理而成的。它不愿同那些玄学去比赛高深，而保留着从一颗生气勃勃的心灵溢出来的那份新鲜、自然与亲近。对于书中的种种见解，你可以同意，也尽可以不同意。但是无论同意或不同意，你肯定看了，想了，在心中争辩了，以致对那些个谜有了新的感悟或选择。我想，作者也就在这里获得了心灵的满足。

如果看看后面的“自跋”，再想想前面的文章，你会发现两者风格不太一样：文章机敏、洒脱；“自跋”淳厚、诚挚。两相对映，更流露出作者想把自己更全面地介绍给读者，以期达到心灵沟通的真诚愿望。

我与作者相识于五年前，那是一个很偶然的机会，之后又由于一件很偶然的事情开始了时紧时松的通信。由我来写序，这在作者自然是客气；在我呢，多少知道些他为人为文的甘辛（孩子小、家务多、本职工作忙……），愿意以这样一个见证者的资格讲几句话，也想以此作为对自己的一种鞭策。想想他所处的环境，也真不知道他是怎样艰难地踏出一条路来的。我想，这就是当代知识分子所具有的一种锲而不舍的求索精神吧。

亲爱的读者，下面就让我们共同循着作者的笔锋去读这本书吧。我相信，当你掩卷三思时，你会发现书中已处处留有你会心的微笑。

1990 年 12 月 6 日凌晨于北京豆谷村

目 录

上 编

下 编

上编

什么是性格？这是个谜。

什么是命运？这也是个谜。

这二者之间有何联系？这更是个谜。

一　中国小说与民族性格——**从接受角度看中国小说**

（一）中国的“人间喜剧”

巴尔扎克那工程浩瀚的《人间喜剧》，实由九十一部长篇小说组成，包括六个门类：私人生活场景、外省生活场景、巴黎生活场景、政治生活场景、军队生活场景、乡村生活场景，出场人物有二千四百之多。因而恩格斯说，巴尔扎克在《人间喜剧》里给我们提供了一部法国社会，特别是巴黎上流社会卓越的现实主义的历史。

其实，中国通俗小说还在其口头创作的宋代说话时期，就以百科全书的面貌展现在当时的社会面前。宋末的罗烨在《醉翁谈录》的“小说开辟”中说，宋代瓦舍艺人“只凭三寸舌，褒贬是非；略咽万余言，讲论古今。说收拾寻常有百万套，谈话头动辄是数千回。说重门不掩底相思，谈闺阁难藏底密恨。辨草木山川之物类，分州军县镇之程途。讲历代年载废兴，记岁月英雄文武。有灵怪、烟粉、传奇、公案，兼朴刀、杆棒、妖术、神仙。自然使席上风生，不枉教坐间星拱”。他们各自以三寸不烂之舌，共同创造了中国的“人间喜剧”。

这种通俗文学的审美效果，比之传统的诗词歌赋显然有了巨大变异。这里艺术形式的美感逊色于对生活内容的欣赏，高雅的情趣让路于世俗的真实：对人情世故的津津乐道，对荣华富贵的钦羡渴望，对神仙道化的广泛兴趣，对两性生活的喜闻乐道……尽管其间不乏市井细民的猎奇与浅薄，尽管它远不及士大夫艺术那么规范与高雅，但作为有生命活力的新生意识，它们的崛起却是对长期统治人们思想的封建伦理与正统儒学的有力侵扰与动摇。它们的出现有如《十日谈》之类作品出现于欧洲文艺复兴时代一样，有着广阔的现实前途与巨大的精神力量（参见李泽厚《美的历程》）。

（二）不可思议的魔术

听故事是人类的天性。早在人类童年时代，人们在艰苦劳作之余，就以相互谈论故事为驱倦解闷的灵丹妙药（鲁迅则视之为小说之起源）；总角孩提，即使在牙牙学语时，就以听“狼外婆”之类故事为天然乐趣（此实为人生哲学第一课）。小说一般有故事，有情节，有人物，更有波澜起伏乃至潜移默化的情感侵染力。读小说的人，一旦进入书中，就难以自拔。如果是佳品的话，那就会越陷越深，以致万念俱寂，昏天黑地地读下去；以致情不自禁地手舞之足蹈之，或“拍案惊奇”，或如痴如醉。这就是小说的艺术魅力之所致，这可能是其他形式的文字所无法比拟的。

小说的艺术魅力，就是神力，就是魔力，乃至鬼力，以致令人不可思议，欲探其所以然而不能，往往只能意会而不能言传。高尔基曾在《论文学》（人民文学出版社 1983 年版）一书中叙述过一段他自己的趣事，他说：

> 我记得，我在圣灵降临节这一天阅读了福楼拜的《一颗纯朴的心》。黄昏时分，我坐在杂物室的屋顶上，我爬到那里去是为了避开那些节日里兴高采烈的人。我完全被这篇小说迷住了，好像聋了和瞎了一样——我面前的喧嚣的春天的节日，被一个最普通的、没有任何功劳也没有过失的村妇——一个厨娘的身姿所遮掩了……在这里隐藏着一种不可思议的魔术。我不是捏造，曾经有过好几次，我像野人似的，机械地把书页对着光亮反复细看，仿佛想从字里行间找到猜透魔术的方法。

而宋末罗烨《醉翁谈录》则从接受主体的角度，敷写了宋代瓦舍文艺的艺术魅力：

说国贼怀奸从佞，遣愚夫等辈生嗔；说忠臣负屈衔冤，铁心肠也须下泪。讲鬼怪，令羽士心寒胆战；论闺怨，遣佳人绿惨红愁。说人头厮挺，令羽士快心；言两阵对圆，使雄夫壮志。谈吕相青云得路，遣才人着意群书；演霜林白日升天，教隐士如初学道。噇发迹话，使寒门发愤；讲负心底，令奸汉包羞。讲论处不滞搭，不絮烦；敷演处有规模，有收拾。冷淡处提掇得有家数，热闹处敷演得越久长。曰得词，念得诗，说得话，使得砌。言无讹舛，遣高士善口赞扬；事有源流，使才人怡神嗟讶。

富有艺术魅力的中国小说，不仅是人们了解人生，认识自己的良师；而且是改造社会，改造自己的益友。中国小说不仅构造着人们的文化心理，而且塑造着我们的民族性格。罗烨所言，与其说是小说感染力的方方面面，还不如说是小说所塑造的中国民族性格的沟沟纹纹。如智勇之性与阳刚之美，既是我们中华民族的民族性格与民族精神的集中体现，也是中国小说的民族特色的灵魂所在。中国小说就以此精神讴歌和塑造着中国的筋骨与脊梁。

（三）人生的伟大课堂

苏轼《东坡志林》记载：

王彭尝云：涂巷中小儿薄劣，其家所厌苦，辄与钱，令聚坐听说古话。至说三国事，闻刘玄德败，频蹙眉有出涕者；闻曹操败，即喜唱快。

张耒《明道杂志》有云：

> 京师有富家子，少孤专财，群无赖百方诱导之。而此子甚好看弄影戏，每弄至斩关羽，辄为之泣下，嘱弄者且缓之。一日，弄者曰："云长古猛将，今斩之，其鬼或能祟，请既斩而祭之。"此子闻，甚喜。弄者乃求酒肉之费，此子出银器数十，至日斩罢，大陈饮食如祭者，群无赖聚享之。乃白此子，请遂散此器。此子不敢逆，于是共分焉。

"说三分"是宋代瓦舍文艺中的热门，不仅有专门的瓦舍，而且有专门的艺人，如霍四究就是"说三分"的专家。三国故事有着巨大的吸引力，它简直掀起了一股震撼人心的伟大旋风。《水浒传》第一百一十回就写道，李逵与燕青在东京街头，"正投桑家瓦来，来到瓦子前，听的勾栏内锣响，李逵定要入去。燕青只得和他挨在人丛里，听的上面说平话，正说《三国志》"。说到关云长刮骨疗毒，面色不改，与客对弈谈笑自若时，李逵在人丛中高叫道："这个正是好男子！"须知当时李逵、燕青是肩负着侦探使命的，不料三国故事竟使李逵忘记了自己的身份而高叫起来。可见三国故事是何其精彩动人。正因为如此，所以家长能以此来收束薄劣小儿，不管他平日如何飞墙走壁，令人厌苦不迭，只要给几个小钱，让他去听三国故事就顿得安宁。但宋代的三国故事已有鲜明的拥刘反曹倾向，而这种倾向又被当时的广大民众所接受以至老少不分，贫富皆然。这代表了那个时代不同读者的共同意向。这也是宋代社会的必然产物，说明在天下纷然的宋代（尤其是南宋），人们渴望仁政，厌恶暴政；渴望安定，厌恶骚乱；渴望友善，厌恶奸诈。刘蜀政权，就是人们以自己的意愿共同塑造的理想王国（尽管它仍然是宗法政治）；桃园结义，也是人们以自己的意愿共同塑造的理想人伦（尽管它仍是君臣模式）。人们的愿望塑造着三国故事，三国故事又塑造着我们的民族性格。家长原是以几个小钱买得片刻的安宁，不料将后代送进了一所塑造人心的伟大课堂。你看令人厌苦的薄劣小儿，在听三国故事时是何等动情，时而出涕，时而唱快；而其情之动，与当时社会共同意向，又何等合拍。富家子弟又何尝不是被这共同的意向所激动，所痴迷，以致捐金祭云长，以致被无赖所“共产”。可见，艺术欣赏不仅是美的选择，更是自我塑造。

（四）“三国迷”种种

《三国演义》在民间创作的基础上进行再创造，登上了中国古代历史小说艺术的最高峰。它自元末明初至今几百年，几乎是被我们整个民族一代接一代地阅读，“学士读之而快，委巷不学之人读之而亦快；英雄豪杰读之而快，凡夫俗子读之而亦快也”（金圣叹《〈三国演义〉序》）。从而扎根于我们民族生活的每个角落，溶进许多读者的灵魂，对促进我们民族性格的完善，推动民族精神的高扬，都起着不可忽视的巨大作用。

这样一部《三国演义》，自然会造就出许许多多的“三国迷”。

明代陈际泰在《太乙山房文稿》中记有他自己的一段趣事：

> 从族舅借《三国演义》，向墙角曝日观之。母呼我食粥，不应；呼食饭，又不应。后忽饥，索粥食。母怒，捉襟将与之杖，既而释之。母后问舅：“何故借尔甥书？书中有人马相杀之事，甥耽之，大废服食。”

相传从前有个木匠，有次看《捉放曹》的戏，看到曹操恩将仇报，杀了吕伯奢一家，一忘神便提着斧头冲上台，砍倒了舞台上的“曹操”。他闯了大祸还不自知，反而大声叫道：“今天我总算杀了你这个奸贼！”

北方还流行着这么个“三国迷”的故事：一天，“三国迷”的老婆在煮饭时发现粮食不多，便让他及时想办法。“三国迷”这时正在看《群英会蒋干中计》中周瑜领着蒋干察看后营粮食那一段，见问就随口答道："帐后粮食堆积如山，何谓无粮？"第二天，老婆又问他："家里一粒粮食也没有了，怎么办？""三国迷"正看到《出陇上诸葛装神》一回，就随口应道："陇上麦熟，可就食了。"老婆气得回娘家哭诉，她兄弟叔伯相邀去教训"三国迷"。这时他正在看刘皇叔过江招亲，见势不妙，想起"欲退东吴兵，须求东吴人"的俗话，于是跪倒在老婆膝下哀求："啊呀，孙夫人，千不对，万不对，都是那刘玄德不对。你千不念，万不念，念在咱夫妻旧日情分，饶了我吧！"见状，老婆和她娘家人都哭笑不得，就此罢休。他夫妻言归于好。

《三国演义》的艺术魅力，可以使人如痴如狂，既可以使人闯祸，又可以使人消灾。进入其魔境中的读者的性格，就会印有"三国"的精神烙印。诚如美国学者鲁尔曼所言："'三国'英雄既属超人又有人性，他们启发并鼓励效法，创造或复兴各种作风，因此在历史的形成中担当着重要角色。"

（五）"真是一卷疟疾文字"

金圣叹是《水浒传》的评点佳手，他对《水浒传》的艺术魅力多有妙语。他在《水浒传》第九回回评中说：

> 旧人传言，昔有画北风图者，盛暑张之，满座都思挟纩；既又有画云汉图者，祁寒对之，挥汗不止。于是千载啧啧，诧为奇事。殊不知此特寒热，各作一幅，未为神奇之至也。耐庵此篇独能于一幅之中，寒热间作，写雪便其寒彻骨，写火便其热焰面。昔百丈大师患疟，僧众请问："伏惟和上尊候若何？"丈云："寒时便寒杀阇黎，热时便热杀阇黎。"今读此篇，亦复寒时寒杀读者，热时热杀读者，真是一卷"疟疾文字"，为艺林之绝奇也。

如此绝奇的《水浒》，自然会风魔无数读者。明人袁中道在《游居杮录》中，就记有一段逸事：

> 万历壬辰（1592年）夏中，李龙湖（李贽）方居武昌朱邸。予往访之，正命僧常志抄写此书（《水浒传》），逐字批点。常志者，乃赵瀫阳门下一书史，后出家，礼无念为师。龙湖悦其善书，以为侍者，常称其有志，数加赞叹鼓舞之，使抄《水浒传》。每见龙湖称说《水浒》诸人为豪杰，且以鲁智深为真修行，而笑不吃狗肉诸长老为迂腐，一一作实法会。初尚恂恂不觉，久之，与其侪伍有小忿，遂欲放火烧屋。龙湖闻之，大骇，微数之。即叹曰："李老子不如五台山智真长老远矣！智真长老能容鲁智深，老子独不能容我乎？"时时欲学智深行径。龙湖性褊多嗔，见其如此，恨甚，乃令人往麻城招杨凤里至右辖处，乞一邮符，押送之归湖上。道中见邮卒牵马少迟，怒目大骂曰："汝有几颗头？"其可笑如此。后龙湖恶之甚，遂不能安于湖上，北走长安，竟流落不振以死。痴人前不得说梦，此其一征也。

前有"三国迷"，此有"水浒迷"，更有"水浒人"。清人李焕章有《水浒人传》云：

> 水浒人，居乘东偏八里，世农，家无识"之""无"者。至水浒人，性小慧，习句读，通点画。幼为富人灌园。一日，窃《水浒传》读之竟，再读，觉百八人在胸、在喉、在齿牙；就寝则又在梦寐。不禁为市人演说，市人辄称曰"水浒人"。
>
> 余兄荆州太守公病，灼艾，爱谑谈，延水浒人来。水浒人以百八人来，百八人宛自水浒来。兄据案起，如楚太子之闻《七发》。
>
> 水浒人嗜酒，不常得，得辄无厌。众病之，水浒人曰："梁山泊不容

尔五斗瓮耶？”

传中还写到“水浒人”以计拒盗，保全城民。城民惊喜，争以金帛卮酒奉水浒人，问他：“若习孙吴几年矣？”水浒人笑着说：“始自窥读《水浒》时，孙吴我不知谁何氏，吾但知（《水浒》中）雪夜赚索超耳。”

《水浒》不仅可以使人着迷，更可以使人益智；不仅可以自娱，而且可以娱人；不仅可以疗疾，而且可以御敌。真令人浩叹，奇哉斯书！诚如英国学者杰克逊所言：“《水浒传》又一次证明人类灵魂的不可征服的、向上的不朽精神，这种精神贯穿着世界各地的人类历史。”而中华民族的民族性格中“水浒气”尤烈。以往，人们对“水浒气”多有误解，如云“水浒气”为“奴才气”即是。其实，“水浒气”乃华夏浩然之正气。

（六）“使人对之龌龊销尽”

具有巨大艺术魅力的《水浒》，也几乎是被我们整个民族所接受。

《水浒传》首先为广大民众所喜爱。张岱《陶庵梦忆》载：“壬申七月，村村祷雨，日日扮潮神海鬼，争唾之。余里中扮《水浒》……梁山泊好汉，个个呵活，臻臻至至。人马称娖而行，观者兜截遮拦，直欲看杀卫玠。”“季祖南华老人喃喃怪问余曰：‘《水浒》与祷雨有何义味相近？余山盗起，迎盗何为耶？’余俯首思之，果诞而无谓。徐应之曰：‘有之’。天罡尽，以宿太尉殿焉。用大牌六，书‘奉旨招安’者二，书‘风调雨顺’者一，‘盗息民安’者一，更大书‘及时雨’者二，前导之。观者欢喜赞叹，老人亦匿笑而去。”这里对《水浒》大旨的把握虽不无张岱自己的看法，但反映出民众是何等酷爱《水浒》，以至视为他们现实生活的组成部分。

《水浒》也被广大士大夫所接受。叶德辉在《重刊乾嘉诗坛点将录序》中说：“圣清乾嘉之世，人文号为极盛。当其时，海宇承平，公卿缙绅，各以坛坫主盟，迭执牛耳。无名人传有《诗坛点将录》一书，乃以《水浒》一百八人，配合头领。或肖其性情，或拟其行止，或举似其诗文经济，以人人易知者，如沈归愚之为托塔天王，袁子才之为及时雨，毕秋帆之为玉麒麟，始一展读，即足令人失笑。”有趣的是，在森严的科举考场上也出现了“梁山人物”。徐珂《清稗类钞》说：“高碧湄，名心夔。捷南宫后，改官知县。令吴县时，适童子试，高出坐大堂点名给卷，诸童绕之三匝，有在人丛中效礼房声口唱曰：‘高心夔’。一童曰：‘何不对《水浒传》之矮脚虎？’碧湄闻而大赞曰：‘好极！好极！’众哄然鼓掌。”

甚至皇帝也被《水浒》迷住了。陈悰《天启宫词原注》中有段趣闻：“或有用《水浒传》罡煞星名配东林诸人以供谈谑之资，如托塔天王则李三才也，及时雨则叶向高也。崔呈秀得之，名曰《点将录》，佳纸细书，与《天鉴录》、《同志录》同付魏忠贤。忠贤乘间以达御览，上不解托塔天王为何语，忠贤详述溪东西移塔事，意欲使上知东林强暴有如此徒，所当翦也。上倾听啧啧，若恨不同时者。忠贤计阻，匿其书，逡巡而退。”阉党魏忠贤欲使皇上把东林党人当作水浒人物斩除，不料皇上竟恨不与水浒英雄同时，使魏忠贤诡计落空。

同《三国演义》一样，《水浒传》在塑造我们民族的性格上也有不没之功。金圣叹就很看重小说对人心的熏陶作用。他说，如“读者之精神不生，将作者之意思尽没”，《水浒传》“写鲁达为人处，一片热血，直喷出来。令人读之，深愧虚生世上，不曾为人出力”，“阮小七是上上人物，写得另是一样气色。一百八人中，真要算做第一个快人。心快口快，使人对之，龌龊都销尽”。还说，《水浒传》“描写妇人黑心，无幽不烛，无丑不备。暮年荡子，读之咋舌；少年荡子，读之收心。真是一篇绝妙针扎荡子文字”。这些都是说《水浒传》对人的灵魂、人的性格塑造的巨大影响。

（七）一本活《西游记》

明末冯梦龙《古今谭概》（卷三十三）载："万历壬辰（1592 年）间，一老人号醒神，自云数百岁，曾见高皇、张三丰；又自诡为王越至今不死。又云：历海外诸国万余里。陈眉公曰：'听醒神语，是一本活《西游记》。'"陈眉公（名继儒），隆庆万历间名士，后焚儒冠隐居；而醒神者则一怪诞野老而已，是《西游记》使他们获得了共鸣。而且在名士看来，醒神野老之种种类似"西游故事"的怪诞话题，就是一本活《西游记》。天启间曾一度当过首辅的朱国桢，有《涌幢小品》（卷九）云："尉迟鄂公、韩蕲王，不但忠勇，兼有谋略，晚年俱谢客学道，保其身名。韩复能作小词，自号清凉居士。此其人似皆得道而去，真《西游记》所谓战斗佛也。"战斗佛（斗战胜佛）即西天取经而获正果的孙悟空，他借作者笔墨之神力，早活在人们心底与口碑，以致成为现实生活中某种典型人物（如既忠勇，又有谋略等特征者）的共名。可见《西游记》虽为魔幻小说，却也在尘世间显示着巨大的精神力量，以致也培养了种种"西游人"，演绎出种种活《西游记》。

《西游记》是部宗教题材的长篇小说，因而在民间充分地发挥着它的宗教功能。尤侗《艮斋杂说》："福州人皆祀孙行者为家堂。又立齐天大圣庙，甚壮丽。四五月间，迎旱龙舟，装饰宝玩，鼓乐喧阗，市人奔走若狂，视其中坐一猕猴耳。"也有人将悟空按之于宗教史中附会一番，焦东周生《扬州梦》云："（齐天大圣）庙主言：'说部多诬。大圣本渔人子，形类猴狲，得奇书成道。因以驺虞为虎，杀伤过多，谪尘世为武官，颇传兵法。宋高宗时为大将，围金军，久不下，或言其惰，意不摇，又有议其奢豪，携女子军中者。其实布帛菽粟，甚自收敛，遇事有作用，又能保藏。金军退，朝廷怒之，死犹坐刑。上帝念其德，使复位。'"其说不经，较《西游记》更甚。然这齐天大圣庙，与关帝庙、武松祠之类一样，是小说人物演为宗教人物的见证。宗教是被压迫生灵的叹息，是无情世界的情感，宗教里的苦难是现实的苦难的表现，又是对这种现实的苦难的抗议。无论宗教利用小说，还是小说利用宗教，都使宗教情绪世俗化，都使玄学走向现实：欢歌在今日，人世即天堂。人们将现实的苦难化为“鼓乐喧阗”，在“奔走若狂”中宣泄，（暂时）忘却了现实的苦难，以致使多数人进入了“运动就是一切，目的是没有的”的境界，在宗教与小说交融的精神世界的物化运动中“玩一玩”“乐一乐”：化宗教活动为玩猴戏。其间既现民风世俗之一斑，亦见小说迷人之深沉。

徐珂《清稗类钞》载：（义和拳兴时）“京师从受拳法者，教师附耳其咒之……一咒云：‘天灵灵，地灵灵，奉请祖师来显灵。一请唐僧、猪八戒，二请沙僧、孙悟空’”（共有十请，余者从略）。邱炜萲《挥麈拾遗》更言甚其辞，曰：“夫小说有绝大隐力焉……若今年庚子五六月拳党之事，牵动国政，及于外交，其始举国骚然，神怪之说，支离莫究，尤《西游记》、《封神传》绝大隐力之发见矣。”宗教既可以是麻痹人们的精神鸦片，也可以是人们反抗现实的思想武器。此例是《西游记》“牵动国政”的精神力量之一证，尽管它是以宗教的面目出现的。

《西游记》作者抖动笑的魔杖，为人们带来了会心的笑。无须搬弄别的资料，只要从《红楼梦》看，西游故事是怎样活跃在贾府的舞台与口碑上，是怎样为俗夫雅士们所共同喜爱，就不难发现：哪里有《西游记》，哪里就有笑声。

（八）不是情人不泪流

我们或许还很难准确地描绘我们的民族性格是什么，却不难发现其中既不乏“三国气”，也不乏“水浒气”或“西游精神”。

如果说，那些小说所展现或塑造的，还是我们民族传统的灵魂或美德；那么，《红楼梦》则开拓了我们民族的新生面。作为“雅文学”的典范，《红楼梦》虽与前代描写现实世俗（或披着历史外衣的现实世俗）的“俗文学”截然不同，但作为成熟的批判现实主义的杰作，它所描写的悲欢离合，更与当时世态人情脉脉相通。

《红楼梦》以其“传神文笔”，在广大读者中掀起了一股股热潮。“开谈不说红楼梦，读尽诗书也枉然”，就是当年京师的口碑民谣。

《红楼梦》人物，能使人争执不下，以至“几挥老拳”。晚清邹弢与许伯谦，一个尊林而抑薛，一个尊薛而抑林。邹弢在《三借庐笔谈》中写到他们的争论情景：

> 已卯春，余与伯谦论此书，一言不合，遂相龃龉，几挥老拳，而毓仙排解之。于是两人誓不共谈《红楼梦》。秋试同舟，伯谦谓余曰：“君何为泥而不化耶？”余曰：“子亦何为窒而不通耶？”一笑而罢。嗣后放谈，终不及此。

他们各执己见，互难动摇，而实为两种人生观的交锋，只差树起“黛党”、“钗党”的旗帜了。

《红楼梦》故事，可使人神思恍惚。潘德舆在《读〈红楼梦〉题后》中说：“余始读《红楼梦》而泣，继而疑，终而叹。夫谓《红楼梦》之恃铺写盛衰兴替以感人，并或爱其诗歌词采者，皆浅者也。吾谓作是书者，殆实有奇苦极郁在于文字之外者，而假是书以明之，故吾读其书之所以言情者，必泪涔涔下，而心怦怦三日不定也。抑非独余如是，余闻邱琴泚、郭芋田皆然。”潘德舆还说，他们在叹泣之余，往往“抚几击节，歌《关雎》三章而罢”。与他们相似而长歌当哭者，还有清宗室永忠，他有诗云：

> 传神文笔足千秋，不是情人不泪流。
> 可恨同时不相识，几回掩卷哭曹侯。

《红楼梦》之情趣，甚至使人悲痛欲绝。乐钧《耳食录》中就有这样一个动人的故事：

> 昔有读汤临川《牡丹亭》死者，近时闻一痴女子读《红楼梦》而死。初，女子从其兄案头搜得《红楼梦》，废寝食读之。读至佳处，往往辍卷冥想，继之以泪。复自前读之，反复数十百遍，卒未尝终卷，乃病矣。父母觉之，急取书付火。女子乃呼曰："奈何焚宝玉黛玉？"自是啼哭失常，言语无伦次，梦寐之间未尝不呼宝玉也。延巫医杂治，百弗效。一夕瞪视床头灯，连语曰："宝玉宝玉在此邪！"遂饮泣而瞑。

这位姑娘或许向往着宝玉式的伴侣，或许面临着黛玉式的悲剧，所以如此动情。我们虽不赞成每个青年都钻进大观园去充当一个角色，但这位姑娘的事情却令人可惊可叹。她虽不是"红学家"，却以自己的生命证实着《红楼梦》有着何等震撼人心的艺术魅力。姑娘的死与潘德舆等的"奇苦极郁"，说明感伤主义思潮在封建末世是何其浓重地存在着，"极摹人情世态之歧，备写悲欢离合之致"的《红楼梦》将那种"梦醒了无路可走"的苦痛、悲伤和求索，予以艺术的升华，并将之化为对社会生活的形象描述与批判，因而它能获得如此广泛的共鸣与深刻的反响。

《红楼梦》是个深不可测的艺术海洋，为探讨其中的奥秘，于经学之外崛起了一门"红学"。均耀于《慈竹居零墨》记有一个小故事：

> 华亭朱子美先生昌鼎，喜读小说，自言生平所见说部有八百余种，而尤以《红楼梦》最为笃嗜。精理名言，所谭极有心得。时风尚好讲经学，为欺饰世俗计，或问："先生现治何经？"先生曰："吾之经学，系少一横三曲者。"或不解所谓，先生曰："无他，吾所专攻者，盖红学也。"

这就是“红学”名称之始起。于今红学已成为一门“显学”，然而不少颇具功底的学者，在经过一番呕心沥血之后，却不得不望洋兴叹，说“《红楼梦》是个梦魇，越研究越糊涂”（俞平伯语）。这并非什么神秘的不可知论，倒是颇知甘辛的自白。《红楼梦》不仅是一个壮丽的惊叹号，更是一个意味隽永的删节号，吸引着人们在感叹之余再作艰苦的跋涉。这种跋涉一方面是对古代文化得失的反思，一方面是对当代文化建设的参与；一方面是对已凝结为艺术形象的民族精神的探求，一方面是对有待升华的民族性格的塑造（包括研究者灵魂的自我塑造）。

（九）文学家当有志于民族性格的塑造

文学是人学，文学也是心学，文学更是民族的心史。

刘熙载在《艺概》中就有言：“文者，心学也。”

勃兰兑斯在《十九世纪的文学主潮》中也说：“文学史，就其最深刻的意义来说，是一种心理学，是研究人的灵魂，是灵魂的历史。”

鲁迅以更形象的语言说：“文艺是国民精神所发的火光，同时也是引导国民精神的前途的灯火。”（《论睁了眼看》）

德国学者弗朗茨·库恩在《水浒传》德译本跋中说：“《水浒传》《金瓶梅》《红楼梦》为中国古典小说的三部巨著，理解了这三部书就可以称得起中国通。”日本学者井坂锦江在《〈水浒传〉与中华民族》中也说：“要了解中国和中华民族，就必须很好地阅读中国小说”，“阅读像《水浒传》这样的富有中华民族特色的小说”。盐谷温则举出《鲁提辖拳打镇关西》《吴用智取生辰纲》等篇章为例，说明《水浒传》人物描写中富有“智勇两方面的情节”，可“供研究中国国民性及风俗”（转引自公盾《〈水浒传〉在日本》）。德国的伟大诗人歌德对中国的小说（和戏曲）多有了解。他曾说：“中国有成千上万这类作品，而且在我们的远祖还生活在野森林的时代就有这类作品了……我们德国人如果不跳开周围环境的小圈子朝外面看一看，我们就会陷入上面所说的那种学究气的昏头昏脑。所以我喜欢环视四周的外国民族情况，我也劝每个人都这么办。民族文学在现代算不了很大一回事，世界文学的时代已快来临了。对其他一切文学我们都应只用历史眼光去看。碰到好的作品，只要它还有可取之处，就把它吸收过来。”正是以这种开放的文化心态，歌德在研究了中国小说《好逑传》之后，说：“我看贝朗瑞的诗歌和这部中国传奇形成了极可注意的对比。贝朗瑞的诗歌几乎每一首都根据一种不道德的淫荡题材”，而在《好逑传》等中国小说那里“一切都比我们这里更明朗，更纯洁，也更合乎道德……有一对钟情男女在长期相识中很贞洁自持，有一次他俩不得不同在一间房里过夜，就谈了一夜的话，谁也不惹谁。还有许多典故都涉及道德和礼仪。正是这种在一切方面保持严格的节制，使得中国维持到几千年之久，而且还会长存下去”（《歌德谈话录》）。其实，《好逑传》在中国是算不上第一流作品的，歌德尚且作了如此崇高的评价，遑论其他。

这些外国作家与学者对中国小说的认识虽未必完全准确，但他们都深知中国小说不仅画出了我们国民的灵魂，而且塑造着我们民族的性格。他们正是将之作为中华民族的形象标本，通过它达到对中国文化与民族精神的透彻了解，从而成为文化意义上的“中国通”。

不过，中国小说毕竟浩若烟海，在其仪态万方的波澜中有着极其复杂的成分与层次。“诲淫诲盗”者有之，“讲经参禅”“教化至上”者亦有之；修补“大团圆”梦者有之，“在‘爱国’的大帽子底下又闭上了眼睛”（鲁迅语）者有之，纯为攻讦之器者亦有之；充当政治改良传声筒者有之，以“原始人民的思想手段的糟粕”（鲁迅语）为时髦者亦有之……而真正够得上文化精英的作品，经得起历史铁筛淘洗的作品毕竟是少数。当然，即使是精品之外的作品也不失为中国国民性某一侧面的写照。如鲁迅对瞒与骗的文艺的精彩分析，就是明例。他说：“中国人的不敢正视各方面，用瞒和骗，造出奇妙的逃路来，而自以为正路。在这路上证明着国民性的怯弱、懒惰，而又巧滑。一天一天的满足着，即一天一天的堕落着，但却又觉得日见其光荣”（《论睁了眼看》）。有趣的是，那种以丑为美，以耻为荣，以至“越是糟粕越值钱”的现象，目下已被莫名其妙地推到了令人瞠目的境地。对于那些非精品文化，也可“睁了眼看”。但那“睁了眼看”，不是为了复旧，也不是为了猎奇，而是为了扬弃与超越。鲁迅早在二十年代就敏锐地指出：“赞颂中国固有文明的人们多起来了，加之以外国人……其一是以中国人为劣种，只配悉照原来的模样，因而故意称赞中国的旧物。其一是愿世间人各不相同以增自己旅行的兴趣，到中国看辫子，到日本看木屐，到高丽看笠子，倘若服饰一样，便索然无味了，因而来反对亚洲的欧化。这些都可憎恶！”“但看国学家的崇奉国粹，文学家的赞叹固有文明，道学家的热心复古，可见于现状都不满了。然而，我们究竟正向着哪一条路走呢？”（《灯下漫笔》）因而他一再大声疾呼：“我们的作家取下假面，真诚地，深入地，大胆地看取人生并且写出他的血和肉来。”他断言：“没有冲破一切传统思想与手法的闯将，中国是不会有真的新文艺的。”（《论睁了眼看》）令人欣慰的是，中国小说史上毕竟出现过若干在不同历史时期与不同层次上“冲破一切传统思想与手法的闯将”，创造了在当时历史条件下的“新文艺”中国小说的精品。

以中国小说（包括精品之外的大量作品）为形象资料写一部中华民族的心史，写一部中华民族性格的历史，应该说是个伟大的科学命题。笔者在本书中想通过对若干精品中的若干性格作一番剖析，来为这一命题的研究做一点铺垫工作。

那么，中国小说若干精品中的若干性格，又能勾勒出中华民族性格的何种线索呢？

从干将、莫邪到三国英雄，到梁山好汉，到富贵闲人。这是从社会到个体，从客观到主观，从情感理性到感觉体验，从阳刚之美到阴柔之美，从奇人到凡人，从英雄到闲人抑或多余的人的历史的变迁吗？是人道主义的增进，英雄主义的沉沦吗？实在难以把握，只知道胡明在《红学四十年》中说了段相当沉重的话："'红'字作为一种色彩符号隐含女子的性标志，'红'有时本身便是女子……这'爱红的毛病儿'正点到了贾宝玉的性心理表现。'爱红'恐怕体现了一个民族中崇尚女性文化和软性题材的潜在心理"，"从创作到研究，'爱红'的根深本固或许正是我们的文学传统上几乎没有出现过硬派英雄主角和悲壮崇高主题的根本原因吧。看来，红学太兴盛，'爱红'太缠绵，不是心理健美的文化现象，也开拓不出光辉灿烂的文艺新天。但愿将来没人做《红学五十年》。"（《文学评论》1989 年 1 月）比他走得更远，来得更激烈的还大有人在。如毛志成在《雄性篇》中说："《红楼梦》中那个'大观园文坛'是注定要倒塌的，也是理应倒塌的。以一群才女和一个女性化了的才子组建的作家群，笔下之物除了女才子的'自我宣泄'，就是男才子的'女性颂歌'，连语言风格也是病妇呻吟式的。这样的文坛若是遍及朝野，失去雄性的就不仅仅是男人本身，很可能波及整个民族、整个国家。'男人是泥做的骨肉'，这又如何？泥土可以筑峰峦、育林莽、铺康庄！怕的只是注'水'太多，变成泥塘、沼泽！"（毛志成《雄性篇》，《散文》1994 年 12 月）这与当代少女呼唤男子汉的声音、追问"高仓健你在哪里？"大概有些合拍，而与"红学再论千年何妨"的高论却大相径庭，虽不无偏颇，甚至离题，却发人深思。这就是说，人们已经从中国小说的顶峰上看到了中华民族性格的某种倾斜，因而有这种振兴民族精神，重塑民族性格，再展民族雄风的强烈愿望。

不过，本书的重点并不在论述中华民族性格的结构与命运，而在分析中国小说人物的性格与命运。但笔者又希望读者在艺术鉴赏之余，也能思索思索我们民族性格的结构与变迁。

二　复仇性格的升华——干将、莫邪

民间传说，吕洞宾有仙术，能点石成金。不料文学家中亦有点石成金的神手。罗丹《艺术论》说："一位伟大的艺术家，或作家，取得这个'丑'，或那个'丑'，能当时使它变形……只要用魔杖触一下，'丑'便化成美了。这是点金术，这是仙法！"生活于"神仙之说盛行"的六朝的干宝，是一位杰出的志怪小说家。试看看他的"干将、莫邪"（《搜神记》卷十一）的艺术创造，看看他对复仇性格的升华再造亦可领略文章佳手的神通。

（一）赵晔笔下的"干将、莫邪"

干宝的"干将、莫邪"，是在前人创作的基础上进行艺术加工的。供他修琢的基石是相当粗糙的。我们能见到较早较完备记载"干将、莫邪"故事的著作，是东汉赵晔的《吴越春秋·阖闾内传》。为便于比较，不妨先将其原文录之于斯：

干将者，吴人也，与欧冶子同师，俱能为剑。越前来献三枚，阖闾得而宝之。以故使剑匠作为二枚。一曰干将，二曰莫邪。莫邪，干将之妻也。

干将作剑，采五山之铁精，六合之金英，候天伺地，阴阳同光，百神临观，天气下降，而金铁之精不销沦流，于是干将不知其由。莫邪曰：

“子以善为剑闻于王，使子作剑，三月不成，其有意乎？”干将曰：“吾不知其理也。”莫邪曰：“夫神物之化，须人而成。今夫子作剑，得无得其人而后成乎？”干将曰：“昔吾师作冶，金铁之类不销，夫妻俱入冶炉中，然后成物。至今后世即山作冶，麻绖蒸服，然后敢铸金于山。今吾作剑不变化者，其若斯耶？”莫邪曰：“师知烁身以成物，吾何难哉！”于是干将妻乃断发剪爪，投于炉中。使童男童女三百人，鼓橐装炭，金铁乃濡，遂以成剑，阳曰干将，阴曰莫邪，阳作龟文，阴作漫理。干将匿其阳，出其阴而献之，阖闾甚重。

这段故事就其思想意义而言，不过说在生产水平低下的古代社会，从事冶炼铸造这类技术性强的工作是何其不易。一剑的铸造成功，往往需要以生命和鲜血为代价，因而人们称剑为宝剑，表示格外珍视。

就其艺术表现而言，则文累于记叙铸剑过程与宗教仪式，缺乏对人物形象的塑造，而且情节上有严重的漏洞。且不说“金铁之精不销沦流”，既有先例（其师即是），身为剑匠的干将何以“不知其由”？更令人费解的是，吴王既明令铸剑二枚，铸剑三月不成，莫邪尚且担心吴王问罪，结果干将竟“匿其阳，出其阴而献之”是为欺君，吴王岂能如文中所述不闻不问，反而重其剑呢？

如此捉襟见肘，自然是艺术上幼稚的表现。但文中“匿其阳，出其阴而献之”，却为后人的艺术创造埋下了引线：干将何以“匿其阳”？“匿其阳”之后将产生什么后果？人们追寻这个线索去思索、去发掘、去想象、去虚构，将这个故事推向新的艺术境界。

（二）《列异传》中的“干将、莫邪”

“干将、莫邪”的故事，到了魏晋间《列异传》（传为曹丕所作）中，果然有了长足发展。请看：

> 干将、莫邪为楚王作剑，三年而成。剑有雄雌，天下名器也。乃以雌剑献君，藏其雄者，谓其妻曰："吾藏剑在南山之阴，北山之阳，松生石上，剑在其中矣。君若觉，杀我，尔生男，以告之。"及至，君觉，杀干将。妻后生男，名赤鼻，具以告之。赤鼻斫南山之松，不得剑；忽于屋柱中得之。楚王梦一人，眉广三寸，辞欲报仇。购求甚急，乃逃朱兴山中。遇客，欲为之报；乃刎首，将以奉楚王。客令镬煮之，头三日三夜跳，不烂。王往观之，客以雄剑倚拟王。王头堕镬中，客又自刎。三头悉烂，不可分别。分葬之，名曰"三王冢"。

此篇由以写铸剑过程为主，转化为以写藏剑复仇为主。并重新设计了人物，改吴王为楚王，仅说明原传说之无定，倒无关宏旨，重要的是其增添了一子一客，作为干将莫邪复仇精神的寄托，且实际完成了复仇使命。故事歌颂了人民的反抗精神和大勇大智，讽刺了暴君的横暴和愚蠢。与《吴越春秋》相比，此篇当然有了很大的飞跃。

然而在艺术上，它仍较粗糙，在情节上也有不少漏洞。如对于干将为何藏剑，缺乏必要的交代，给人感觉仿佛干将故意藏剑欺君而遭惩杀。干将遗嘱剑藏"南山之阴，北山之阳，松生石上"之处所，剑何得之于屋柱之中？赤鼻头于镬中不烂，客将以何法引楚王观之然后借机杀之呢？可见此篇虽有某些金玉之光泽，却仍未脱其土石之体格。看来欲使之彻底地脱胎换骨，尚有待于后来的文章妙手。

（三）干宝笔下的"干将、莫邪"

晋人干宝，堪称是能点石成金的文学家。他用那支"魔杖"般的笔，将原型甚为粗糙，或曰不甚美的“干将、莫邪”故事，再创造成为精美的艺术品。先看看干宝笔下的“干将、莫邪”故事吧。

> 楚干将、莫邪为楚王作剑，三年乃成。王怒，欲杀之。剑有雌雄。其妻重身当产，夫语妻曰：“吾为王作剑，三年乃成，王怒，往必杀我。汝若生子是男，大，告之曰：‘出户望南山，松生石上，剑在其背。’”于是即将雌剑往见楚王。王大怒，使相之：“剑有二，一雄一雌，雌来，雄不来。”王怒，即杀之。
>
> 莫邪子名赤比，后壮，乃问其母曰：“吾父所在？”母曰：“汝父为楚王作剑，三年乃成，王怒杀之。去时嘱我：‘语汝子：出户望南山，松生石上，剑在其背。’”于是子出户南望，不见有山，但睹堂前松柱下，石砥之上，即以斧破其背，得剑。日夜思欲报楚王。
>
> 王梦见一儿，眉间广尺，言欲报仇。王即购之千金。儿闻之，亡去，入山行歌。客有逢者，谓：“子年少，何哭之甚悲耶？”曰：“吾干将、莫邪子也。楚王杀吾父，吾欲报之！”客曰：“闻王购子头千金，将子头与剑来，为子报之。”儿曰：“幸甚！”即自刎，两手捧头及剑奉之，立僵。客曰：“不负子也。”于是尸乃仆。
>
> 客持头往见楚王，王大喜。客曰：“此乃勇士头也，当于汤镬煮之。”王如其言。煮头三日三夕，不烂，头踔出汤中，瞋目大怒。客曰：“此儿头不烂，愿王自往临视之，是必烂也。”王即临之。客以剑拟王，王头随堕汤中。客亦自拟己头，头复堕汤中。三首俱烂，不可识别。乃分其汤肉葬之，故通名“三王墓”。今在汝南北宜春县界。

16世纪意大利批评家卡斯特维特罗有句名言：“欣赏艺术，就是欣赏困难的克服”（转引自杨绛《春泥集》第105页）。你看，正是在《列异传》蹩手蹩足、裹足不前的地方，干宝却大显身手，纵横驰骋。干宝笔下的干将藏剑，并非他不诚心献剑，而是楚王嫌他造剑时间太长，“欲杀之”，才迫使他藏剑复仇——是复仇有理；而不像《列异传》对干将藏剑的原因交代不清。干将献剑之前，即见“其妻重身”，有孕在身，因而嘱妻“汝若生子，是男”长大为他复仇——是复仇有人；而不像《列异传》对莫邪“重身”未着一笔，却让干将嘱“妻后生男”复仇。干将剑藏何处？他的遗嘱原是隐语：“南山”，指堂前；“松生石上”，指砥石上松柱，“剑在其背”就自然明了，其子出户南望，不见山，即知父意，一举寻得了那复仇之剑，其精明可知——是复仇有望；而不像《列异传》写其子东一斧西一斧地寻剑。赤比之头于镬中三日不烂，客曰：“此儿头不烂，愿王自往临视之，是必烂也。”以勾起楚王的虚荣心，使他愚蠢地自以为能威慑鬼神，“自往临视之，是必烂也”，这才将暴君引出其保护圈，临近汤镬，使客有机会“以剑拟王”——是复仇有机；而不像《列异传》写楚王自往观之，结果被人砍头，不近情理。

与《列异传》相比，干宝笔下的“干将、莫邪”的故事情节，可谓天衣无缝，生活的真实与艺术的真实达到了较好的统一。这已值得称道了。更重要的是，作者利用这些情节塑造了干将、莫邪、赤比、行客、楚王等生动的人物形象。其中尤以赤比、行客的形象，刻画得最为成功。当赤比听说消灭暴君需要自己的头颅，他没有半点犹疑，而是高叫一声“幸甚”，毅然自刎。他的头被砍下了，复仇的灵魂却使他的身子傲然挺立：赤比“两手捧头及剑奉之，立僵”，直到客曰“不负子也”，才锵然倒下。可以设想，若是行客有欺，赤比定会如刑天般大舞干戚的。值得安慰的是，拔刀相助、以命领诺的行客，以其大智大勇和宝贵生命完成了复仇的使命，没有辜负赤比的重托。赤比死了，但他的反抗精神并没有死。作者以幻想的笔调写道，赤比的头被煮“三日三夕不烂”，当见到暴君楚王时，“头踔出汤中，瞋目大怒”。壮哉，赤比！你那喷射着复仇火焰的目光，足使暴君破胆。“时日曷丧，余及汝偕亡！”多么悲壮的场面，多么悲壮的形象！而塑造这复仇者形象，谱写这复仇者颂歌的作者简直惜墨如金，通篇不到六百字，几乎字字生色，试与当今某些冗长成灾的作品相比，真令人叹为观止。六朝小说在小说史上只是初创阶段，能出此玲珑精品，也堪称奇迹。

（四）奇迹的产生与被误解

就主题思想、故事情节和角色设置而言，干宝的“干将、莫邪”与《列异传》所载几无二致，但艺术上有了巨大的提高。《列异传》所载者，早泯没无闻，赖学者钩沉方重见天日，《吴越春秋》所载就更鲜为人知了。而干宝的“干将、莫邪”，直至近世仍有作家如鲁迅取而铸成“故事新编”，足见其影响之深远。同一故事，两种命运，自然取决于其艺术创造力之高低了。干宝之所以能对“干将、莫邪”故事，进行点石成金般的艺术再创造，就在于他能借助合理的想象，大胆地虚构。从《吴越春秋》到《搜神记》，“干将、莫邪”故事历时数百年，作为后来者的干宝对这故事中的情景既不可能亲历，也不可能考实。他要使这原本粗糙的故事改观，不求助艺术虚构，则别无他途。虚构，就是干宝手中的艺术魔杖。生活固然是文学创作的源泉，而虚构则堪称文学的造物主。没有虚构，就没有创作。没有虚构，也就没有干宝的“干将、莫邪”；没有虚构，“干将、莫邪”的故事就永远是缺胳膊少腿的畸形儿，而不可能成为完美的艺术品。然而，文学史家自鲁迅始多以为六朝小说排斥虚构。鲁迅《中国小说史略》云：

> 小说亦如诗，至唐代而一变，虽尚不离于搜奇记逸，然叙述宛转，文辞华艳，与六朝之粗陈梗概者较，演进之迹甚明，而尤显者乃在是时则始有意为小说。胡应麟（《笔丛》三十六）云：“变异之谈，盛于六朝，然多是传录舛讹，未必尽幻设语，至唐人乃作意好奇，假小说以寄笔端。”其云“作意”，云“幻设”者，则即有意识之创造矣。

鲁迅在《中国小说的历史的变迁》中又云："须知六朝人之志怪，却大抵一如今日之记新闻。"在《六朝小说和唐代传奇文有怎样的区别》中进而说，六朝小说"好像很排斥虚构"。鲁迅的这一观点，尔后为各家文学史、小说史所引用，几乎成了史家定论。平心而论，笔者以为导致这种偏颇之见的原因有三：其一是误解了胡应麟的论断。胡应麟（《笔丛》三十六）云："变异之谈，盛于六朝，然多是传录舛讹，未必尽幻设语，至唐人乃作意好奇，假小说以寄笔端。"鲁迅将"作意"与"幻设"等同起来，将有意作小说与艺术虚构视为一回事，于是得出这么个结论：唐人始有意作小说，唐人传奇始有虚构；唐前无人有意作小说，唐前小说无虚构。胡应麟固然道及唐人是自觉地运用小说这种文学体裁，来寄托自己的才华。但他并没说六朝小说"排斥虚构"，"未必尽幻设语"云云恰恰说明六朝变异之谈中有虚构成分（幻设语），不过他注意到六朝小说"未必尽"是虚构的，其中也有部分"纪实"因素罢了。如"干将、莫邪"故事，总有一定的历史影子，作为作家再创造的基石或诱惑。这本符合六朝小说之实际，由此怎么能得出"六朝小说排斥虚构"这一绝对化的结论呢？

其二是轻信了六朝作家的自白。六朝作家由于受儒家"不语怪力乱神"（《论语·述而》）的崇实思想的约制，确多自称"非目之所睹，迹之所历，与身之所接者弗记"（王临亨《粤剑编·王安鼎序》）。干宝在《搜神记·序》中也声称，他著书的目的在"明神鬼之不诬"。但是他欲实现这一目的的手段，毕竟不只是"纪实"而多借助虚构。干宝自己也曾说，他的《搜神记》包括：承于前载者，采访近世事和自我著述三个方面的内容。"干将莫邪"本属"承于前载者"，但他没有机械地转录，而是按照自己的想象进行了艺术加工，虽已失"前载"之实，却获得了新的艺术真实。对于近世之事，他是"博采异同，遂混虚实"（《晋书·干宝传》），干宝不得不承认："盖非一耳一目之亲闻睹也，亦安敢无失实者哉！"至于自我著述，则更有自我创造的自由。可见六朝作家虽自称"纪实"，而在创作实践中还是运用了"虚构"。我们怎能轻信六朝某些作家的自白，而断言六朝小说排斥虚构呢?

其三是忽视了六朝小说的基本特征。六朝小说多源于方士之言。东汉张衡在《西京赋》中讨论了小说的起源，他说:“匪惟玩好，乃有秘书。小说九百，本自虞初。从容之求，实俟实储。”“虞初”，据班固《汉书》云:“河南人，武帝时以方士侍郎号黄衣使者。”其“小说”，薛综注云“医巫厌祝之术，凡九百四十三篇，言九百，举大数也”。可见小说之体创始于汉室方士，虞初即其代表。六朝小说，亦多方士之言。方士又起自巫，王国维《宋元戏曲考》云:“灵（巫）之为职，或偃蹇以象神，或婆娑以乐神。”巫之特长在以歌舞娱神。当巫转化为方士时，其特长就在以诙谐之说娱人。《后汉书·方士传序》云:“汉自武帝，颇好方术，天下怀协道艺之士，莫不负策抵掌，顺风而届焉。”此风至六朝尤盛。故六朝小说旨在远实用而近娱乐，或寓教于乐，或寓惠于乐。刘勰《文心雕龙》云:“文辞之有谐隐，譬九流之有小说”，“谐之言皆也，辞浅会俗，皆悦笑也”，“说者，悦也，兑为口舌，故言资悦怿”。这就是对六朝小说审美情趣的理论总结。六朝小说既是以方士之言取悦于人神，那么它自然就在内容上尚奇尚异，追求小说的趣味性，以满足读者好奇的欣赏心理。六朝小说有两大类，其“志人”者是记名士“奇特的举动和玄妙的清谈”；其“志怪”者则多“张皇鬼神，称道灵异”之作。因而六朝小说无论是作家队伍、审美情趣，还是其基本内容，都决定它不可能脱离艺术虚构。否则，就不成其为六朝小说了。怎么可以设想，让那尚异尚奇、悦怿于人神的方士之言去“纪实”呢?

就文学创作的基本规律而言，文学一方面是真实地再现现实生活的一面镜子，一方面又是“伟大的谎言”（巴尔扎克语）、“满纸荒唐言”（曹雪芹语）。高尔基多次强调文学创作“需要想象、推测和‘虚构’”。别林斯基更说:“创作过程只有通过幻想而完成。”法朗士甚至说:“艺术即用谎言说出的真理。”人的经历总是有限的，而想象的翅膀可以飞翔到他所未曾经历过的世界。就思维方式而言，为想象；就创作方法而言，为虚构。刘勰在《文心雕龙》中说："自天地以降，豫入声貌，文辞所被，夸饰恒存。"夸饰自然就是虚构。自有语言、文字以来，就有夸饰，就有虚构。而作为文学自觉时代的六朝小说，怎么可能排斥虚构呢？西方学者甚至认为："中国哲学思想关于宇宙起源说的部分，到了六朝时期开始扩大了视野，在文学领域也出现了与此相关的'志怪'小说。这就使本来着重记叙史实的记叙文也扩大了范围，增加了虚构想象的成分。这是中国小说发展中前进的一步"（[美]蒲安迪编《中国叙事文学·六朝志怪和虚构小说的诞生》）。这对我们消除对六朝小说艺术虚构的偏见，重新认识六朝小说或许不无启发。

三　义士性格的逻辑——“义释曹操”中的关羽

《三国演义》之前，中国民间就有关羽崇拜;《三国演义》则将关羽崇拜推向巅峰。作为“武帝”的关羽，直与“文圣”孔丘并驾齐驱，成为中国文化史上的奇观。

《三国演义》中的关羽，被毛宗岗称为“义绝”，云:“历稽载籍，名将如云，而绝伦超群者莫若云长。青史对青灯，则极其儒雅；赤心如赤面，则极其英灵。秉烛达旦，人传其大节；单刀赴会，世服其神威。独行千里，报主之志坚；义释华容，酬恩之谊重。作事如青天白日，待人如霁月光风。心则赵抃焚香告帝之心而磊落过之，意则阮籍白眼傲物之意而严正过之。是古今以来名将中第一奇人”(《读〈三国志〉法》)。

“桃园三结义”固然是“义”的颂歌，“义释曹操”则是从一个特定角度显示了义士关羽“义重如山”的性格所特有的思维与行为逻辑。

（一）关羽何曾义释曹操

《三国演义》中，“关云长义释曹操”是脍炙人口的精美文字。但在其原型中并不存在“义释”的情节。陈寿《三国志·武帝纪》中，对此只字未提，裴松之注中有数十字记载曹操败走华容道，其云：

> 公船舰为备所烧，引军从华容道步归，遇泥泞，道不通，天又大风，悉使羸兵负草填之，骑乃得过。羸兵为人马所踏藉陷泥中，死者甚众。

军既得出，公大喜，诸将问之，公曰："刘备，吾俦也。但得计少晚，向使早放火，吾徒无类矣，备寻亦放火而无所及。"

这里主要写曹操虽然失败仍不失英雄本色，而作为华容道故事的主角关云长却未出现，更不存在"义释"。

大概是宋元瓦舍艺人，为强化"拥刘反曹"倾向，容不得曹操如此这般得意，就在华容道上横添个勇将关云长伏击他。元刊《三国志平话》中有这么一段：

曹公寻滑荣路（华容道）去，行无二十里，见五百校刀手，关将拦住。曹公用美言告云长："看操与寿亭侯有恩。"关公曰："军师严令。"曹公撞阵。却说话间，面生尘雾，使曹公得脱。关公赶数里，复回。东行无五十里，见玄德、军师，（说）是走了曹贼，非关公之过也。言使人□着玄德。众问："为何？"武侯曰："关将仁德之人，往日蒙曹相恩，其此而脱矣。"关公闻言，忿然上马："告主公，复追之。"玄德曰："吾弟性匪石，宁奈不倦。"军师曰："诸葛亦去，万无一失。"

既是两军对阵，兼有军师严令，关云长虽与曹操有旧情，亦不会轻易放过他。单就一个情节而言，这样处理似乎合理。但略事推敲就可发现不少漏洞：其一，关羽既"往日蒙曹相恩"，今与之狭路相逢，不知恩义释，反以刀拦道，岂不有违"仁德之人"的性格逻辑？其二，关羽既得天时、地利、人力之便，以逸待劳，要阻击惨败亡命之中的曹操，又岂会让他"撞阵"而过？可能是瓦舍艺人考虑到赤壁之战时天下三分之势尚未形成，此时捉了曹操，下面岂不无戏可唱？于是既要关羽阻击曹操，又不要关羽捉住曹操，而当时既阻击就不难捉住他，怎么办呢？戏不够，鬼来凑。人力难决便乞于天命："却说话间，面生尘雾，使曹公得脱。"此"天不灭曹"之谓也。这显然是笨拙之笔。其三，曹操在华容道上既已撞阵而逃，关羽既以实情相告，诸葛亮在责怪关羽之余，复又要与关羽一起去追击那惊弓之鸟，且说是“万无一失”，在这些不近人情的言行中，那谦逊谨慎又料事如神的“军师”形象岂复存在？

元人杂剧《黄鹤楼》中所写华容道情节，与《三国志平话》大致相同，可见《三国志平话》的情节漏洞曾较长时间无人发现和弥补。直到罗贯中的《三国演义》，才对这个情节作了根本性的改造。罗氏来了个一百八十度的转折，他变关云长阻击曹操为关云长义释曹操。阻击与义释，正好相反。既然“阻击”有一定的合理性，那么“义释”是否能成立呢？这得由作品所提供的情节与场面来回答，由不得任何主观臆断。罗贯中在作品中不仅写了人物怎么做，而且揭示了人物为什么那样做，从而使关云长义释曹操，得到了合情合理的展现，以达到高度的艺术真实。

（二）非曹操不能被关羽“义释”

通观作品，不难发现，关云长义释曹操，首先是曹操曾经礼遇关云长的结果。在“义释”之前，关云长与曹操多有接触，作者铺写最足的是关羽降曹的故事。这段故事在《三国志平话》中相当粗陋，其间曹操是个凶狠的笨伯。为防关羽逃走，他闭门不开；当关羽逃出，他以赠袍相骗，以伏兵阻拦。你不仁则我不义。“看操与寿亭侯有恩”云云，既成虚话，华容道关羽阻击曹操，也就无可厚非。《三国演义》在这个关节处进行了再创造，以浓墨重新写了思贤若渴的曹操对关羽以诚相待，恩礼并施；尽管关羽“约法三章”是有条件地降曹，曹操仍以上马金、下马银，三日一小宴，五日一大宴待之。尤其是当关羽打听到刘备处所之后，毅然弃曹而去，曹操竟有为关羽送行的壮举，感人至深。当曹操得知关羽不辞而别的消息，先是“大惊”，但很快镇定自若，明智豁达地处理了这一惊人的事件，表现了一个政治家的宽阔胸怀。

华容释曹 见《关圣帝君圣迹图志全集》清乾隆三十四年敦五堂重刊本

他不仅不责怪关羽，反而赞赏关“事主不忘本”；不仅不追杀关羽，反而成全其归主之志；不仅不让沿途刁难关羽，反而赠袍送行。关羽虽以义勇奔故主，亦实曹操深明大义，义释关羽。难怪李卓吾为此喝彩：“云长胆大，孟德量大，真都是英雄！”人非草木，孰能无情，更何况是义重如山的关羽。他之归返虽“千金不可易其志”，然对曹操如此豁达行为，他决不会无动于衷，于是他临别曹营反复表示：“久感丞相大恩，微劳不足补报。异日萍水相逢，别当酬之。”这千金之诺，都是日后“义释曹操”的伏笔。罗贯中在《三国演义》自第二十五回至第二十七回用整整三回的篇幅，写关、曹的关系，为“义释曹操”作了充分的铺垫，从而使后来关羽义释曹操，成水到渠成之势。

（三）非关羽不能“义释”曹操

“义释曹操”，自然更是关羽“重义”性格所产生的必然行为。当曹操在赤壁惨败逃生途中先后遭赵云、张飞伏击，又在华容道与关羽相遇，他本欲“决一死战”，然其人马俱乏，安能再战？况关羽以万夫莫敌之勇守万夫莫开之关，且有五百军校相助，曹军见了亡魂丧胆，又安能战？在此举棋难定之际，曹操的谋士准确地分析了对手的性格，他说：“某素知云长傲上而不忍下，欺强而不凌弱；恩怨分明，信义素著，丞相旧日有恩于彼，今只亲自告之，可脱此难。”此可谓知人之言。于是曹操采纳了程昱之计，变决战为求情。他来到关羽阵前，劈头一句就是：“将军别来无恙。”实则将关羽的思路引向当初曹营送别的往事。接着曹操两次向关羽求情，都是针对关羽重义的性格而句句不离往事旧情。他先是说“曹操兵败势危，到此无路，望将军以昔日之情为重”，动之以情，使其“欺强而不凌弱”的性格侧面发生效应。继而说：“五关斩将之时，还能记否？大丈夫以信义为重。将军深明《春秋》，岂不知庾公之斯追子濯孺子之事乎？”喻之以义，使其“恩怨分明，信义素著”的性格侧面付诸行动。关羽当初“异日萍水相逢，别当酬之”云云，自然是

"知恩必报"之诺，然他岂料在华容道上与曹操狭路相逢？当初既叹"久感丞相大恩，微劳不足补报"，而今正当曹操兵败无路之际，岂不正是以德报德的良机？果然，罗氏写道："云长是个义重如山之人，想起当日曹操许多恩义，与后来五关斩将之事，如何不动心？"可见此时此地，非曹操无以求情，非关羽不会义释曹操。人事相融，有千钧不移的准确性。

然关羽毕竟是领军师之命来守华容道的，尽管他同情曹操，却又不能不顾及军令。是捉曹还是放曹？这在关羽思想深处是有着激烈的斗争的。因而就曹、关性格而言，"义释"虽为水到渠成之势，作者仍未使之简单化。在作者生花之笔下，这人物性格行为"渠道"却是千回百转的。对于曹操的求情，关羽开始是断然拒绝说："今日之事，岂敢以私废公？"继而稍有动摇，然一边是"大义"，一边是"军令"。义重如山，军令亦重如山，他不免左右为难，只得"低首良久不语"。接着当他见"曹军惶惶，皆欲垂泪"的惨相，遥想当初曹操义释之恩，不免动心动情，于是"把马头勒回，与众军曰：'四散摆开'"——给曹操闪出一条生路。通过这一勒马头，一声短令，人们似乎可以感触到关羽心脏的跳动，窥测到这位古代英雄复杂心理之一角。当曹军真的一拥而去时，关羽猛然从"大义"的云雾中惊醒，以军人的天职大喝一声，想挽回此局，但一见曹军"众皆下马，拜哭于地"时，"傲上而不忍下"的天性又使他不忍心杀之。天职与天性相持片刻，终以后者取胜，于是他"长叹一声，并皆放之"——义释曹操。

多么复杂的思想斗争。但中国古典小说没有西方古典小说那种冗长的心理独白，而是将人物的心理变化与事态发展紧密相连，通过人物言行展示心理活动，表现事态进程。因而，即使是上述那么复杂的思想斗争和那么重要的军事行动，在《三国演义》中，也仅用了三百余字就声情并茂地描写出来了，且令人深信不疑。诚如鲁迅先生所说："写华容道上放曹操一节，则（云长）义勇之气可掬，如见其人。"（《中国小说的历史的变迁》）

（四）非孔明不能智释曹操

“义释曹操”，更重要的原因，是出于诸葛亮的战略思想。即使“义释曹操”，从曹、关关系而言，是水到渠成的事，但没有诸葛亮打开闸门、导水入渠也是不行的。在诸葛亮委任关羽把守华容道时，刘备就曾担心地说：“吾弟云长，义气深重，若曹操果然投华容道去时，只恐端的放了。”诸葛亮回答说：“亮夜观乾象，曹操未合身亡。留这恩念，故意等云长做个人情，亦是美事。”可见诸葛亮是明知关羽会放走曹操，而故意让他去守华容道的。为什么这样做呢？如果“义释曹操”像有些人说的系“通敌”行为，那么诸葛亮岂不是“通敌”之主谋？如果诸葛亮事后军法用事，以“通敌”罪惩治关羽，那么他岂不是有意陷人以罪？诸葛亮将曹操未合身亡，委之天命，而实出于人谋。因为当时天下大势，曹魏最强，东吴次之，刘蜀最弱。蜀吴都必须争取造成三国鼎立之势，以获得立足之地。蜀尤其如此。迫于形势，蜀吴可以联合抗曹；然又各怀其私，不免也有争夺。赤壁之战前，周瑜甚至一度要“连和曹操”，先擒刘备、孔明，以绝后患（毛本已删此情节）。赤壁之战，是造成三国鼎立的关键。但假如在赤壁之战中真的消灭了曹操，魏吴之间的牵制一旦消失，蜀方不仅不能分享大战成果，而且会立即成为吴方的主攻对象。蜀吴接壤，无须如曹操疲军远伐，蜀未必能够抵挡。鉴于这种趋势，在赤壁之战中蜀方的战略决策是：只能挫伤曹操，不能消灭曹操。因而诸葛亮之布兵，在赤壁主战场上则避其主锋，避其强战，即使是火攻，其主力也由东吴承担，以保存自己的实力；在曹操战败的退路上，也作了精心的安排，挫其锐气，留其生路。正是基于此，诸葛亮才委任关羽把守曹操败退中最后也是最险的一关华容道。他深知义重如山的关羽，即使立了军令状，也会放走曹操；因而即使立了军令状，诸葛亮也没因义释曹操而深责关羽，像因失街亭而挥泪斩马谡那样。可见此虽名曰关云长义释曹操，而实为诸葛亮智释曹操。因而诸葛亮称之为“美事”，刘备当时即赞之为“神算”。

更何况诸葛亮虽曾被徐庶说成是“天人”，是刘备三顾茅庐请出隆中的，但他毕竟年轻，在刘、关、张铁三角面前只是个“后浪”，关羽在陪刘备三顾过程中不止一次说：“孔明年幼，有甚才学？兄长敬之太过！”诸葛作为军师要在蜀方立住脚除了以实绩展现自己的足智多谋，还要煞住关二哥的冲天傲气，否则其令难行。这次把守华容道，诸葛布兵时先故意晾着关二哥，直到眼看着诸将领命而去的关羽按捺不住请战，才将此战令予他，且分析他与曹操有旧可能不胜任，激之立下军令状，令其违了军令，留下把柄，从此不能不听军师之命。这样，“义释曹操”既保刘方大局，又挫了关哥的傲气，可谓一箭多雕。（按，此观点受95级学生刘薇之启发，特此说明。）

（五）非罗本不能作此美文

“曹操义释关云长”与“诸葛亮智释曹操”，是关云长义释曹操的外因。前者是关云长义释曹操的前因，以德报德的现实依据；孔明的战略思维虽非关云长事前所能了解，但军师不分配他把守华容道，他就无义释曹操的机会。而“义重如山”的性格，则是关云长义释曹操的内因。作者将其内因与外因巧妙地结合起来（一则“伏线千里”，一则“暗度陈仓”），充分揭示了义士独特的思维逻辑与行为逻辑，使“关云长义释曹操”成为《三国演义》全书乃至中国小说史上不可多得的精美文章。

对于《三国演义》的艺术创造，清人章学诚、近人鲁迅，乃至今人姚雪垠多有指摘。这都是无视《三国演义》作为中国演义小说艺术最高峰的历史事实。罗贯中“据正史，采小说，证文辞，通好尚”，一方面将高文典册的《三国志》演义为妙趣横生的通俗文字，使粗通文字的人们都能津津乐道；另一方面又将多属无稽之谈的《三国志平话》升华为妙绝千古的文学作品，使满腹经纶的人也为之倾倒，从而使《三国演义》既“非史氏苍古之文”，又“去瞽传诙谐之气”，成为雅俗共赏的千古绝唱。因而，其艺术创造之成就，是无可非议的。《三国演义》“陈叙百年，该括万事”，“义释曹操”仅沧海之粟。然其与正史相比，是无中生有；与平话相较，是脱胎换骨。仅此一端，也令人惊叹罗贯中“点石成金”的鬼斧神工。

四　奸雄性格的魅力——曹操形象心解

在伦理范畴，作为“奸雄”之最的曹操或许是个令人不寒而栗的人物；但在审美范畴，作为艺术典型的曹操，却有着其他任何形象不可替代的艺术魅力。

（一）从许劭评曹操说起

《三国演义》第一回就有个别具匠心的情节：汝南许劭有高名，操往见之，问曰：“我何如人耶？”劭不答。又问，劭曰：“子治世之能臣，乱世之奸雄也。”

这无疑是作家借许劭之口，为曹操性格定调，反映了他对人物的总体构思。其言下之意谓，曹操若生当治世，则为能臣；若生当乱世，则为奸雄。这里的“治世”是个假设条件，而“乱世”则为当时的现实，亦即曹操性格存在的社会条件。李贽《强臣论》有云：“英君多能臣，而庸君则多强臣也，故言强臣必先之以庸君也。使老瞒不遭汉献，岂少一匡之勋欤？设遇龙颜，则之杰矣。”用现代文艺学术语来说，奸雄为其典型性格，乱世是其典型环境，乱世之奸雄则为典型环境中的典型性格。

“奸雄”云云，过去被视为“奸臣”“奸贼”的代称。其实“奸雄”二字恰恰是曹操性格的二重组合：奸与雄的天然融合，奸是雄者之奸，雄为奸者之雄。

有趣的是，曹操死后，作者排列的诗文赞论，也分明体现了其性格的二重组合结构。说其雄时，是热情洋溢；说其奸时，是声色俱厉。可见作者对此大奸大雄，是亦褒亦贬，时褒时贬，贬中有褒，褒中有贬。毛本以一首《邺中歌》表达了对这些诗文的倾向，其点睛之句为："功首罪魁非两人，遗臭流芳本一身。""功首罪魁"是对曹操行为的评价，"遗臭流芳"是对曹操历史的评价。功首与罪魁，遗臭与流芳，本是矛盾的两端，难以撮合在一起。但在《三国演义》中的曹操身上却出现了奇迹："功首罪魁非两人，遗臭流芳本一身"，矛盾的对立面辩证地统一在一个形象之中，每个侧面都是他生命的组成部分，任何一方的消失都会毁灭这个形象。而这对立统一体凝结成两个字，就只能是"奸雄"这语言魔方了。

歌德曾说："人是一个整体，一个多方面的内在联系着的各种能力的统一体，艺术作品必须向人这个整体说话，必须适应人的这种丰富的统一体，这种单一的杂多。"（《收藏家和他的伙伴们》）那么，就让我们循着许劭的妙评，去对曹操性格的"整体"风采作番巡视吧。

曹操是靠整编黄巾农民军起家的。这样，他一方面是镇压起义农民的罪人（这是孙、刘所共有的身份）；另一方面又是农民军残部的收容组织者（这则是孙、刘所无的）。

曹操是讨伐董卓的旗手，但他力推"四世三公"的袁绍为联军盟主。这一方面表现了他的明智：非实力最强的袁绍为盟主不足以推进讨卓运动；另一方面又表现了他的心计：以"色厉胆薄"的袁氏为参照正显示出他的大将风度。

曹操在起家后的长期政治生涯中，是"挟天子以令诸侯"。"挟天子"自是专权僭越，拉大旗作虎皮，包着自己吓唬别人的行为；而"令诸侯"在那"家家欲为帝王，人人欲为公侯"的乱世，却不失为一种统摄与稳定的力量，诚如曹操所言："如国家无孤一人，正不知几人称帝，几人称王。"

作为一个政治军事统帅人物，曹操不仅善"运筹帷幄"，而且能"披坚执

操刺董卓 见《精镌合刻三国水浒全传》明末雄飞馆刊本

锐”，更能知人善任，唯才是举。凡此种种，书中多有佳话，而智释张辽，则尤为动人。曹操初视张辽为吕布部下，不由分说欲手刃之，暴露其易于冲动；闻刘备、关羽之阻谏而“掷剑大笑曰：‘吾亦知文远忠义之士，故相戏耳。’亲释辽之缚，自与衣穿”，则显示其惊人的自控能力与过人的器量。他爱才之心是真诚的，“吾亦知”云云又是虚伪的：一以掩盖自己的失态，一以抵消刘、关阻谏的影响，如此这般表演的最佳效果是：“辽遂降”。曹营平添了一名虎将。由此可见其招揽人才手腕之高明。

淯水兵败，于禁被人诬陷，然其不予剖白就义无反顾地去迎敌作战。这等胸襟，使曹操为之动容，于是不计其败而表彰之。李贽曾为之感慨：“战败赏人，此等举止，他人莫及。”西击乌丸凯旋回师，第一件事竟是“重赏先曾谏（阻）者”，他的理由是：“孤前乘危远征，侥幸成功，不可以为法。诸君之谏，万安之计，是以相赏，后勿难言之。”破袁绍后，发现“许都及曹军中诸人”与袁“暗通之书”。谋士建议“收而杀之”。曹操却说：“当绍之强，孤亦不能自保，况他人乎？”于是尽将书焚之，遂不再问。所有这些都可反映出曹操既有不可思议的“宽宏大度”，又有着不可思议的心计，非常人正常思维逻辑所能规范。正因为如此，在那“君可择臣，臣亦可择君”的特殊时代，曹操虽时时被对手斥为“汉贼”，却仍文有谋士，武有勇士，较之蜀吴，有着不可思议的优势。

曹操嘉奖功臣，热忱慷慨；惩治不法，毫不留情，即使是亲眷乃至自身违纪也不例外。如征张绣途中见一路麦熟，曹操下令：“大小将校，凡过麦田，但有践踏者，并皆斩首。”不料号令刚下，他的战马受惊窜入麦中，于是他拔剑自刎。被众人救下，他却道：“吾自制法，吾自犯法，何以伏众乎？”坚持割发代首，以示自惩。对此，你说他虚伪、玩弄权术未始不可，因为发毕竟不能代首；你说他严于律己亦未始不可，因为“刑不上大夫”是彼时之铁律，更何况他的马是受惊时无意践麦的，他不自惩，谁敢道个“不”字。但无论是玩弄权术，还是严于律己，他的举动都是为以法服众。“不作此姿态，何以服众？”是他思索的中心。因而，尽管曹军最为庞杂，却“万军悚然”，富有战斗力。

徐州屠城、梦中杀人、华佗被害、荀彧被逼自戕、借粮官之头以压军心，尤其是杀吕伯奢全家，是最易激起读者义愤的几个情节，作者旨在揭示曹操那令人不寒而栗的人生哲学：宁教我负天下人，休教天下人负我。但作为一个有雄才大略的政治家，曹操毕竟与一味杀伐的董卓不同。他毕竟懂得民为邦本的道理，因而有种种安民措施，致使“军民震服，北民受福”。然而无论是安民，还是害民，在曹操那里都是手段而不是目的，目的是借此以扩大自己的势力。为此，即使是安民，在他那里也是爱护中有愚弄，安抚中有欺诈。如征袁谭，河道尽冻，粮船不通，操命百姓敲冰拖船，百姓不堪其苦，纷纷逃亡。曹操大怒，令“捕得百姓来斩之”。百姓闻知，亲往曹营投首。操曰：“若不杀汝等，则吾号令不行；若杀汝等，吾无仁心也。汝等快往深山藏避，休被吾军士擒之。”一方面残害百姓，一方面刁买民心，使“百姓皆垂泪而去”，这泪中该有感恩成分吧。

“青梅煮酒论英雄”，一则见其有包藏宇宙之机，吐冲天地之志；一则见其骄横无比。赤壁之战中的“横槊赋诗”，正是他性格中后一侧面的恶性蔓延，并因此导致了他在“赤壁之战”中的惨败。有趣的是，当其几十万大军在“赤壁之战”中灰飞烟灭之后，人们听到的不是叹息，不是悲泣，而是他接连的大笑。他以战争为诗篇，于失败中尤见精神。袁绍败时垂头丧气，刘备败时束手无策，唯曹操能抖擞精神，寻找转机。这一以见其能胜能败的英雄气概，一以见其有转败为胜的大智大勇。足见英雄气概与骄横作风是互为表里的，有此双刃剑开路，他屡屡于胜利中跌倒，又于失败中崛起。

曹操一生称王称霸，甚至梨树之神也斥之“意欲篡逆”。但当他真的有机会称帝，孙权等真的称臣劝进时，他却大笑：“是儿欲使吾居炉火上耶！”原来他视日夜思慕的帝位为可怕的“炉火”，进而说：“吾其事汉三十余年，虽有功德，位至于王，于身足矣，何敢更望于外乎？”这一则为自我开脱，自我粉饰；一则为确凿的事实，他“虽秉权衡欺弱主，尚存礼义效周文”，毕竟没有当皇帝。

奸雄曹操，曹操奸雄，“奸雄”二字，跨越时空，贯其一生。他幼时便“有权谋，多机智”：假装中风，安排圈套，哄骗诬陷好意管教他的叔父，既使叔父失信于父亲，又为自己的“恣意放肆”逃脱了管教，心计甚深。后来，他由浪荡子弟到被举孝廉，又从小小的洛阳北都尉成为纵横天下的汉丞相和魏王，历时半个世纪，饱经了人世的沧桑、宦海的风波、沙场的烽火，其激烈与深刻，非常人可比拟。其奸其雄，相辅相融，几乎浸入其每个细胞，几乎伴随其每一段历程。终其一生，大致可以赤壁之战为界，分为前后期。相对而言，前期多雄，后期多奸；然雄中有奸，奸中有雄，只是前后稍有侧重，而两者从未分离。死前他又设立七十二疑冢，躺在坟墓里还要作弄世人，令敬之者与恨之者都感到处处有曹操，以致“说曹操，曹操就到”：仍是既有权谋，又多机智。

总之，作为一代奸雄，曹操既有着不可思议的文韬武略，也有着不可思议的鬼蜮伎俩。他不屑作鸡鸣狗盗式的小恶，也不乐施针头线脑式的小惠，欲为善则为大功大德，欲为恶则为至恶至邪。为善也好，为恶也好，都包藏着极高的智慧。以智慧为前茅，他的作恶与为善几乎总是同步完成。因此，他的种种言行虽多不令人心悦，却有不少教你心服（不得不服也），让你在阅读过程中，“恨曹操，骂曹操，不见曹操想曹操”。

这就是曹操。

这就是《三国演义》中的曹操。

一个多么复杂的性格世界。

一个多么成功的艺术典型。

在中国小说史上，这么复杂而成功，这么让人着迷又令人困惑的艺术典型，舍曹操可能难找出第二个来。

（二）从福斯特“圆的人物”理论说起

英国现代作家 E. 福斯特在《小说面面观》里，把小说人物分为“扁的”和“圆的”两大类。所谓“扁的”，实则类型化典型，其特点是为一般而找特殊，共性鲜明突出，个性则绝对从属于共性。所谓“圆的”，实则性格化典型，其特点是在特殊中显示一般，着重描写个性的独特、丰富和复杂，而共性则融于个性之中。人们用福斯特的理论来衡量《三国演义》，认为它是中国小说史上类型化艺术典型的光辉范本，其间多数人物性格单一化，道德规范化，肖像脸谱化，人物成了某种凝固的概念的化身，如孔明之神、关羽之义、刘备之仁、张飞之猛（傅继馥《类型化艺术典型的光辉范本》）。

但在这部扁形作品中，在这群扁形人物中，竟奇迹般地钻出个唯一的圆形人物曹操。从多维的角度去观察，如上所述，曹操的每一言行几乎都闪烁着不同的色彩，让人困惑又令人着迷，充分显示了其性格的魅力。

中国小说由类型化典型向性格化典型的历史性转变，到底从何时开始？学界看法不一，有自《金瓶梅》始说者，有自《红楼梦》始说者。其实这一历史性转变，从中国小说史上第一部长篇小说《三国演义》就开始了，曹操就是中国小说史上性格化典型的第一个里程碑。在中国长篇小说的初创时代，在类型化典型的风云时代，在群体意识几乎要吞没一切有个性生命的前启蒙时代，罗贯中对曹操的复杂性有如此明彻的认识，有如此天才的创造，实堪称道。

曹操性格如此复杂，足以使它离开二度的平面而成为一个立体的圆球，以致从任何单一的角度出发，都只能观察到标志着不同素质的半个球面。而不少论者却习惯于以某一单一角度观察之，这就使曹操成为中国小说史上最有争议的形象之一。

最典型的大概要数三十多年前，那些欲打倒《三国演义》而替历史上的曹操翻案的历史学家，如郭沫若等先生。他们显然没有充分认识作为艺术形象的曹操的复杂性与成功所在，只从某一现实需要出发，只盯着这“立体的圆球”的某一侧面，就断言《三国演义》是歪曲曹操的“谤书”，就左右其手。这就难免走向失误了。

众所周知，历史小说虽取材于历史，却毕竟不是历史，而是小说的一种。犹如熊猫虽有些像猫，却毕竟不是猫，而是熊的一种。历史小说之于历史，亦犹如熊猫之于猫，实有着质（或种）的差异，不容混为一谈。历史小说无论是借历史鞭打现实，还是借历史讴歌现实，或借历史寄寓人生梦幻，其之于历史原型，因其表现思想内容的需要，或顺其意而用之，或反其意而用之。不管怎么用，多只取其意而已：求其神似而非形似，决不会原封不动地去搬演历史。诚如西哲有云，任何历史都是当代史。历史小说则当尤其如此。其实对如此浅薄的道理，郭沫若先生何尝会不知道？他对此早就有个精彩的论述，说：“历史研究是‘实事求是’，史剧创作是‘失事求似’。史家是发掘历史的精神，史剧作家是发展历史的精神。”（《历史·史剧·现实》）因而怎么能在“失事求似”的历史小说中去寻求“实事求是”的历史呢？怎么能以“实事求是”的历史去苛求“失事求似”的历史小说呢？其实即使所谓“实事求是”的历史研究，其“实事”虽只一个，但由于史家对“实事”的了解与认识不一，其所求之“是”，也未必就是历史本貌之“是”，而倒可能为各执一“是”。诚如别林斯基所言：“试拿三四位描写某一时代、某一历史人物的卓越的历史家为例：这时代，这人物在他们每一个人的笔下，不管多么相似，却还是会以特殊的互相抵触的细微差异而显著的。可见即使是历史，也包含创作的因素，这就是说，历史家也给自己创造理想。编年史都是大同小异的，可是根据它们构成的理想却是千差万别的。”（《论〈莫斯科观察家〉的批评及其文学意见》）如《史记》中诸多人物传记，都程度不同地渗入了作者的“合理想象”，尽管司马迁申称为“秉笔直书”。更何况作为历史小说的《三国演义》呢？

不过，曹操形象在《三国演义》乃至整个中国小说史上是个奇特的文化现象，即使以艺术形象与历史人物相比勘，作“实事求是”的考察，《三国演义》中的曹操形象也最合乎历史真实。这真叫那些翻案专家无可奈何，也足令今天的历史小说研究者与创作者深思。

若以历史真实衡之，《三国》人物除了曹操，其主要性格特征几乎都作了根本性的改造。

刘备，在《三国演义》中是作为与曹操相对立的形象——仁君的典型来描写的。其实历史上的刘备，与曹操一样都是“枭雄”。罗贯中为将刘备塑造成仁君形象，就极力抹去他性格中任何“不仁”的成分。如怒鞭督邮的故事史属刘备。怒鞭督邮，不失枭雄本色。到了罗贯中笔下，怒鞭督邮的主角却变成了张飞，刘备则扮成一仁慈的角色：面对督邮的训斥，“喏喏连声”；被督邮索贿陷害，只“心中怏怏”；见张飞怒鞭督邮，却“急喝住手”。与历史上的刘备判若两人，为其“仁君”形象敷上了底色。正如鲁迅所言“欲显刘备之长厚而似伪”。

诸葛亮，在《三国演义》中是被作为“智慧的化身”来写的。他神机妙算，以致成为半仙之体。鲁迅甚至说，小说“状诸葛之多智而近妖”。然在《三国志》中，诸葛亮却是“于治戎为长，奇谋为短”，“无应敌之才”。从一个“奇谋为短”的人，变成了“智慧的化身”，两者之差异何其大也！

周瑜，在《三国演义》中虽精干却气量狭窄，尤其忌恨诸葛亮，以致被诸葛亮三气而终，临死长叹：“既生瑜，何生亮！”何等小器。其实历史上的周瑜是在赤壁之战后的第三年病死于巴丘的，而不是被孔明气死的。他是个“性度恢廓”的干才，并非气量狭窄的小人。周瑜为东吴都督时，程普不服，自恃功高年长，“数陵侮瑜，瑜折节容下，终不与校。普后自敬服而亲重之，乃告人曰：‘与周公瑾交，若饮醇醪，不觉自醉。’时人以其谦让服人如此”（《江表传》）。小说为突出孔明，只得让周瑜屈尊了。

鲁肃，在《三国演义》中是忠厚胆小的人物。其实历史上的鲁肃，是个颇有才能的政治家、军事家，“治军整顿，严令必行。虽在军阵，手不释卷。

又善谈论，能属文辞，思度弘远，有过人之明”。他初见孙权，分析天下大势，与孔明那名垂千古的“隆中对”不谋而合。周瑜死后，就由他接任都督。小说于“赤壁之战”中，却让这“思度弘远”的鲁肃处处充当了孔明的配角。

还有蒋干，在历史上是“以才辩见称，独步江淮之间，莫与为对”的雄辩家，并非像小说中写的那么窝囊：是个处处被人作弄却自作聪明的丑角。

若有兴趣还可以历数下去，但仅此已足以说明，《三国演义》中的人物较之历史原型，无论是美化了，还是“丑”化了，总是有着巨大差异的。说这些既无意于为其恢复本来面目（恢复了就没有小说人物），也非指斥《三国演义》人物描写“失真”（全真了也就没有小说人物），而在于将他们与曹操相比较，以显示曹操形象特殊的真实性。

曹操形象，无论其奸其雄，其大节都有历史依据。罗贯中对曹操的英雄气概与业绩，不仅有生动的描写，而且有艺术的概括。第七十八回先有诗曰：“雄哉魏太祖，天下扫狼烟。动静皆存智，高低善用贤。长驱百万众，亲注《十三篇》。豪杰同时起，谁人敢赠鞭？”再有赞曰：“操知人善察，难眩以伪。识拔奇才，不拘微贱，随能任使，皆获其用。与敌对阵，意思安闲，如不欲战，然及决机乘胜，气势盈溢。勋劳宜赏，不吝千金；无功望施，分毫不与。用法峻急，有犯必戮，或对之流涕，然终无所赦。雅性节俭，不好华丽，故能芟刈群雄，削平海内。”

这是作者对其笔下艺术形象化的曹操的总结，试与陈寿《武帝纪》的总论相比，实同出一辙。陈寿云：“汉末，天下大乱，雄豪并起，而袁绍虎视四州，强盛莫敌。太祖运筹演谋，鞭挞宇内，揽申、商之法术，该韩、白之奇策。官方授材，各因其器；矫性任算，不念旧恶。终能总御皇机，克成洪业者，为其明略最优也。抑可谓非常之人，超世之杰矣。”在这里历史与小说几乎融合了，足见曹操形象是何等真实。

（三）从曹操杀吕伯奢全家说起

然而，当替曹操翻案的专家们，无限夸大曹操的历史功绩（雄的一面），极力文饰其历史过失（奸的一面）时；当我们已对曹操的英雄气概与业绩有了充分的论述，并证之以史实时，我们就不得不涉及问题的另一面，即《三国演义》中曹操形象中的奸邪成分，或说作为至奸至邪的曹操形象，是否也符合历史真实？如前所述，作为奸雄形象的曹操是个不可分割的整体，现在这种分而述之的方法，是以残酷地牺牲形象的整体性为前提而进行着的。但在别无长技的情况下，也只有如此了。

杀吕伯奢全家，大概是曹操奸邪性格最突出的表现。然而它却不是《三国演义》无中生有地虚构出来的，裴松之《〈三国志〉注》就为之提供了坚实的历史依据。裴注引了几种书，来注曹操的这一行迹。

> 《魏书》（王沈著）："太祖（曹操）以卓终必复败，遂不就拜，逃还乡里，从数骑过故人成皋吕伯奢；伯奢不在，其子与宾客共劫太祖，取马及物。太祖手刃击杀数人。"
>
> 《世语》（郭颁著）："太祖过伯奢，伯奢出行，五子皆在，备宾主礼。太祖自以背卓命，疑其图己，手剑夜杀八人而去。"
>
> 《杂记》（孙盛著）："太祖闻其食器声，以为图己，遂夜杀之。既而凄怆曰：'宁我负人，毋人负我！'遂行。"

对此，郭沫若先生在其宏文《替曹操翻案》中有辩云："照情理上看来，《魏书》是比较可信的，但是不高兴曹操的人自然特别选中了孙盛，这位'好奇情多，而不知言之伤理'的先生。'宁我负人，毋人负我'的话，应该是孙盛的话，而不是曹操的话。曹操特别受了歪曲，这些'好奇情多'的先生是应该负责的。"

尔后，刘敬圻在《嘉靖本〈三国志通俗演义〉中的曹操》等文中，也认为“编排这个故事，是罗贯中放纵主观情致而造成的一个失误”，“它像赘瘤一样，附着在曹操形象上面，不仅损伤了历史人物，也损伤了艺术形象本身”。理由有二：其一说，罗贯中选取了最不利于曹操的传闻，随心所欲地把一个惊弓之鸟处理成一只残忍的狼，使人物性格发生了质变，一下子发展到恶的顶点。其二说，一定要把“杀吕”故事强加到他的文学形象中去，也应放在他的后半部，即天下已定，大权在握，思想趋于老化，疑心病大作的时候，穿插在刺卓与讨卓之间，则不合乎人物性格发展的内在逻辑。

郭氏“照情理”云云，既未言照何情何理，也未说《魏书》何以可信。看来是因为《魏书》有利于郭氏替曹操翻案的主观情致，就认定它“比较可信”。据考这《魏书》恰恰比较不可信：其一，吕、曹既为世交，吕子劫之则不合情理；吕子即使虎狼成性，劫一逃犯亦不合情理，一名逃犯有什么可劫的呢？其二，即使如《魏书》所说，吕子及宾客先发制人，曹仓皇应战，即使他骁勇过人，又岂能在格斗中“手刃击杀数人”而安然逃去？其三，《魏书》作者王沈曾在魏国当过治书侍御史、散骑常侍，所撰《魏书》对曹多有溢美之词。如云：“太祖自统御海内，芟夷群丑，其行军用师，大较依孙吴之法，而因事设奇，谲敌制胜，变化如神……故每战必克，军无幸胜。”别的史家称曹操的对手为“群雄”，这里却视为“群丑”，曹操南征北战，有胜有负，怎么可能“每战必克”呢？这不是在竭力美化曹操吗？以这种主观情致去写“杀吕”故事自然尽量为曹开脱，只是开脱得不尽合情理罢了（参见《曹操论集》第114—115页）。

相形之下，刘氏倒还讲出了些道理，只是其在主观情致上要论出个较完美的曹操，先入为主，其分析就不免也有“失误”。其一，对于曹操来说，惊弓之鸟与残忍的狼并不是不可调和的对立面，也不存在从惊弓之鸟到残忍的狼的所谓质变，而恰恰是对立的统一体。惊弓之鸟是其当时的处境，残忍的狼为其性格的一个重要侧面。惊弓之鸟，既已惊弓（刺卓未遂而成了天下共擒的逃犯），自然多疑；既多疑，自然会先发制人，因为他毕竟不是闻风丧胆的可怜虫，而是有着虎狼之性的奸雄（何况他还闻有“磨刀之声”）；既先发制人，即使是故人之子乃至恩义并重的故人，也免不了被杀戮（先是误伤无辜，后则疑故人难忍杀子之痛会转恩为仇，只得一并杀之）。在曹操看来，不逃生，就不足以完成讨卓大业；而此时不杀吕，则不足以逃生。尽管旁观的陈宫责之为“狼心狗行之徒”，后人视之为“残忍的狼”，但在曹操的行为规范里，这则是从大局、大志、大事出发而不得不为的“小节”。至于他那被人称为“血盆大口似的人生哲学”：“宁使我负天下人，休教天下人负我”，这固然是曹操歹毒心理的反映，然此时此地如此云云，也是情急无奈，兼之被陈宫当面指斥得无言以对，干脆道出这一不作二不休的极端之言。其实曹操多有“浑厚坦荡”之风，并非时时、处处、事事如此这般刻薄。否则，曹操岂能有未来的大业？

其二，《三国演义》一开始就表现了曹操奸雄性格的复杂性，“杀吕”自是表现其“奸”的典型情节。它既符合人物性格的逻辑轨道，也符合原传闻中故事的基本形态，它只能是刺卓与讨卓之间这特定环境中的特定行为。对此，任何研究者都不能因为它不利于自己主观逻辑推理，就随心所欲地将它移到曹操形象的“后半部”去。更何况曹操后半生虽天下未定，却大权在握，即使“思想趋于老化，疑心病大作”，也不会有“杀吕”事件，因为此时他虽也有过败局，但毕竟不至于像刺卓未遂之际那般狼狈逃窜，而成了“惊弓之鸟”。

因而“杀吕”既是曹操性格逻辑中应有的行为，也有一定的历史依据，那就不是某个研究者“放纵主观情致”所能抹杀的，或当“赘瘤”割得掉的。

在曹操的历史档案中，足证其奸的材料还多着呢。如“格杀救火者”见于《山阳公载记》，“梦中杀人”见于刘义庆《世说新语》，“借粮官之头以压军心”见于“裴注”。

可见，作为一个极其复杂而成功的艺术典型的曹操，虽得力于罗贯中的天才创造，而罗贯中对这个人物的塑造，则无论其为天使，抑或为魔鬼，都借重于历史原型，都是对历史原型的顺向艺术加工，而不像对其他人物形象，或是对其历史原型的逆向艺术加工，或是凭着一支生花之笔无中生有。作为艺术形象的曹操，作者对之既未美化，也未丑化，而是基本上真实地再现了历史上的曹操形象（尽管两者之间不能画等号，尽管作者有贬曹倾向）。这在具有数百个艺术生命的《三国演义》中是独一无二的，这自然是现实主义的伟大胜利。这一艺术现象，或许是热衷于“替曹操翻案”的专家们所未及深思过的。

（四）这也是“假作真时真亦假”

《三国演义》“七实三虚”说，源自清人章学诚。章氏《丙辰劄记》有云：“惟《三国演义》则七分实事，三分虚构，以致观者往往为所惑乱。”尔后经胡适、鲁迅加以论述，此说几乎成了对《三国演义》创作方法的定论，而为众多的文学史、小说史以及有关论著所接受、所诠释。

其实只要将《三国演义》与《三国志》等史书相比勘，就不难发现《三国演义》并不是“七实三虚”，反倒是“三实七虚”。不妨分解如下：其一，在全书主脑的确立上，《三国志》根据历史实事，以实力最强、地位最高、影响最大的曹魏为史志主体。《三国演义》却反其道而行之，以势力最弱、地位最低、影响最小的刘蜀为轴心，去构造小说的艺术世界。两相比较，小说似乎是南辕北辙了。其二，在布局谋篇上，《三国志》以《魏书》为最详，《吴书》次之，《蜀书》居末（《魏书》三十卷、《吴书》二十卷、《蜀书》十五卷）。而《三国演义》则以刘蜀为主体，全书百二十回刘备集团人物几乎占去三分之二的篇幅。两相比较，小说似乎是首足倒置了。其三，在人物的评价上，《三国志》对魏、蜀、吴三方人物都作了较客观的记叙与评价，但相对而言，其“多详魏而略吴，华曹而陋蜀”，有的史家甚至称之为“帝魏寇蜀”。而《三国演义》则有着鲜明的“尊刘反曹”倾向。两相比较，小说似乎是是非颠倒，乃至灵魂出窍了。其四，就人物创造而言，刘备、诸葛亮、周瑜、鲁肃等《三国演义》中的主要角色，如前所述，与史实相比都作了根本性的改造，同时魏、蜀、吴三方众多的人物都不见于史传，皆为作者生花之笔虚构的。其五，就情节设置而言，“赤壁之战”本是《三国演义》的中心环节。赤壁一战而三分定，没有赤壁之战就没有三国之分。因而，赤壁之战在《三国演义》全书中的地位，足以令人刮目相看。然按之历史，却不存在一个“赤壁大战”，而只有一个“赤壁小战”（参见尹韵公《赤壁之战辩》，《光明日报》1981 年 3 月 31 日）。通观全书，《三国演义》大概有一百来个故事情节，其间纯属无中生有的有三十余个，如著名的桃园结义等，变孙坚斩华雄为关羽斩华雄，此类张冠李戴的情节有十三四个，仅据“七擒七纵，而亮犹遣获”数字写成数回的“七擒孟获”，据“由是先主遂诣亮，凡三往，乃见”一语写成洋洋洒洒的“三顾茅庐”，此类借题发挥的情节不下二十个，改张辽请降为宁死不屈这种本末倒置的情节也有十来个，另尚有合二而一或一分为二型的情节。虚构型情节大抵占全书情节的百分之七十以上。

《三国演义》明明是一部“三实七虚”的作品，何以长期被人们视为“七实三虚”之作呢？这既由于罗贯中借史以自重（他标榜只是对陈寿的史传稍事通俗化的“编次”而已），也由于中国小说批评中“史学意识”强烈（视小说为史之余或野史或纪实），更由于作者艺术虚构能力高超，他既善于利用真的历史框架填上假的故事情节，又善于利用真的故事情节去另铸新的人物形象，从而使历史的真与想象的假，想象的假与细节的真，水乳交融，难解难分。于事，他创造了“一种更高更真实的假相”（歌德语）；于人，他“替他们说出他们没有说出来的话，完成他们没有做过然而根据他们‘天生的’和‘努力得来’的特质一定会做的事情”（高尔基语）。因而尽管罗氏以“尊刘反曹”替代了“帝魏寇蜀”倾向，但人们并不以为《三国演义》是“灵魂出窍”了，反认为它是根据宋以来人民与历史的选择铸造了一个为广大读者普遍接受的新灵魂，否则就不叫《三国演义》。尽管罗氏将一个“奇谋为短”的人改造为“智慧化身”的诸葛亮，人们并不认为他做了什么“大脑移植”之类的手脚，反觉得诸葛亮本该如此，否则就不叫诸葛亮。至于刘备、周瑜等人，也都如此。可见，假的有时比真的更动人，更令人相信。这就是艺术的魅力，这就是《三国演义》“惑乱”观者的巨大魅力所在。历来不仅有“无数的失学国民”为之所“惑乱”，还有不少满腹经纶的学者被它“闹昏”了（因而二十世纪五十年代有“替曹操翻案”的壮举）。实则，不能“惑乱”观者的历史小说，就无艺术魅力可言，这也是尔后众多的通俗历史教科书式的历史小说，没有一部比得上《三国演义》的根本原因之所在。

有趣的是，一部“假《三国》”中何来一个真曹操呢？这是因为历史上的曹操本身就非常典型化，似乎不用多加化妆就可登上文学舞台。但请不要误会，以为“似乎不用多加化妆”就是不用化妆。不对，不加“化妆”，任何典型的现实人物都不可能获得文学王国的“国籍”。所谓现实主义就是“无条件地直率地按生活的本来面目描写生活”云云，只不过是极端化的标榜而已，而在创作实践上是行不通的。即使是所谓“自然主义”的文学也不可能如此。因而作家对曹操虽不像对诸葛亮、刘备那样进行根本性的改造，却时时、事事、处处不动声色地对之实行“化妆”：一方面沿着其历史原型的性格逻辑，将其“奸”与“雄”各自引申，使奸者愈奸，雄者愈雄，又相辅相融，无断裂感；一方面将曹操融入新的生态环境，让他与众多已革心换面的人物（相对于原型而言）“相生相克”在一个合乎生态逻辑的艺术世界里，如鱼入水，舒展自如。这种似未多加化妆的化妆，实为一种更艰难更高层次的艺术创造。诚如罗丹所言：“真正的艺术是忽视艺术。”在《三国演义》中，曹操或许是唯一可称得上“七实三虚”的艺术形象了。然而他却有着其历史原型乃至其他《三国》人物不可比拟的审美意义与艺术生命。诚如冥飞《古今小说评林》所言：

统观全书，倒是写曹操写得最好。盖奸雄之为物，实在是旷世而不一见者。刘先主奸而不雄，孙伯符雄而不奸，兼之者独一曹操耳。虽作者未尝为之出力，而平铺直叙写来，已使人不能不注意也。

更有趣的是，那些一门心思要“替曹操翻案”的专家，既不责备《三国演义》对诸葛亮之流有所“歪曲”，也不对《三国演义》之外其他历史小说数落数落，而独对无论从哪个角度看都显得相当真实的曹操形象嚷嚷得厉害，更无视作为一个“尊刘反曹”论者的罗贯中需要经过何等艰难的心灵搏斗才能塑造出这么个相当真实的曹操形象。这真是“假作真时真亦假”了。

五　勇士性格的旋律——武松、鲁达、李逵异同论

（一）只有人物足垂不朽

著名作家老舍先生有至理名言云：

> 小说的成败，是以人物为准，不仗着事实。世事万千，都转眼即逝，一时新颖，不久即归陈腐；只有人物足垂不朽。此所以十读《施公案》，反不如一个武松的价值也。（《老牛破车》）

如果说《水浒传》的成就，就是凭空给中国小说史增添了众多不朽的人物，塑造了一个多彩的性格世界，我想是不过分的。《水浒传》人物之众多在中国小说中是罕见的，出场人物六百八十五人。当然，说《水浒传》那六百多人个个都是典型，自是夸大之词；说"《水浒传》写一百八个人性格，真是一百八样"（金批），也不免言过其实；用茅盾的话说，全书重要人物至少有一打以上各有各的面目，却是事实。

"典型"是不可轻许或自诩的。创造一个典型，或许与科学家发现一颗新星或新大陆的价值等同。古往今来，作家何其多，作品何其多，能凭空给世界添一个典型形象的作家或作品，却寥若晨星。众多的作家作品中的绝大多数确如金圣叹所言："任他写一千个人，也只是一样；便只写得两个人，也只是一样"，往往令人"看过一遍即休"。正因为如此，勃兰兑斯在谈到法国浪

漫派时曾写过“被忽视和被遗忘的人们”的专章，无比感慨地说：“文学事业的情况是：几百个参加竞争的人物，只有两三名达到了目的，其余的人都精疲力尽地沿途倒下了”（《十九世纪文学主潮》第5册第419页）。《水浒传》以一书能为人们贡献如此众多的典型形象，这非但在中国，即使在世界文学史上，也堪称奇迹。难怪金圣叹盛赞：“天下之文章，无有出《水浒》右者；天下之格物君子，无有出施耐庵先生右者。”（《〈水浒传〉序三》）

（二）燃烧型的性格底色

令人惊讶的是，施耐庵为何能“写一豪杰居然豪杰，写一奸雄又居然奸雄，写一淫妇即居然淫妇，写一偷儿又居然偷儿”（金批）呢？前人对此有种种破译，今仅拈出明人李贽的一则批语，引申演说，以见一隅。李氏在《水浒传》第三回有批云：

> 描画鲁智深，千古若活，真是传神写照妙手。且《水浒传》文字妙绝千古，全在同而不同处有辨。如鲁智深、李逵、武松、阮小七、石秀、呼延灼、刘唐等众人，都是急性的，渠形容刻画来，各有派头，各有光景，各有家数，各有身份，一毫不差，半些不混，读去自有分辨，不必见其姓名，一睹实事，就知某人某人也。

书中“急性”的自然不止这个数，梁山一百零八条好汉（加晁盖则为一百零九人），没几个不是勇士，没几个不是“急性”。无须多论，仅从人物的绰号，就能见其一斑。《水浒传》的人物绰号，基本上显示了人物性格的某一特征，因而对人物性格有着“颠扑不破的”表现力。梁山百九人中就有三十五个以动物取号，所涉及动物有十八种。其间虽不乏灵物，却更多猛兽，如豹子头、青面兽、锦毛虎、扑天雕，等等，都是人物性格的象征；还有直接以秉性命名的，如霹雳火、黑旋风、拼命三郎、独火星，更是烈火般性格的写照。而李氏所举的前三名勇士：武松、鲁智深、李逵，则是其中的突出代表。

梁山好汉多性急。一则因他们都是血气方刚的年轻人，他们中除名列百八人之外的晁盖出场时已届不惑之年，宋江等少数人年满三十，其他人多在三十岁以下，少年气盛，自然性急；二则因他们多为北方大汉，百九人籍贯涉及现今十几个省市，而其间河北、河南、山东占压倒多数，自古“燕赵多慷慨悲歌之士”，乱世尤然；三则因他们上梁山之前各有一段坎坷经历，多数是受到黑暗势力的残酷压迫而不得不上山的，“仗义疏财归水泊，报仇雪恨上梁山”，即使原是缓性子的（如林冲），也被逼成了急性子；四则因他们的主体是文盲、半文盲的草莽英雄（即使粗通文字能写个信看个榜的也是极少数，像“教授”吴用、刀笔小吏宋江、儒将林冲等这样的“高级知识分子”，就更是凤毛麟角了），这些粗鲁汉子充当了绿林“强盗”，哪有不性急的？五则因他们都与酒有不解之缘，他们以痛饮为快，以豪饮为荣。“大碗喝酒，大块吃肉”，上山前是理想，上山后是家常便饭。武松、鲁智深的口头禅就是：“一分酒，只有一分本事；十分酒，便有十分的气力。”李逵的话是：“教我不要吃酒，以此路上走得慢了。”“放胆文章拼命酒”，本为莽汉，兼有酒精刺激，更是火上添油，动辄轰轰烈烈地燃烧起来。

在中国小说的艺术世界里，性格就是行为，行为就是性格。“动作起源于心灵”（黑格尔），性格与行为总是紧密相连，而作为“中介”的心理活动往往被省略（并非忽略）。急性必有惊心动魄的行为爆发，有惊心动魄的行为爆发正见之性急。如打虎、杀嫂，醉打蒋门神、大闹飞云浦、血溅鸳鸯楼等，就只能是性急的武松的作为。拳打镇关西、醉打山门、大闹桃花村、倒拔垂柳树、威震野猪林等，又只能是性急的鲁智深的杰作。大闹江州，活割黄蜂刺、劈死赵能、剁碎李鬼、搠死曹太公、踢死殷天锡、打翻杨太尉等，更只能是性急的李逵的胜迹。

这些惊心动魄的行为，使得三勇士的性格世界里升腾起一种刚正之气，激荡出一种浩然正气：“是气所磅礴，凛烈万古存。当其贯日月，生死安足论！”（文天祥《正气歌》）这也是我们民族性格中阳刚之美的表现。

这些共同特征，为梁山勇士铺染上了性格底色。然而勇士性格世界的斑斓色彩，主要的不是靠共同的底色，而是靠同中之异：共同底色上的不同色泽所显现。同是勇士，却各有派头，各有光景，各有家数，各有身份。

（三）暴烈杀手偏特精明

武松是复仇的使者。他像一团烈火，哪里有仇恨，就烧向哪里，为哥哥武大向西门庆、潘金莲复仇，为朋友施恩向蒋门神复仇，为自己向张都监、张团练复仇……仿佛一切复仇行为都集中在他身上，仿佛要把一切受害者的仇人都像景阳冈上的老虎那样打死。而景阳冈打虎，客观上也是为曾葬身虎口的人们复仇。

武松的复仇行为是暴烈的。在飞云浦，他利刃初试，就搠翻了四个人，还怕不死，“每个身上又搠了几刀”。在鸳鸯楼，他见人就杀，一口气结束了张都监、张团练等十五口男女。以致后来刀已切不动人头，武松借着月光察看，这才发现由于杀人太多，用刀过猛，刀已砍缺磨钝。

然而，他的鲁莽之中却透出一种莫测的精明。当一座县衙门已被西门庆白花花的银两买倒，武松拿着武大的骨殖投诉无门时，他凭着自己的精明和神威，进行了种种侦探和调查。巧妙地让怯懦的知情者提供了人证物证，又逼出狡诈的凶手的口供，然后处死潘金莲，摔死西门庆。他一手做到了尸、伤、病、物、踪“五件俱全”，然后提着两颗人头，押着王婆，径投衙门，一时轰动了街坊，骇呆了知县。投案自首，竟变成了一场正义的示威。

武松不迷信官场，却利用官场使沉冤与恶行大白于天下；不恪守王法，却利用王法使他的复仇行为堂堂正正。“这就在没有是非的土地上，分清了是非；在践踏正义的社会里，伸张了正义”（傅继馥《论武松形象》）。

（四）鲁莽汉子偏有权诈

鲁智深是仁爱的化身。他把禅杖指向哪里，也就把仁爱的种子播向哪里。如果说武松的种种复仇行为中多少还包含着自己的功利，那鲁智深则是“完全忘我，完全无畏，完全只问是非曲直，不计个人利害，路见不平，连一秒也不踌躇，立即插身于两者中间，面对着强暴者，叫弱小者让开，从此天大的事都与别人无关，只要他鲁智深一人承担就行了”（聂绀弩《〈水浒〉五论》）。碰见郑屠欺压金氏父女，就打郑屠；碰见周通要强娶民女，就打周通；碰见崔道成、邱小乙欺压瓦官寺僧众，就和崔、邱相斗；探知董超、薛霸要害林冲，就要惩办董、薛，并把林冲一直护送到沧州。

他的行为准则是：杀人要见血，救人要救彻。一边是彻底的恨，一边是彻底的爱。正因为恨得深，就爱得深；或说正因为爱得深，就恨得深。大爱大恨所爆发的行为，都是惊天动地的，他从不屑于那种不痛不痒的行为。这样，他的行为自然也是暴烈的、鲁莽的。为保护素不相识的金氏父女，他只三拳就结束了一条歹毒的性命：

> （鲁达）只一拳，正打在鼻子上，打得鲜血迸流，鼻子歪在半边，却便似开了个油酱铺：咸的，酸的，辣的一发都滚出来。郑屠挣不起来，那把尖刀也丢在一边，口里只叫：“打得好！”鲁达骂道：“直娘贼！还敢应口！”提起拳头来就眼眶际眉梢只一拳，打得眼棱缝裂，乌珠迸出，也似开了个彩帛铺的：红的，黑的，绛的都绽将出来。
>
> 郑屠当不过，讨饶。鲁达喝道：“咄！你是个破落户！若只和俺硬到底，洒家倒饶了你！你如今对俺讨饶，洒家偏不饶你！”又只一拳，太阳上正着，却似做了一个全堂水陆的道场：磬儿、钹儿、铙儿，一齐响。

鲁达看时，只见郑屠挺在地上，口里只有出的气，没有入的气，动弹不得。

何其精彩的三拳，真是有声有色又有味，它不仅显示了鲁智深的威力，更表现了他的性格。鲁智深原只想教训教训那恃强欺弱的镇关西，不想竟打杀了他。可见这三拳打得何等之猛，何等之狠，何等之莽，以致鲁智深自己也感到意外；可见一个莽汉，一旦性起，是何等不能自已，以致拳头也不听使唤。

然而他在鲁莽之余，却有着令人难以置信的“权诈”。且不说他事先如何挑逗、消遣、激怒郑屠，然后有理有节地收拾郑屠，以收后发制人之效。单说他打死镇关西后，没有像武松杀了西门庆之后主动到衙门去自首，倒不是他缺乏好汉做事好汉当的勇气，而是另有一番妙理：洒家须吃官司，又没人送饭。吃官司并不可怕，可怕的倒是吃了官司后没人送饭。这只能是鲁智深特有的思维逻辑。因此他在打死镇关西后，来了个美丽的逃遁。打死了人又要当众逃遁，就须制造骗局，以免被人拦了退路。这样，莽汉先假意道：“你这厮诈死，洒家再打。”待欲拔步走时，又回头指着郑屠尸道：“你诈死！洒家和你慢慢理会！”一头骂，一头大踏步去了。仿佛他没打死郑屠，只是无赖诈死，更引起人们对郑屠的鄙视；仿佛也不是要逃走，而是稍事休息，再来“慢慢理会”，“再打”，更挑起人们对事件的好奇，对英雄的惊慕。

当在场的人们还没有从这粗人的骗局中醒来，他就大踏步地走了。走得那么从容不迫，那么理直气壮，毫不慌乱，毫无破绽。当人们终于醒悟过来时，不能不击节惊叹：美哉！鲁达之遁。难怪“金批”有云：“鲁达亦有权诈之日，写来偏妙。”“容批”有云：“仁人、智人、勇人、圣人、神人、菩萨、罗汉、佛。”

（五）无心眼者偏多心眼

李逵是正义的旗帜。他的气质、他的形态、他的声口、他的目光都传递着不容置疑的正义感。仿佛“他站在哪一方面，那一方面就是正义所在。至于他作了一些什么，作得对不对，似乎是次要的”（聂绀弩《〈水浒〉五论》）。

他质朴得像泥土，鲁莽得像野牛，感情胜于理智，行为胜于思索。他是用直观或直觉去逼近真理。恶霸殷天锡仗势欺人时，柴进曾幻想通过“条例”（法律）去与殷打官司，李逵却说：“条例、条例，若还依得，天下不乱了。”他对封建法律的认识，远较柴进（包括武松）深刻。难怪“金批”为：“快论，确论。”上梁山不久，李逵就在筵席上跳起来说：“便造反，怕怎地？晁盖哥哥便做大宋皇帝，宋江哥哥便做小宋皇帝，吴先生做个丞相，公孙道士便做个国师，我们都做个将军，杀去东京，夺了鸟位，在那里快活，却不好？不强似这个鸟水泊里？”他对皇权的认识，是宋江等不可比拟的。李贽对此大为喝彩，说是“天上的言语，大皇帝，小皇帝，都是不经人道语，正使晋人捉麈尾，十年也道不出”。朝廷派人来宣旨招安，李逵揪住钦差又打又骂，说：“你的皇帝姓宋，我的哥哥也姓宋，你做得皇帝，偏我哥哥做不得皇帝。”这大概是宋江等人无论如何也想不出的道理，却被他冲口道出。

当他对“条例”作评时，其实对封建礼法是毫无所知。当他发表大宋皇帝、小宋皇帝的妙论时，竟不知“大宋皇帝”云云是个尊称并不意味着皇帝有大小之分，更不知“天无二日，国无二君”的铁律。当他大叫：“你的皇帝姓宋，我的哥哥也姓宋”时，竟不知宋代皇帝姓赵不姓宋。唯其不知，才能毫无顾忌地以从灵魂深处冲出未作任何矫饰的语言，道破为直观一下子就捕捉到了的事物本质。犹如神话时代的人们，以原始思维创造了高不可及的艺术范本；李逵凭借直觉，喊出了任何被理性侵染了的高明都永远不敢想象的“天上的言语”。

因而那双圆睁的怪眼，总是把天下的一切都看得极为简单，同时惊异于世人何以有那么多的顾虑，那么大的耐性，那么深的心计。面对任何不平事（或不良者），他只是“先打后商量”（实则是只打不商量），一切诉诸那旋风般的暴烈行动，一切诉诸那所向披靡的两把夹钢板斧。

李逵若遇上西门庆事件，他绝不可能像武松那样有耐性去调查侦探，然后依法办事，他只依理用板斧了结此案。若遇上镇关西，他李逵也不会像鲁达那样，先慢慢地消遣、挑逗、激怒镇关西，然后才有理有节地去收拾那厮；而只会像砍倒杏黄旗那样，不由分说地砍倒镇关西。砍倒之后，他也不可能像鲁达那样机智地脱身，而只能是高举板斧，排头砍出条退路，然后才扬长而去。同是打虎的壮举，李逵却不像武松那样打得有招有式，犹如舞台上程式化的表演（正因为如此，“武松打虎”才能成为戏曲舞台上的保留剧目）。他是不问凶吉，不问虚实，直捣虎穴，“劈面扑斗”，一气杀了四虎。

有趣的是，这么个鲁莽得一往无前的黑旋风却有许多多余的“心眼”：与宋江相见，戴宗要他下拜，他却说：“若真个是宋公明，我便下拜。若是闲人，我却拜甚鸟！节级哥哥，不要赚我拜下，你却笑我。”下深井救柴进，是他自告奋勇讨来的差事，临下井时却煞有介事地嘱咐众人：“我下去不怕，你们莫割断了绳索。”惹得吴用批评他：“你却也忒奸滑。”越多多余的“心眼”，就越显示出李逵的粗直。他的过分的奸滑，恰是他憨直的表现，“真是一片天真烂漫到底”。

（六）醉里乾坤各具风采

三位勇士都是酒中仙，一例是：“醉里乾坤大”，却各有风采。在景阳冈，武松起初只是要多喝美酒，你说“三碗不过冈”，我偏喝一个“三碗”又一个“三碗”，以至三六一十八碗。至于打虎，则是过人的酒力，催发过人的武艺所演出的壮举。无论喝酒还是打虎，都表现了武松的英雄气概。醉打蒋门神时，他喝了六六三十六碗，“虽然带着五七分酒，却装做十分醉的”，以过人的酒力，掩盖过人的武艺，麻痹对方，然后寻找破绽，一举打翻了蒋门神。这又表现了武松的精明所在。

鲁智深醉打山门，由抢酒吃、骗酒吃引起。身居古刹的鲁智深，见了酒，如久旱见了甘霖，不拘一格地弄来喝，不拘一格地大喝：“用手去扯那狗肉，蘸着蒜泥吃，一连又吃了十来碗酒，吃得口滑，只顾要吃，哪里肯住？”结果扰乱了清规，打坍了亭子，又打坏了金刚，“搅得众僧卷堂而走”。这与其说是“人欲”对“清规”的有力冲击，倒不如说是过分积郁借过分酒力，冲天而起，使得一向通情达理的鲁智深像火山般爆发了，简直要毁掉整个山寺，毁掉一切绳缚。这就是他迈出山门，走向梁山的雄姿。

黑旋风李逵嗜酒如命，江州酒楼中，他初遇宋江，就演出了一幕令人捧腹的喜剧：名义上是请宋哥哥吃碗酒，当戴宗与宋江把盏互敬时，他却兀自用大碗牛饮，说是“酒把大碗来筛，不耐烦小盏价吃”。名义上是弄些鲜鱼汤为宋哥哥醒酒，宋江不吃时，他旁若无人，不仅“把手去碗里捞鱼来，和骨头都嚼吃了”，而且伸手把宋、戴碗里的鱼也捞去吃了，“滴滴点点，淋了一桌子汁水”。兴犹未已，捻指间又将两斤羊肉一扫而光。弄得戴宗老大的不好意思：“兄长休怪小弟引这等人来相会，全没些体面，羞杀人！”还是宋江有眼力能宽容，说：“他生性是恁的，如何教他改得？我倒敬他真实不假。”

可见，同是喝酒，武松喝得英雄，鲁智深喝得豪爽，李逵喝得天真。

（七）同是上山各有光景

同是上梁山，却各有光景。武松打虎之后，成了知名人士，当上了阳谷县都头，做梦也没想到造反。为兄报仇之后主动到衙门自首，进了孟州牢城，企求刑满释放仍当良民。之所以屡屡受骗上当，一方面自然是知恩必报的义气使然，更重要的何尝不是想以一腔忠诚、一身武艺取悦当局，以求将来做稳奴隶？只是当权者过分狠毒，几乎要了好汉性命，他才从血的教训中猛醒过来，才大闹飞云浦，血溅鸳鸯楼，才清算了那黑暗王国中的恩恩怨怨，上了二龙山。

鲁智深的遭遇似是自己“主动”争得的，最初为仗义救人，军官做不成做了和尚；后来又因仗义救人，连和尚也当不成，只能落草当了“强盗”。

而李逵上梁山则另有一番风光，大闹江州后，宋江当众问好汉愿不愿上梁山，“说言未绝，李逵跳将起来，便叫道：‘都去，都去，但有不去的，吃我一鸟斧，砍做两截便罢！’”虽然过于简单鲁莽，却表现了他要求参加梁山义军的极端热忱。

可见同是上梁山，武松是迫不得已，鲁智深是心甘情愿；李逵是迫不及待，如奔突运行的地火，一旦找到了喷火口，便喷射而出，任何力量都不可阻抑。

（八）各自走向命运终点

当梁山命运发生悲剧性逆转时，当义军领袖在菊花会上公然提出“受招安”时，首先站出来反对的也是三勇士。然同是反招安，却又各有路数。武松原是全书第一个提出“受招安”主张的。第三十二回，在孔太公庄上，武松与宋江谈到准备投二龙山时，说：“哥哥，怕不是好情分，带携兄弟投那里去住几时。只是武松做下的罪犯至重，遇赦不宥；因此发心，只是投二龙山落草避难。亦且我又做了头陀，难以和哥哥同往。路上被人设疑，也须累及了花知寨不好，只是由兄弟投二龙山去了罢。天可怜见，异日不死，受了招安，那时却来寻访哥哥未迟。”有趣的是在第七十一回著名的“菊花会”上，宋江乘着酒兴作了《满江红》一词，公开亮出了乞望招安的旗号。当乐和唱这词正唱到“望天王降诏，早招安”时，只听武松第一个叫道：“今日也要招安，明日也要招安，冷了弟兄们的心！”

武松这当头一炮也引动了李逵，黑旋风便睁圆怪眼，大叫道："招安，招安，招甚鸟安？"只一脚，把桌子踢起，颠做粉碎。

当宋江还在辩解时，鲁智深便道："只今满朝文武，多是奸邪，蒙蔽圣聪，就比俺的直裰染做皂了，洗杀怎得干净？招安不济事，便拜辞了，明日一个个各去寻趁罢了。"

武松由第一个主张受招安到第一个反对受招安，说明他在残酷的现实生活中，在血与火的斗争中，思想有了巨大的飞跃。然而经验与义气，使他没有与宋江争执下去。当宋江叫住他说："兄弟你也是个晓事的人，我主张招安，要改邪归正，为国家臣子，如何便冷了众人的心？"他只是报以无言的沉默。

倒是饱经风霜的花和尚，打破沉默，代替武松回答了宋江的责难。他的道理虽说得形象准确，却又流露出他对山寨抱着"合则留，不合则去"的态度，招安既不济事，就不如"一个个各去寻趁"，反正"有本领走遍天下"，实则是消极逃遁之念。

李逵则不同，除了山寨，天下虽大，却再也没有什么安身立命之地了。他生为山寨里人，死为山寨里鬼，天底下没有任何力量能将李逵与山寨分开。为山寨的利益，他凭直感强烈地反招安，以致宋江也一反他平日的"谦逊友善"，大喝要斩李逵，事后还说："险些儿坏了他性命！"可见争斗的激烈。然而李逵是将山寨与宋江视为一体，他总是将对山寨的忠诚转化为对宋江的忠诚，以致宋江也说："他与我身上情分最重。"因而当宋江一发怒，他不仅没有坚持自己的正确意见，反而连连认错，先在醉中说："哥哥杀我也不怨，剐我也不恨，除了他，天也不怕。"次日酒醒仍说："我梦里也不敢骂他，他要杀我时，便由他杀了罢。"

这三个清醒的灵魂，虽然不能挽回梁山义军接受招安的悲剧，却各自走向他们性格逻辑所指定的结局。武松清醒地抽身出家，乐享天年善终。鲁智深万念俱寂，在钱塘江畔听潮坐化。李逵是梁山不屈的反抗灵魂。当宋江喝了御赐毒酒，召来李逵，说是："宁可朝廷负我，我忠心不负朝廷。我死之后，恐怕你造反，坏了我梁山泊替天行道忠义之名。因此，请将你来，相见一面。昨日酒中，已与了你慢性药服了，回至润州必死。"李逵临死垂泪道："罢，罢，罢！生时服侍哥哥，死了也只是哥哥部下一个小鬼！"

多么沉痛的悲剧，以致有识之士击节浩叹：李逵死了！李逵没有死于官军的枪箭之下，也没有死于刽子手的屠刀之下，而是死于他的带路人之手。李逵的死，使读者在加倍哀痛之余，起了深沉的思考（傅继馥《李逵论》）。

（九）同为壮美各有分别

若为三位勇士造像，武松自然是取那打虎的姿势，鲁智深则取倒拔垂杨柳的姿势，而李逵则是高举两把夹钢板斧，扑向前方。姿势是塑像的表情。三勇士形象都表现了压倒一切的壮美。然其壮美中又各有分别，武松可敬而可畏，鲁智深可敬而可尊，李逵可敬而可亲。

这三尊高耸云霄的英雄巨像，"是给人瞻仰而不是给人议论的，尽管他们不是没有可议论的小节"。

金圣叹在《读第五才子书法》中，按人品与艺术成就，考察了三十个"水浒"人物，将他们分为四个等级。被考定为"上上人物"的有武松、鲁达、李逵、林冲、吴用、花荣、阮小七、杨志、关胜九人；"上中人物"有秦明、索超、史进、呼延灼、卢俊义、柴进、朱仝、雷横八人；"中上人物"有石秀、公孙胜、李应、阮小二、阮小五、张横、张顺、燕青、刘唐、徐宁、董平十一人；"中下人物"有杨雄、戴宗二人。

显然，武松、鲁达、李逵，在金圣叹品评人物的"座次表"中是"上上人物"中的上上人物。若与《水浒》第七十一回梁山英雄排座次的那份"座次表"相比照，更能发现在金圣叹那里这三勇士的地位有明显升格：武松由第十四名升为第一名，鲁达由第十三名升为第二名，李逵由第二十二名升为第三名。金圣叹的排座次也未见得完全准确，但由此可见，在这位杰出的小说美学家看来，这三勇士是全书中写得最好的人物。因而，他对这三勇士多有美评，如说“武松直如天神”；“写鲁达为人处，一片热血，直喷出来。令人读之，深愧虚生世上，不曾为人出力”；李逵“写得真是一片天真烂漫到底”，“《孟子》‘富贵不能淫，贫贱不能移，威武不能屈’，正是他好批语”。

不过，当我们在激赏梁山勇士的英雄气概时，则应警惕文明人身上潜藏的嗜血欲望的抬头，模糊了民族劣性与艺术审美的界限，甚至演为拙劣的“英雄行为”。这是读“报仇泄恨”类的英雄传奇小说与“快意恩仇”类的武侠小说所不容忽视的问题。

（十）“犯中见避”美不胜收

梁山三勇士的性格之所以如此动人，形象之所以如此成功，自然是作者调动种种艺术方法的结果。《水浒》的艺术方法是多种多样的，金圣叹在《读第五才子书法》中就列举了十五种。然其中使用得最充分最成功的，却是上述同而不同（亦即同中见异）的方法。如金圣叹云：

> 江州城劫法场一篇，奇绝了，后面却又有大名府劫法场一篇，一发奇绝；潘金莲偷汉一篇，奇绝了，后面却又有潘巧云偷汉一篇，一发奇绝；景阳冈打虎一篇，奇绝了，后面却又有沂水县杀虎一篇，一发奇绝：真正其才如海。
>
> 劫法场、偷汉、打虎，都是极难题目，直是没有下笔处。他偏不怕，定要写出两篇。

对梁山三勇士“同而不同”的艺术创造，金圣叹也有理论上的总结。第四回有批云：

梁山好汉江州劫法场　见《精镌合刻三国水浒全传》明末雄飞馆刊本

> 鲁达，武松两传，作者意中，却遥遥相对，故其故事亦多仿佛相准。如鲁达救许多妇女，武松杀许多妇女；鲁达酒醉打金刚，武松酒醉打大虫；鲁达打死镇关西，武松杀死西门庆；鲁达瓦官寺前试禅杖，武松蜈蚣岭上试戒刀；鲁达打周通，越醉越有本事，武松打蒋门神，亦越醉越有本事；鲁达桃花山上踏匾酒器，揣了滚下山去；武松鸳鸯楼上踏匾酒器，揣了跳下楼去：皆是相准而立，读者不可不知。

第四十二回有批云：

> 二十二回写武松打虎一篇，真所谓极盛难继之事也。忽然于李逵取娘文中，又写出一夜连杀四虎一篇，句句出奇，字字换色。若要李逵学武松一毫，李逵不能；若要武松学李逵一毫，武松亦不敢。各自兴奇作怪，出妙入神。笔墨之能，于斯竭矣。

即使是同一人物的同一行为反复出现，亦因其各自的情景不同，亦在同而不同处有别。如武松饮酒，前后出现了十次，却毫不雷同，而是千姿百态，各有风姿。

这种神奇的“同而不同”（或曰“同中见异”）的艺术方法，在中国小说美学领域有个专用名词，叫“犯中见避”。明清小说美学家对此多有论述，如金圣叹有云：

> 夫才子之文，则岂惟不避而已。又必于本不相犯之处，特特故自犯之，而后从而避之……犯而后避之，故避有所避也。若不能犯之而但欲避之，然则避何所避乎哉？是故行文非能避之难，实能犯之难也。

毛宗岗在《〈三国演义〉读法》中云：

《三国》一书，有同树异枝，同枝异叶，同叶异花，同花异果之妙。作文者以善避为能，又以善犯为能。不犯之而求避之，无所见其避也。唯犯之而后避之，乃见其能避也。

张竹坡在《〈金瓶梅〉读法》中，亦有云：

《金瓶梅》妙在于善用犯笔而不犯也。如写一伯爵，更写一希大，然毕竟伯爵是伯爵，希大是希大，各人的身份，各人的谈吐，一丝不紊。写一金莲，更写一瓶儿，可谓犯矣；然又始终聚散，其言语举动，又各各不紊一丝……诸如此类，皆妙在特特犯手，却又各各一款，绝不相同也。

“犯”是重复（同），“避”是变化（异），“犯中见避”，是在重复中写出不重复，在同中见异。一般说来，简单的重复，是艺术贫乏的表现；避免重复，是艺术丰富的表现；在重复中见出不重复，则是技艺高超，更加丰富的表现。高明的写手，往往偏于险处取胜，“特特故自犯之，而后从而避之”特犯不犯。如《三国演义》中的“三顾茅庐”“三气周瑜”；《西游记》中的“三打白骨精”“三调芭蕉扇”；《红楼梦》中的“刘姥姥三进大观园”。《水浒传》中尤多，如“三打祝家庄”“三败高俅”“三反招安”等。这富有艺术魅力的“三”，被人们称为“一个独特而鲜明的民族特色”。而这些“三”字艺术，恰恰是“犯中见避”的范例。它们生动地显示了“犯中见避”的巨大艺术功能：它不仅可反映情节的曲折性，而且可揭示主题的深刻性，更能表现人物性格的生动性与复杂性。就人与人的关系而言，“犯中见避”所追求的不是在不同性格中见分晓，所谓“摹写鲁智深处，便是烈丈夫模样；摹写洪教头处，便是忌妒小人底身份”（李批）；而是有意识地将性格相似的人物放在一起加以比较，以显示各自不同的个性，“譬如写国色者，以丑女形之而美，不若以美女形之而觉其更美；写虎将者，以懦夫形之而勇，不若以勇夫形之而觉其更勇”（毛批）。就人物主体而言，“犯中见避”所追求的不是在不同行为中见分晓，而是抓住相同行为构成的相似情节，回环往复地出现。好比拧螺丝钉，抓住一点不放，反复地向深处旋。每一回环往复就向性格核心与生活深处钻进一层，如此不断深入，以求最大限度地进入人物性格的深层结构。

问题是，若只写三个勇士，那是虽难却易；若只写十个勇士，那仍是虽难却易；《水浒传》却写了百余个勇士，那就意味着同一性格底色的形象，要重复百余次而不见重复，才能避免千人一面的弊病。这种“同而不同”，这种“犯中见避”，是何等地艰难啊！有道是看花容易做花难。其艰难程度，绝非任何看花者所能想象所能道尽。因而，我们在拍案惊奇之余，不得不佩服金圣叹的赞誉：不读《水浒》，不知天下之奇！

六　悟空性格的凯旋——“大闹天宫”中的孙悟空

果戈理曾写信给普希金说：“劳驾给个情节吧！……只要给我一个情节，马上就可以写出五幕的喜剧。”可见，一个典型情节是多么重要而又多么难得。吴承恩的《西游记》中却有数十个故事情节，而且几乎每个情节都是一波三折，摇曳多姿；即使未读小说，只听情节，也令人心神摇曳。那么，吴承恩在创造典型化情节，进而用典型化情节塑造典型化性格上有哪些经验呢？

不妨从著名的“大闹天宫”的情节演化说起。

（一）从定海石到金箍棒

金箍棒是孙悟空大闹天宫的武器，也是其智、勇、力的象征。

宋刊《大唐三藏取经诗话》中白衣秀才猴行者用以征服馗龙的“铁棒”，元刊《西游记杂剧》中的孙行者赖以擒拿沙僧的“金棍”，即是“金箍棒”的前身。但在那些作品中无论是铁棒还是金棍，都非行者所独有（《大唐三藏取经诗话》中王母娘娘手中也有根铁棒，明初杂剧《二郎神锁齐天大圣》中铁棒归行者的大哥通天大圣所有），没有与行者的性格融为一体。

只有到了吴承恩笔下，金箍棒之于孙悟空，才如那斗篷之于堂吉诃德，通灵宝玉之于贾宝玉，毡帽之于阿Q一样，不可或移。吴承恩家乡有座禹王庙，庙中有一巨石，名曰浮山，相传是大禹治水时镇海眼的“定海石”（事见

《广阳杂记》)。吴承恩巧妙地将这优美的民间传说与话本、杂剧中的金棍铁棒相结合，点石成金，创造出孙悟空手中那神威无比的金箍棒。吴承恩先写它来历非凡：龙宫神珍大禹治水探江海深浅的定子，这就平添风采了；再写它虽重过万斤，却是“如意金箍棒”：专如大圣之意能大能小，大可顶天立地，小能藏之耳际，这就更为神奇了。像大禹探江海深浅那样，孙悟空用此神珍，踏遍天上、人间、地狱三界，谱写了一支威武雄壮的“神曲”。

而元刊《西游记杂剧》中的孙行者，一登台就自我介绍：“一自开天辟地，两仪间便有吾身，曾教三界费精神，四方神道怕，五岳鬼兵嗔”，仿佛天生神通，缺乏合理性。吴承恩笔下的孙行者虽也出身非凡，石破天惊；作者还是花了较大篇幅写美猴王的成长过程：他漂洋过海，寻师访道，几经磨炼，才获得高强武艺。有了高强武艺，才有对精良武器的要求。孙悟空得道归山后也曾夺得混世魔王一口刀。但这刀着实“榔槺”，不趁手如意，经部下提醒，他才动意下海求兵器。这样使情节经历了一条合情合理的逻辑轨道：能探宝龙宫，自然武艺非凡；宝如人意，则更使武艺得到充分发挥。有了对孙悟空的智、勇、力的充分描写，才使大闹天宫的故事在虚拟逻辑上显得真实可信。

(二)孙悟空为何大闹天宫

《大唐三藏取经诗话》中猴行者因贪嘴而偷蟠桃;《西游记杂剧》中孙行者抢了金鼎国公主为妻，为妻“快活受用”，而上天偷了仙衣仙酒仙桃;《二郎神锁齐天大圣》中齐天大圣为“延年益寿”，而偷了仙丹仙酒。凡此种种，不是不可以作为闹天宫的原因，但仅仅如此，闹天宫又有何深意可言?

吴承恩笔下的孙悟空大闹天宫，则有更深刻的原因。孙悟空得道归山后，一直为保护猴国“不伏麒麟辖，不伏凤凰管”的自由生活而奋斗：打杀混世魔王，是因为他强占水帘洞，侵害猴族；盗兵傲来国，夺棒水晶宫，是为武

反天宫诸神捉怪 见《李卓吾先生批评西游记》内阁文库藏明代刻本

装自己，防人王兽王“兴师来相杀”；入地府强销猴类死籍，是为摆脱冥王管束。此时此刻，快活逍遥的孙悟空，虽也想上天宫逛逛，却并没去闹乱天宫，因为当时天宫尚没妨害他们的自由。

然而龙宫、地府与天宫是一脉相连，一荣俱荣，一损俱损；闹了龙宫、地府，势必招来天宫的干涉。玉皇大帝听了龙王、冥君的控告，即剿抚兼施对付孙悟空，打不赢就招，招不住又打。从前两次受招安的情况看，神通广大的孙悟空还是相当天真烂漫的。初上天庭，被封个“弼马温”，他倒尽心地把天马养得“肉膘肥胖”；二上天庭被封个有名无实的齐天大圣，开始也喜地欢天。只是当他知道玉帝不甚用贤，欺人太甚，才大闹起来。头次，他推倒公案，打出天宫，回花果山树起“齐天大圣”的大旗，欲与天公试比高。第二次因无权参加蟠桃会，才动怒饮仙酒、盗仙丹、搅乱蟠桃会。可见完全是玉帝一再欺辱老孙，才惹得孙大圣怒从心头起，恶自胆边生，一次比一次更凶猛地大闹天宫。

与诗话、杂剧相比，吴承恩不仅改变了孙悟空闹天宫的原因，也实则改变了孙悟空的性格特征。诗话杂剧中的孙行者都妖气十足。若作历史追溯，则不难发现中国古代写猴子的作品，除极少数之外，猴子几乎都是掠人妻女的妖魔（如唐人传奇《白猿记》、宋元话本《陈巡检梅岭失妻记》等）。吴承恩也曾受这一传统影响，在《二郎搜山图歌》中，他就是将猴类与其他妖魔视为一伙，尽在扫荡之列：“名鹰搏挐犬腾啮，大剑长刀莹霜雪。猴老难延欲断魂，狐娘空洒娇啼血。”只是在写《西游记》时，吴承恩才一反传统，重铸孙悟空的形象，使其以崭新的面目立于古小说艺术形象之林。

（三）“大闹天宫”中的孙悟空

在闹天宫情景的描写上，吴本《西游记》与诗话杂剧，有着明显的差异。“取经诗话”中的猴行者，只是个知悔的盗贼，并非闹天宫的勇士。他当年曾于西王母池偷吃蟠桃，被王母捉下痛打，后取经路过此地，唐僧要他再偷蟠桃，他却胆战心惊地说："我小年曾（于）此作贼，至今由［犹］怕。"《西游记杂剧》中唯一涉及闹天宫的关目叫"神佛降孙"，当天兵压境，他未斗先怯，筋斗云在这里不是主动进击的长技，却是望风而逃的捷足，未经大战，便束手就擒。明初杂剧干脆名曰：《二郎神锁齐天大圣》。二郎神来征讨，孙大圣闻风丧胆："看了二郎真神法力威猛，吾神尽不的［敌］他，走，走，走！"一旦被擒，则连忙讨饶："上圣可怜见，小圣误犯天条，望上圣饶恕小圣这一遭者。"

在《西游记》小说中，吴承恩则倾注全部激情与笔力，谱写了一支孙悟空大闹天宫的英雄赞歌。孙悟空三闹天宫，一次比一次威武雄壮，一次比一次痛快淋漓。

当孙悟空识破玉帝封"弼马温"的骗局时，"心头火起，咬牙大怒"，手舞金箍棒打出南天门，回到花果山干脆树起"齐天大圣"的旗帜。玉帝闻报惊怒，遣托塔李天王统率十万天兵天将前去擒拿。尽管敌众我寡，孙悟空却大显神通，杀得天兵天将与天王狼狈而去，直到玉帝按他的旗帜赠封才肯罢休。

不久，当孙悟空再次识破玉帝以"齐天大圣"的空名来囚禁他的骗局时，他毫不犹豫地搅毁蟠桃盛会，重回花果山。天宫以十万天兵百倍疯狂地反扑下来，又被他轻易挫败。即使是二郎神应召前来助战，孙悟空也毫无惧色，而与他赌斗变化，各显神通。不幸遭了神佛的暗算，悟空才被天庭擒获。

即使被擒，悟空仍威武不屈：在"斩妖台"上，是"刀砍斧剁、枪刺剑刳，莫想伤及其身"，雷打火烧也不能伤他一根毫毛。玉帝无奈，只得将他投入老君的炼丹炉中锻炼。谁料过了七七四十九天，火候俱全；开炉取丹时，悟空竟忽地从丹炉跳将出来。他不但没化为汤，还炼就了火眼金睛，因而再一次更猛烈地闹乱天宫：蹬翻丹炉，撞倒老君，"打得那九曜星闭门闭户，四天王无影无形"。即使是玉帝请来"佛法无边"的如来佛，悟空也还是"怒气昂昂，厉声高叫”：“强者为尊该让我，英雄只此敢争先。”向玉帝发出最后通牒：“皇帝轮流做，明年到我家”，要他让出天庭。至此，孙悟空的叛逆精神已发展到了顶点，而使《西游记》之前所有写猴子故事的作品，黯然失色。

尽管孙悟空大闹天宫，终是个悲剧结局：如来以哄赚手段，将他压在五行山下。但孙悟空并非失败于战场上的力绌计穷，而是吃亏于斗争中因天真而受骗。作者描写大闹天宫时，文采飞扬，赞美之情，溢于言表；写闹天宫之后的“安天大会”，则枯瘠暗淡，了无兴味。因而在读者心目中，美猴王虽败仍不失英雄本色，天庭虽胜却更激起人们对它的厌恶之情。

（四）点石成金的奥秘

将《西游记》小说与诗话、杂剧相比，的确“几乎改观”（鲁迅语），有点石成金之妙。我们不能得金而弃石。石虽粗糙，却毕竟是艺术家再创造的基础，更重要的是窥测艺术大师点石成金的奥妙之所在。就上文之敷演看，吴承恩在人物塑造上或许有两点经验可供我们借鉴：

其一，吴承恩善于根据人物性格去创造典型情节。如《取经诗话》中唐僧逼行者去偷蟠桃，实与圣僧性格不合；行者反而胆战心惊，不敢去偷，亦与猴王特征不符。吴承恩将此情节一分为二，一端演为孙悟空搅乱蟠桃会的故事，一端化为猪八戒偷吃人参果的故事，这恰是悟空、八戒性格所应有的行为，以致各自进入典型化之佳境，而成为脍炙人口的美文。

其二，吴承恩善于创造幻想性情节去表现人物性格。“大闹天宫”，是体现孙悟空性格的重要行为，甚至可以说：没有大闹天宫，就没有孙悟空。作为幻想性情节，大闹天宫貌似荒诞却合情合理，就在于作者懂得幻想性情节虽不受现实生活逻辑约制，却须遵循人物性格的逻辑和幻想世界的逻辑：“使神魔皆有人情，精魅亦通世故”，以极幻之事写极真之理，使幻中有真。

吴承恩的成功经验告诉我们：任何文学作品，如果没有一定的情节作为支撑人物性格的骨架，纵使空灵，也不过是纸糊丘壑；任何情节，如果不是以性格冲突为其推波助澜的动力，即使曲折，也只不过是雨后彩虹。

我想，无论是反情节论者，还是唯情节论者，都可以从吴承恩的艺术实践中得到启发。

七　流氓性格的喜剧——论西门庆

中国的流氓源远流长。鲁迅在《流氓的变迁》中上溯到孔墨那里，朱大可在《流氓的精神分析》(《钟山》1994 年第 6 期）中下述及洪秀全。可见中国的流氓有过庞大的家族与辉煌的历史。在鲁迅的笔下，流氓是盗侠的末流。他说："为盗要被官兵所打，捕盗也要被强盗所打，要十分安全的侠客，是觉得都不妥当的，于是有流氓。"朱大可将"丧地者""丧国者""丧本者"统称为流氓。把对流氓的分解，升华为对中国民族或一性格侧面的精神分析，是从鲁迅到朱大可几代知识分子的共同意向。

流氓从词义上讲，原指无业游民，后指不务正业、为非作歹的人。从鲁迅到朱大可都是从它的原义出发，走向对社会现象尤其是精神现象的分析。但不知出于什么原因，他们却无视或忽视了在中国文学史上一个最典型的流氓形象西门庆。鲁迅说："现在的小说，还没有写出这一种典型的书，惟《九尾龟》中的章秋谷，以为他给妓女吃苦，是因为她要敲人们竹杠，所以给以惩罚之类的叙述，约略近之。由现状再降下去，大概这一流人物将成为文艺书中的主角了。"每读至此，我都惊讶鲁迅竟如此准确地预见了尔后的"痞子文学"（以痞子为主角的文学）；又为他未论及《金瓶梅》中的西门庆而深表遗憾。

何为西门庆，西门庆何为?

西门庆乃一个全景型的流氓。其为市井细民时，就是个横行里巷的流氓团伙的首领；经商时是个坑害同行、偷税漏税的不法商贩；从政时是个行贿受贿、贪赃枉法的官僚；即使是居家、嫖娼以至在床笫，他也是个无恶不作的流氓。也就是说他的行为方式，他的思维方式，他的举止装扮，他的语言谈吐，他的生活方方面面，无不充斥、弥漫着浓烈的流氓习气、流氓作风。塑造出这么个流氓的典型形象，是《金瓶梅》对中国文学史乃至文化史的重大贡献。因为有他就能透视出古今一切流氓的灵魂与身影；因为舍此，在中国文学史上或许就再也找不到如此形象、如此生动、如此典型的流氓。即使是后世蓬勃发展的"痞子文学"中的主角，在这个先驱面前也是小巫见大巫。因而要对中国民族或一性格侧面进行精神分析，就没有理由不去解剖西门庆这个名角了。

（一）流氓的狂欢

《金瓶梅》的精彩处，还不在于写了一个全景型的流氓，而在于写了一个流氓的发迹变泰的历史，一个流氓全方位的狂欢，一个流氓所向披靡、无往而不胜的"英雄气概"。

西门庆原是个破落商人的独生子，论家产"算不得十分富贵"，论家势是"父母双亡，兄弟俱无"，论智能除了游戏技能（惹草招风、拳棒、赌博、双陆、象棋、抹牌、道字，无所不晓）外，实则"不甚读书"。按理讲他在地方的能量是有限的，但"只为这西门庆生来秉性刚强，作事机深诡谲，又放官吏债，就是那朝中高、杨、童、蔡四大奸臣，他也有门路与他们浸润，所以专在县里管些公事，与人把揽说事过钱，因而满县人都惧怕他"。

西门庆"结识的朋友，也都是些帮闲抹嘴，不守本分的人"。在其结拜的十兄弟中，论年资与口才，他不及应伯爵；论出身与心计，他未必及吴典恩；论富贵，他似不及花子虚，但因"西门庆有钱，又撒漫肯使"，就在这流氓团伙中成了呼风唤雨的领袖人物，用应伯爵的话说，"大官人有威有德，众兄弟都服你"（第一回）。

敬济元夜戏娇姿　见《金瓶梅词话》第二十四回

西门庆是个混蛋，但不是笨蛋。在商场，论经营，他不及韩道国；论算计，他不及陈敬济；论采办，他不及来旺儿，但他有办法将这些人才招揽过来为他所用。同时，他善于使用各种手段，了解商品信息；他既亲自主管，又善雇工贸易；既能垄断货源，又善分股经营；既有设店经营，又有长途贩运。这样，不仅使原在他父亲手中跌落了的生药铺起死回生，他在五六年间还增开了缎子铺、绸绢铺、绒线铺、解当铺，加上走标船、贩盐引、纳香蜡、放高利贷等，真是财源滚滚来。转眼间，他由一个破落户成为富甲一方的暴发户（除楼堂馆阁等不动产以外，他还拥有近十万两白银的资本）。

在官场，西门庆也是一路顺风。他既不需像范进那样在科举路上挣扎，也不需像杨家将那样到沙场上一枪一刀地厮杀立功，更不需像武松那样到景阳冈上去与猛虎搏斗为民除害，只是通过行贿，买通当朝太师蔡京，就轻而易举地由一介流氓变为金吾卫副千户。当了官的流氓，立即显得比他的顶头上司夏提刑潇洒风流，也更胆大妄为。上任伊始，西门庆就做出了贪赃枉法和私放杀人犯苗青的“杰作”。东窗事发，他被御史重重参了一本。结果不仅没被追究，反升任为掌刑千户，将那个不中听的“副”字给去掉了。论官职，西门庆在山东充其量也只不过是个中下层官员。但他凭着泼天的财富兼之精通公关学与钻营术，竟成了山东一方的中心人物。从中央到地方，方方面面的官吏，无不与他关系密切。以至凡有中央要员路过山东地界，都以西门庆府上为招待所。新赴任的宋巡按与蔡御史同船到达东昌府，一省官员都去迎接。西门庆却打通蔡御史的关节，将巡按请到他家做客。此举“哄动了东平府，抬起了清河县，都说：‘巡按老爷也认的西门大官人，来他家吃酒来了。’慌的周守备、荆都监、张团练各领本哨人马，把住左右街口伺候”（第四十九回）。其宴请钦差大臣六黄太尉、蔡太师第九公子蔡少塘，无不如此风光。用应伯爵的话说，“哥就赔了几两银子，咱山东一省也响出名去了”。以其区区五品之官，却动辄制造着“轰动效应”，足见其政治地位与权力影响，都远远超出了其实际职位。

在性生活领域，西门庆也独领风骚。西门庆的自然条件优越：“风流子弟，生得状貌魁梧，性情潇洒”，“生得十分浮浪”，“越显出张生般庞儿，潘安的貌”，加上“语言甜净”，及魁梧体魄所显示的性能力，使他成为“嘲风弄月的班头，拾翠寻香的元帅”。不用说“三寸丁”武大，就是花子虚、蒋竹山等都无法与之比拟。李瓶儿在西门庆家出事后与蒋竹山苟且过了些日子，西门庆在鞭责李瓶儿时问：“我比蒋太医那厮谁强？”李瓶儿说：“他拿什么来比你？你是个天，他是块砖。你在三十三天之上，他在九十九地之下。”（第十九回）这悬殊不只是社会地位，更指性能力的强弱。西门庆总是用一双永不餍足的色眼去打量身边的每一个女性，稍有姿色，便会成为他追逐的对象。在他的征服之路上满是胜利的里程碑：他不仅有令人眼花缭乱的妻妾队伍，而且有随时供他临幸的情妇，更有由他包占的行院妓女。此外，还有男色作为其性变态心理的补偿。从理性而言，妇女成了被损害、被侮辱的群体；从感性而言，西门庆似乎又成了这些女人的图腾。西门庆妻妾间有种种斗争，其斗智斗勇宛若《三国演义》中的赤壁大战。尤为令人惊讶的是，潘金莲竟超前运用“条件反射”原理去训练狮子猫，吓死了官哥儿，也夺了李瓶儿性命。可见矛盾之尖锐，斗争之激烈，真有点你死我活的味道。但无论是金、瓶之战，还是潘、吴之争，她们争夺的目标都是西门庆的财富和性能力。小说第七十五回写潘金莲到吴月娘门上拉西门庆时，“秉性贤能”的吴月娘竟勃然大怒，说是“强汗世界，巴巴走到我这屋里硬来叫他。没廉耻的货，自你是他的老婆，别人不是他的老婆？你这贼皮搭行货子！怕不的人说你。一视同仁，都是你老婆；休要显示出来便好……”西门庆也似乎真的将三国英雄与梁山好汉的英雄气概带到了床第，使金、瓶、梅们虽不时惊呼：“不丧了奴的命”，但又几乎一致视其为“医奴的药”，“一经你手，教奴没日没夜只想你”。

即使在妓院，西门庆也是一个霸气熏天的胜利者。小说第二十回写西门庆大闹丽春院，不仅将李桂姐家闹得人仰马翻，而且将个杭州布商丁二吓得钻了床底，直叫“桂姐救命”。

小说通过众多女人之口，对西门庆进行过称赞，但说得最充分的是为他与林太太拉皮条的文嫂。她对林太太说：

县门前西门大老爹，如今见在提刑院做掌刑千户，家中放官吏债，开四五处铺面：缎子铺、生药铺、绸绢铺、绒线铺，外边江湖又走标船，杨州兴贩盐引，东平府上纳香蜡，伙计主管约有数十。东京蔡太师是他干爹，朱太尉是他卫主，翟管家是他亲家，巡抚、巡按多与他相交，知府、知县是不消说。家中田连阡陌，米烂成仓，赤的是金，白的是银，圆的是珠，光的是宝。身边除了大娘子乃是清河左卫吴千户之女，填房与他为继室——只成房头、穿袍儿的也有五六个，以下歌儿舞女，得宠侍妾，不下数十。端的朝朝寒食，夜夜元宵。今老爹不上三十一二年纪，正是当年汉子，大身材，一表人物，也曾吃药养龟，惯调风情；双陆象棋，无所不通；蹴踘打毬，无所不晓，诸子百家，拆白道字，眼见就会。端的击玉敲金，百伶百俐。（第六十九回）

可见西门庆是个何等得意的流氓。

在西门庆面前，似乎是没有蹚不过的河，没有迈不过的坎。他由西门大郎到西门大官人到西门大老爹，由一介乡民到副千户到正千户，畅行无阻，步步高升。从官场到商场到“情”场……方方面面，表现了一个流氓的极度狂欢。

（二）流氓的神话

由“闹点小乱子”到“替天行道”，再到“和尚喝酒他来打，男女通奸他来捉，私倡私贩他来凌辱，为的是维持风化；乡下人不懂租界章程他来欺侮，为的是看不起无知；剪发女人他来嘲骂，社会改革者他来憎恶，为的是宝爱秩序。但后面是传统的靠山，对手又都非浩荡的强敌，他就在其间横行过去”。这就是鲁迅所勾勒的中国流氓历史变迁的线索。

西门庆则全面刷新了中国流氓的功能，他对封建社会的方方面面都有着瓦解与破坏作用，简直是创造了流氓的神话。

作为流氓，西门庆首先瓦解与破坏了封建官制。《金瓶梅》所写的明代得官的正途是“科甲”，此外还有军功、荫功、钦赐、世袭、保举、捐纳等多种获官之道。那么，西门庆是由什么途径而获官的呢？他既无功名，又无军功，祖上亦无根基，除捐纳之外其他诸途都与他无缘。西门庆则是不惜每年花费大宗银两，向当朝太师蔡京行贿送生辰礼。蔡京说是“无物可伸”，于是以“副千户”赠西门庆作为酬谢。“昨日朝廷钦赐了我几张空名告身劄付，我安你主人，在你那山东提刑所，做个理刑副千户”，这是蔡京对押送生辰纲的来保、吴典恩说的。这两位跑公关的用人也侥幸地被赏了官职：来保为山东郓王府校尉，吴典恩为清河县驿丞。第二日，蔡京的管家翟谦又差一个办事官李中友，陪二人到吏、兵二部去办理手续。“闻得是太师老爷里，谁敢迟滞，颠倒奉行”，立即“挂号讨了勘合”（第三十回）。这样，西门庆及两个用人就由“一介乡民”成了政府官员。张竹坡有批曰：“朝廷赏太师以爵，太师赏人以爵。其受赏之人又得分其爵以与其家人伙计。夫使市井小人，皆得锡爵，则朝廷太师已属难言。”何以难言？原来捐纳之例始于秦始皇四年，因蝗灾大疫，准百姓纳粟千石，拜爵一级。后来历朝为赈灾，或补河工、军需之不足，援例准予士民捐资纳粟以得官。这本是政府为缓解财政危机而迫不得已的权宜之计，其间虽弊端百出，但在形式上还得由政府有关部门按一定规定（如定额、定价、定质）公开办理。而小说中的西门庆与蔡京合伙开辟了一条新的仕途：蔡京将皇上钦赐的干部指标私下“赏”给了西门庆，他从中得了大量“油水”（以“生辰礼”的形式），政府未得分毫之利还得以吏部或兵部的名义录用西门庆等人作为政府官员。这才叫货真价实的卖官鬻爵，贿赂公行。

西门庆通过送金钱、送美女，走蔡京管家翟谦的门路，进而拜蔡京为干爹，又借重杨戬、高俅等奸臣的势力，交结上下官吏，组成了一个强有力的关系网，使他不仅能在弹劾声中得以升迁，而且成为山东政界的中心人物，同时上行下效地开起了卖官鬻爵的分店。兵部都监荆忠，为考绩与升迁，用二百两银子打通西门庆的关节。西门庆便乘宋巡按来做客之机保荐了荆都监与自己的妻兄。“酒杯一端，政策放宽。”宋巡按立即接了两人的履历本，令书办吏典收执，并上奏朝廷将他们大大吹捧一番，最后俱“特加超擢”。

本来，作为得官最荣耀的正途科甲，在制度确定上明代比以往任何朝廷更规范。但到《金瓶梅》时代，在实际操作中，正途出身的“士”们反不如搞邪门歪道的流氓西门庆。蔡状元虽然亦为蔡京义子，第一次省亲路过山东时，不得不向西门庆借路费。第二次他新点为两淮巡盐御史路经山东赴任时，西门庆不仅以酒宴相待，还特地叫了两个妓女陪酒，其中一个留下陪夜。第二天早晨，他“用红纸大包封着”一两银子赏那陪夜妓女。妓女嫌礼太轻，便拿与西门庆看。西门庆不无鄙薄地说：“文职的营生，他那里有大钱与你，这就是上上签了。”比起出手大方的“款哥”西门庆，贵而不富的蔡状元当然相形见绌了。蔡状元也只得自贬而奉承西门庆：“恐我不如安石之才，而君有王右军之高致矣。”已入仕途的“士”尚且如此，落魄的文人更可想而知了。在小说中，无论是在西门庆家“打工”的水秀才、温秀才，还是与他竞争孟玉楼的“斯文诗礼人家”的尚举人，在西门庆眼中连应伯爵之类帮闲篾片都不如。文人至此，已是斯文扫地了。将之与日见暴发的西门庆相比，知识分子不能不从“万般皆下品，唯有读书高”的迷梦中跌落到“万般皆上品，唯有读书低”的深渊之中。人们不得不慨叹：“生儿不用识文字，斗鸡走狗胜读书。”至此，人们看到封建官制已被西门庆之流破坏得够可以了。连玩世不恭的兰陵笑笑生也不得不站出来大发一番感慨：

看官听说：那时徽宗，天下失政，奸臣当道，谗佞盈朝。高、杨、童、蔡四个奸党，在朝中卖官鬻狱，贿赂公行，悬秤升官，指方补价。夤缘钻刺者，骤升美任；贤能廉直者，经岁不除。以致风俗颓败，赃官污吏，遍满天下，役烦赋重，民穷盗起，天下骚然。不因奸佞居台辅，合是中原血染人（第三十回）。

作为流氓，西门庆还瓦解与破坏了封建法制。商鞅说："能领其国者，不可以须臾忘于法。"历朝皆然，概莫能外。明初朱元璋就指出："礼法立，则人心定，上下安。"并亲自指导李善长以唐律为蓝本，制定了中国封建社会最完备的一部法律《大明律》。但在现实生活中，尤其是明中后期官场之贪赃枉法，徇情枉法，司空见惯。小说中的西门庆则从来视法律为儿戏，或使之成为其谋私的工具，或使之完全失去效用。为霸占潘金莲他害死了武大。武松为兄报仇没打着西门庆却误伤了李外传，被官军捉拿。西门庆反欲置之于死地，便"馈送了知县一副金银酒器，五十两雪花银，上下吏典也使了许多钱"，要官府"休轻勘武二"。尤有甚者，他为长期奸占仆妇宋惠莲，设计诬陷惠莲的丈夫来旺儿为盗，又买通官府从重发落，将之递解徐州，致使惠莲自缢身亡，并把拦棺论理的宋父扭送衙门打死。还有他为独占王六儿，就把不时去纠缠王氏的韩二捣鬼当作小偷捉到提刑院，"不由分说，一夹二十，打的顺腿流血。睡了一个月，险不把命花了"。韩非子曾说："私者所以乱法"，"夫立法令者以废私也"。在西门庆那里，国家法律还有什么尊严可言。

西门庆为官前后曾两次被朝廷查办。第一次是朝中奸臣杨戬坏事，要办的党羽名单中原有西门庆的名字。科道认定他们为"鹰犬之徒，狐假虎威之辈，擦置本官，倚势害人；贪残无比，积弊如山；小民蹙额，市肆为之骚然，乞敕下法司，将一干人犯，或投之荒裔，以御魑魅，或置之典刑，以正国法，不可一日使之留于世也"（第十七回）。此即判了他的死刑，西门庆虽为"交通官吏"的老手，此时也不能不心惊肉跳。于是他风风火火地派人上京，花钱通过蔡京之子的门路找到当朝右相、资政殿大学士兼礼部尚书李邦彦府上。

李见是“蔡大爷分上，又是你杨老爷亲”，又“见五百两金银只买一个名字，如何不做分上？即令左右抬书案过来，取笔将文卷上西门庆名字改作贾庆，一面收上礼物去”。就这样，一场由朝廷直接受理的案子顿时被一笔勾销。漫道“国法”如山，顷刻被西门庆们的金钱所摧毁。这边干系刚脱，那边西门庆立即抖擞精神投入到勾结提刑，捣人店铺的流氓战争中去了。

那时，西门庆尚为“一介乡民”。第二次被弹劾，他已是提刑所理刑。西门庆上任未久，他的辖区发生一件人命案：苗青为图谋报复，伙同船家杀害了主人苗天秀。西门庆明知苗青“这一拿去，稳定是个凌迟罪名”，但见有他的姘头王六儿为之说情，又有苗青行贿的一千两银子（王六儿也得了苗青的银子），他就与夏提刑私分了赃银，私放了苗青。那苗青本不是智取生辰纲的晁盖式人物，西门庆自然也不是私放晁盖的宋江式人物。他的行径完全是贪赃枉法。他身为政府司法官员，却玩弄国法于股掌之中。不料此事被曾御史重重参了一本，在指责夏提刑之后，历数了西门庆的罪行。说他“本系市井棍徒，夤缘升职，滥冒武功，菽麦不知，一丁不识。纵妻妾嬉游街巷，而帷薄为之不清；携乐妇而酣饮市楼，官箴为之有玷。至于包养韩氏之妇，恣其欢淫，而行检不修；受苗青夜赂之金，曲为掩饰，而赃迹显著”。认为他俩“皆贪鄙不职，久乖清议，一刻不可留任”（第四十八回）。乍见邸报，西门庆不免有些惊慌。但此时他到底较上次老练，马上回过神与前来讨主意的夏提刑说：“常言兵来将挡，水来土掩。事到其间，道在人为。少不的你我打点礼物，早差人上东京，央及老爷那里去。”果然钱能通神。收了礼，蔡太师府上的翟管家说：等曾御史的本到，他就对老爷说，“随他本上参的怎么重，只批了‘该部知道’。老爷这里再拿帖儿分付兵部余尚书，只把他的本立了案，不覆上去。随他有拨天关本事，也无妨。”殊不知当西门庆派到东京走后门、通关节的人打马回府时，曾御史的本还在驿马背上的黄包袱里尚未送到京呢。

具有讽刺意义的是，曾御史为“正法纪”经过一番奋斗，结果却被蔡京等暗算，“锻炼成狱，将孝序除名，窜于岭表”（第四十九回）。而西门庆三年期满考绩时，倒被继任的宋御史大大美言一番，给他的考语为："才干有为，英伟素著。家称殷实而在任不贪，国事克勤而台工有绩。翌神运而分毫不索，司法令而齐民果仰"，认为"宜加转正，以掌刑名"（第七十回）。可以说完全是推倒了曾御史的弹劾。西门庆果然被"转正"，而夏提刑调任京官当卤薄（仪仗官）。试想，在西门庆之流的心目中有何国法可言，还有何公道可言?!

被西门庆践踏得更甚的是国家的税法。税收是国家财政的主要来源，而西门庆发财的主要诀窍在于贿赂官府，偷税漏税。韩道国从杭州运回一万两银子的货物，向西门庆汇报情况时，两人有段精彩的对话。

> 西门庆因问："钱老爹书下了，也见些分上不曾？"韩道国道："全是钱老爹这封书，十车货少使了许多税钱。小人把段箱两箱并一箱，三停只报了两停，都当茶叶、马牙香，柜上税过来了。通共十大车货，只纳了三十两五钱钞银子。老爹接了报单，也没差巡拦下来查点，就把车喝过来了。"西门庆听言，满心欢喜，因说："到明日，少不的重重买一分礼谢他。"（第五十九回）

来保从南京装回了二十大车的货物（包括行李），西门庆照样"差荣海拿一百两银子，又具羊酒金段礼物谢主事"，并写了一封"此船货过税，还望青目一二"的信。

西门庆不仅自己偷税漏税，还利用他的关系，帮助别人干此勾当，他从中得回扣。扬州盐商王四峰，被安抚使送到监狱中去了。"许银二千两，央西门庆对蔡太师讨人情释放。"经西门庆周旋，蔡太师果然差人下书与巡抚说了，"书到，众盐客都牌提到盐运司，与了勘合，都放出来了"。

作为流氓，西门庆还瓦解与破坏了封建礼教。封建礼制规定："衣服有别，宫室有度。"（《荀子》）西门庆仅个五品官员，竟堂堂正正地穿起"青段五彩飞鱼蟒衣，张爪舞牙，头角峥嵘，扬须鼓鬣，金碧掩映，蟠在身上”。应伯爵见了，竟“吓了一跳”。为什么呢？因为这衣本是皇帝送给何太监的，按明制为一品蟒衣，西门庆竟从何太监手里弄来，穿上招摇起来，视同儿戏。可见在这个暴发户心目中，礼教观念早荡然无存了。

李瓶儿尚知“买卖不与道路为仇”，西门庆却毫无行业道德，或乘人之危，打劫客商，如压价收购川广、湖州客商的滞留货物；或寻机挑衅，捣人店铺，如收买流氓把蒋竹山一个“好不兴隆”的生药铺打个稀烂，说是他“在我眼皮子根前开铺子，要撑我的买卖”（第十九回）。

古语云“盗亦有道”，流氓也当是义字当先。西门庆十兄弟有“桃园三结义”之形，而无“桃园三结义”之实。西门庆虽有抹掉吴典恩借银的“月利五分”以及周济穷得无米下锅的常时节的义举，在帮闲兄弟中博得个“仗义疏财”“轻财好施”“天道好还”等美名，在当代某些评论家那里也获得了有如“《水浒传》里的鲁达精神”之类的美誉，其实在帮闲兄弟间的略事点染，与梁山好汉的劫富济贫不可同日而语。更何况即使是在帮闲兄弟之间，更多的也是尔虞我诈，钩心斗角。花子虚之死就是明证。为谋娶李瓶儿，他不惜坑害自己的结义兄弟花子虚，并行贿打通杨府尹关节，将花家的家财据为己有，将花子虚活活气死。哪里还有半点义气可言？

作为封建宗法家族的一家之长，西门庆建立的也不是一个礼仪之家，而是个危机四伏的所在。西门庆则是这个家庭种种战争的根源。蒋竹山在李瓶儿面前对西门庆的评说颇为尖锐：

> 苦哉，苦哉！娘子因何嫁他？……此人专在县中抱揽说事，举放私债，家中挑贩人口。家中不算丫头，大小五六个老婆，着紧打趟棍儿，稍不中意就令媒人领出卖了。就是打老婆的班头，坑妇女的领袖。娘子早时对我说，不然进入他家，如飞蛾投火一般，坑你上不上下不下，那时悔之晚矣。（《金瓶梅词话》第十七回）

即使与“情人”相交，西门庆也无多少情义可言。宋惠莲曾与西门庆得意过一番，终被西门庆所坑害。她临死时对西门庆有段精彩的批判：“爹，你好人儿！你瞒着我干的好勾当儿！还当说什么孩子不孩子，你原来就是个弄人的刽子手，把人活埋惯了。害死人，还看出殡的！”

财富与恶劣为伴，在自大狂西门庆心目中，任何宗教信仰似乎都丧失了感召力与约束力。他的哲学就是：“咱闻那佛祖西天，也止不过要黄金铺地；阴司十殿，也要些楮强营求。咱只消尽这家私，广为善事，就使强奸了嫦娥，和奸了织女，拐了许飞琼，盗了西王母的女儿，也不减我泼天富贵。”（第五十七回）真是“铜臭驱散了一切宗教的灵光，在狂妄的亵仙谤佛中污辱了各种美的象征和幻想，连同最美的三位仙女以及道教女仙领袖都被践踏到淫荡的泥坑中了”（杨义《〈金瓶梅〉：世情书与怪才奇书的双重品格》，《文学评论》1994年第5期）。

西门庆之所以能如此疯狂，如此全面地瓦解与破坏封建社会一切现存制度与秩序，原因是多方面的。择其要而言之，大概有几点：首先在于西门庆所处的时代明代中后期（小说中则是假托宋朝），是个“礼崩乐坏”乃至“天崩地解”（王夫之语）的时代。一切都在腐败，都在堕落，都在霉烂，所以一个流氓在其间能为所欲为，乃至肆无忌惮。其次在于西门庆是个目不识丁的混世魔王，他心无规范，目无法纪，因而格外无法无天，格外胆大妄为。当一个天不怕地不怕的混世魔王作起恶，弄起邪，世界还有什么规范能阻挡他，还有什么制度与秩序不被他打得花落水流。再次在于西门庆有着挥霍无度却迅速增殖的泼天富贵。“守着一库银金财宝”，这是道婆为西门庆所画的精神肖像。这只对了一半，西门庆有一库金银财宝，但不死守着它。他不仅有钱花，而且舍得花，敢于花，还善于花。“（金钱）兀那东西，是好动不喜静的，曾肯埋没在一处？也是天生应人用的，一个人堆积的，就有一个人缺少了。因此积下财宝，极有罪的。”（第五十六回）这就是西门庆的通货观。因而不管碰上谁，也不管碰上什么事，他都舍得，都敢于并善于用金钱去敲去砸。用作者的话说，西门庆“原是一个散漫好使钱的汉子”。“挥金买笑，一掷巨万”，因而有形形色色的妇女，包括那颇有身份的林太太，都可以抛弃一切廉耻，投身于他的怀抱。“富贵必因奸巧得，功名全仗邓通成”，有了钱，没有官可以买到官，没有权可以买到权。“火到猪头烂，钱到公事办”，有了钱就可以贪赃枉法。金钱是法律的主人，法律是金钱的奴仆，金钱可使违法者逍遥法外，法律可使主事者财源滚滚来。一切成了钱权交易，还有什么法律尊严，还有什么公理道德？在那“金令司天，钱神卓地”，“钱可通神”的封建末世，在那浊气逼人的16世纪末年，西门庆以金钱为前茅，真是所向披靡、无坚不摧。简直弄得乾坤颠倒，日月无光：“紧着起来，朝廷爷一时没钱使，还问太仆寺借马价银子来使”，“娘子是甚怎说话！想朝廷不与庶民做亲哩？”封建社会一切神圣原则都在他们面前土崩瓦解。

如果你是站在批判专制制度的立场上，如果你同意恩格斯关于“恶是历史发展的动力借以表现出来的形式”，“人的恶劣的情欲贪欲与权势欲成了历史发展的杠杆”的论述，那么，你在厌恶、抨击以至诅咒西门庆之余，会惊讶地发现这个超级流氓竟有如此辉煌的“业绩”：他以自己的流氓行径加速了一个时代、一个社会、一个政府全面的堕落、腐败与崩溃。这就是一个流氓的神话。

或许就是那“光辉业绩”使西门庆的形象复杂起来了，致使不少研究者为之困惑，对他有种种理解与误解，以致我们要花费较大的篇幅去讨论西门庆的阶级属性、西门庆的性意识，西门庆的喜剧结局，从而破译这个流氓的神话，去真正认识与把握“这一个”流氓的意义。

（三）流氓的寓言

流氓西门庆到底是哪个阶级的代表人物？据说弄清这个问题是研究《金

瓶梅》的起点。但明清学者对西门庆所作的多为道德评价，或曰其为“世之大净”（弄珠客《〈金瓶梅〉序》），或谓之“混帐恶人”（张竹坡《〈金瓶梅〉读法》），他们都还没有什么阶级分析的观念。最早对西门庆进行阶级分析的，大概要数郑振铎与吴晗。郑说：“西门庆一生的发迹的历程，代表了中国社会里——古与今的——一般流氓，或土豪阶级的发迹的历程”（《谈〈金瓶梅词话〉》）。吴说，《金瓶梅》“以批判的笔法，暴露当时新兴的结合官僚势力的商人阶级的丑恶生活，透过西门庆的个人生活，由一个破落户而土豪、乡绅而官僚的逐步发展，通过西门庆的联系，告诉了我们当时封建阶级的丑恶面貌，和这个阶级的必然没落”（《〈金瓶梅〉的著作时代及其社会背景》）。这两篇名文均写于20世纪30年代，代表了那个时代《金瓶梅》研究的最高水平。其后数十年的中国研究界，只是将郑、吴观点加以撮合，而认为《金瓶梅》“通过官僚、恶霸、富商三位一体的封建势力代表人物及其罪恶生活的历史，深入地暴露了明代中叶以来封建社会的黑暗和腐败”（北京大学中文系《中国小说史》）。而近年则有人提出西门庆是“在朝向第一代商业资产阶级蜕变的父祖”，“新兴商人阶级”的典型（卢兴基《论〈金瓶梅〉十六世纪一个新兴商人的悲剧》，《中国社会科学》1987年第3期）。平心而论，那“三位一体”说虽平列了西门庆形象中的某些特征，但其将人物出身、作风与社会地位混为一谈，非但算不得对人物的定性分析，反将郑、吴观点中的合理成分取消掉了。而“新兴商人”说，则显然是人们对《金瓶梅》研究实现新突破的可贵努力的产物，也就格外引人注目。然其却未必符合小说及其所反映的社会实际。

“新兴商人”说，是从吴晗文章中剥脱出来的。但此说提出者，却将吴晗观点割裂成自相矛盾的两个侧面，并自我设问：“不知吴晗先生的判断中究竟是西门庆社会关系属于封建阶级，还是西门庆所属的新兴的商人阶级应归属于封建阶级？前者不符事实，后者自相矛盾。”其实吴晗的观点是一个不可分裂的整体。在吴晗那里，所谓“新兴商人阶级”实则是封建地主阶级的一部分。在谈到“商人阶级”兴起的原因时，吴晗说：“由于倭寇的肃清，商业和手工业的发达，海外贸易的扩展，国内市场的扩大，计亩征银的一条鞭赋税制度的实行，货币地租逐渐发展，高利贷和商业资本更加活跃，农产品商品化的过程加快了。商人阶级兴起了。”对这些原因略加分析，不外两种情况：一为商品经济发展的环境，一为商品经济发展的政策。其环境如倭寇的肃清，国内外市场的扩展，则是封建国家的行为；其政策如一条鞭法，货币地租，亦为封建国家的法令。在封建国家所创造的经济环境与经济政策下发展起来的商品经济，归根到底只能是封建的商品经济。在封建商品经济中涌现出来的商人阶级，也只能是封建阶级的一部分。吴晗所举例子就充分证明了这一点。他说：“从亲王勋爵官僚士大夫都经营商业，如楚王宗室错处市廛，经纪贸易与市民无异。通衢诸绸帛店俱系宗室。间有三吴人携负至彼开铺者，亦必借王府名色（包汝楫《南中纪闻》）。如翊国公郭勋京师店舍多至千余区（《明史》卷一三〇《郭英传》）。如庆云伯周瑛于河西务设肆邀商贾，虐市民，亏国课，周寿奉使多挟商艘（《明史》卷三〇六《周能传》）。如吴中官僚集团的开设囤房债典百贷之肆。”总不能因为经商而将这些“亲王勋爵官僚士大夫”从封建地主阶级中剔出而列之于“资产阶级”吧？当说到那“商人阶级”与农民阶级的关系时，吴晗的意思就更明白了。他说：“商人阶级因为海外和内地贸易的关系，他们手中存有巨额的银货，他们一方面利用农民要求银货纳税的需要，高价将其售出，一方面又和政府官吏勾结，把商品卖给政府，收回大宗的银货，如此循环剥削，资本积累的过程，商人阶级壮大了，他们日渐成为社会上的新兴力量，成为农民阶级新的吸血虫。”可见这所谓新兴商人阶级既不改变封建社会的生产方式，也不将商业资本转化为产业资本，只是在利用封建国家的政策，以售其奸，一方面利用他们的地位和权势上下谋财，一方面利用手中的资财加上权力更加疯狂地剥削、压迫农民阶级。“新兴商人阶级”云云，其“新兴商人”，盖指明代中后期“这样的一个时代，这样的一个社会”的与官僚势力相结合的新型商人，他们或由商而官，或由官兼商，已非职业性商人，而是官商。“官商”首先是官，其次才是商。官是社会地位所在，商是致富的手段。其所经营的也只能是封建的商品经济。而这里的“阶级”，义同“阶层”。综而言之，“新兴商人阶级”即新型的官商阶层，其本为封建地主阶级结构中的一个层次，而决非独立于封建地主阶级之外的什么新的阶级。吴晗勾勒的西门庆的历程，恰恰是这么个历程：“由一个破落户而土豪、乡绅而官僚的逐步发展。”官僚是西门庆的终极地位与身份。那么，封建官僚阶级就是西门庆的阶级归属，至于他曾为流氓、或土豪、或商人都不能改变这一点。如刘邦、朱元璋由流氓而皇帝，则决不能因其流氓出身而改变他们作为皇帝的地位与身份，以及由此所确定的阶级属性。

西门庆在《金瓶梅》中只风光了大约七年时间（他二十七岁登场，三十三岁死去）。以第三十回“西门庆生子喜加官”为界，其生涯可分为前后两期。前期他只不过“一介乡民”，此后，其则以政府行政长官理刑官的身份出现。前期共五年半的时间，占三十回篇幅，是全书的序幕。后期从第三十一回到第七十九回，只一年半时间，却占全书一半的篇幅，是小说的正文。第七十九回西门庆死后，则是其故事的余波。作为序幕中的西门庆，只是与其父西门达在商场跌落，使之成为破落户子弟的窘境相比较而言，算“发迹”了，其实此时他的财富相当有限。西门庆前期发迹之道有三：其一，交通官吏，以寻找政治上的靠山；其二，交结流氓，以寻找安身立命的社会基础；其三，发财致富，为其发迹提供经济基础。其致富之道，也非如“新兴商人”论者所云“依靠的主要是商业经营”。西门庆经商靠开生药铺起步，但这生药铺生财不多，直到西门庆生命的终点，生药铺也才值五千两银子。其前期致富在经商之外，还有三条财路：一为把揽说事过钱，如替盐商王四峰等向蔡京说情，一次得银千两；二为吞没亲家陈洪家财；三为发妻财，娶孟玉楼、李瓶儿两位富孀，都获得了可观的财产。李瓶儿则是西门庆一手制造的寡妇。李瓶儿之入西门，使西门府上大为改观。小说写道：“西门庆自从娶李瓶儿过门，又兼得了两三场横财，家道营盛，外庄内宅焕然一新，米麦陈仓，骡马成群，奴仆成行”，“又打开门面二间，兑出二千两银子来，委傅伙计，贲第传开解当铺”。前期的西门庆至此才算红火起来了。可见经商在西门庆的发迹史乃至致富史中未必起了决定性作用。

西门庆的前期，只是他人生道路的铺垫。他真正的发迹在其送生辰担给蔡京，换回个副千户之后。且不说事前的做衣制帽，送往迎来，上下“热乱”，单道“到了上任日期，在衙门中摆大酒席桌面，出票拘集三院乐工牌色长承应，吹打弹唱，后堂饮酒。日暮时分散归。每日骑着大白马，头戴乌纱，身穿五彩洒线揉头狮子补子圆领，四指大宽萌金茄楠香带，粉底皂靴，排军喝道，张打着大黑扇，前呼后拥，何止十数人跟随，在街上摇摆。上任回来，先拜本府县，帅府都监，并清河左右卫同僚官，然后亲朋邻舍，何等荣耀施为！”。西门庆的发迹，固然是钱权交易的产物，更是他长期“交通官吏”的辉煌成果。发迹之后的西门庆从来没忘记过自己作为政府官员的身份。皇亲乔大户与他结亲，他竟说：

> 既做亲也罢了，只是有些不搬陪些。乔家虽如今有这个家事，他只是一个县大户，白衣人。你我如今见居着这官，又在衙门中管着事。到明日会亲酒席间，他戴着小帽，与俺这官户，怎生相处？甚不雅相！（第四十回）

“士别三日，当刮目相待。”一旦纱帽上顶，心中时刻惦记着个官字，自称“居着这官”“俺这官户”，反嫌皇亲是戴着小帽的“白衣人”。有一次潘金莲被西门庆打急了，就骂他倚官仗势，“你说你是衙门里千户便怎的？无故只是个破纱帽、债壳子穷官罢了，怎禁的几个人命？就不是教皇帝，敢杀下人也怎么？”西门庆听了反呵呵笑，说：“我是破纱帽穷官？教丫头取我的纱帽来，我这纱帽那块儿放着破？这里清河里问声，我少谁家银子！你说我是债壳子！”得意之情，溢于言表。其所得意者，就在居官戴上了纱帽。

正因为西门庆当上个副千户，且很快“转正”了，他才有可能成为山东一方的中心人物：不仅有众多的帮闲篾片，献媚女性也将他当作星座，围之旋转；就是上流社会中人如太师、太尉、巡抚、巡按、御史、状元、太监、皇亲，“哪个不与他心腹往来”？

正因为西门庆居官作宦，他才可能以权谋私，干着钱权交易的勾当，既能在官场枉法贪赃，又能在商场投机倒把，他才真正暴发起来。西门庆于官场枉法贪赃已见上文，这里只谈商场中事。李智、黄四拉西门庆搭档纳香蜡，做朝廷的买卖，就是想凭借他的势力。黄四说：“这里借着衙门势力儿，就是上下使用也省些”；应伯爵也说：“不图打鱼，只图混水，借着他这点名声才好办事。”西门庆明知如此，还是把一千五百两银子交给他们，让他们去“以假充真，买官让官”，自己则坐收“每月五分行利”。在这宗买卖中，他们与昔日有点权势的徐内相发生了冲突，西门庆就说：“我不怕他。我不管甚么徐内相、李内相，好不好我把他小厮提在监里坐着，不怕他不与我银子。”权力成了买卖的后盾，他就有恃无恐了。有一次朝廷行文天下收购古董，东平府坐派二万两，这是宗大买卖，“都看有一万两银子寻”。本来当局“已都派下各府买办去了”，西门庆得此信，立即封些礼去“讨将来”。宋御史碍于西门庆的面子，果然“随即差快手拿牌，赶回东平府批文来”，封回给了西门庆。这笔生意虽因西门庆身亡未做成，但可见权力之神通是何等广大。“纳粟中监”，更是典型的钱权交易。历代盐是官卖，明代实行“中开制”，即根据边防军事或其他需要，允许商人以力役或实物向朝廷换取贩盐的专利执照（盐引），然后凭引到指定场支盐，并在指定行盐范围内销售。无引支盐，即为私盐，是要受到法办的。但因是专卖，垄断生意，所以利润很大，盐商往往大肆钻营，大发其财。西门庆自然不会放过这宗美事。他与乔亲家头年合股在“边上”纳过一千两银子的粮草，从朝廷坐派淮盐三万引。这“旧派”盐引，原同废纸。因盐之专卖利大，所以朝廷征税较重，立法也较多。小说第四十八回写蔡京向朝廷奏请七事之一就是“更盐钞法”，其中规定“限日行盐之处贩卖，如遇过限，并行拘收”。西门庆之“旧派”盐引自在拘收之列。然新任两淮巡盐御史蔡一泉，正是西门庆“只顾分付，学生无不领命”的关系户。官官相卫，“旧派”盐引不但没被拘收，蔡御史还让西门庆比别的商人早掣取盐一个月（西门庆说“早放十日就勾了”）。当时每大引合盐四百斤，每小引合盐两百斤。三万引盐，起码折盐六百万斤。在商品经济生活中，时间就是金钱。这么多的盐提前一天投放市场都会有可观的利润，更何况比别人早一个月呢？这就是封建权力的效应。这中间既有他两次对蔡一泉享以酒色、授以厚礼的功效，又有他身为政府官员，凭借着手中的权力，享有别的商人无法享受的特权。相对而言，后者或许更重要，更起决定性作用。西门庆的暴发实以“三万引盐”为契机。那三万引盐未运到清河地面，他中途就推销掉了，然后以这赚来的钱在杭州、南京采买缎绢之类货物三十大车，价值大约三万两银子。他与乔亲家合开的缎子铺开张第一天，就“卖了五百余两银子”，没多少时间韩伙计就说，两边铺子共卖了六千两银子。西门庆立即将这六千两银子用来扩大再经营，其中二千两“着崔本往湖州买绸子去”，四千两“与来保往松江贩本”。从取盐到西门庆之死，前后不到半年时间，仅这缎子铺，西门庆名下就有“五万两银子本钱”。可见权力在商品经济中的巨大威力；亦可见西门庆所从事的封建商品经济归根到底是封建权力经济，而非资本主义的竞争经济。

西门庆前期只是个不三不四的万元户，后期才是有权有势的暴发户。权势是西门庆暴发的根本原因之所在。这也叫权中自有黄金屋，权中自有颜如玉。由此可见，即使勉强称西门庆为“集官、商、霸一体的暴发户”，也不应将三者平列，而忽视其作为封建官僚在其发迹史与阶级归属上的决定性意义。

西门庆身旁有一个商人群落，作为帮闲兄弟的应伯爵原也是“开绸绢铺的应员外儿子，没了本钱，跌落下来”。太医蒋竹山开过生药铺。那个韩伙计，原也是开绒线行经商的，只因“如今没本钱，闲在家里”，后投到西门庆门下。西门庆的父亲西门达也曾是个长途贩运棉织品和丝织品的商人。还有来自江南、川广的客商，他们几乎都是商场的失败者。论经商的本领与经验，甚至资本，他们未必逊于西门庆。他们之失败与西门庆之成功，根本差异在他们都未进入封建官场，而西门庆进入了封建官场。两相比较，更可见西门庆的阶级归属只能是封建官僚，而非什么新兴商人。至于他曾经是谁，或是用什么手段获取了封建官僚的身份，则或许并不重要。作为封建官僚，西门庆虽未与经商脱钩，实际上他不断利用手中的特权巧取豪夺，牟取暴利，从而破坏了封建法律允许的正常经商，如捣毁蒋竹山的店铺等就是明证。

论明了西门庆的阶级归属，更有利于把握这个典型形象的社会意义。西门庆实则是中国封建末世，朱明王朝末期，16 世纪末年，中国封建官僚制度下产生的新丑，而不是什么资产阶级的新秀。

而“新兴商人”论者，实则以两个“如果”作为论证的前提，一曰：“在明代中叶以前，我国还是一个开放的社会，经济发展的水平和西方还是同步的，如果不是后来历史的逆转，中国也将如马恩预料的那样，循着一条必然的方向前进（即‘资产阶级从封建社会中产生，最后成为封建社会的掘墓人’）。”二曰：“（西门庆）是在我国封建末世出现的一个典型，具有巨大的历史破坏性。如果中国的历史继续按照自己的方向正常运转，他们就将是二千年封建社会的掘墓人。”其实这两个“如果”恰恰反映了一个不可逆转的事实：明代中后期的中国社会不以人们意志为转移地还在封建主义的轨道上运行，在此环境中产生的西门庆还不是资产阶级，更谈不上成为“封建社会的掘墓人”。但论者在埋怨这历史事实之“不正常”，不合“马恩预料”之余，则干脆将封建商品经济与资本主义商品经济混为一谈，以封建商品经济去冒充资本主义商品经济，说所谓“逐末游食，相率成风”和“逐末营利”中的“末”就是指商业，它成了社会变化的经济根源。顾炎武说的“出贾既多，土田不重”概括了封建经济解体，新兴的具有资本主义萌芽性质的商业兴起以及二者地位的交替。这里的“末”是指商业，但这“末”不是资本主义商业，而是封建主义商业。中国封建社会正统的经济思想与政策是“重农抑商”或叫“重本轻末”。但其“抑商”或“轻末”，从来只是适当限制（通过税法等措施），而不是废除或消灭。相反，有时根据某种需要（如满足当局自己的奢侈生活的需要，或边防军事的需要），封建当局也会适当地鼓励、保护商业，甚至不少官僚也加入经商的行列。中国封建的商品经济也曾因此出现过三次辉煌的高潮：从战国到汉武帝时代，从唐到南宋时代，从明初到明末。《金瓶梅》是中国封建商品经济第三个高潮的产物，而《金瓶梅》故事发生地山东清河县（运河流域的临清码头附近），又是明代商业之重镇。在这个时代、这个环境中产生的封建官僚之新丑西门庆，其新就新在由商而官，居官而又兼商，较之传统的封建官僚更多一点钱权交易的观念与手段，更多一点市侩习气与作风。封建商品经济，按理讲与自给自足的小农经济是相辅相成的，但其往往刺激了统治阶级的奢侈性消耗，造成了政治上的腐败与不稳定。西门庆则大大发展了其腐败的一面，其狂欢是流氓的狂欢，混世魔王的狂欢，是腐败的封建官僚的狂欢，他的狂欢是那“世纪末”种种顽症的典型反映。其对封建社会种种的瓦解与破坏作用，令人想起《红楼梦》中探春小姐的妙论：“可知这样大族人家，若从外头杀来，一时是杀不死的，这是古人曾说的‘百足之虫，死而不僵’，必须先从家里自杀自灭起来，才能一败涂地”（第七十四回）。西门庆不是“从外头杀来”的资产阶级的人物，不是封建社会的“掘墓人”，却是封建社会内部的蛀虫、挖墙派。有他们作为“社会之柱石”，这个社会、这个国家如何会不一败涂地！

张竹坡说：“稗官者，寓言也”，“故《金瓶梅》一书，有名人物，不下百数，为之寻端竟委，大半皆属寓言”（《〈金瓶梅〉寓意说》）。西门庆是何寓言？朱大可有段不无偏颇的言论，移来论西门庆却似甚确，他说：“沿循着历史与文学的河流，我们看到了一种永不磨灭的原则：国家和流氓是共生的。哪里有国家，哪里就有流氓。不仅如此，国家的风格与流氓的风格之间有着惊人的相似。国家的极权总是在滋养流氓的暴力，而国家的腐败必定要传染给流氓，使它日趋没落和臭气熏天。当国家英雄相继死去时，流氓也退化成了无赖，沉浸在各种极端无耻的罪恶之中。流氓与国家分离不能阻止这些。无论在什么地点，流氓都只能是国家的形象和命运的一个寓言”（《流氓的精神分析》）。如同刘邦、朱元璋是封建国家的象征，西门庆也是封建国家的寓言。他是流氓国家的产物，同时又是流氓国家的破坏者。我们知道一个民间寓言：一个樵夫，坐在树枝丫上面，用斧子砍他所坐的那个枝丫；他所要砍掉的，正是他赖以托身的。吴组缃先生曾以此来论贾宝玉和他所处现实的关系，依我看，将此移来论西门庆与封建国家的关系同样确切。

不过作为封建官僚的西门庆，对他所赖以托身的封建国家的砍伐，与资本主义萌芽对封建社会的瓦解却不是一回事。

正如马克思所言：“不仅商业而且商业资本也比资本主义生产方式更为古老，实际是资本历史上最为古老的自由的存在方式”，“商人资本的发展就它本身来说，还不足以促成和说明一个生产方式到另一个生产方式的过渡”（《资本论》第三卷）。只有少数人积累的商业资本（货币财富）投入或转化为产业资本，并出现一批失去生产资料并具有一定人身自由的劳动者时，才算出现了资本主义生产方式的萌芽。资本主义生产方式或商品经济的显著特点，在于生产资料占有者支配着雇佣劳动者为其生产，其生产和出卖商品不像封建商品经济是为取得其他商品以满足自己的需要，而是为取得剩余价值，使资本增值。西门庆积聚起巨额商业资本，纯粹以封建阶级的方式投向商业、高利贷、买取官位和个人消耗的恶性膨胀等方面，而根本不投向产业资本，甚至也不投向土地。“田连阡陌”云云，只是文嫂信口开河之言，西门庆似乎不拥有土地，连祖坟要扩大一点，还得向他人买。因而在西门庆那里根本看不到什么资本主义萌芽的痕迹。中国的明代后期，封建经济结构内确实分解出了这种资本主义萌芽，但这碟豆芽毕竟过于脆弱，其发育也过于缓慢，从来就未成气候，它即使在短篇小说如“三言”“两拍”中，反映尚且相当薄弱，更不用说在长篇小说中能占一席之地了。但新中国成立以来，不知为什么出现了一种怪现象：每当人们要拔高某部古典小说的地位时，总把它与资本主义萌芽（或市民阶级）联系在一起：于是从《三国演义》、《水浒传》、《西游记》到《红楼梦》都曾被论定为“市民文学”。《金瓶梅》研究中的“新兴商人”说与那种夸大明清时代资本主义萌芽的思潮是一脉相承的。它既不符合《金瓶梅》与16世纪中国社会的实际，也有违吴晗先生之原意。

（四）流氓的性战

福柯有云：“其实，我们想到或谈到性，比任何别的事都多，但表达它却比任何事都少，都含糊不清。”（转见潘绥铭《神秘的圣火》）在《金瓶梅》研究中，或许也是如此。因而，对其性描写的评价历来分歧最大。其实，既然没有性描写，就没有《金瓶梅》；没有性疯狂，就没有西门庆，这命题大致不错；既然，足本《金瓶梅》与节本（或曰洁本）《金瓶梅》已并行于世，那么“阉割”净身论就自然失效了。值得注视的倒是有些论者对《金瓶梅》的性描写与西门庆的性疯狂似乎有溢美之嫌。

如有的说：“这（西门庆）是一个真正的混世魔王，玩弄女性，但也并不是对所有的人都无感情，儿子官哥儿和李瓶儿之死，他是那么发自真诚的伤心，嘱家人务必保留她的卧室和遗物。他的号哭，以致连吴月娘也引起了醋心。”诚然西门庆“也并不是对所有的人都无感情”，如作为封建宗法家庭一家之长的西门庆，对他的儿子官哥儿就不能无感情。因为在那个时代、那个家庭，男人可以鄙薄作为生儿育男工具的女人，却未必鄙薄这些工具为他所生的“人种”。而这似乎不在上说逻辑之内，可置而不论。但作为玩弄女性的混世魔王西门庆，对其所玩弄的所有女性却未必有什么感情可言，即使对李瓶儿也未必例外。

众所周知，西门庆当初与李瓶儿勾搭成奸，一贪其财（李瓶儿先从梁中书家带出一百颗西洋大珠和二两重的一对鸦青宝石，继而从花太监那里获得一笔可观的财富。当李瓶儿终将这些财富带到西门府上，西门庆立即大兴土木，使其庭院几乎改观）；二贪其色（李瓶儿有西门庆情有独钟的白皮肤）。李瓶儿进入西门家后，西门庆独宠她，除了财色之外，更在于其“肚皮争气”，为西门庆生得一子官哥儿。李瓶儿为西门庆的兴旺发达、生子加官，做出了突出贡献（而其他妻妾几乎均无此贡献）。官哥儿出生之时，西门庆何等欢欣：“连忙洗手，天地祖先位下满炉降香，告许一百二十分清醮，要祈母子平安，临盆有庆，坐草无虞”，并于当晚，就在李瓶儿房中歇了，不住地看孩子。从此，在诸妻妾中，李瓶儿几成专房之宠，以至潘金莲竟愤愤然骂道：“都是你老婆，无故只是多有了这点尿胞种子罢了，难道怎么样儿的，做甚么恁抬一个灭一个，把人踩到泥里！”可见，西门庆对李瓶儿，先是宠之财色，后是宠之为最佳生育工具，而无多少真诚的感情。

西门庆驾驭李瓶儿之术，先之以淫：用李瓶儿的话讲：“你是医奴的药一般”；继之以冷：娶李瓶儿到家后竟“三日空了他房”，教她求生不得，寻死无门；再施之以威：用马鞭抽打脱光了衣裳的李瓶儿。这样，西门庆就不仅没收了李瓶儿的财色，也没收了她的性子：致使那个曾有能耐气死花子虚，驱逐蒋竹山的河东狮，终于变成“好个温克性儿”，“性格前后判若两人”，甚至叫某些学者充满困惑，大呼其“失真”。其实这正见出西门庆魔力所在，而不存在什么性格失真。彻底收拾了李瓶儿“性格”之后，西门庆才与她进入“从而罢却相思调”的宠幸之中。实则这儿只有征服与被征服的份儿，哪有什么真诚感情可言。

李瓶儿死后，西门庆确实是哭了又哭，把声都哭哑了，竟不顾她身子底下的血渍，两只手抱着她香腮亲着，口口声声只叫：“我的没救的姐姐，有仁义好性儿的姐姐！……”仿佛真是“发自真诚的伤心”。其实，西门庆就是李瓶儿之死的刽子手。李瓶儿死于血崩之症，实由西门庆之贪欲造成的。西门庆自从得了胡僧春药，便肆无忌惮地发泄兽欲。一日，他在王六儿家初试春药，兴犹未尽，回家强与正值经期的李瓶儿做爱，致使李瓶儿患下血虚不足之症，进而走向死亡。对于李瓶儿死后西门庆的所谓号啕大哭，倒是被称为

“西门庆肚里蛔虫”的贴身小厮玳安一语道破：“为甚俺爹心里疼？不是疼人，是疼钱。”这才是个中真相。果然，李瓶儿尸骨未寒，西门庆以伴灵为由，马上就在灵前把奶妈如意儿拖进了他的被窝说：“我搂着你，就如同和他（李瓶儿）睡一般”，竟弄得淫声大作，“远聆数室”。谁还能从这里看到西门庆有什么人的情感？有什么“发自真诚的伤心”呢？

也有人将西门庆之流的“好色”说成是“人的正常要求”，“是对人生欲望的追求”，甚至说是“性观念的解放”。然而，何谓“人的正常要求”？何谓“性观念的解放”？持此论的“金学家”们对之却似乎未置一词。没有坚实的理论前提，论述往往走向歧途，以其昏昏怎么可能使人昭昭呢？舒芜的两段话或许可充当这理论的前提。第一段见其《从秋水蒹葭到春蚕蜡炬》，他引了恩格斯《家庭、私有制和国家的起源》的名言之后说：“什么是近代意义的真正的爱情呢？恩格斯的著名定义，大家都知道了。据我的理解就是：第一，平等互爱；第二，爱情重于生命；第三，爱情与婚姻同一成为性道德的标准。”第二段话见于其近作《女性的发现》，是在阐述周作人“性的解放”的观点时所说，“周作人的目标是‘社会文化愈高，性道德愈宽大，性生活也愈健全’。这里有三个要点：第一，是要有社会文化的提高，而不是社会愚昧的加深，不是向野蛮倒退。第二，是要建立合乎人性特别是合乎女性的性道德，而不是不道德、无道德。第三，是要建立合乎科学特别是合乎性科学的健全的性生活，而不是混乱的病态的淫昏的性生活”。这里更强调对待女子的态度问题，“周作人是把对待女子态度如何，作为衡量一个人的见识高下的标准”。这两段话互相补充，大致可视为对“人的正常要求”与“性的解放”的正确理解。用这把理论的尺度去衡量《金瓶梅》就不难发现，在西门庆那里，压根儿不存在什么“人的正常要求”或“性观念的解放”。

西门庆家中有六房妻妾，还要淫人妻女，包占娼妓。张竹坡统计，被西门庆“爱”过的女人有十九人。对于那么一个庞大的性爱群落，无论是自家妻妾，还是他人妻女，无论贵妇富婆，还是卑贱下人，西门庆与她们之间从来就没有什么“平等互爱”，而只有玩弄与被玩弄、奸淫与被奸淫、占有与被占有、征服与被征服的关系。小说第七十八回，写西门庆与如意儿（又名章四儿）做爱时有段有趣的对话：

> 西门庆便叫道：“章四儿淫妇，你是谁的老婆？”妇人道：“我是爹的老婆。”西门庆教与他：“你说是熊旺的老婆，今日属了我的亲达达了。”那妇人回应道：“淫妇原是熊旺的老婆，今日属了我的亲达达了。”

在做爱之际，西门庆竟呼性爱对象为“淫妇”，自是贱视对方（章四儿自称“淫妇”当然是自贬）；即使做爱他们也不是“平等互爱”，而是居高临下的男性去“临幸”地位低贱的女性。既然是“临幸”，这个女性越不属于自己，此时就越有夺人城池般的占有欲和实际占有了的陶醉感。这大概是那“妻不如妾，妾不如偷”的心理依据。章四儿起先径答“我是爹的老婆”，本是讨好西门庆之意，西门庆犹嫌不过瘾，主动教导她回答是“熊旺的老婆”，点明她属的本来身份，然后说“今日属了我的亲达达了”，才能满足他疯狂的占有欲和征服欲。这种在女人身上实现掠人城池愿望的战争游戏，西门庆是百玩不厌的。须知美感不可重复，而快感是可不断重复的。

从上述李瓶儿的例子，我们不难看出，西门庆之性目的主要在猎取财色与传宗接代。在西门庆“爱”过的女性中，李瓶儿是使西门庆的“性目的”得以全方位实现的人，而潘金莲则偏以色，孟玉楼则偏以财，吴月娘则偏以传宗接代。小说第二十一回，写西门庆在妓院鬼混，半月不归。吴月娘雪中焚香拜斗，祝祷穹苍，保佑主夫，“早生一子，以为终身之计”，西门庆闻得满心高兴，立即“要与月娘上床宿歇求欢”。西门庆有过所谓“真个销魂”的性快感，却从来没有过什么爱与情的意识，更谈不上“爱情重于生命”和“建立合乎人性特别是合乎女性的性道德”。为了满足自己的淫欲，他常常是不择手段，不认对象，恣意淫乐，贪得无厌。他把女人当作脚上穿的鞋子一样，随意选用，随时更换。蒋竹山说他“家中挑贩人口，家中不算丫头大小，五六个老婆，着紧打躺棍儿，稍不中意就令媒人领出卖了”。作者用不写之写点明西门庆贩卖妻妾的罪行。西门庆死后，吴月娘将众妾送官媒出卖，虽在形式上有违西门庆“你姐妹们好好守着我的灵，休要失散了”的遗嘱，而实际上大概还是按先夫既定方针办的。可见，在西门庆府上，从来就不将妇女当人，而视同可以随意出卖的牲口一般。这里当然有一个支持西门庆的社会制度在他身后站着，他才敢如此肆意妄为。要到一个贩卖妇女的魔鬼那里去寻找什么“爱情”色彩，显然是摸错了门。在理论上，是混淆了“淫”与“情”的界限，误“淫”为“情”。“因为‘情’与‘淫’很相似，都是男女之间的事，如不划清界限，则旧的风流才子们一向是假借‘情’的名义来行淫，而道学家又会拿了‘淫’的罪名来镇压青年男女的爱情。所谓把对手当作‘对等的人’，当作‘自己之半’，是兼指两性而言，但结合历史实际情况，则着重的当然是指男子对于女子的心理”，“玩弄的心理，淫虐的心理，等等，都是没有把女子当作对等的人，都是‘淫’，不是‘情’”（《女性的发现》）。以舒芜从周作人那里引申出来的理论来衡量，西门庆自然只能是个淫棍，而绝不是什么情种！

西门庆有过辉煌的床笫战绩，但在那里有的从来只是那混乱的病态的淫昏的性生活，而没有过“合乎科学特别是合乎性科学的健全的性生活”。潘金莲是与西门庆做爱最频繁的女性，小说中明写的就有二十多次，其中写得最酣畅的大概要数第二十七回的“潘金莲醉闹葡萄架”。

而他们荒唐的性游戏不在床笫，竟在大白天的花园中，连春梅都说：“不知你每甚么张致，大青天白日里，一时人来撞见，怪模怪样的”。简直没有一点人的气息。张竹坡也斥之为“极妖淫污辱之怨”。其凶猛的性攻击的结果是“男子茎首觉歙然，畅美不可言。妇人触疼，急跨其身，把个硫黄圈子折在里面，妇人则目瞑气息，微有声嘶，舌尖冰冷，四肢收于衽席之上”。

霭理士《性心理学》指出，性欲高潮的心理感受，是“一种精神上的满足，一种通体的安适感觉，一种舒适懒散的心情，一种心神解放，了无碍，万物自得，天地皆春的观感”。而西门庆的“歆然”“畅美”，是建立在女性“目瞑气息”的痛苦之上的。这在西门庆是性虐待，在潘金莲则未必是受虐狂，她称这般大恶“险不丧了奴的性命！”，可见这痛苦的方式并没有唤起她的性愉快，但为固宠她又只得拼命市色，因而她有“百年苦乐由他人”的慨叹。友人方君曾将《金瓶梅》与《查太莱夫人的情人》相比较，就更鲜明地显现出西门庆性文化的卑污。他说：

> 《查太莱夫人的情人》一书中关于性生活的描写，是从女性的角度，以女性为本位的……劳伦斯用一种美妙而纯洁的语言，写出了女性的感受：
>
> ……波动着，波动着，波动着，好像轻柔的火焰的轻扑，轻柔得像羽毛一样，向着光辉的顶点直奔，美妙地，美妙地，美妙地，把她溶解，把她整个内部溶解了。那好像是钟声一样，一波一波地登峰造极。
>
> 她仿佛像个大海，满是些幽暗的波涛……兴波作浪……
>
> 而《金瓶梅》一类的书，则认为男子的快乐全在于女性的被动，男子的享受就在于越狂暴越好的性占有和性虐待。这是千百年来造成女性无可告诉的悲剧的一个原因。
>
> （《劳伦斯的颂歌与略萨的控诉》,《读书》1988 年第 7 期）

“女性本位”论，要求男性在性生活中“以所爱的妇女的悦乐为悦乐而不耽于她们的供奉”（霭理士语）。虽然人类性生活终当以两性和谐为目标，但“女性本位”论对于自母系氏族消亡以后人类性生活中长期存在着的“男性本位”的历史与遗痕来说，则不失为一种矫枉。

有查太莱夫人的情人的野趣与美感作参照系，就更能反射出西门庆的野蛮与丑陋。前者是灵与肉的统一，通过性的交融，引出精神的升华与人格的完善，即使对“肉体”的描写也是一种美的观照：“用纯粹的肉感的火，去把虚伪的羞耻心焚毁，把人体的沉浊的杂质溶解，使它成为纯洁！”而在西门庆那里，女性肉体再也不是令人引以为豪的万物之灵，而是男性获得性愉快的玩具和女性进行“性交易”的筹码；性交不再是由快感走向美感、由自然走向审美的坦途，而是女性的屈辱与男性的堕落的必由之路。灿烂的生命之火与人性之光被西门庆的野蛮与丑陋扫荡殆尽。这种以性放纵与性混乱为内容的性文化，既不理解女性，也不尊重女性（小说中的女性也不自我尊重），只能是野蛮的反映，而绝无“性解放”的痕迹可寻。

还有人将西门庆的性疯狂与以李贽为代表的晚明进步思潮相提并论。这就更离谱了。

晚明性文化实则有两个潮流。一是以李贽为代表的进步知识分子所传播的，以个性心灵解放为基础的人文主义思潮。李贽针对程朱理学“存天理、灭人欲”的说教，提出“穿衣吃饭即是人伦物理”，主张率性而行，言私言利，好货好色。但他并非主张淫乱，因为其理论轴心是“童心说”。所谓“童心”，就是“真心”，就是“赤子之心”。“夫童心者，绝假纯真，最初一念之本心也”（《童心说》）。在李贽的影响下，袁中郎、汤显祖、冯梦龙等都加入了这一潮流。袁中郎提出“独抒性灵”“真人所作，故多真声”“任性而发，尚能通于人之喜怒哀乐嗜好情欲，是可喜也”（《序小修诗》）。汤显祖则高倡“至情说”：“情不知所起，一往而深，生者可以死，死可以生。生而不可与死，死而不可复生者，皆非情之至也。”（《牡丹亭·题词》）冯梦龙主张“借男女之真情，发名教之伪药”，承认“饮食男女，人之大欲”，但同时又划分开情与淫的界限，指出：“夫情近于淫，而淫实非情。”（《序〈山歌〉》）不难看出，西门庆的思想言行与这一思潮，毫无共同之处。

另一个是以腐败的封建当局为代表掀起的纵欲主义的浊流。嘉靖、隆庆两朝皇帝都喜用春药，神宗万历皇帝是个“酒色财气”四毒俱全的昏君。诸侯王的荒淫有过之而无不及，“挟娼乐裸，男女杂坐，左右有忤者，锥斧立毙，或加以炮烙”（《明史·诸王传》）就是他们的丑迹写照。上行下效，浊臭熏天。鲁迅曾说：“成化时，方士李孜僧继晓已以献房中术骤贵，至嘉靖间而陶仲文以进红铅得幸于世宗，官至特进光禄大夫、柱国、少师、少傅、少保、礼部尚书、恭诚伯。于是颓风渐及士流，都御史盛端明、布政使参议顾可学皆以进士起家，而俱借‘秋石方’致大位。”（《中国小说史略》）

人道：性是生命之光。晚明的两股潮流都未离开性这个命题，但前者是曙光，后者是夜光；前者引人升华，后者诱人沉沦。前者诉诸精神世界，因而有《四声猿》《牡丹亭》等美文，以“情”抗“理”：“第云理之所必无，安知非情之所必有邪”（《牡丹亭·题词》），来呼应那富有思想启蒙色彩的进步思潮。后者则影响着世俗世界，正如鲁迅所言：“瞬息显荣，世俗所企羡，侥幸者多竭智力以求奇方，世间乃渐不以纵谈闺帏方药之事为耻。风气既变，并及文林，故自方士进用以来，方药盛，妖心兴，而小说亦多神魔之谈，且每叙床笫之事也”，“而在当时，实亦时尚”（《中国小说史略》）。于是“秽书”如《金主亮荒淫》《如意君传》《绣榻野史》《绣谷春容》等小说与春画（万历版《风流绝畅图》）盛行，甚至“隆庆窑酒杯茗碗，俱绘男女私亵之状”（沈德符《万历野获编》卷二十六）。西门庆正是那纵欲主义浊流中的产物。

16世纪末的中国，既不是“治世”，也不是“乱世”，而是“末世”，是“浊世”。这是将死的死而不僵，方生的未能发展的时代，死的抓住了活的！两股潮流相生相克，浊流时而盖住清流，夜光时而淹没曙光，腐败时而侵蚀着诗情。这是历史应该转变而未能转变的时代，“有历史而无事变”！用以书写这一页历史的，既不是辉煌的金色，也不是象征绝望的黑色，而是只能以沉闷的灰色作基调，杂以各种中间色。这就是产生《金瓶梅》的那个时代风光。《金瓶梅》的作者未必从以李贽为代表的人文主义的潮流中吸取了多少营养，因而他不可能写出杜丽娘式的憧憬理想境界的人物，也未与纵欲主义的浊流同流合污，因而他不是站在西门庆的水平线上去写西门庆，没有将《金瓶梅》写成如《如意君传》之类“专在性交”的“秽书”，而是站在较高的角度，“著此一家，即骂尽诸色，盖非独描摹下流言行，加以笔伐而已”（鲁迅《中国小说史略》）。

不过，人文主义与纵欲主义之间虽有着本质差异，但由于两者都涉及性，在那灰色背景下，曙光与夜光有时皆呈朦胧，叫人难以分辨。《金瓶梅》研究中时有论者将两者混为一谈，以致视淫为情。如有论者说：“第五十七回中，他（西门庆）曾对吴月娘说：‘却不道天地尚有阴阳，男女自然配合。今生偷情的，苟合的，都是前生分定，姻缘簿上注名，今生了还。难道生刺刺，胡诌乱扯，歪斯缠做的？’就此而言，这种‘偷情苟合自然配合’理论，与李卓吾等人强调的‘率性而行，纯任自然’的思想确有相似之处。”也有人将第八十五回所写春梅“见阶下两只犬儿交恋在一起”，脱口而出：“畜生尚有如此之乐，何况人而反不如此乎？”与《牡丹亭》中春香所言“关了的雎鸠，尚有洲渚之兴，何以人而不如鸟乎”，说成是“同出一辙”。还有人将《金瓶梅》中的偷淫与《西厢记》中的恋情混为一谈。可见分清“情”与“淫”的界限，是何等艰难而又何等重要！《红楼梦》有正本第六十六回脂批云：“余叹世人不识‘情’字，常把‘淫’字当作‘情’字；殊不知淫里无情，情里无淫。淫必伤情，情必戒淫。”古人尚且有此见识，今人更当有清彻的分辨。

《金瓶梅》是部百科全书式的作品，是部“人间喜剧”式的作品。这部作品给人印象最深的，或许就是以西门庆为中心人物的种种性活动。在中国人的伦理观念中，“万恶淫为首”。因而作者淋漓尽致地写西门庆的性事（变态的性心理与性行为），正是从人类生活的一个本质方面揭示封建末世官僚阶级万劫不复的没落和腐败。而那种从西门庆性事中看到“性解放”的观点，或许有违《金瓶梅》的文本实际，而似难以站得住脚。

（五）流氓的喜剧

鲁迅说：“悲剧将人生的有价值的东西毁灭给人看，喜剧将那无价值的撕破给人看”（《论雷峰塔的倒掉》）。那么，西门庆是个“有价值的东西”，还是个“无价值”的东西？他是被毁灭给人看的，还是被撕破给人看的？他的结局到底是悲剧，还是喜剧呢？

“新兴商人”说者，以醒目的标题“16世纪一个新兴商人的悲剧”，告诉人们西门庆是悲剧型的。并说：

> 原来它给我们写了一个新兴的商人西门庆及其家庭的兴衰，他的广泛的社会网络和私生活，他是如何暴发致富，又是如何纵欲身亡的历史，这是一出人生的悲剧。这出悲剧的结局是“树倒猢狲散”“墙倒众人推”，这个兴旺到顶点的家庭分崩离析，一个个鸡飞狗跳，各自寻趁，除个别幸运儿外，大多数落得个悲惨的下场。

“新兴商人”说的不妥，上文已作详论，无须再说。这里要说的是西门庆悲剧的结论，是建立在一个错误的前提下的。由于前提的失误，他们的论述也就不免要陷入一个不可排解的自相矛盾的逻辑怪圈之中。例如他们将一个腐败没落的封建官僚西门庆说成“属于那个上升的阶层”；将西门庆的卖官鬻爵，说成是“资产阶级还未成熟以前，以获得一部分封建权力来发展自己的常用的方式”；将西门庆的贿赂官府、偷税漏税，说成是新兴商人的“贪婪、权谋和机变”；将西门庆的疯狂占有与挥霍，说成是“有不凡的勃勃雄图”，“代表的是一种充满自信的积极、自强、进取的人生态度”；甚至说，西门庆死了，“西门庆的事业并未失败。他的死，死于他自己过度的荒唐纵欲，而他的事业还在上升、发展，这是颇寓深意的”……凡此种种，无一不逸出了普通读者从作品中获得的正常的审美感受。

西门庆是个无耻无益之徒，已毋庸置疑。《金瓶梅》所表现的正是这个流氓的喜剧。正如弄珠客所云：“（《金瓶梅》）借西门庆以描画世之大净”（《〈金瓶梅〉序》）。西门庆之死，恰恰是一个流氓的喜剧的典型表演。

西门庆这么个无价值的东西，本可以有种种毁灭或失败之道：或在官场倾轧中倒台。他的确两次被卷入官司的旋涡之中，两次都是被告，一旦被告倒至少会倾家荡产，如他亲家陈洪那样。但两次他都以金钱为武器，轻易地抵消了“法律”的惩处；或被武松所杀，如《水浒传》所写的那样。西门庆与潘金莲通奸，合伙谋杀了武大，武松得知后即找西门庆报仇。无论西门庆如何强悍，总该不是打虎英雄武松的对手吧。武松到狮子楼上找正在那里喝酒的西门庆，竟然没打着西门庆却误打死了皂隶李外传；然后反被西门庆略施小术，充军孟州。

西门庆也有可能被奴才来旺儿所杀。来旺儿探知妻子宋惠莲与西门庆“那没人伦的猪狗有首尾”，仗着酒劲恨骂西门庆：“只休要撞到我手里，我叫他白刀子进去，红刀子出来，好不好把潘家那淫妇也杀了。也只是个死，你看我说出来，做的出来……我的仇恨，与他结的有天来大。常言道‘一不做，二不休’到跟前再说话，‘破着一命剐，便把皇帝打’。”如果来旺真能说到做到，那么紧接着的要么是场恶斗，要么就是场暗杀，不管以何形式，都有可能让西门庆“白刀子进去，红刀子出来”（第二十五回）。可是来旺并没有说到做到，只是“醉谤”其主以泄愤。结果反遭西门庆的陷害，弄得家破人亡。

西门庆还有可能在商场竞争中失败。如第十七回，当西门庆被卷入一场官司时，蒋竹山乘机与李瓶儿联手在他身边开了个好不兴隆的生药铺。蒋竹山身为太医，兼营药铺，理当比西门庆在行，如果没有不正当的竞争手段，西门庆未必是他的对手。但官司刚了，西门庆就勾聚流氓，勾结官场，彻底整垮了蒋竹山，恢复和扩大了自己在商界的优势。

大概除了死神，真是没有任何力量能奈何得了这混世魔王。西门庆死时，仅三十三岁。刚过而立之年，应该是生命力最旺盛之际，而且他在政界、商界显示了“灿烂前途”。兰陵笑笑生不愧为讽喻圣手，他让西门庆这个流氓以不可思议的手段、不可思议的速度，登上了不可思议的“光辉”顶峰，然后又以不可思议的方式让他忽地跌入死亡的深渊。西门庆不是死于任何外力，而是在欲海狂澜中自我损耗、自我毁灭的。

用王婆的标准来衡量，西门庆本是个“潘、驴、小、邓、闲”（潘安的貌，驴大行货、青春少小是生理条件，邓通般有钱是经济条件，有闲工夫是社会条件）五美俱备的性技能手。但他犹嫌自身生命未得到充分发挥，于是用淫器与春药去发掘生命的潜力。胡僧的药原是养生的。“养生”说源自道家的“采补术”，这里由天竺来的和尚来传播，原因在于中国道教性文化先传入印度，为印度佛教所吸收再传回中国（参阅高罗佩《印度和中国的房中秘术》）。“服久宽脾胃，滋肾又扶阳”“玉山无颓败，丹田夜有光”“一夜歇十女，其精永不伤”云云，是胡僧所言性药的功能。其实，“从现代医学的眼光看，凭借春药人为地激发性力，虽可奏效于一时，从长远看无异于饮鸩止渴。从现代性哲学的观点看，崇拜药具也是一种异化，人在这种性关系中变成了工具的奴隶，而失去了自由与活力”（丁东《〈金瓶梅〉与中国古代性文化》，《名作欣赏》1993年第3期）。因而试看他自重和元年元旦至死不过十数日，他轮番与贲四娘子、林太太、潘金莲、来旺儿媳妇、王六儿、如意儿……众多女性“玩着以生命为代价的性游戏，他浑然不觉地走向生命的终点，头晕目眩，腰酸腿软，都未能引起他的警惕，反之，他像是焕发出一种加倍的疯狂，更加频繁地进行房事”（卜键《纵欲与死亡》）。兰陵笑笑生此时则情不自禁站出来评说：“看官听说：明月不常圆，彩云容易散，乐极悲生，否极泰来，自然之理。西门庆但知争权夺利，纵意奢淫，殊不知天道恶盈，鬼录来追，死限临头。”（第七十八回）这就宣告了西门庆死亡的来临。

西门庆在性战中一向英雄，死时却颇不英雄。正月十五日在王六儿那里混到三更天才回来，本已酩酊大醉且疲惫不堪，懒得动弹，却被“欲火烧身，淫心荡意”的潘金莲，先是百般捏弄，继之以酒灌了三丸春药，然后骑在他身上只顾揉搓，与当初“醉闹葡萄架”成鲜明对比。结果他比当初的潘金莲败得更惨：那管中之精猛然一股冒将出来，犹水银之泻个中相似……终于付出了生命。兰陵笑笑生又一次站出来评说：“看官听着：一已精神有限，天下色欲无穷。又曰'嗜欲深者其生机浅'。西门庆只知贪淫乐色，更不知油枯灯灭，髓竭人亡"。这就深刻地揭示了西门庆在性战中的矛盾：既有在对象世界里有限的性供奉与无限的性需求的矛盾，又有在自我世界里有限的性能力与无限的性欲望的矛盾。西门庆就是在这些矛盾中死去的，而这些矛盾恰恰是西门庆喜剧构成的原因。

作者正是以西门庆自取灭亡的方式，撕破了这一丑恶的生命，嘲笑了这一丑恶的流氓。西门庆死后，作者立即引古人格言嘲笑他"只说积财好，反笑积善呆，多少有钱者，临了没棺材"。西门庆果然是临了没棺材。这样犹嫌不足，作者又让水秀才写了一篇祭文，骂西门庆"生前梗直，秉性坚刚，软的不怕，硬的不降"。同时写道，不仅应伯爵等帮闲小人"一旦那门庭冷落，便唇讥腹诽，说他外务"，而且妻妾奴仆皆换了嘴脸，如孟玉楼嫁人时街谈巷议所说："当初这厮在日，专一违天害理，贪财好色，奸骗人家妻子；今日死了，老婆带得东西，嫁人的嫁人，拐带的拐带，养汉的养汉，做贼的做贼，都野鸡毛儿零挦了"（第九十一回）。西门家因此迅速走向衰败。正如张竹坡所云："冷热二字，为一部（《金瓶梅》）之金钥"，"看其前半部止做金、瓶，后半部止做春梅。前半人家的金、瓶，被他千方百计弄来；后半自己的梅花，却轻轻的被人夺去"（《〈金瓶梅〉读法》）。在鲜明对比中嘲弄了作为"世之大净"的典型西门庆。

讽刺在《金瓶梅》中不单单表现为一种手段，它是一种风格，一种气氛，一种贯穿全书的基调。前人论《金瓶梅》早就注意到它的喜剧风格，如廿公说："《金瓶梅》为世庙时一巨公寓言，盖有所刺也，然曲尽人间丑态，其亦先师不删《郑》、《卫》之旨乎？"（《〈金瓶梅〉跋》）。陈氏尺蠖斋说："《金瓶梅》之借事含讽"（《〈东西晋演义〉序》。鲁迅说："作者之于世情，盖诚极洞达，凡所形容，或条畅，或曲折，或刻露而尽相，或幽伏而含讥，或一时并写两面，使之相形，变动之情，随在显见，同时说部，无以上之。"（《中国小说史略》）孙述宇则说，《金瓶梅》的讽刺艺术是"《儒林外史》的先河"，并对其作了详尽的论述（见《〈金瓶梅〉的艺术》）。《金瓶梅》的作者兰陵笑笑生是何许人，至今仍是个未解之谜，但人们心目中的“兰陵笑笑生”的精神面貌却较一致：如好作“游戏之语”，“行类滑稽”的屠隆；“言谐而隐，时出机锋”，人“以滑稽目之”的贾三近；“滑稽排调，冲口而发，既能解颐，亦可刺骨”的李贽；“宁为狂狷，毋为乡愿”的汤显祖；“罗古今于掌上，寄春秋于舌端”的冯梦龙；“惟我填词不卖愁，一夫不笑是吾忧”的李渔；“恣臆谭谑，了无忌惮”的徐渭……总之，不管他的真实姓名是什么，“笑笑生”是位喜剧的创造者则无疑。笑笑生笔下的西门庆的结局是一个流氓的喜剧亦无疑。

（六）流氓的意义

以道德观念衡之，作为流氓之最的西门庆，如文龙所言是一个“势力熏心，粗俗透骨，昏庸匪类，凶暴小人”，“直与狼豺相同，蛇蝎相似。强名之曰人，以其具人之形，而其心性非复人之心性，又安能言人之言，行人之行哉！”“致使朗朗乾坤，变作昏昏世界。”“西门庆不死，天地尚有日月乎？”“若再令其不死，日月亦为之无光，霹雳将为之大作”（转见刘辉《〈金瓶梅〉成书与版本研究》，辽宁人民出版社 1986 年 6 月版，下引文龙语皆见此书）。

以社会学观念衡之，作为封建官僚的西门庆，诚如郑振铎所言，这个形象身上“表现着中国社会的病态，表现着‘世纪末’的最荒唐的一个堕落的社会景象”。西门庆是根植在中国封建末世腐败肌体上的一朵恶之花，透过这朵恶之花更能见出中国封建末世的腐败。对照 30 年代之中国社会，郑氏无限感慨地说，（以西门庆为代表的）“这个充满了罪恶的畸形的社会，虽然经过了好几次的血潮的洗荡，至今还是像陈年的肺病患者似的，在恹恹一息地挣扎着生存在那里呢”。他禁不住喝问：“到底是中国社会演化得太迟钝呢？还是《金瓶梅》的作者的描写，太把这个民族性刻画得入骨三分，洗涤不去？”

（《谈〈金瓶梅词话〉》）。郑氏六十多年前，推出的伟大的问号和要求洗涤西门庆之类的社会污秽的呼唤，至今仍能惊世骇俗，发人深思。

但是，作为“这一个”艺术典型形象的西门庆，却是不朽的。还是看看文龙的一段精彩分析吧：

> 《水浒》出，西门庆始在人口中；《金瓶梅》作，西门庆乃在人心中。《金瓶梅》盛行时，遂无人不有一西门庆在目中、意中焉。其为人不足道也，其事迹不足传也，其名遂与日月同不朽。是何故乎？作《金瓶梅》者，人或不知其为谁，而但知为西门庆作也。批《金瓶梅》者，人或不知其为谁，而但知为西门庆批也。西门庆何幸，而得作者之形容，而得批者之唾骂。世界上恒河沙数之人，皆不知其谁，反不如西门庆之在人口中、目中、心意中。是西门庆未死之时便该死，既死之后转不死，西门庆亦何幸哉！

罗丹说：“丑也须创造。”兰陵笑笑生以喜剧的形式创造了西门庆这一个丑的典型，让他丑得那么淋漓尽致，丑得那么逼真传神，丑得那么入骨三分。在文以载道、教化至上的文化氛围中，难得有这么个彻底的流氓形象作为一部长篇小说的主角。这在中国文学史上可能也是空前绝后的。在西门庆之前，中国小说史上虽也有丑角如曹操等，但没有谁能像西门庆那样丑得完全彻底，以致不管是谁读了，口中、目中、心意中就永远抹不掉那丑恶的形象。

兰陵笑笑生以一个真正的喜剧艺术家的勇气和良知写了丑，他既不是为丑而丑，也不是以丑写丑，更不是以丑为美，而是以美的立场与角度出发去撕破丑、嘲弄丑、鞭挞丑。在《金瓶梅》的艺术世界里，几乎没有一线光明、一丝希望、一点理想，但兰陵笑笑生本身就是美与光明的使者，他那如椽巨笔就是美与光明的象征。因为作者是以美审丑，“通过升华去同它作斗争，即是在美学上战胜它，从而把这个梦魇化为艺术珍品”（卢那察尔斯基《论文学》第243页）。为了强化审丑的力量，兰陵笑笑生唯恐他的艺术形象有不清晰的时候，因而在小说之首尾及行文中间特意设计了许多扬清激浊和因果报应的话头。作为一个喜剧作家，他不是在正面地告诉人们应该怎么做，而是从侧面告诉人们不应该怎么做。正如欣欣子所云：《金瓶梅》“无非明人伦，戒淫奔，分淑慝，化善恶，知盛衰消长之机，取报应轮回之事，如在目前，始终如脉络贯通，如万系迎风而不乱也，使观者庶几可以一哂而忘忧也”（《〈金瓶梅词话〉序》）。谢颐说：“今后看官睹西门庆等各各幻物，弄影行间，能不怜悯，能不畏惧乎？”（《〈金瓶梅〉序》）。满文译本《〈金瓶梅〉序》说：“西门庆寻欢作乐莫逾五六年，其谄媚、钻营、作恶之徒亦可为非二十年，而其恶行竟可致万世鉴戒。”弄珠客说：“读《金瓶梅》而生怜悯心者，菩萨也；生畏惧心者，君子也；生欢喜心者，小人也；生效法心者，乃禽兽耳。”（《〈金瓶梅〉序》）

兰陵笑笑生以喜剧的笔调，通过否定西门庆，否定了一个时代，否定了一个社会。他让人们通过对西门庆及其生存的时代与社会的嘲笑，看到了旧制度真正的主角，是“已经死去的那种世界制度的丑角。历史不断前进，经过许多阶段才把陈旧的生活形式送进坟墓”，从而促使“人类能够愉快地和自己的过去诀别”（马克思《〈黑格尔哲学批判〉导言》）。

八　宝玉性格的炼狱——“宝玉挨打”心解

何谓“宝玉性格”？对此历来都有有益的探讨，却难有令人满意的答案。还是脂砚斋说得有趣：“听其囫囵不解之言，察其幽微感触之心，审其痴妄委婉之意，皆今古未见之人，亦是未见之文字。说不得美，说不得愚，说不得不肖，说不得善，说不得恶，说不得正大光明，说不得混帐恶赖，说不得聪明才俊，说不得庸俗平（平），说不得好色好淫，说不得情痴情种，恰恰只有一颦儿可对，令他人徒加评论，总未摸着他二人是何等脱胎，何等骨肉。余阅此书，亦爱其文字耳，实亦不能评出此二人终是何等人物。”既然如此，则不必强作其解，姑以朦胧赋朦胧，呼之曰“宝玉性格”。

对“宝玉性格”的形成原因，历来也有诸多见仁见智的解说。笔者却从“宝玉挨打”这片断中发现，那“宝玉挨打”竟是贾府里父党与母党不同类型的爱的“火并”，而那种种的爱竟成了宝玉性格的炼狱。

（一）宝玉生活在爱的包围圈中

前些年有一种意见认为：贾政、王夫人等不爱宝玉。这种观点不符合《红楼梦》的实际。在《红楼梦》中，宝玉实在是个宠儿。无论从哪个角度看，他都是生活在爱的包围圈中，而不是生活在恨的包围圈中。这是因为他：

1. 出身非凡（含玉而生）

2. 相貌非凡（酷似爷爷）

3. 聪明非凡（心口玲珑）

4. 地位非凡（嫡子嫡孙）

因而，贾政爱其才。“大观园试才题对额”，虽展示了父子之间审美情趣上的差异，但中心情节是父试子才。虽然贾政一路尽用“畜生，畜生”“岂有此理”之类的语言，去“笑骂”宝玉，他的爱子之情还是溢于言表。只不过他是以“寓褒于贬”的特殊方式与语言表达出来的。之所以如此，一为维护父道尊严，二为照顾清客颜面，三为防止宝玉骄傲。脂评视之为“大家严父风范，无家法者不知”。而这“风范”恰恰传递出严父之于子“爱之至，喜之至”。请看，贾政在获得贾母首肯之后，在元妃省亲大典时所采用的对额多为宝玉所拟。这自然是有意让元春知宝玉之才，甚至希望通过元春这个渠道上达皇帝，以利于宝玉之前途。

王夫人爱其独。封建社会妇女的命运，一半系于丈夫，一半系于儿子。前者为夫荣妻贵，后者为子荣母贵。王夫人本有二子，不幸长子贾珠早丧，膝下只此一玲珑宝玉。有了丧失长子之悲痛，她就格外宝贵宝玉；有了妯娌之明争，她就格外珍视宝玉；有了妻妾之暗斗，她就格外护持宝玉。她的一切思想、行为几乎都围绕着宝玉这一“星座”旋转着。

贾母爱其灵。贾府是座巍峨的宝塔。在这座宝塔的第十三层的尖端，有一个高高在上的金顶，那就是多福多寿的“老祖宗”贾母。对这位金玉满堂却是晚景无多的老人来说，最需要的是别致的热闹。她虽乐以儿孙绕膝来填充她生活的空白，但更爱宝玉以精致的淘气去排遣她精神的空虚，因而她对宝玉是百般溺爱。以“猴儿”称宝玉，乃贾母之专利。

姑娘们爱其异。宝玉无论是兴趣，还是谈吐，以至相貌，甚至穿着，都是女性化的，这在贾府之男性世界中是独一无二的。兼之他有点像屠格涅夫《父与子》中的主人公巴扎洛夫，在姐妹乃至仆人面前，毫无架子，这就容易与她们打成一片。当然，姑娘们爱他，也以贾府当权派之爱他为前提。

正因为宝玉是生活在爱的旋涡中的人（当然，也有恨他的，如贾环母子，但那恨不足以改变他的命运），他才有可能唯一以男性的身份得贵妃元春之恩准进入大观园这个女儿国中。

宝玉思想与行为上出现种种不肖，就其内因而言是其荷尔蒙超前膨胀所导致的青春期叛逆，就其外因而言，固然有众多的原因，然承受了过多的爱，也不失为原因之一。

（二）爱与爱并不相同

宝玉从宗法家庭那里所承受的爱，是个混合物。若作一定性分析，则大致可分为严父型之爱与慈母型之爱这两种类型。

严父型的爱与慈母型的爱，虽然都为爱，但爱的角度与方式却不尽相同。若借助现代精神分析的学说，则更能看出这两者之间的差异。如德国著名的精神分析家弗洛姆，在《爱的艺术》中就认为：母爱是无条件的，即孩子不需要为母爱做任何事。父爱是有条件的，父爱的原则是："我爱你，因为你实现了我的愿望，因为你尽了职责，因为你像我。"就这一点说，父爱的本质在于：服从成为主要的美德，不服从乃是主要的不孝——以收回父爱为惩罚。他进而分析了父爱与母爱的差别：母爱比较细腻，父爱比较粗犷；母爱比较注重身体健康，父爱比较注重精神成长；母爱比较着眼于眼前，父爱比较着眼于未来；母爱以感情来感染和引导孩子，父爱以理智和行为来教育孩子。

在宝玉生活的"红楼梦社会"里，贾政总是将家族中兴与望子成龙联系在一起来思索。从这种使命感出发，他又总是以严加管教的方式来传递他的父爱。他自然就是严父型的爱的代表。贾母则越过王夫人充当了慈母型的爱的代表人物。她从享乐主义的人生观出发，首先要求这通灵宝玉能像猴儿般在膝下逗逗乐。隐隐之中她何尝不希望这唯一长得像爷爷的孙儿将来能有补于贾府（这与弗洛姆所说的母爱是无条件的，是有区别的）。她认为孩子要管教，但谁对宝玉管严了，以致叫他失了灵性，不好玩了，她是决不答应的。

宝玉　见（清）改琦绘《红楼梦图咏》

因而，每当宝玉怕父亲考问读书之类的事，总有贾母出面挡驾："不要紧，有我呢。"

严父型的爱与慈母型的爱，虽有统一之处，却时时形成不可愈合的断裂层。由于贾母在这宗法家庭里的实际势力大，王夫人也基本上站在她一边，而小姐、丫环们也多是她的这种爱的传播者。这样，贾政在管教宝玉问题上，虽有正统礼教作为精神支柱，在实际上却多半处于孤立无援的境地。

这就为宝玉创造了一个相当自由的生活空间，使宝玉有机会去发展自己的个性。"于外秦钟蒋玉菡，归则周旋于姊妹中表以及侍儿如袭人、晴雯、平儿、紫鹃辈之间，昵而敬之，恐拂其意，爱博而心劳，而忧患亦日甚矣"，"宝玉在繁华丰厚中，且亦屡与'无常'觌面……悲凉之雾，遍被华林，然呼吸而领会之者，独宝玉而已"（鲁迅《中国小说史略》）。这一个"独"字，既显示了宝玉独特的个性，也显示了宝玉非凡的悟性。爱博而心劳却徒生忧患，于繁华丰厚之中犹独感悲凉。这样，宝玉就既未成为贾政二世，也未成为薛蟠同党，而成为"其聪俊灵秀之气，则在万万人之上；其乖僻邪谬不近人情之态，又在万万人之下"的"情痴情种"，从而有着种种不肖的思想与行为：不愿读"四书""五经"，却酷爱看《西厢记》之类的"闲书"；不愿与禄鬼贾雨村之流交往，却与蒋玉菡之类优伶交朋友；不"留意于孔孟之间，委身于经济之道"，却乐意与下人厮混……

这种种不肖，不免引起贾政的忧虑：为宝玉、为家族的前途而担忧，因而演成了"不肖种种大承笞挞"的大冲突。

（三）爱与爱也酿成了冲突

"宝玉挨打"是多种矛盾冲突的产物。其间有父子矛盾（贾政与宝玉的矛盾，通常被称为封建卫道士与封建背叛者的矛盾），有嫡庶矛盾（庶出的贾环借金钏事件在贾政面前飞短流长，中伤嫡子宝玉），有主仆矛盾（金钏儿事件中主与仆的矛盾），有内外矛盾（忠顺王府派人到贾府讨索优伶蒋玉菡，事涉宝玉）……只是在以往的评论中，这些矛盾都不同程度地被论者分析讨论过，于此不再赘述。而另一种爱与爱所酿成的冲突，亦即严父型的爱与慈母型的爱之间的冲突，却从未被人论及过。

贾政动意打宝玉之初，就对着众门客仆役喝令："今日再有人劝我，我把这冠带家私一应交与他与宝玉过去！我免不得做个罪人，把这几根烦恼鬓毛剃去，寻个干净去处自了，也免得上辱先人下生逆子之罪。"众门客见打得不祥了，忙上前夺劝。贾政哪里肯听，说道："你们问问他干的勾当可饶不可饶！素日皆是你们这些人把他酿坏了，到这步田地还来解劝。明日酿到他弑君杀父，你们才不劝不成！"待王夫人赶到，贾政更加火上添油，那板子越发下去得又狠又快。对于王夫人的阻劝，他冷笑道："我养了这不肖的孽障，已不孝；教训他一番，又有众人护持；不如趁今日一发勒死了，以绝将来之患！"即使是遭了贾母的训责，他含泪跪下也还在自我辩护，说："为儿的教训儿子，也为的是光宗耀祖。"从这里，人们不难看出：一、作为严父型爱的代表贾政，教训儿子的目的在"光宗耀祖"；二、儿子之所以弄到"这步田地"，之所以有失父教，在贾政看来，就是慈母派的人们平日"护持""酿坏"的；三、贾政与其说是要打杀儿子，以绝将来之患，不如说要从慈母派人物手里夺回管教儿子的权力；四、贾政将儿子之失教的后果，无限上纲上线，以致说出了"弑君杀父"这等骇人听闻的语言，恰恰表明了他欲夺回那训子权的决心。以致将"冠带家私"一起压上，仿佛打宝玉是背水一战。更足见在将宝玉引向何处去的问题上，两派之矛盾是何等尖锐。

王夫人赶到现场，"抱住板子"，先是抬出贾母来压制贾政："况且炎天暑日的，老太太身上也不大好，打死宝玉事小，倘或老太太一时不自在了，岂不事大！"进而以死相救："今日越发要他死，岂不是有意绝我。既要勒死他，快拿绳子来先勒死我，再勒死他。我们娘儿们不敢含怨，到底在阴司里得个依靠。"然后以失长子之痛来打动贾政，便叫着贾珠哭道："若有你活着，便死一百个我也不管了”（以往的评论家据此说王夫人实际上并不爱宝玉，未免失实。殊不知这只不过是母党向父党作斗争的一种手段而已）。在救护宝玉的这一过程中，王夫人始终是哭着进行的。如果说父党对付儿子的法宝是打的话，那么母党对付父党的法宝就是哭。同时，王夫人也不忘时时诉之以夫妻之情，先是劝贾政“自重”，说是“宝玉虽然该打，老爷也要自重”；继而说：“老爷虽然应当管教儿子，也要看夫妻分上。我如今已将五十岁的人，只有这个孽障，必定苦苦的以他为法，我也不敢深劝……”贾政开始还在坚守父党原则，以“冷笑”对待王夫人的阻劝，甚至要绳索来勒死宝玉。待王夫人以死相救，说是她娘儿俩到阴司里得个依靠时，他禁不住“长叹一声，向椅上坐了，泪如雨下”。等到王夫人哭着叫“苦命儿”贾珠时，贾政“那泪珠更似滚瓜一般滚了下来”。至此，父党就彻底解除武装了。

这还不算，当贾母以颤巍巍的声气说道：“先打死我，再打死他，岂不干净了！”先声夺人地君临这打宝玉的场面时，贾政就更是“又急又痛”。

贾政见贾母气喘吁吁地走来，上前躬身赔笑道：“大暑热天，母亲有何生气亲自走来？有话只该叫儿子进去吩咐。”贾母便止住喘息厉声说道：“你原来是和我说话！我倒有话吩咐，只是可怜我一生没养一个好儿子，却教我和谁说去！”

贾政听了这话，忙跪下含泪说道：“为儿的教训儿子，也为的是光宗耀祖。母亲这话，我做儿的如何禁得起？”贾母听说，便啐了一口，说道：“我说一句话，你就禁不起，你那样下死手的板子，难道宝玉就禁得起了？你说教训儿子是光宗耀祖，当初你父亲怎么教训你来！”说着，她不觉就滚下泪来。

贾政又赔笑道：“母亲不必伤感，皆是做儿子的一时性起，从此以后再不打他了。”贾母便冷笑道：“你也不必和我使性子赌气的。你的儿子，我也不该管你打不打。我猜着你也厌烦我们娘儿们。不如我们赶早儿离了你，大家干净！”说着便令人去看轿马，“我和你太太、宝玉立刻回南京去！”……贾母又叫王夫人道："你也不必哭了。如今宝玉年纪小，你疼他，他将来长大成人，为官作宰的，也未必想着你是他母亲了。你如今倒不要疼他，只怕将来还少生一口气呢。"

这般旁敲侧击，指桑骂槐，更使贾政受不了。贾政听说，忙叩头哭道："母亲如此说，贾政无立足之地。"贾母冷笑道："你分明使我无立足之地，你反说起你来！只是我们回去了，你心里干净，看有谁来不许你打。"她一面说，一面只命令快打点行李车轿回去。贾政苦苦叩头认罪。

一直到众人将宝玉抬到贾母房中，贾政见贾母气未全消也不敢自便，也跟了进去。然贾母却不容他在那里碍眼，含泪哭道："你不出去，还在这里做什么！难道于心不足，还要眼看着他死了才去不成！"贾政才诺诺退出。

与王夫人的若弄死宝玉，就是"有意绝我"的逻辑相似，贾母的逻辑是，打宝玉，就是"厌烦我们娘儿们"。她一方面责之以孝道，一方面以回南京相威胁。以回南京相威胁，似乎有些胡搅蛮缠；责之以孝道，则使她的一切言行都原则化、神圣化了。当这大道理与老祖宗的尊严相结合那就威力无穷了，再加上贾母语带机锋，贾政就毫无招架之功，自然只有节节败退的份儿了。

（四）慈母之爱凯旋之后

在如何管教宝玉问题上，贾政之所以败北，固然因为母党势力强大，也与他终是爱宝玉有关。他之打宝玉，固然寄托了他对儿子不肖思想与行为的怨恨。但其恨中有爱，甚至以爱为前提。他恨是恨铁不成钢，因为他认定这是贾府中可成钢的一块铁，或唯一可炼的铁。当他发现这块铁上有点点锈斑时，担心它会被腐蚀，于是决心敲打敲打。敲打不是为毁了这块铁，而是为了将铁上的三氧化二铁敲掉。他为什么不去打贾琏、不去打贾环？相形之下，那些"淫魔色鬼"不是更该挨打吗？大概因为那些不成器的东西，尚不值得敲打。所以，贾政之打宝玉，实以爱为前提，这也与弗洛姆之所谓"以收回父爱为惩罚”有所不同。贾政与宝玉作为父与子的矛盾，既有贾府衰落的现实与复兴的愿望之间的冲突，也有后继无人与继业可能间的冲突，更有聪明的资质与异端的志趣，还有父辈思想僵化而子辈青春期的叛逆之间的冲突。只是贾政一时性起，将宝玉打重了点。所以他一边打儿子，一边“喘吁吁”“满面泪痕”。“眼泪里既流淌着后继无人的悲哀，也含有恨铁不成钢的痛惜”（傅继馥《红学，请多研究些形象吧》）。亦如脂评所云：“严酷其以训子，不用情十分用情。”因打了宝玉之后，贾政很快又“自悔不该下毒手打到如此地步”。更兼他平日高高在上，闭目塞听，所谓宝玉“在外流荡优伶，表赠私物；在家荒疏学业，淫辱母婢”，是得之于道听途说，定性于主观臆断，经不起落实，以致只要贾母一动声色，他就全线崩溃。这样，他就只能连同他的理性原则一起败于慈母派的脚下。

贾政败北之后，宝玉自然就获得了更大的自我发展的空间。贾母见宝玉的伤势一日好似一日，因怕贾政又叫他，遂命人将贾政的亲随小厮头儿唤来吩咐：“以后倘有会人待客诸样的事，你老爷要叫宝玉，你不用上来传话，就回他说我说了：一则打重了，得着实将养几个月才走得；二则他的星宿不利，祭了星不见外人，过了八月才许出二门。”那宝玉本就懒与士大夫诸男人接谈，又最厌峨冠礼服贺吊往还诸事，得了贾母的翼护，越发得了意，不但将亲戚朋友一概杜绝了，而且连家庭中“早请示，晚汇报”式的晨昏定省亦都随他的便了。他日日只在园中游卧，不过每日一清早到贾母、王夫人处走走就回来了，却每每甘心为诸丫环充役，竟也得十分闲消日月。间或有宝钗辈有时见机劝导他读书上进，他反生起气来，只说：“好好的一个清净洁白的女儿，也学的钓名沽誉，入了国贼禄鬼之流。这总是前人无故生事，立言竖辞，原为导后世的须眉浊物。不想我生不幸，亦且琼闺绣阁中亦染此风，真真有负天地钟灵毓秀之德！”因此祸延古人，除“四书”外，竟将别的书焚了。众人见他如此疯癫，也都不向他说这些“正经话”了。独有林黛玉自幼不曾劝他去立身扬名等语，所以他深敬黛玉。

如果说，挨打之前宝玉已有种种不肖；那么，挨打之后的宝玉则在这条道路上越走越远，而决无浪子回头、改邪归正之念了。试看，当探视他的黛玉违心地说了句“你从此可都改了罢”时，宝玉反而斩钉截铁地说：“你放心，别说这样话，我便为这些人死了，也是情愿的。”不过，至于宝玉是否由此走向了封建地主阶级的叛逆，则大可值得讨论。以往有些评论家过分地夸大了贾政与宝玉之间的矛盾冲突。他们一方面将贾政形容成衙门里的掌刑官那样凶狠；一方面又根据贾政打宝玉时的诅语，来判断宝玉将来要发展到“弑君杀父”、大逆不道的程度，这都是背离作品实际的。有许多小册子特意绘制了四大家族亲属关系表，却矢口否认亲属关系也是一种客观存在的社会关系，对人物有影响，以致将父子之间的代沟形容成“乌眼鸡”式的尖锐对立，岂不陷入自相矛盾？“弑君杀父”云云，实为贾政打儿子时说的过头话，而且这主要是甩向慈母派的示威性的语言，不足为宝玉叛逆之据。君不见宝玉在挨打之际，贾政一声喝叫，他就不敢轻移半步，此时他唯一的救星只有贾母，但他却连趁乱溜到后院去求救于贾母的勇气与能力都没有。这样一个在“温柔富贵之乡”中软化了羽翼的小鸟，虽然也渴望着万里长空，却实在无力去搏击与奋飞。宝玉曾对着紫鹃（实际上是对着黛玉）说过一段最沉痛的话：“我只愿这会子立刻死了，把心迸出来你们瞧见了，然后连皮带骨一概都化成一股灰。灰还有形迹，不如再化一股烟，烟还可凝聚，人还看得见，须得一阵大乱风吹的四面八方都登时散了这才好。”说着流下的是痛苦的眼泪，而不是沸腾的热血。他并没有想把生命化为利剑与雷电，如同郭沫若笔下的屈原那样；而只愿化为随风散去、轻柔无痕的烟。宝玉终其一生对现存世界最有冲击性的行为是：悬崖撒手，一走了事。临走前还依世俗礼节，与母亲泣别，与父亲揖别，再随一僧一道遁去。

宝玉，连大观园里的老妈子都笑他“时常没人在跟前，就自哭自笑的；看见燕子，就和燕子说话；河里看见了鱼，就和鱼说话，见了星星月亮，不是长吁短叹，就是咕咕哝哝的，且是连一点刚性也没有，连那丫头的气都受的”。这么个女性化了的男儿，这么个诗赋化了的形象，大概连做梦也不会想到“弑君杀父”，更不说实际上发展到“弑君杀父”。“相打无好拳，相骂无好言”，更何况是一个专制的父亲骂一个被视为“不肖”的儿子。欲加之罪，何患无辞？欲图其快，何患其极？骂只管骂，越骂得凶，越现世相。但评论家们如果从中随便抠出一个词儿来给他们所评论的人物定性，曰宝玉将要“弑君杀父”，其叛逆到了何种程度，这就离题万里了。

（五）爱也能产生离心力

当然，也应看到宝玉虽然永远不会“弑君杀父”，却与现存世界不怎么协调。你看他与紫鹃说得多么沉重，多么痛苦，表示他与他周围的浊气逼人的环境，已经到了何等不共戴天的地步，以致对现存世界中一切神圣原则都绝望了。于是他希望自己化身为烟被风吹散，吹不散，就只得悬崖撒手，而与尘世相决裂。

宝玉之所以如此，原因自然是多方面的，但与封建家长的那两种爱所产生的离心力却不无关系。当严父型的爱，专制化得只靠打来传递时，那就只能适得其反。第四十五回，赖嬷嬷曾对宝玉说了一番他上上辈训子的事：“当日老爷小时挨你爷爷的打，谁没看见的（按，贾母在训贾政时却将此掩饰掉了）。老爷小时何曾像你这么天不怕、地不怕的了。还有那大老爷，虽然淘气也没有像你这扎窝子的样儿，也是天天打。还有东府里你珍哥儿的爷爷，那才是火上浇油的性子，说声恼了，什么儿子，竟是审贼！”其结果，便是“打”出了贾敬、贾赦、贾政这么一堆“孝子”。被打后的宝玉的种种行径，更是明证。如果说严父型的爱令人窒息，那么，慈母型的爱又不免令人“腻歪”。请听宝玉第一次与出身于“清寒之家”的秦钟结交时，那多少有些少见多怪的惊叹吧：“天下竟有这等人物，如今看来，我竟成了泥猪癞狗了。可恨我为什么生在这侯门公府之家，若生在寒门薄宦之家，早得与他交结，也不枉生了一世。我虽如此比他富贵，可知绫锦纱罗，也不过裹了我这根死木头；美酒羊羔，也只不过填了我这粪窟泥沟。'富贵'二字，不料遭我荼毒了！”秦钟夭逝，唯留孤坟。他又因无力为他护墓而深恨自己“天天圈在家里，一点也做不得主，行动就有人知道，不是这个拦就是那个劝的，能说不能行”。这里表达的虽然是对秦钟的一腔深情，又何尝没有对“慈母之爱”的厌烦。因为贾政除逼宝玉读圣贤书这原则性的管理外，其他一切是不予过问的。宝玉日常自然只能是生活在“慈母之爱”的怀抱里。那么，无疑是“慈母之爱”的使者们被之以绫锦纱罗，享之以美酒羊羔；稍有不慎，就拦着他，劝着他，宝玉这样被圈在“富贵”的牢笼里，竟变成了怡红院回廊上“各色笼子内的仙禽异鸟”，“能说不能行”。宝玉虽然不得不时时借重“慈母之爱”的力量来保护自己，但他在这里获得的精神痛苦，又何尝亚于从专制化的“严父之爱”那里获得的皮肉之苦。“能说不能行”云云，是“慈母之爱”造成的逆反心理所发出的怨恨之声。一旦成行，他就毅然迈出了贵族之家的大门，永不回头。

《红楼梦》开卷处，就借冷子兴之口画龙点睛式地写到贾府面临双重危机：一为经济危机（“外面的架子虽未甚倒，内囊却也尽上来了”），一为人才危机（“谁知这样钟鸣鼎食之家，翰墨诗书之族，如今的儿孙，竟一代不如一代了”）。相形之下，后一个危机才是致命的。你看，贾府的“儿孙一代不如一代”竟到了如此地步：“所遗之子孙虽多，竟无一可以继业”，“其中唯有嫡孙宝玉一人……聪明灵慧，略可望成”。与贾府那“垮掉的一代”相比，宝玉大概应算思索的一代，迷惘的一代。他虽为贾门之星，却毕竟既没有荣国公式的创世心（荣国公躺在坟墓里还在盘算着家族的前途），也没有贾政式的使命感（贾政在内外交困下仍撑着不倒家族的旗帜）。相形之下，他所承受的“严父之爱”与“慈母之爱”最为丰厚，然而他却被那两股爱的合力逼得走得最远。真是如之奈何！

宝玉出走后，那批“禄鬼国贼”“淫魔色鬼”，无德无才无能之辈，仍然心安理得地醉生梦死地活着……

“君子之泽，五世而斩”，自古皆然，亦多缘于“子孙不肖”。《红楼梦》却第一次以形象的力量告诉人们：令人“腻歪”的爱与令人窒息的爱，都有可能将希望之星熄灭掉。

九　悲剧性格的绝唱——“黛玉之死”心解

在中国，悲剧并不少见，悲剧艺术却不发达。林黛玉则是中国文学史上悲剧之最。林黛玉悲剧性格的成因固然得力于《红楼梦》前八十回，但它的最后完成却在《红楼梦》后四十回，在作为千古绝唱的“黛玉之死”的艺术境界。

（一）一个伟大的问号

黛玉原是“西方灵河岸上三生石畔”的绛珠仙草，因神瑛侍者宝玉日以甘露灌溉，才脱却草胎，修成女身。只因她“尚未酬报灌溉之德，故其五内便郁结着一段缠绵不尽之意”，酿成多情的泪水，偿还给那神瑛侍者，因而也就演成红楼一梦。请听那从太虚幻境飘来的红楼梦曲《枉凝眉》吧：

> 一个是阆苑仙葩，一个是美玉无瑕。若说没奇缘，今生偏又遇着他；若说有奇缘，如何心事终虚化？一个枉自嗟呀，一个空劳牵挂。一个是水中月，一个是镜中花。想眼中能有多少泪珠儿，怎经得秋流到冬尽，春流到夏！

这就是“以泪还债”的前缘，亦即作者展示人物来龙去脉的“假语村言”。沿着这假语村言追索，可知泪尽、债清、人亡即是黛玉的结局。然而曹雪芹十年辛苦书未成，他也“泪尽而逝”，只有半部“红楼”遗爱人间，兼之“诗无达诂”，因而“曹雪芹笔下的黛玉之死”，竟成了一个伟大的问号，从而引出诸多学者别出心裁的考证。如有云：黛玉是投水自杀的。黛玉与湘云中秋之夜在凹晶馆吟诗联句，到“寒塘渡鹤影，冷月葬诗魂”截住，就暗示黛玉到下个中秋之夜，因种种压力（主要是赵姨娘为给贾环争权夺利，而对宝玉、黛玉所进行的陷害），无法支持，就在冷月独照之下，自投于这寒塘之中了。又有云：宝黛爱情像桃李花开，快要结出果实时，贾府“事败、抄没”，宝玉因“声色货利”不才之事，惹出了“丑祸”，而与凤姐拘系于狱神庙，与世隔绝，生死未卜。黛玉经不住这打击，急痛忧忿，日夜悲啼，终于把她的衰弱生命中全部的炽热的爱，化为盈盈泪水，报答了她平生唯一的知己宝玉。从《枉凝眉》末句知，那一年事变，宝玉离家是秋天，次年春尽花落，黛玉就“泪尽夭亡”“证前缘”了。

这些考证与推理，都不无一定道理，然而又都未必尽是。如《枉凝眉》中“想眼中能有多少泪珠儿，怎经得秋流到冬尽，春流到夏”云云，显然其一为谐韵，二为时序，三为黛玉“一年三百六十日，风刀霜剑严相逼”诗句之异说，而考不出所谓宝玉秋天被捕、黛玉自今秋哭到明夏泪尽而亡的结论。而且宝玉即使受诬而出了声色货利之“丑祸”，如金钏、晴雯她们那样，充其量也只受笞于父辈而未必会诉诸刑法，被拘押在什么狱神庙。至于“寒塘渡鹤影，冷月葬诗魂”的联句，上联为湘云所出，下联为黛玉所对。若此联暗示黛玉将葬身寒塘，那也首先该湘云影渡寒塘，而不应当黛玉一人水葬诗魂。这联句若为谶语，那么黛玉为什么不能魂逐冷月而飞升，而偏身投寒塘呢？“天尽头，何处有香丘？”不正是黛玉之天问吗？“愿奴胁下生双翼，随花飞到天尽头”，不正是她的愿望与追求吗？

既据“葬诗魂”，可判黛玉是投水自杀的，那么又为什么不能按其判词“玉带林中挂”云云，而说她是上吊自尽的呢？第五十七回《慧紫鹃情辞试莽玉》写道，黛玉一听宝玉病得不中用了，不是推着紫鹃说：“你竟拿绳子来勒

黛玉 见（清）改琦绘《红楼梦图咏》

死我是正经”吗？还有，既然晴为黛影，晴雯既是被诬而病死的，那么黛玉又怎么不能因受诬（“丑祸”云云，黛玉受诬无疑）而病死呢？黛玉与晴雯相比，不更是“多愁多病身”吗？再有，如果《枉凝眉》是“诗谶”，那么黛玉所作的《五美吟》则更是“谶诗”；若然，则黛玉岂不又多了几种结局，几种死法？那“五大美人”不是各有一种死法等待黛玉去效仿吗？

可见诸家所言，都难说是“黛玉之死”的最佳方案。问题尚不在这些“死法佳否”，而在诸家之设计旨在否定后四十回对黛玉之死的描写，从而证明它是“一善俱无，诸恶备具之物”，则不能不有说焉。笔者不敢轻视诸种考证的价值，但我认为只要是平心静气地通读了《红楼梦》的人，都不会得出那么片面的结论的。

（二）“你是眼泪的化身”

黛玉之“前缘”与“现实”决定她一生是以泪洗面，以泪泻愁，以泪倾心，以泪还“债”。因而有人为这泪人儿鸣起了心曲：“你是眼泪的化身，你是多愁的别名。潇湘馆的竹影，用幽暗的绿色深染着你的眉尖；时代的大气，把浓重的忧郁渗入了你的灵魂。”（蒋和森《〈红楼梦〉人物赞》）

是的，谁也不会否认，哭竟是这位多情少女哀艳动人的诗篇：她含泪葬花，因而有“独把花锄泪暗洒，洒上空枝见血痕”之吟；她和泪题帕，因而有“眼空蓄泪泪空垂，暗洒闲抛却为谁”之问；她见花落泪，因而有“若将人泪比桃花，泪自长流花自媚”之叹；她闻风下泪，因而有“不知风雨几时休，已教泪洒窗纱湿”之唱。可见，哭不仅是她对“风刀霜剑严相逼”的生活环境的强烈反应，而且是她感伤诗人气质的种种感受的特殊抒发。黛玉之哭，不仅有着深刻的现实烙印，而且有着强烈的悲剧魅力，令作者共鸣，令读者浩叹：“想眼中能有多少泪珠儿，怎经得秋流到冬，春流到夏！”

然而，高鹗，那该死的高鹗，在《红楼梦》后四十回中“居然忍心害理”

地让黛玉这“泪人儿”，笑着离开了这悲惨的世界。

在高鹗的笔下，以泪还债的黛玉，在死前却颇笑过几次。我们试分析其中最典型的“三笑”，就可以看出那反常的笑中饱含着何等深刻的悲剧意义。

（三）“泪人儿”的傻笑

一笑在“泄机关颦儿迷本性”。当无情的岁月将一对有情人宝玉、黛玉推到“男婚女嫁”的铁门坎前时，贾母果然亲自出面，先为宝玉张罗婚事，说是给疯病未愈的宝玉“冲喜”。

既为宝玉择偶（非宝玉择偶），至少应有两个人选，黛玉与宝钗。但就性格而言，非但不是黛钗合一，而竟是两山对峙：会做人的宝钗游刃有余地适应社会法则，会做诗的黛玉只任其自然地倾泻一己性灵。前者与社会水乳交融，后者却与现实格格不入。作为现存制度象征的贾府执法人，贾母在为宝玉择偶时理所当然地是取钗而舍黛，尽管她也曾疼爱过黛玉。然而她（们）明知宝玉的一颗心早交给了黛玉，“都道是金玉良缘，俺只念木石前盟”，这就是宝玉的意志和选择。于是那凤辣子想出了个掉包之计：趁宝玉疯迷，盗借“木石之盟”的名义，成全“金玉良缘”之实。不料这瞒天过海的头号机密，却让“闯祸专家”傻大姐无心地泄露给了黛玉。

把整个生命交给了爱情，且以爱情为整个生命的黛玉，顿时感到天旋地转，地转天旋。旋转的天翻地覆又化为一片空，整个世界从她脚下，从她身边，从她心底滑脱而去。她不知自己身在何处，心向何处：这绝顶聪明的少女竟然迷失了本性。她的神智，她的希望，她的悲伤，她的眼泪，此时此刻已融为一体，一反常态，变成了“笑”，令人目不忍睹的傻笑。你看，迷失了本性的黛玉犹如一片落花，恍恍惚惚地飘到贾母的房内，见了正在痴迷中的宝玉，与他相对傻笑，然后径问：“宝玉，你为什么病了？”宝玉笑道：“我为妹妹病了。”这石破天惊的心灵碰撞，将在旁的袭人、紫鹃“吓得面目改色，连忙用言语来岔”，而这对傻角却若无其事。

黛玉与宝玉从小“耳鬓厮磨，心情相对”，以至“早存一段心事”，但由于封建家长最忌这种“心病”——他们虽纵容淫欲，却指斥爱情为心病，因而，他俩的恋爱几乎成了一股潜流，非但不敢明言，以至有时连自己也不敢相信。因而平时，他们对许多问题，不是用嘴来问答，而是用心来探索。一旦风云突变，他们怎能不迷失本性？只有迷失了本性，“心病”暴发，爱的潜流冲破礼的堤防，黛玉才可能当众提出“天问”，一吐真情。当她一吐淤血，恢复常态时，却一如既往地不傻说傻笑了。可见世道、家规、礼教，让这对有情人感到何等压抑；可见黛玉平日是在何等艰难的气氛中以何等艰难的方式，来抒发自己的肺腑的。其间有道德的钳制，也有道德的自律，更有因疾病产生的自悲，以及由它们的合力所制造出来的自我情欲的压抑。也许正是这些原因使黛玉在情感世界里，在与宝玉的相处中始终沉浸在柏拉图式的爱恋之中，“质本洁来还洁去，强于污淖陷渠沟”，保全了道德的清白，而不知不觉地将情爱引入了变态的困境。诚如夏志清在《〈玉梨魂〉新证》中所言：“如此一来，中国感伤的言情文学是以死亡为依归的：那些得不到爱情滋润的痴情人，包括无数的宫女、歌女及商人妇，困陷于心灵的死亡；另一些相爱的男女，如韩凭夫妇，焦仲卿和刘兰芝，则采取双双自杀的途径以臻最终的完美。”这些以死亡（心死或身死）为途径获得的完美，都是性变态的产物与见证。黛玉则是以另一种变态傻笑才打破了她的困境。唯其傻说傻笑，泄露了真情，才更引起贾府上下的惊讶与惊恐。黛玉这傻笑，无疑加速了她悲剧的进程。

（四）“泪人儿”的嘲笑

二笑在“黛玉焚稿断痴情”。黛玉自迷境中醒来以后，反不伤心，“惟求速死，以完此债”。她自“惊噩梦”后，一直在生死界上挣扎。与宝玉的爱情是她赖以挣扎的生命线。如今这一希望竟被捏断，此时不死，更待何时？因而黛玉此时毫不犹豫地祈求速死，以身殉情。

贾母与凤姐在紧锣密鼓地筹计成就“金玉良缘”之余，终于抽空来看视已陷垂危之中的黛玉了。对于老祖宗的君临，黛玉只是微微睁眼，气喘吁吁地说了句：“老太太，你白疼了我了。”这是对贾母给予她全部疼爱的总结，也是与高龄的外祖母的诀别。表面是自谴，实际是寓谴责于自谴，其力量胜似任何声嘶力竭的斥责。难怪贾母一闻此言十分难过，只以不着痛痒的话头，来搪塞这身体过分虚弱、思想过分清醒的外孙女儿：“好孩儿，你养着罢，不怕的。”对此黛玉微微一笑，把眼睛又闭上了。

真正裁决“木石前盟”命运的，可能是那元春大姐，但在黛玉看来将她逼上绝路的是贾母，那曾被视为唯一靠山的贾母。逼迫如斯，冷酷如斯，如今却劝人“养着”，多么虚伪！对这主宰她生活的命运之神，黛玉只是报以“微微一笑”，很快就把眼睛闭上了，连多看一眼的兴致都没有，因为此刻她不再是慈祥的老祖宗，而是黑暗的象征。

果然不出黛玉所料，刚才还劝黛玉“养着”的贾母，一转身就说：“孩子们从小儿在一处儿玩，好些是有的。如今大了懂的人事，就该要分别些，才是做女孩儿的本分，我才心里疼她。若是她心里有别的想头，成了什么人了呢？我可是白疼了她了。”可见她明知黛玉病重如斯，全由爱情的权利被剥夺所致。但她不仅不体谅黛玉的心情，反而责备她失了女孩儿的本分，咒她“成了什么人”，宣布“是白疼了她了”。黛玉不是一见面就道破了贾母的心思吗？接着贾母更残忍地说：“咱们这种人家，别的事自然没有的，这心病也是断断有不得的。林丫头若不是这个病呢，我凭着花多少钱都使得。若是这个病，不但治不好，我也没心肠了。”“心病”不医，身病也不治，何其冷酷。令人大惑不解的是，这就是当初把黛玉“搂入怀中，心肝儿肉叫着大哭起来”的贾母吗？诸多学者从贾母这判若两人的表现，指责“后四十回”有违前八十回。殊不知此时贾府已由盛变衰，它更欲“借新的联姻来扩大自己的实力”；

殊不知此时黛玉的“心病”已失去童贞的掩护，就不能不失爱于贾母了；殊不知即使是“慈祥”的贾母，也不可能违背“家世的利益”，让婚姻的当事人仅凭“个人意愿”去择偶。黛玉的“微微一笑”该不只是嘲笑了贾母的虚意安抚，而更嘲笑了贾母身后的封建婚姻制度吧！

赫尔岑曾说：“笑像闪电一样地打人和烧人。笑使偶像倒下了，使它的花环、金饰掉落了，创造奇迹的圣像变成了变黑的胡乱画成的图画。”黛玉这一笑，就是那划破黑暗长空的闪电，尽管一瞬即逝，却能照彻一切。

（五）“泪人儿”的苦笑

三笑仍在第九十七回，是前两笑的余波。善解人意的紫鹃见黛玉气息奄奄，担心她难以支持，于是以善意的谎言劝慰她说：“姑娘的心事，我们也都知道。至于意外之事，是再没有的。姑娘不信，只拿宝玉的身子说起，这样大病，怎么做得亲呢？姑娘别听瞎说，自己安心保重才好。”对此，黛玉也只是微微一笑，默不答言。

在绝望中的黛玉又何尝不希望傻大姐是“瞎说”，但又不相信她是“瞎说”，因为其他任何人都可能瞎说，唯傻大姐傻得不会瞎说。善良的紫鹃将傻大姐之言指为瞎说，自然是安慰自己，这种安慰绝非像别人那么虚应光景，而确出于疼爱之心（她们名为主仆，实则情同姐妹）。但唯其爱得过深，此时才会以善意的谎言来宽慰悲痛欲绝的黛玉，这就反证傻大姐的话并非瞎说，而是不可逆转的事实。这是多么复杂的心理推断啊！黛玉既无力也无须对紫鹃说清，于是只将满心的波澜和对紫鹃的感激之情化为“微微一笑”，化为无言的沉默。这一言不答的沉默，更反射出黛玉的悲痛情绪，于是她又咳出好些血来。这血就是她最悲切的语言。黛玉对这悲惨世界彻底绝望了。此时任何安慰都是多余的。于是她将自己那颗纯洁的心，连同她心灵的歌吟诗稿、诗帕一起投入了火盆。如果可能的话，她或许会不容分说地将这悲惨世界也推入那烈火之中吧。

悲愤已极的黛玉临终没哭没闹，却连笑了三次。而她的每一笑都有不同的感情色彩：第一笑为傻笑，第二笑为嘲笑，第三笑为苦笑。诚如屠格涅夫所言："世间有些微笑比眼泪更悲惨。"是的，黛玉在生命历程终点的这些笑，说明她已清醒地认识到她悲剧的不可逆转的前景。这个当初不远千里来投靠外祖母的少女，临终却对紫鹃说："妹妹，我这里并没亲人。我的身子是干净的，你好歹叫他们送我回去。"这不仅是与"花柳繁华"的大观园的决裂，也是与她唯一的靠山贾母的决裂。

（六）一个该死的删节号

然而宝玉在那阴谋婚姻中到底充当了什么角色呢？这在读者是一目了然，在黛玉却是未解之谜。黛玉在生命之穷途一路笑来，最后却迸发出一声长鸣："宝玉，宝玉，你好……"一语未终，丢下个该死的删节号，就离开了这悲惨世界。这"删节号"，该寄托着黛玉多少哀思和感慨啊！或许是她有太多的怨恨却无处喷射，或许是她有太多的言语却无人诉说，只化作一声长鸣，作为她生命旋律中最后一个音符。

然而，黛玉这最后的一鸣，更是对负心男儿的沉痛谴责和质问。原来，黛玉临终并不知道，宝玉在她绝命惨叫时还在扮演着最难堪的角色，她还误以为曾与自己相依为命的宝玉也是个负心男儿呢！其实高雅的黛玉也染有她那个时代的"女性通病"——担心男儿负心，当初是怨他见了姐姐忘了妹妹，如今是怕他娶了姐姐弃了妹妹。这本无可厚非，因为那本就是个男权世界，男尊女卑是那个时代的永恒定律。黛玉也呼吸着这有毒的空气，她一方面拼命抗击着那永恒定律，去争取爱的权利和机会；另一方面又不能不担心它会吞没自己的爱情。这才是黛玉真正的"心病"。这心病曾使黛玉"情重愈斟情"，她总是无止无休地拷问宝玉的心，这种至苛至严的爱情煎熬不仅折磨了宝玉，更折磨了她自己。这心病曾使黛玉“痴魂惊噩梦”，梦见自己被许配他人，她跪求贾母，贾母却无情地回答“这个不干我事”。她在无可奈何时见到宝玉，宝玉却笑嘻嘻地说：“妹妹大喜呀！”逼得她咬牙切齿地说：“好！宝玉！我今日才知道你是个无情无义的人！”这种潜意识，使黛玉即使迷失了本性，冲口而出的还是“我问问宝玉去！”。她临终一鸣，则是这潜意识的总宣泄。若将那伤情的“删节号”补上，大概是：“宝玉、宝玉，你好无情呀！”紫鹃也曾一度认为是宝玉负心，说“可知天下男子之心真真是冰寒雪冷，令人切齿的”。不过紫鹃到底看到了事件的真相（宝玉并未负心，而是被愚弄了），但黛玉一句话未喊完就咽气了，从此永远得不到真实的回答。直到宝玉后来到潇湘馆哭灵，才作了回答：“林妹妹，林妹妹，你别怨我，只是父母做主，并不是我负心。”然而此时，林妹妹已是“香魂一缕随风散”，他永远解释不了那弥天的误会。同是受害者，平日是肝胆相照，诀别时却无法交心。黛玉临终，他们一个在疯中，一个在谜中；宝玉婚后，他们一个在九泉，一个在灵前。真是“一朝春尽红颜老，花落人亡两不知”。

假若黛玉临终知道宝玉完婚是疯中受骗的，而非负心于她，黛玉尚会感到一些安慰，原来宝玉果为知己。而在后四十回中，黛玉是在彻底绝望中死去的。她以为世间一切人，包括那唯一以知己相托的宝玉都抛弃了她，因而她说“我这里并没亲人”。这是个何等冷酷无情的世界啊！晴雯也是负屈而死的，但她临终却与宝玉一吐衷肠，并交换了纪念品。“晴为黛影”，黛玉却连这么一点安慰也没有……

这是何等震撼人心的悲剧啊。然而那高鹗，该死的高鹗，却“忍心害理”地把黛玉之死与宝玉完婚放在同一时空中表现，却“忍心害理”地让宝玉婚礼中的鼓乐之声，隐隐传到潇湘馆，成了黛玉之葬歌。如此悲喜相映，真叫人目不忍睹，耳不忍闻。看了，听了，即使是铁石心肠，也不能不潸然泪下，以至要仰天长啸！

这就是高鹗笔下的黛玉之死。

他“虽送芳魂西归，却使玉容永驻”。

（七）一个伟大的惊叹号

将黛玉之死，按之于中国文学史，它是一枝独秀。如王国维所言：“吾国人之精神，世间的也，乐天的也。故代表其精神之戏曲小说，无往而不著此乐天之色彩，始于悲者终于欢，始于离者终于合，始于困者终于亨；非是而欲厌阅者之心，难矣。”（《〈红楼梦〉评论》）自《红楼梦》后四十回，准确地说自“黛玉之死”（包括宝玉出家）的出现，才“打破中国小说的团圆迷信，这一点悲剧的眼光不能不令人佩服”（胡适《〈红楼梦〉考证》）。

将“黛玉之死”按之于《红楼梦》的种种续书，它更是奇峰突起。如鲁迅所言：“然而后来或续或改，非借尸还魂，即冥中另配，必令‘生旦当场团圆’才肯放手者，乃是自欺欺人的瘾太大，所以看了小小的骗局，还不甘心，定须闭眼胡说一通而后快。”（《中国小说史略》）诚然，“我们这样退一步想，就不能不佩服高鹗的补本了”（胡适语）。

将“黛玉之死”，按之于《红楼梦》前八十回，它也逊色无多。如舒芜所言：“后四十回的功绩，就在它掌握了前八十回艺术形象发展的规律，彻底地完成了这个过程，达到了‘一片白茫茫大地真干净’的必然结果，使得相反的设想在艺术上完全不可能。”（《说梦录》）“黛玉之死”，完全证实了这一论断。王昆仑有云：“《红楼梦》这部书之所以诞生，从一个侧面说，就由于黛玉的结局是死，有了‘黛玉之死’，这悲剧的题材才能成立”，“没有黛玉之死，就没有《红楼梦》”。（《〈红楼梦〉人物论》）

有道是续书之难难于作书。如果后四十回果为高鹗所续，且不管整个后四十回如何，仅“黛玉之死”这个篇章，就足使他流芳百世。

黛玉以殉情之死为人类的审美世界提供了一个伟大的删节号。

高鹗以“黛玉之死”为中国小说的艺术发展贡献了一个伟大的惊叹号。

十　从霍小玉到杜十娘——女性性格创造侧谈

在《红楼梦》之前的中国小说史上，女性形象并不太发达。“所谓美人者，以花为貌，以鸟为声，以月为神，以柳为态，以玉为骨，以冰为肌肤，以秋水为姿，以诗词为心”（清·张潮《幽梦影》）云云，不免空泛。相对而言，只有两个奇迹，一为《金瓶梅》中的女性，一为从唐人传奇到“三言”“两拍”中的妓女形象。对《金瓶梅》中的女性形象这里略而不论，只从霍小玉到杜十娘的艺术创造中窥测一条特殊的历史线索。

（一）霍小玉：眉目传神

唐人传奇《霍小玉传》，只以二十一个字的动作描写，就将青楼女子霍小玉与薄情男儿李益决裂时的神态、思想、感情惟妙惟肖地表现了出来：

> 玉乃侧身转面，斜视良久，遂举杯酒酬地曰：“我为女子，薄命如斯！君为丈夫，负心如此！……”

侧身转面：小说写霍李从相见到死别，有八度悲欢。当初两人相见时是灯红酒绿、笑语欢歌，“低帏昵枕，极其欢爱”；然而“中宵之夜，玉忽流涕”，倾诉心曲，“生闻之，不胜感叹”，乐极生悲；继而双双海誓山盟，“自尔婉恋相得，若翡翠之在云路”，又转悲为喜；不久两人泣别，小玉语语是泪，生亦“流涕”，复转喜为悲；生再申前盟，云为一到华州，即“寻使奉迎”，又转悲为喜；至李生逾期不至，且音信杳无，小玉苦思成疾，自知复欢无望，再转喜为悲；不意有黄衫豪士，将李生挟持而来，使“一家惊喜”，然这是最悲痛的死别前的一场“惊喜”；此时，小玉是与李益的最后一次相见了，小玉痛言乍止就“掷杯在地，长恸号哭数声而绝”。这是一对情人的最后相晤，多么难得；然而这又是他们最后的决裂，多么可悲。作为被弃的薄命女，面对骤然而至的薄情郎，是欲见不能，欲去不忍，自然只能是“侧身转面”了。

斜视良久：李益负心如此，对她来说是既不愿相信，又不敢不相信。她斜视的目光中既有钟情女子对负心男儿刻骨铭心的审视，又有痴情女子对轻薄男儿极端的鄙视。这斜视良久的目光中，既可显现小玉翻腾起伏的思想波澜，也能见到她洞察污秽的圣火灵光。

经过痛苦的思想斗争之后，她深知覆水难收，终于决心与李益决裂。

遂举杯酒酬地：她不是举杯自饮以酒浇愁，也不是以杯当剑怒掷李益，而是以酒酬地：多么富有象征意义的动作啊。如果她举杯自饮，说明她未脱青楼陋习，未知自珍自爱；如果她以杯掷李，说明她教养有限，易于冲动，举止失态。唯有以酒酬地，既见她自珍自爱，又富教养。既不能自饮，又无人对饮，更不能掷人，唯有酬祭天地，问天询地：公理何在？正义何在？

经过这么长时间的情感酝酿像雷雨前的沉寂，像戏曲高潮前的间歇，紧接着就是急风暴雨式的天问与誓词：“我为女子，薄命如斯！君为丈夫，负心如此！韶颜稚齿，饮恨而终。慈母在堂，不能供养。绮罗弦管，从此永休。征痛黄泉，皆君所致。李君李君，今当永诀！我死之后，必为厉鬼，使君妻妾，终日不安！”

若只看这段文字，读者或许以为小玉死后必为令人毛骨悚然的厉鬼。不然。你看，小玉长恸号哭数声而绝之后，“生为之缟素，旦夕哭泣甚哀”。李生这点悔罪的表现，竟感动了冥中的小玉，她立即又显形于李生的帐幄之中：

"容貌妍丽，宛若平生。著石榴裙，紫褴裆，红绿帔子。斜身倚幄，手引绣带，顾谓生曰：'愧君相送，尚有余情。幽冥之中，能不感叹。'言毕，遂不复见。""斜身倚幄"，含情脉脉也；"手引绣带"，羞态可掬也。分明是小玉性情、小玉动作。足见其生为情种，死亦为情痴。

与那种"戏不够，鬼来凑"的平庸之作不同，这里借助鬼魂形象来表现小玉死而未已的痴情，实在是别有一番韵味。

这篇《霍小玉传》，确为唐人传奇中最精美的篇章之一。诚如明人胡应麟所云："唐人小说纪闺阁事，绰有情致。此篇尤为唐人最精彩动人之传奇，故传颂弗衰。"若以史的眼光视之，我们还能从小玉身上见到杜十娘、尤三姐等悲剧女性的倩影。

（二）杜十娘：哀婉动人

在《杜十娘怒沉百宝箱》中，李甲颇经过一番努力好容易与杜十娘脱却火坑，然在泛舟南下的途中却中了徽商孙富的圈套，以千金之资出卖十娘。

当李甲听了孙富的一番花言巧语，回到舟中，心事重重，唉声叹气时，十娘温馨地"抱持公子于怀，软言抚慰"，极尽美女娇妻之天职。然而，她怀中的李甲喃喃道出的竟是叛卖她的"苦衷"。此时此刻，十娘所受打击之沉重怎堪设想？她怀抱的又岂是什么公子情郎，简直是千钧一发的闷雷。若按欧美小说写法，这里大概应作小说的开端，让十娘在听了李甲诉说"苦衷"之后，来一番心理活动。将故事的前因插入她的心理活动，然后再让十娘回到眼前的现实中来，痛斥李甲而后投江自尽。可是"拟话本"小说的作者却根本不写十娘的心理活动，只是极其简单地写了她一个动作："十娘放开两手，冷笑一声"。

杜十娘何许人也？她乃北京名姬。"自十三破瓜，今一十九岁，七年之内，不知历过了多少公子王孙，一个个情迷意荡，破家荡产而不惜"。自遇上了

杜十娘怒沉百宝箱 见明末吴郡宝翰楼刊本《今古奇观》

那“风流年少”且“忠厚志诚”的李甲，“把花柳情怀，一担儿挑在他肩上”，“一双两好，情投意合”，因“见鸨儿贪财无义，久有从良之志”。经过艰苦奋斗，十娘终于实现了“万里丹霄，何妨携手共归去，永弃却烟花伴侣”（柳永《迷仙行》）的愿望。十娘虽曾在烟花巷里过着非人的生活，却有着一颗人的心灵；她厌恶那非人的生活，渴望着人的生活。当她在苦海中挣扎时，偶尔见到可以求生的一叶扁舟，就奋不顾身地登上去。她多么希望凭着这一叶扁舟渡出这非人的苦海，达到那人的生活的美妙彼岸。走着，走着，眼看就要登上那希望的绿洲了。然而这扁舟却与一贼船相遇，并一拍即合，要将她卖给那贼船，从而彻底断绝了她做人的希望。此时此刻的十娘该是何等痛苦啊！于是她立刻放开两手，放开了她曾自以为是救命之舟的李甲，放开了她刚才还在热情抚慰的李甲，放开了那叛亲卖友却故意喃喃作态的李甲。她曾经在这个人身上寄托了多大的希望，她曾经为这个人付出了多大的代价，如今才发现他原来是这么软弱这么可怜这么无望的人。抚今追昔，她该是何等伤心！她来不及哭，也来不及骂，她不忍哭，也不愿骂，哭不足以诉悲，骂不足以泄愤，只化作一声冷笑。

“十娘放开两手，冷笑一声”，这短短十个字，所蕴藏的悲情比任何放声大哭更沉痛，所表露的谴责比任何放声大骂更冷隽。真可谓字字看来都是血。

接着，作者写道：“十娘即起身挑灯梳洗道：‘今日之妆，乃迎新送旧，非比寻常。’于是，脂粉香泽，用意修饰，花钿绣袄，极其华艳，香风拂拂，光彩照人。”显然，这“用意修饰”的行为里，既有对李甲的谴责：我何等之美，汝何等之愚，竟忍心将我轻卖于人，真是明珠暗投；也有对李甲的嘲弄：你卖了我还喃喃作态，无非临别还想骗取我的好感，我偏不哭不恋，打扮得漂漂亮亮跟人去也，看你作何感想？更有对李甲的激劝：其实此刻之十娘有何心思去显耀自己的美丽，无非蓄意刺激李甲的自尊心，希望他能幡然悔悟。请看，十娘的动作中所蕴藏的心理内容是何等丰富啊。作者让动作代替心灵在说话，用动作去诉说心灵。

继而作者又在写十娘的动作：梳洗完毕，天色已晓，“十娘微窥，公子欣欣似有喜色”。这“微窥”，真是个绝妙传神的动作。微窥，短暂而迅速地偷看也。或许她身未侧，目未斜，仅以眼梢余光飞快一掠，却同样是无限复杂的心绪流露。既有不愿流露的留恋之情，更有机智深刻的心灵侦察：经过前面“用意修饰”那番心灵的征战，她多么希望能“窥”见李甲面有愧色啊。如果此时能窥见李甲面有愧色，十娘或许趁机讲出她熟思在胸的一套周全方案，或许会启示百宝箱的秘密，劝李甲莫贪孙富千金之资……这样，她的命运与故事都会改观。令人扼腕痛惜的是，她所窥见的竟是“公子欣欣似有喜色”。令人难以相信，又不得不相信这就是李甲的表情。这说明李甲已将与杜十娘的前情付之东流，而陶醉在即将告成“货银两讫”的生意之中。李甲面上的喜色使十娘彻底绝望了。于是她整装前行，为了维护自己的人格，她痛斥调弄了李甲、孙富之后，就毅然怒沉百宝箱，而后投江自杀。

十娘的故事了结了。一个有理想、有心计、有决断的女性形象，通过她自己的动作凸现在读者面前。

动作能反映性格，性格也能决定动作。有什么样的动作就能见出什么样的性格，同理，有什么样的性格就会生出什么样的动作。试想，十娘若不梦寐追求人的生活，那么作为“多少公子王孙，一个个情迷意荡，破家倾产而不惜”的名姬地位，不也是多少青楼女子所艳羡的吗？十娘若不恪守与李甲的“海誓山盟，各无他志”，若不要求对方真有颗“忠厚志诚”的心，她不是蛮可以亮出百宝箱轻易买得李甲回心转意，而后在丰厚的物质生活中去打发时光吗？十娘若不将人格的尊严视为比生命更可贵，那么，她即使与李甲决裂，携着百宝箱与盐商孙富不也可以泛舟三江，快活逍遥吗？如果是那样的话，那么，十娘该另有一套表现她那些性格的动作了。

不，十娘偏偏不恋名姬生涯，偏偏要求人的生活，偏偏要求对方是志诚种，这就决定她只能有一个动作“抱持宝匣，向江心一跳”，来最后完成她的性格，来完成她的人格追求。唯有十娘有此壮举，唯此壮举才能见出十娘。

对于一般人来说，活着或许就是最大的幸福。对于一个敏感的灵魂来说，生是需要理由的。当十娘经过痛苦的思索，却找不到生存的理由，或对上述所提供的种种活下去的方案，她都无法接受，那么，现存的一切便全部转化成死的理由了。自杀而死，自觉地选择的死，就成为她对现实世界的最有力的反击（李甲愧悔而死，孙富受惊而死），就成为她人的觉醒最有力的确证。

生需要有耐力，死却更需要有勇气。《毁灭》的作者原来为美蒂克设计的归宿是自杀，后来从人物性格发展的逻辑发现这个男儿连自杀的勇气都没有，他不配自杀，就让他当了可耻的逃兵。十娘，一个女性，一个青楼女子却选择了自杀，却选择了以“抱持宝匣，向江心一跳”作为她生命的最后一个动作，这需要何等的智慧与勇气啊。

不过，或许唯其是青楼女子，才可能有此智慧与勇气。恩格斯在《家庭、私有制和国家的起源》中曾说：“超群出众的希腊妓女，她们由于才智和艺术趣味而高出于古希腊罗马时代妇女们的一般水平之上。”又说，一部分优秀的雅典艺妓，“在希腊，是受古人尊崇并认为她们的言行是值得记载的唯一妇女”（《马克思恩格斯选集》第四卷）。中国的情况虽然不同，但这种历史唯物主义的分析精神对我们仍有启示。中国封建社会劳动妇女多挣扎在生活的深渊而没有文化，中上层社会的妇女多被幽禁在宗法家庭里，“女子无才便是德”的礼教桎梏严重地压抑着她们的才智；而一部分青楼女子却以被侮辱被损害的痛苦为代价，获得了参与社会活动和发展才智的某种机遇。因而中国文学史上出现了琵琶女、霍小玉、李娃、杜十娘、莘瑶琴、李香君等美丽聪慧的名妓形象。十娘则为其间格外引人注目的一个，她以超乎常人的敏锐与历练，以超乎常人的情怀与深沉，以自己的命运的起点与归宿为参照去思索生存，思索死亡，思索人的本质。她以勃勃的生命直蹈死地的壮举，她以清醒理智坚定勇敢的“一跳”，向当代与后代的人们昭示着关于人的痛苦的思索，关于女性悲剧的思索……

十一　从孙悟空到贾宝玉——人物性格递变之一例

中国小说的人物形象有种种体系，如从张飞到李逵到牛皋，从孔明到吴用（赛诸葛），从刘备到宋江到唐僧，从曹操到王熙凤（女曹操）……本章与下一章则将孙悟空—贾宝玉，杜少卿—贾宝玉作为一个系列，来探讨人物性格递变的或一规律。

（一）不解之缘

乍看这题目，你或许会诧异：这一猴一人怎么扯到一起去了呢？

不过且慢，倘若你细读过《红楼梦》，就不难发现孙悟空与贾府缘分不浅。他不仅时而活跃在这钟鸣鼎食之家的舞台上，逗开老少的笑脸，而且是人们打趣逗乐的最佳话题。

如《红楼梦》第十九回写道：

> 贾珍这边唱的是《丁郎认父》、《黄伯央大摆阴魂阵》，更有《孙行者大闹天宫》、《姜太公斩将封神》等戏文。倏尔神鬼出没，忽又妖魔毕露。内中扬幡迎会，号佛行香，锣鼓呼喊之声，闻于巷外。弟兄子侄，互为戏酬；姐妹婢妾，共相笑乐。

第五十四回，贾母借孙行者为题说笑话，更是妙趣横生，远胜当今某些

"小品"。她说：

> 一家子养了十个儿子，娶了十房媳妇。惟有第十个媳妇聪明伶俐，心巧嘴乖，公婆最疼，成日家说那九个不孝顺。这九个媳妇委屈，便商议说："咱们九个心里孝顺，只是不像那小蹄子嘴巧，所以公公婆婆老了，只说他好，这委屈向谁诉去？"大媳妇有主意，便说道："咱们明儿到阎王庙去烧香，和阎王爷说去，问他一问，叫我们托生人，为什么单单的给那小蹄子一张乖嘴，我们都是笨的。"众人听了都喜欢，说这主意不错。第二日便都到阎王庙里来烧了香，九个人都在供桌底下睡着了。九个魂专等阎王驾到，左等不来，右等也不到。正着急，只见孙行者驾着筋斗云来了，看见九个魂便要拿金箍棒打，吓得九个魂忙跪下央求。孙行者问原故，九个人忙细细的告诉了他。孙行者听了，把脚一跺，叹了一口气道："这原故幸亏遇见我，等到阎王来了，他也不得知道的。"九个人听了，就求说："大圣发个慈悲，我们就好了。"孙行者笑道："这却不难。那日你们妯娌十个托生时，可巧我到阎王那里去的，因为撒了泡尿在地下，你那小婶子便吃了。你们如今要伶俐嘴乖，有的是尿，再撒泡你们吃了就是了。"

极尽"谑笑科诨"之能事，以致话音未落笑声四起，以致口舌玲珑的凤姐抢着自我洗刷："好的，幸而我们都笨嘴笨腮的，不然也就吃了猴儿尿了。"

凡此种种，可谓大端，细微末屑者尚颇有几处。如第一回写葫芦庙起火，说是"将一条街烧得火焰山一般"。第二十二回宝钗生日点戏，她投贾母之好，点了出热闹的《西游记》。第三十九回李纨笑话平儿与凤姐的关系，有言道："我成日家和人说：有个唐僧取经，就有个白马来驮他；刘智远打天下，就有个瓜精来送盔甲；有个凤丫头，就有个你！你就是你奶奶的一把总钥匙。"第四十九回林黛玉笑穿皮衣、戴皮帽的史湘云是"孙行者来了"。

细读《红楼》，还会发现，“猴”字出现的频率甚高，或名词动词化写宝玉神态，一语传神，惟妙惟肖。第十四回“宝玉听说，便猴向凤姐身上要牌”；第十五回凤姐笑宝玉道：“好兄弟，你是个尊贵人，女孩子一样的人品，别学他们猴在马上”；第二十四回“宝玉便猴上（鸳鸯）身去涎皮笑道”；或借贾母之口，笑骂精灵的凤姐：“我也算会说话的，怎么说不过这猴儿”（第二十二回）；“猴儿猴儿你不怕下割舌头地狱”（第二十九回）；“猴儿，猴儿，把你乖的，拿官中的钱你做人”（第三十六回）；“这猴儿惯的不得了”（第三十八回）。“骂”者与被“骂”者都神情毕现。其他如凤姐、尤氏姐妹、贾芸、贾琮以至柳家的，都笑呼或怒称他人为“猴”。以至灯谜等游戏，猴也时而出没其间。猴虽未必就等于孙悟空，但孙悟空毕竟是最著名的猴王；红楼人物如此好用“猴”词，未必不与《西游》的普及有关。

可见艺术大师曹雪芹是何等熟悉《西游记》，以致在创作《红楼梦》时，对西游故事能信手拈来，涉笔成趣。脂砚斋也早看到了这点，他说《红楼梦》“似若《西游》之套”（庚辰本第十三回）。更重要的是，曹雪芹将孙悟空的血液注入了《红楼梦》的男主角贾宝玉的血管中，从而使贾宝玉与孙悟空有某些神似之处。

（二）神似种种

其一，出身相似。悟空、宝玉都是由石头幻化入世的精灵。

《西游记》开卷就写道，东胜神州傲来国花果山顶有一块仙石，“自开辟以来，每受天真地秀，日精月华，感之既久，遂有灵通之意。内育仙胎，一日迸裂，产一石卵，似圆球样大。因见风，化作一个石猴。五官俱备，四肢皆全，便就学爬学走。拜了四方，目运两道金光，射冲斗府”，以致惊动了高天之上的玉皇大帝。真可谓石破天惊。

《红楼梦》之所以又名为《石头记》，就因为它第一回写了一个与《西游记》相似的准神话："女娲氏炼石补天之时，于大荒山无稽崖炼成高经十二丈，方经二十四丈，顽石三万六千五百零一块。那娲皇氏只用了三万六千五百块，只单单剩了一块未用，便弃在此山青埂峰下。谁知此石自经锻炼之后，灵性已通，因见众石俱得补天，独自己无才不堪入选，遂自怨自叹，日夜悲号惭愧。"后偶闻一僧一道高谈阔论，不觉动了凡心。得僧施法，化石为玉，化玉为人，和尚留下印记让宝玉衔玉而生，这玉便是那"通灵宝玉"。这或许是图腾文化之遗迹。不管怎样，一个贵族公子，"一落胎嘴里便衔下一块五彩晶莹的玉来"，总是震惊尘世的奇迹。因而他一落地，就成了人们摇唇鼓舌的议论中心。与石破天惊的石猴出世，何其相似。

若细加比较，还能发现幻化为悟空与宝玉的两块石头更有着惊人的相似之处。《西游记》说那仙石有"三丈六尺五寸"高,《红楼梦》则说娲皇补天用了"三万六千五百块"石头;《西游记》说那仙石"有二丈四尺围圆",《红楼梦》则说女娲所炼之石"方经二十四丈"。吴承恩解释："三丈六尺五寸高，按周天三百六十五度；二丈四尺围圆，按政历二十四气"。曹雪芹虽未说明他的造石原理，但脂砚斋对"娲皇氏只用了三万六千五百块"有批："合周天之数"，恰道出雪芹是按"西游"原理造石的。这点早有景梅九《〈石头记〉真谛》、俞平伯《读〈红楼梦〉随笔》提及。俞先生还说："这块高十二丈方二十四丈的顽石，既可缩成扇坠一般，又可变为鲜明莹洁的美玉，我觉得这就是'天河镇底神珍铁'（金箍棒）塞在孙猴子的耳朵里呵。"

有趣的是，孕育悟空的仙石，"四周更无树木遮阴，左右倒有芝兰相衬"。这与仙石为伴的芝兰，或许与《红楼梦》中"西方灵河岸上三生石畔"的绛珠仙草黛玉的前身，不无关系。

其二，性格相似。悟空也好，宝玉也好，性格的显著特征莫不在他们的"魔"性。

《西游记》依题材被称为"神魔小说"。悟空作为魔界之首，曾与神界进行了不折不挠的斗争。在《红楼梦》中，宝玉无疑也属于魔界，王夫人不是称之为“混世魔王”吗？书中有两首《西江月》描述宝玉的“魔性”，其一云：

无故寻愁觅恨，有时似傻如狂。纵然生得好皮囊，腹内原来草莽。潦倒不通世故，愚顽怕读文章。行为偏僻性乖张，那管世人诽谤！

宝玉的种种“魔行”，在“神界”代表人物贾政等看来，简直无异于孙悟空的“大闹天宫”了。贾政打宝玉时，不是口口声声说他将来要“弑君杀父”吗？父是家庭的“天”，君是国家的“天”，“弑君杀父”不就是“大闹天宫”吗？不过，在悟空，“大闹天宫”是其实际行为；在宝玉，“弑君杀父”则是贾政气急败坏时的主观推测，他自己倒是做梦也没有此等妄念。

同孙悟空最恼那头上的“紧箍”一样，贾宝玉最恨的是封建家长给予他精神上、思想上的“紧箍”。第七十三回写道，宝玉听到贾政与赵姨娘在咕唧自己，担心是贾政要盘考他的时文，“便如孙大圣听了‘紧箍儿咒’的一般，登时四肢五内，一齐皆不自在起来。”贾政确像那念咒的角色，只要他在场，宝玉就手足无措，而灵气顿失；只要他一离开，宝玉便“如同开了锁的猴儿一般”，手舞足蹈，喜地欢天，灵气洋溢。

其三，归宿相似。悟空、宝玉在各自的王国里闹腾一番之后，又都皈依了佛境。孙悟空保护唐僧取经，历经九九八十一难，终成正果，被封为“斗战胜佛”。贾宝玉在红尘“历尽离合悲欢炎凉世态”，终悬崖撒手，“也成了个披大红猩猩毡斗篷的和尚”。

（三）历史变异

不过，尽管宝玉与悟空之间有种种相似之处，但两人却毕竟有着明显的差异。

如悟空出身为“仙石”，宝玉出身则为“顽石”。仙石为天生地育之物，顽石为女娲锻炼而成；仙石受天地真秀，感日月精华，自通灵性；顽石是锻之炼之，方通灵性。由仙石幻化而成的石猴，是自己主动跳进生活的激流的；由顽石幻化而成的石兄，是被一僧一道携入红尘之内的。

悟空是天生的乐天派，宝玉则是天生的忧患派，尚未入世就“自愁自叹，日夜悲号惭愧”。悟空被迫当了和尚之后，在赴西天取经途中总是积极顽强地斩妖除怪，医国救世，终成正果。宝玉虽进入了富贵场中，温柔乡里，却从未心安理得地去消受那荣华富贵，而呼吸领会的反倒是悲凉之雾。他是在大悲大痛之后遁入空门的，当了和尚的宝玉虽披着大红猩猩毡斗篷，比一般和尚阔气得多，但他却未必真的能“入圣超凡”，成其正果。因为“宝玉并没有真正地了却尘缘，倒是带着他最不能割舍的全部‘尘缘’逃走的”，“因为这个世界已经毁灭了他的所爱，所以只有逃出这个世界去坚持他的爱”（舒芜《说梦录》）。这样一个满腹尘念的和尚能成正果吗？可见，即使在彼岸世界中，宝玉的灵魂仍然处在那无所依归的痛苦躁动之中。

不过，正是这生命的躁动，使宝玉形象中所体现的历史哲学感与人类命运感，较之孙悟空更深刻，更富启迪。

就艺术创造而言，孙悟空形象虽很成功，却似未完全摆脱类型化典型的痕迹，而贾宝玉形象则已实现了中国小说史上的历史性突破：完美地完成了从类型化典型向个性化典型的转化。犹如那经过历史老人精雕细刻的“通灵宝玉”，较之花果山石更风流蕴藉。

有人将从孙悟空到贾宝玉，概括为“从猿到人”的变迁，视之为封建末世新兴市民势力从幼稚朦胧到渐趋成熟的历史进程的反映，未免牵强。然若从艺术发展史的角度来看，从孙悟空到贾宝玉确能反映中国小说人物塑造的某一历史进程。但这两个艺术典型之间的距离，却绝不能用“从猿到人”的公式来表示，尽管悟空为猿，宝玉为人。

十二　从杜少卿到贾宝玉——人物性格递变又一例

（一）南北对峙尽风流

吴敬梓与曹雪芹都是自富贵之乡坠入困境的，一有“鼎盛最数全椒吴”的追忆，一有“秦淮风月忆繁华”的慨叹，都与风流蕴藉的六朝故都南京有着不解之缘。吴虽为安徽全椒人氏，灿烂的壮年却移家金陵，并在那里创作了《儒林外史》。曹家呢，虽为京官，但雪芹金色的童年却随父在江宁织造府内度过，在这里所经历的家世巨变（父官被罢，家产被抄），或许是他创作《红楼梦》的原动力。吴、曹都未获得像样的功名，又都以“君子不为”的小说名世，他们分别在讽刺小说与人情小说的创作上登峰造极，对峙南北，成为文学史上的奇观；更有趣的是，他们各自笔下的理想人物：杜少卿与贾宝玉，不仅都以作者自己为模特儿，而且他们（杜、贾）之间亦颇有神似之处。

（二）富贵竟为“歧途”始

杜少卿与贾宝玉，如同他们的原型一样，也都是来自富贵之乡的富贵之家。杜少卿之家：“一门三鼎甲，四代六尚书。门生故吏，天下都散满了。督、抚、司、道，在外头做，不计其数。管家们出去，做的都是九品杂职官。”贾宝玉的家庭更为煊赫，他的曾祖辈贾源、贾演都是开国功臣，分别封为荣国公、宁国公，子孙世袭，宝玉的大姐元春又被选为皇妃，更使浩荡皇恩长久沐浴着贾府，“真是烈火烹油、鲜花着锦之盛”。然而他们都是生在福中不知福的“败类”。杜少卿视钱财如粪土，平居豪举，慷慨好施，“不到十年内，把六万银子弄的精光”，最后弄得“卖文为活”，却“心里淡然”。生活在黄金窝里的宝玉，更是“富贵不知乐业”，时而慨叹：“可知绫锦纱罗，也不过裹了我这根死木头；美酒羊羔，也只不过填了我这粪窟泥沟。‘富贵’二字，不料遭我荼毒了！”难耐富贵包裹的无名苦闷，竟是他们走向“歧途”的共同起点。

（三）为得逍遥弃功名

杜少卿与贾宝玉走向“歧途”，最突出的表现莫过于鄙薄功名，不入仕途。杜少卿解诗屡有“歪理”，如他解释《郑风·女曰鸡鸣》说：“但凡士君子横了一个做官的念头在心里，便先要骄傲妻子；妻子想做夫人，想不到手，便事事不遂心，吵闹起来。你看这夫妇两个（《女曰鸡鸣》篇中夫妇），绝无一点心想到功名富贵上去，弹琴饮酒，知命乐天。这便是三代以上修身齐家之君子。”他借解诗这个题目，传达了这么个“歪理”：凡“横了一个做官的念头在心里”的，必不能“修身齐家”；只有“绝无一点心想到功名富贵上去”的，才是真君子。从这个“歪理”出发，少卿咒骂：“这学里秀才，未见得好似奴才！”他视读书做官的为“匪类，下流无耻极矣！”，以至朝廷以鸿博科征辟他，他也装病逃了。这在任何“正常”的知识分子看来都是不可思议的，杜少卿却欢天喜地，说：“好了！我做秀才，有了这一场结局，将来乡试也不应，科、岁也不考，逍遥自在，做些自己的事罢！”

而那宝二爷更无正经相，“凡读书上进的人”，他都送上一个美名，曰：“禄鬼”。拒不“留念于孔孟之间，委身于经济之道”。谁劝他“立身扬名”，他就和谁势不两立。史湘云好心劝他“也该常常的会会这些为官做宰的人们，谈谈讲讲些仕途经济的学问”，被他视为“混账话”，并反唇相讥：“姑娘请

杜少卿夫妇游山 见《儒林外史绣像珍藏本》

别的姊妹屋里坐坐，我这里仔细污了你知经济学问的”，竟下了逐客令。宝姐姐善意劝他用心读书，却惹出他一番胡话，说是“好好的一个清净洁白女儿，也学的钓名沽誉，入了国贼禄鬼之流……不想我生不幸，亦且琼闺绣阁中亦染此风，真真有负天地钟灵毓秀之德”。试想史湘云、薛宝钗是他爱慕的女子，尚且如此，要是须眉男儿，那他将有何种言语或心理（对贾政之劝，他只能腹诽之）？他之所以“深敬黛玉”，就因为她从来不说这等“混账话”，以致宣称，假若林妹妹说这等“混账话”，他也要与她“生分”了。可见他在原则问题上是不大让步的。只是这原则，使人看出他（包括杜少卿）不是“误入歧途”，而是自觉地步入“歧途”的。

（四）荒谬绝伦“女儿经”

杜少卿与贾宝玉步入“歧途”的另一个重要表现，大概是他们那怪诞不经的妇女观。“唯女子与小人为难养也”，这是自孔圣人以降千古不移的信条。而杜少卿却当众携眷游山。一次他在姚园饮酒，喝得大醉，仗着酒性，“竟携着娘子的手，出了园门，一手拿着金杯，大笑着，在清凉山冈子上走了一里多路，背后三四个妇女嘻嘻笑笑跟着，两边看的人目眩神摇，不敢仰视”。他痛恶纳妾制度，认为“娶妾的事”“最伤天理”，“天下不过是这些人，一个人占了几个妇女，天下必有几个无妻之客”。沈琼枝是个被世人认为“有些奇”的女子，“有钱的盐呆子”宋为富骗她做妾，为抗婚她只身逃奔南京。在那繁华污浊的都会，沈琼枝靠卖诗刺绣，独立支撑门户。人们不是把她“当作倚门之娼”，就疑为“江湖之盗”，以致遭到官府捕缉。独少卿先生“既无狎玩我的意思，又无猜疑我的心肠”（沈琼枝语），反而说：“盐商富贵豪华，多少士大夫见了就销魂夺魄；你一个弱女子，视如土芥，这就可敬的极了。”然后解囊相助，引为知己。这怎能不令“正经”的人们惊讶不已？

而那宝二爷呢？他在妇女问题上更有许多奇谈怪论。如说：

女儿是水做的骨肉，男人是泥做的骨肉。我见了女儿便觉清爽；见了男子，便觉浊臭逼人。

如说：

凡山川日月之精秀，只钟于女子，须眉男子不过是些渣滓浊沫而已。

如说：

老天，老天，你有多少精华灵秀，生出这些人上人来。

简直是一篇荒谬绝伦的“女儿经”。而与男权世界的“男尊女卑”的基本原则，真是麦芒对针尖，以致干脆换成了另外四个字：“女尊男卑”。

他的乐园是女儿国，他的嗜好是吃口红，他的功课是在裙钗间“无事忙”，以致无有“分寸礼节”。如黛玉、湘云已睡了，他也破门而入，还请湘云帮他梳头。这使袭人大为恼火，说是“姊妹们和气，也有个分寸礼节，也没个黑家白日闹的，凭人怎么劝，都是耳旁风！”。紫鹃衣着单薄，他怕她受冷生病，便顾不得“男女之大防”，在她身上摸了一把，紫鹃也说他：“打紧的那起混帐行子们背地里说你，你总不留心，还只管和小时一般行为，如何使得？”由于他不拘“礼节”地在裙钗间混久了，以致性格也女性化了。

（五）都云莫效此儿模样

杜少卿与贾宝玉，不仅出身、性格相似，而且在“正经”人世界里所获得的社会评论也极为相似。高翰林代表“正派”人士评论少卿曰：

这少卿是他杜家第一个败类！……混穿混吃，和尚、道士、工匠、花子都拉着相与，却不肯相与一个正经人。不到十年内，把六七万银子弄的精光。天长县站不住，搬在南京城里，日日携着乃眷上酒馆吃酒，手里拿着一个铜盏子，就像讨饭的一般。不想他家竟出了这样子弟！学生在家，经常教子侄们读书，就以他为戒。每人读书的桌子上写一纸条贴着，上面写道："不可学天长杜仪"。

如果批评杜少卿的高翰林尚是个具体形象，那么批评贾宝玉的正人君子却被作者抽象化了，他们只以两首《西江月》来嘲弄宝玉。兹录其一云：

富贵不知乐业，贫穷难耐凄凉。可怜辜负好时光，于国于家无望。天下无能第一，古今不肖无双。寄言纨绔与膏粱，莫效此儿形状！

批杜之"不可学天长杜仪"，与批贾之"莫效此儿形状"云云，何其相似乃尔。

从"杜家第一个败类"，到"古今不肖无双"的尖锐批判，正反衬出杜少卿与贾宝玉对功名的鄙弃，对传统的决裂的程度。历代文学作品中写不尽的是忠良被谗、贤能贬逐、公子落难，冲突不可谓不激烈，然多只是同某些个人、某一具体的方面发生了矛盾。而杜少卿与贾宝玉虽都没有什么像样的越轨行动，却开始表现为与整个世俗社会的格格不入，以致成为中国文学史的人物画廊中与整个封建世俗社会不协调的先驱。不过，尽管他们都被称为"自古及今的第一奇人"，杜少卿还是先宝玉一步迈入文苑的。吴敬梓生于1701年，死于1754年。曹雪芹死于1763年或1764年，其时年仅四十许。这样，吴敬梓比曹雪芹大二十岁左右。作者的年龄差，大致可看作少卿与宝玉涉世的年代差。

《红楼梦》与历代文学作品（上自神话下至《金瓶梅》）的关系，林林总总，几乎都有人论及，却未提到《儒林外史》。看来宝玉与少卿形象之间的种种神似，并不是曹雪芹受《儒林外史》影响的结果。《儒林外史》完成之时虽在曹雪芹青年时代，但他生前并无《儒林外史》刊本流行，因而他未必能见到此书。这就如同吴曹二人几乎同时住过南京，却毕竟无交错期一样（曹氏大约 1727 年五岁离开南京，吴氏至 1730 年游南京，1733 年三十三岁才移家南京，相隔五六年）。这足见杜、贾的出现，是吴、曹两位天才作家各自从自己的时代乃至自己的精神“幻境”所吸取、所酿造的诗情。

（六）毕竟后来者居上

当然，贾宝玉与杜少卿之间虽有种种神似之处，却也有种种明显的差异，不然宝玉就算白活了，而毫无艺术生命力可言。

两相比较，杜少卿或许属思想家型的人物，而宝玉则属艺术家型的人物。少卿身上虽不无社会活动家的素质，但他更善于从形象的艺术品中抽象出理性的材料，来与封建理性相对抗。宝玉的种种歪理不妨说也闪耀着异端思想的光芒，但他口中吐出的更多的是疏狂诗人的痴话，他的思想乃至他的为人倒需要贾雨村、冷子兴来进行哲学阐述。

思想家型的杜少卿虽与整个世俗的现实世界不协调，却仍到古代儒家幻想世界中去寻找批判与弥补现实世界中的破败，他参与祭造泰伯祠的活动，就是明证。结果只能是抱着一个被现实破碎了的幻梦。同样是与现实世界不协调，作为艺术家型的贾宝玉，虽无少卿式的理性牵引，没有到传统理念中寻找救世医身的验方或偏方，但他凭着艺术家敏锐的触角，跟着感觉走，以致要“化成了飞灰——飞灰还不好，灰还有形有迹，还有知识——等我化成一股轻烟，风一吹便散了”。少卿不满现实却想医治现实，宝玉不满现实却彻底厌弃现实。宝玉虽无少卿般携眷游山的壮举，也无少卿云游天下的雅趣，但他不出则已，一出大观园就悬崖撒手，割绝尘缘，义无反顾地走向彼岸世界。看来，宝玉是后来者居上了，他比少卿迟走一步，走远的却不止一步。这说明腐败阶级之走向没落，与其“不肖子孙”走向异端的速度，都是惊人的。

凡此种种尚是就思想性格而言，若就艺术成就与社会影响而论，杜少卿则更不能与贾宝玉相比拟。作为一个艺术形象，杜少卿给读者的印象，甚至还远不及周进、范进之类喜剧人物鲜明、深刻。贾宝玉虽被脂砚斋称为“今古未有之一人”，而这个名字却一直流行在生活中，成了一个“共名”：人们叫那种为许多女孩子所喜爱，而且他也多情地喜爱许多女孩子的人为贾宝玉（何其芳语）。或许可以这样说，《儒林外史》的杰出成就在于完成了喜剧形象由类型化典型向性格化典型的飞跃，在中国艺苑中开辟了一片新的天地，而杜少卿形象则不是充分现实主义的，还处在从类型化典型向性格化典型转化的历史进程之中。而《红楼梦》的杰出贡献，在于完成了中国文学史上人物形象从类型化典型向性格化典型转变的历史性突破，而贾宝玉则正是以性格化典型的崭新面目傲立在中国文学史的人物长廊之中的。

造成这些差异的原因是多方面的，主要者大致有二：首先，吴敬梓与曹雪芹的气质不同。同为杰出的作家，吴敬梓更带有思想家的气质，而曹雪芹则更多些艺术家的气质。曹雪芹不讳言他的小说是为了发抒身世之感，他不指望自己的作品提出什么重大的社会问题。吴敬梓也不讳言他的风俗画要直面人生，“指斥时弊”用现代化语言来说，就是自觉地“干预生活”。他以意志驱使艺术，有时甚至不惜牺牲艺术；他急于通过杜少卿这个自己化身的形象去表达自己的理想，而忽视了对他作生动活泼的描写。这有如今天的某些纪实小说。与曹雪芹“披阅十载，增删五次”，精雕细刻，数易其稿相比，吴敬梓是过于白描，过于不加修饰，过于不讲“技巧”。幸好小说所再现的生活他烂熟于心，幸好他才华横溢，胸有成竹，喷薄而出皆成彩虹。《儒林外史》虽不及《红楼梦》华丽，亦不失疏放之美，而这气质上的差异正好印证在杜少卿与贾宝玉形象之中。

其次,《儒林外史》与《红楼梦》的艺术结构不同。《儒林外史》结构,如鲁迅所言:“惟全书无主干,仅驱使各种人物,行列而来,事与其来俱起,亦与其去俱讫,虽云长篇,颇同短制。”尽管《儒林外史》的艺术结构内部有其有机联系(“礼”或主体思想的统摄),尽管这种被称为“框形帖子式”结构在中国小说史上有独树一帜的意义(晚清谴责小说皆效法之),却仍有着不可忽视的局限性,尤其是与《红楼梦》那“圆形网状结构”相比较就更明显。《儒林外史》尽管有主干思想却毕竟无主干人物,这就是因为其结构无法完成对主要人物形象的塑造。杜少卿在全书就算着笔最多的人物了,但书中集中描写的他只有从第三十二回到第三十五回这四回,然后在第三十六、三十七、三十八、四十一、四十四、四十六等回中时隐时现,汇拢起来仅占全书十分之一的篇幅。试想如果将《儒林外史》换成类似《红楼梦》的结构,将杜少卿作为像贾宝玉那样的主干人物,让他贯串全书,带动全盘,则这个艺术形象乃至全书都会改观的。有学者云,若天假以年,吴敬梓会重整全书,增添必要的情节,使杜少卿这个似主角非主角的人物成为真正的主角。这自然只是一种善良的推测,透过这测辞却不难发现人们对《儒林外史》结构的缺陷的惋惜之情。

十三　人物性格与名号——孙悟空释名

（一）寻找颠扑不破的名号

只要不是平庸的作家，都会重视他笔底人物的名字。贴切的名字，与人物形象融为一体成为其第一标记，只需提起它，人物的性格、命运以至声口、形态就自然呈现在读者眼底、心中；它甚至能跳脱文字之域，追逐着某些形态相似或精神相似者，而成为某种典型的“共名”。如生活中某些人被人称为“阿 Q”，某些人被人称为“八戒”，等等。人物的名字既有如此的艺术魅力，难怪作家们不惜为之煞费苦心了。巴尔扎克曾为他的小说人物苦苦地寻觅这样一个名字：“适合于他的一切的姓名，他的容貌、他的人才，他的声音、他的以往、他的未来、他的天才、他的趣味、他的热情、他的不幸和他的光荣，能说明这一切的姓名”，“花费了六个月的工夫去想”。果戈理也认为，给人物命名的艺术是“有一种很强的力量的。对谁一想一句这样的话，就立刻一传十，十传百；他无论在办事，在退休，到彼得堡，到世界的尽头，总得背在身上走”。鲁迅称那“就是你跑到天涯海角，它也要跟着你走，怎么摆也摆不脱”的名号，叫“颠扑不破的诨号”，并说，谁能如此，“那么他如作评论，一定也是严肃的正确的批评家；倘弄创作，一定也是深刻博大的作者”。

可见，人物的名字虽不能代替形象描写，独自去说明人物的一切，但它确是刻画人物的重要的艺术手段。中国人除了名、字以外，还有别号，有的还有封号、谥号，有的还有绰号、诨号。而命名定字，避讳更字，又都有特定的礼俗。中国古代作家如罗贯中、施耐庵等将这些国粹引进小说艺术，构思出种种富有民族特色的典型情节，自然值得称道。而吴承恩则基本上摆脱了那些礼俗，对《西游记》中的人物，他或因形赋名，或因性赐号，或正名反拟，或反字正拟，别开生面地塑造了众多的人物名氏（包括取经人物体系与神魔人物体系）。对孙悟空的命名，他则更是别具匠心。《西游记》中出场人物有四百多个，一人而具二三名号者间或有之，如唐僧、八戒、沙僧均是。独悟空芳名最多，而且几乎每一个都是“颠扑不破”的。

孙悟空本是大自然之子，他在花果山破石而出之初，原是无名无姓的。作者称之为石猴，这“石猴”就算他的初名了。然而此时的孙悟空并无姓氏概念，以致其刚从猿界步入人世时，有人问姓什么，他答非所问。说：“我无性。人若骂我，我也不恼；若打我，我也不嗔，只是赔个礼儿就罢了。一生无性。”作者有道：“鸿蒙初辟原无姓，打破顽空须悟空。”在尔后的战斗生涯中，他却获得了一系列的芳名：美猴王、孙悟空、弼马温、齐天大圣（孙大圣）、孙行者、斗战胜佛。

结合作品考察，可知孙悟空的每个芳名，都蕴含着其一定的斗争历程与性格侧面；诸名相联，则展示了他的战斗全程与精神肖像。

（二）每个芳名中都有段佳话

勇闯水帘洞，石猴被众猴尊为“千岁大王”。自此，石猴高登王位，并将“石”字儿隐去，遂称“美猴王”。这个芳名的获得，说明石猴不仅出身非凡（所谓“三阳交泰产群生，仙石胞含日月精”），而且智勇非凡：凭此他发现了“花果山福地，水帘洞洞天”，为众猴寻得个“刮风有处躲，下雨好存身”的处所，才被尊为王。这个芳名的获得，是石猴由猿向人转变的关键，从此他在福地洞天，分派了君臣佐使，不入飞鸟之丛，不从走兽之类，结束了与狼虫为伴、虎豹为群的流浪生涯，而享受起“成家之福”。这个芳名的获得，也为石猴日后与玉帝的冲突埋下了伏线。石猴诞生之初，目运金光，射冲斗府，惊动了玉帝。待其听了千里眼、顺风耳回报之后，玉帝却不以为然地说："下方之物，乃天地精华所生，不足为异。"日后藐视老孙盖缘于斯。这与石猴在大地上"称王称圣任纵横"的现实形成鲜明对比，他们间一有接触就起冲突，也就是势在必然的了。美猴王，美哉猴王。真可谓："今日芳名显，时来大运通。有缘居此地，天遣入仙宫"（第一回）。

如果美猴王与众猴一样，仅满足于"不归人王法律，不惧禽兽威服"自由自在地生活，那么他就会长此乐居猴王之位，不会有新的历程，也不会再有新的芳名了。然而，一日他与群猴喜宴之间，忽然忧恼，堕下泪来。原因在他于欢乐之时，却有一点儿远虑：将来年老血衰，暗中有阎王老子管着，一旦身亡，可不枉生世界之中，不得久注天人之内？因而他决心云游海角，远涉天涯，寻师访道，学一个不老长生之道，以躲过阎君之难。他从东胜神洲，跨南赡部洲，抵西牛贺洲，终拜见须菩提祖师。祖师正式为他命名"孙悟空"。为此，他们师徒进行了一番有趣的对话：

祖师笑道："你身躯虽是鄙陋，却像个食松果的猢狲。我与你就身上取个姓氏，意思教你姓'猢'，猢字去了个兽旁，乃是个古月。古者，老也；月者，阴也。老阴不能化育，教你姓'狲'倒好。狲字去了兽旁，乃是个子系。子者，儿男也；系者，婴细也。正合婴儿之本论。教你姓'孙'罢。"

猴王听说，满心欢喜，朝上叩头道："好！好！好！今日方知姓也。万望师父慈悲，既然有姓，再乞赐个名字，却好叫唤。"

祖师道："我们中有十二个字分派起名，到你乃第十辈之小徒矣。"

猴王道："那十二个字？"

祖师道："乃广、大、智、慧、真、如、性、海、颖、悟、圆、觉十二字。排到你，正当'悟'字。与你起个法名叫做'孙悟空'好么？"

猴王笑道："好！好！好！自今就叫孙悟空也！"（第一回）

作为正姓正名，"孙悟空"三字蕴藉丰富。"孙"在《庄子》"为婴儿"，在《孟子》为"不失赤子之心"，这是孙悟空性格的一个重要侧面，也是他与世俗名利之徒区别所在。"悟"者，聪颖觉悟。孙悟空无疑是智慧的化身，因而独他能打破祖师盘中之谜而获长生不老之妙道、七十二般变化之神通；因而他才独具大闹天宫与斩妖除魔的能耐。释氏以超乎色相意识之界为"空"，此虽为佛教真谛，却未必为孙悟空之归宿。

"弼马温"，是孙悟空得道归山，闹了龙宫、地府后，天宫为"拘束"他所授的官衔，也是个带有侮辱性的名字。它既说明玉帝是何等"藐视老孙"，也足见悟空此时是何等天真：既不知朝礼，也不知（官之）大小。他与众监官的对话可证：

正在欢饮之间，猴王忽停杯问曰："我这弼马温，是个甚么官衔？"众曰："官名就是此了。"又问："此官是几品？"众道："没有品从。"猴王道："没品，想是大之极也。"众道："不大，不大。只唤做'未入流'。"猴王道："怎么叫做'未入流'？"众道："这样官儿，最低最小，只可与他看马。"（第四回）

未知底里之前，悟空倒还殷勤职守，将马养得肉肥膘满。待知其详，他才如梦初醒，咬牙大怒，推倒公案，打出南天门。这样，他虽甩掉了这官职，却终未摆脱这名字，日后仍时时被神、魔乃至自家兄弟八戒呼唤。

出于被侮辱被藐视的逆反心理，孙悟空欲与天公试比高。自天宫归山后，他树起旗帜，自封"齐天大圣"。作者写道：

猴王道："玉帝轻贤，封我做个甚么'弼马温'。"鬼王听言，又奏道：

“大王有此神通，如何与他养马？就做个‘齐天大圣’，有何不可？”猴王闻说，欢喜不胜，连道几个“好！好！好！”教四健将：“就替我快置个旌旗，旗上写‘齐天大圣’四个大字，立竿张挂。自此以后，只称我为齐天大圣，不许再称大王。”（第四回）

猴王言下之意即谓，你玉皇大帝有什么了不起，凭什么轻贤弃能？你既可以代表至高无上的“天”，我也就可以做“齐天大圣”，与你平起平坐。不仅我可如此，而且我的六兄弟俱可以大圣称之：牛魔王为平天大圣、蛟魔王为复海大圣、鹏魔王为混天大圣、狮王为移山大圣、猕猴王为通天大圣、狪狨王为驱神大圣。待托塔天王与哪吒太子兴师来讨，孙悟空仍指旗宣称：是这般官衔，再也不须动众，我自皈依；若是不遂我心，定要打上灵霄宝殿。几经较量，天兵天将终不是悟空的对手。玉帝只得再次听信太白金星之计，授予他个有名无实的空衔：齐天大圣。天宫对孙悟空的再度欺侮，所赢得的理所当然的是孙悟空更猛烈地闹乱天宫，以至向玉帝发出最后通牒：“他虽年劫修长，也不应久住在此。常言道：‘皇帝轮流做，明年到我家。’只教他搬出去，将天宫让与我，便罢了；若还不让，定要搅乱，永不清平”（第七回）。

孙悟空闹乱天宫失算，被压在五行山下经过五百年漫长的幽居反省，秉如来旨意，终成了去西天取经的唐僧的护法弟子。当唐僧得知悟空法名正合其宗派时，又为他起诨名，说：“你这个模样，就像那小头陀一般，我与你再起个混名，称为‘行者’好么？”悟空道：“好！好！好！”自此时又称为孙行者。行者系带发修行者，一般以之称苦行僧。《释氏要览》卷七：“《善见律》云：‘有善男子，欲求出家，未得衣钵，欲依寺中住者，名畔头波罗沙。’今详，若此方行者也。经中多呼修行人为行者。”以此亦可见悟空形态与身份之一斑。

待历经九九八十一难，终至西天，成得正果，如来授孙悟空为“斗战胜佛”，说：“孙悟空，汝因大闹天宫，吾以甚深法力，压在五行山下。幸天灾满足，归于释教；且喜汝隐恶扬善，在途中炼魔降怪有功，全终全始。加升大职正果，汝为斗战胜佛。”佛之正果当以修行而得（所谓“行善得善”即是），悟空之正果却从斗战中来。有斗有战而得解脱亦可获得正果（所谓“放下屠刀，立地成佛”即是），悟空不仅斗战，而且每斗每战而胜却有正果。既成正果就当四大皆空，悟空成了正果第一意识是与师父比高低，说：“师父，此时我已成佛，与你一般”；其次念念不忘将头上那紧箍儿脱下来，“打得粉碎，切莫叫那甚么菩萨再去捉弄他人”，可见他视成佛是被什么菩萨所“捉弄”。真乃叛逆入了空门，终为空门之叛逆。亦可谓“云空未必空”也。

（三）悟空芳名的文化底蕴

若作进一步的考求，还能发现吴承恩是如何吸取、改造前代文化（包括域外文化、民间文化、传统文化等）和现实风情，而为孙悟空设计了一个个千古不移的颠扑不破的芳名。

如石猴。既可以追溯到石头崇拜，也可追溯到猿猴图腾那远古的文化源头。石猴破石而出的奇迹，首先使人想起“石破北方而启生”的神话（《淮南子》）。其实夏启的父亲大禹本人也“出于石纽”（《禹王本纪》）。据文化学专家们考证，不少民族都流传着“石生人”“石生猴”的神话。王孝廉先生说：“石在许多民族的古代信仰里是和生殖有关的，这种信仰在太平洋文化圈的各民族中尤其明显。”原因在这些民族的先民视岩石裂缝为生殖的子宫（参见 W. 海希西《从岩石里诞生和对山的崇拜》）。游览过被称为“孙猴子老家”的云台山的人，对水帘洞北的“娲遗石”会有兴趣的。两块直径五六米高的巨石对峙形成一个峡谷，夹住一个直径一米多长的石蛋。人们即景联想，这就是《西游记》仙石迸裂而产石猴的自然景观。《西游记》虽没有说那块仙石是女娲补天所遗，但《红楼梦》第一回写女娲炼石补天，独留一石未用，弃于青埂峰下（注意：“娲遗石”的所在地是云台山的青峰顶）。两书都以“合周天之数”为造石原理，逆推“娲遗石”即为石猴诞生之本，是有其文化依据的。女娲一身兼有创世、造人、补天、媒神等四种神职。在原始思维世界里，她就是一个以石头为象征的宇宙之母。峡谷是子宫或女阴，娲遗石则是石破猴生的永恒留影。

民间传说或许只能姑妄言之姑妄听之，但道教、佛教对石头的认同，却不能不令人刮目相看了。在《老子》那里，“无”“始”“玄”，均为原始的意思，它虽幽昧深远，却是化生万物的“总门户”，即所谓“众妙之门”。那么，何谓“众妙之门”呢？老子回答说，就是“玄牝之门”。而“玄牝之门”的原型实则为以“石头”为象征的女阴。他说：

> 敦兮其若朴，旷兮其若谷，混兮其若浊。
>
> 为天下谷，常德乃足，复归于朴。

在老子那里，作为本体的“道”，是自然的、原始的。所以道是“朴”，是尚未离析的混成之物，像尚未脱离母体的“胎儿”，其质为“愚朴”的。这里“朴”亦通“璞”，为尚未雕琢之玉石。这“（玉）石”既是作为母体（道）的称谓，也是作为母体（道）的生殖器的象征。若赋予它一个文化符号的话，那就是一个三角石——△（▼）。《西游记》或许正是从这种原始思维的宇宙发生论出发，写花果山上的仙石，“自开辟以来，每受天真地秀，日精月华，感之既久，遂有灵通之意”。书的首卷回目即谓：“灵根育孕源流出，心性修持大道生。”

佛家对石头的钟爱，实则远远超过道家。许多僧尼白天在石洞中面壁参禅，晚上则枕石而眠。晋宋间的义学高僧道生聚石为徒讲经。禅师石头希迁，爱石如命，以石为伴，人称石头和尚。唐代方外诗僧宠山子，更是爱石成癖。“我家本住在寒山，石岩栖身离烦缘”“浪造山林中，独卧盘陀石”“独步石可履，孤吟藤好攀”。由此可见，石头已构成了他的第二生命，石头成了他的精神支柱。人石一体，石与人齐，石人合一，悟在石中。僧尼之所以与石结缘，以石为伴，其原因就是在佛家看来，石有灵性，石有生机，是一颗证悟的心，石是“真我”的象征，是“本性”的体现（参见李哲良《关于〈红楼梦〉中石头的母神崇拜与神话原型》）。《西游记》中之石猴所寻得的福地洞天就是一个石头的世界：石座石床真可爱，石盆石碗更堪夸。居于这石头世界里的石猴，就是以一颗证悟之心、赤子之心走向现实与未来的。

这石猴之备受青睐，与猿猴崇拜或猿猴图腾也不无关联。据肖兵先生研究，崇拜猿猴或猿猴图腾是中国西部民族的一项重要古俗。例如“鬼子”的鬼，本就是猿猴类动物，“鬼”古音弗，就是狒子，鬼所从的“十”就是猿猴图腾团结族群的刻面徽识。这个十字形符号有时作⊕，以代表猴子的眼睛，可能与太阳崇拜有关（石猴感“日精月华”而生，既生即能“目运两道金光，射冲斗府”，他或即“太阳卵生英雄”）。西方鬼戎的女酋长西王母也装扮成猿猴的样子：人形、长尾、头部耸着长毛，虎牙而善啸——“风急天高猿啸哀”，善啸（或善笑）正是猿猴的重要特征。中国的普罗米修斯、盗火英雄夸父，也“如禺而文臂，豹虎（尾）而善投”（《山海经·西山经》），是长臂猿的形象。夸父“入日”盗火，石猴不但秉“日精”而生，而且也在烈火中锻炼过，才获金刚不坏之躯与一双火眼金睛。

美猴王。唐人传奇《补江总白猿传》中的白猿，身“长六尺余，白衣曳林”，“遍体皆如铁”，虽是个掠人妻女的妖猴，却号称“美髯丈夫”。吴承恩“熟于唐人小说，《西游记》中受唐人小说的影响的地方很不少”（鲁迅语），他或从此得到启示，将那石猴命名为“美猴王”。这白猿原与“美髯丈夫”并不相符：猴何来须髯？掠人妻女又有何美可言？吴氏若不受启示于它，敢闯水帘洞的石猴，叫他勇猴王才顺理成章。只能是将不美的白猿的“美”字夺来，授予石猴，才成了美猴王。

有论者还从《易》经上寻得美猴王的文化源头。说是猿猴进洞，之所以要隐去“石”字，加个“美”字，缘在《易》卦上。花果山在东方可作乾三卦，但中间有个水帘洞，为阴，便虚了一根中爻，成为阳包阴，是为离三卦。石猴为乾阳，进入洞中，又使离卦之中爻充实，复为乾卦。《易·坤文言》云：

君子黄中通理，正位居体，美在其中，而畅于四肢，发于事业，美之至也。

石猴本是心王，住进心山心洞，可谓“正位居体”；并且探出了一份莫大的家业，即是“发于事业”；进去出来，又“不伤身体”，正是“美之至也”，故而要当“美猴王”。而美猴王之出处，却在“美在其中”四字。石猴以至后来的孙悟空，被称为“金公”，在卦爻上为乾阳“一”，若进入“中”字里面，不就是个“申”字？申配猴，所以这“美”字非猴王莫属也（参见李安钢《美猴王探源》）。

胡适等还论证，美猴王“不是国货，乃是一件从印度进口的”，以史诗《罗摩衍那》里的大颌猴王哈奴曼为背景的舶来品。当然若完全抹杀美猴王的本土文化基因，不免有失偏颇。但若完全不承认美猴王受到外来文化尤其是印度文化的影响，也未必符合事实。肖兵有《无支祁哈奴曼孙悟空通考》一文，列举八证，坐证《西游记》间接受了《罗摩衍那》的影响（其中第八证，英雄猴受国王的委托，带着“信物”金首饰，去搭救被魔怪掳夺的王后，与《西游记》中孙悟空去救金圣娘娘时，国王说：“昭阳宫里，梳妆阁上，有一串黄金宝串，原是金圣宫手上带的”，让他带去为证。两情节几乎完全相同。肖先生称之为两书关系的铁证）。两个猴王都有移山倒海的神通、披坚执锐的历程、除恶救弱的善行，均堪称美猴王。

车悟空。宋《高僧传》记载，唐天宝九年，西域的罽宾派使节朝奉唐王朝。朝廷派张韬光等前去宣慰。随员中有车奉朝，他担任左卫泾州四门府别将。在代表团完成使命回国时，车因病重而被留下。他在病中发誓，若病能好，就出家为僧。病愈，至德二年车果然削发为僧。他在西域先后住了三十余年，直到贞元五年才随唐朝使节段明秀回到长安。这位高僧的法号就叫“悟空”。

这是车悟空，还有一位李悟空。李本唐宪宗之子，穆宗异母弟，从南京大寂禅师出家，死后有碑有塔为记。苏轼有《北寺悟空禅师塔》诗赞之，诗云：“已将世界等微尘，空里浮花梦里身。岂为龙颜更分别，只应天眼识天人。”

更有趣的是，玄奘西天取经途中，也先后收了两个弟子：一为胡人，此人佛心不坚，曾欲杀师弃道，经唐僧善言抚慰，放其还俗；一为印度僧人，法名悟空。此悟空身强力壮，胆大心细，玄奘每遭劫难，均是他拼命营救（参见魏大林《闲话唐僧肉》）。

孙悟空身上应有这些个“悟空”以至更多高僧的影子。但首先将“悟空”这个法号转嫁给猴精的并不是吴承恩，而是民间艺人。朝鲜汉语教材《朴通事谚解》所引《西游记平话》中说，齐天大圣因闹天宫失利，被押在“花果山巨缝内”，经唐僧救出，“以为徒弟，赐法号吾空”，平话作者文化水平不高，将“悟”写成“吾”，但他从佛教故事传说中为齐天大圣吸取了一个雅号，是有功的。吴承恩博览群书，他据《高僧传》等书，订正了“悟空”之名，并冠以“孙”姓于其前，遂成“孙悟空”这流芳百世的美名。

弼马温。民间传说，猴子可以避马瘟。此说起源较早，唐白居易《题周皓大夫新亭子二十二韵》云：“猕猴看枥马，鹦鹉唤人家。”北宋梅尧臣《咏杨高马厩猢狲》有云：“尝闻养骐骥，辟恶系猕猴。”陈师道《猴马》诗引亦云：“楚州紫极宫有画：沐猴振索以戏，马顿索以惊，园人不测，从后鞍之。人言‘沐猴宜马’，而今为累。作诗以导马意。”对此，南宋任渊注引《四时纂要》云：“常系猕猴于马房内，辟恶消百病，令马不着疥。”都言世俗。吴承恩依此俗，易“避”为“弼”，换“瘟”为“温”，遂成“弼马温”。有趣的是他让弼马温住上了御马监。明代确有掌御马监事的内监，然却品级颇高（四、五品），并非如“弼马温”不入流，连参加个水果宴会（蟠桃会）的资格都没有。而明代“只可为他看马”最低最小的官，只有驿站的驿丞（属九品十八级以外的末职）。看来吴承恩是将御马监的职能与驿丞的待遇相结合而写成那“弼马温”的。诚如明人谢肇淛《五杂组》云：“置狙于马厩，令马不疫。《西游记》谓天帝封孙行者为弼马温，盖戏词也。”戏词，调侃之谓也。进一步说，这是以民俗调侃时政。

齐天大圣。由《白猿传》演化而成的宋人平话《陈巡检梅岭失妻记》中的猢狲精“申阳公”，“神通广大，变化多端，能降各洞山魈，管领诸山猛兽。兴妖作法，摄偷可意佳人；啸月吟风，醉饮非凡美酒，与天地齐休，日月同长”，他就叫齐天大圣。他尚有兄弟姐妹：通天大圣、弥天大圣、泗州圣母等，而不像美猴王只赤身一人。齐天大圣家族，基本上为后来的《西游记杂剧》《二郎神锁齐天大圣》所沿用，而齐天大圣的本名“申阳公”却被人遗忘了。到吴承恩的《西游记》，仅“齐天大圣”被保留，其他人可能融入悟空的六兄弟之中。

孙行者。宋刊《大唐三藏取经诗话》中的白衣秀才，可能与《白猿传》中那“白衣曳林”的白猿不无关系，只是他的妖气减退，已加入取经队伍，保护唐僧西天取经。他叫猴行者。《西游记杂剧》将“猴”换成“孙”，遂成孙行者。不过此时的孙行者仍有掳掠金鼎国公主为妻的妖行。

斗战胜佛。见诸《三十五佛名经》。吴承恩将它移植于《西游记》之中，作为对孙悟空战斗历程的总括，是别出心裁的。无论是《取经诗话》之所谓“钢筋铁骨大圣”，还是《朴通事谚解》之所谓“大力王菩萨”，都难与之同日而语。

（四）文化开放的象征

唐僧取经故事，本是个涉及僧俗、中外神魔等多重生活的开放性题材；小说，则是明代才真正兴盛起来的一种兼收并蓄的开放性文体；吴承恩本是个“性敏多慧，博览群书，复善谐剧”的开放性作家。一个开放性作家，以开放性文体去写一个开放性题材，因而获得空前的成功。所以有论者（如萧兵）将《西游记》称为“文化开放的象征”。实则仅以孙悟空种种芳名的文化蕴藏与文化基因，就足见吴承恩艺术感悟的触须，已深深扎在“民族远古的梦和人类文化的根”里。

吴承恩的成功，证明任何时代任何作家的文学观念只有不断更新，不断走向开放，才能获得成功。而孤立、绝缘、割裂、封闭的文学观念，只能将文学带向死亡。当今世界，正在不断走向综合。在人类知识领域，各种学科相互切入、渗透、融合，各种边缘学科的勃兴已成为不可抗拒的趋势。在这样的时代，则尤其要有一种开放的文化心理。

这或许就是为孙悟空释名给我们的启示吧。

十四　人物性格与原型——猪八戒形象溯源

（一）似是而非的旧说

在中国小说的人物长廊中，猪八戒无疑是最为人们所喜闻乐道的了。仅其原型，就不知牵动了多少学人的思绪与笔墨。

或探源于佛典。如陈寅恪考证“猪八戒招亲”故事，出自《佛制苾刍“发不应长”因缘》。经云：牛卧苾刍（和尚）因“须发皆长”，面目可憎，在树下趺坐时，惊吓了正在游园的闪毗国出光王宫女，为王所迫而潜入猪坎窟中，幸有天神“自变为一大猪，从窟走出”，引王追逐，才得脱险。陈氏以“憍”“高”同音，惊犯宫女与招亲故事相类，牛卧与猪精形相似，因而视之为猪八戒高家庄招亲故事的源头（《〈西游记〉玄奘弟子故事之演变》）。

曹仕邦进而从宋《高僧传》中拈出《窥基传》作为“猪八戒性格的来源”。传云：窥基本是将门（尉迟氏）之后，“眉秀目朗”，玄奘欲度为弟子，他奋然抗声曰：听我三事，方誓出家！不断情欲、荤血、过中食也。（一云：窥基行至太原传法，三车自随，前乘经论箱帙，中乘自御，后乘家妓、奴仆、食馔，人称“三车和尚”）。曹氏断言此即八戒性格之来源（《〈西游记〉若干情节的来源三探》）。

或寻根于神话。如龚维英说，猪八戒形象的原始依据，应为黄河之神——河伯冯夷。龚氏考云：神话中的封豕（大猪）就是黄河之神河伯冯夷的化身，曾为雒嫔被羿所射伤；而雒嫔即嫦娥，本为河伯妇，又通淫于羿，进而成为羿妻，她之所以奔月，盖悔其初衷，复不满羿“射夫河伯”。这负伤的河伯与因戏弄嫦娥便由管理天河的天蓬元帅贬入下界化身为猪的“八戒”，在精神上有相通之处（《猪八戒艺术形象的渊源》）。

或搜胜于口碑。如姜威搜集了几则民间传说，一云：吴承恩家乡有个又懒又馋偷摸横赖的朱八，他要人们以朱八为戒，即写了这个猪八戒。又云：吴受云台山“猪头石”景观与有关传说的启示，把化身为石的野猪精改装为猪八戒。再云：吴写作困顿中，有野猪闯入他的梦境要加入唐僧取经队伍，他醒来就添了这一角色（《〈西游记〉外传》）。

诸说都不无道理，又都不无缺陷。如《佛制苾刍“发不应长”因缘》系告诫和尚“发不应长”，并非言其情欲，且无意惊犯宫女与主动招亲殊难相类。八戒在西天路上的劳顿与“三车和尚”的阔绰相比，差距实在太大。河伯虽为猪之化身，但并非所有的猪都与八戒有干系，况且作者亦未必先有关于猪的种种考证再去创造八戒形象。至于民间传说，无论古已有之者抑或现时新造的，大概都只能是姑妄言之，姑妄听之。

总之，以上诸说都缺乏坚硬的内证作为支撑，因而稍事推敲就免不了有摇晃。若以内证云，笔者以为猪八戒性格的原型当是吴承恩的父亲。

（二）似非而是的新解

对于这个说法，读者或许有些不解，作家怎么会将自己的父亲写成一个喜剧人物呢？或者说八戒怎么可能与作家父亲相似呢？

当然，若以外形论，两者难以相似。但若以精神论，两者确有某些相似之处。将八戒与吴父相比，首先是出身相似。漫道“猪八戒照镜子，里外不是人”，他却原是天宫的天蓬元帅，掌管天河的十万水兵，够威风的了。只因带酒撒泼，调戏嫦娥，有违天规，才被谴下凡，夺舍投胎，变成个无有看相的猪身，开始了他苦难的历程，出家前在高老庄当“长工”，出家后在西天路上当“长工”。据吴承恩《先府君墓志铭》叙述，吴门也曾“阔”过，后才没落的。其曾祖吴铭和祖父吴贞两世为学官，虽不显赫，也算是书香继世的儒业之家，到其父吴锐一代才穷得连书都读不上，以至其祖母慨叹：“嗟乎！吴氏修文二世矣，若此耳，斯孤弱奈何？”

其次是身世相似。猪八戒身世中最惹人注目的便是赘婿。下到凡世的猪八戒真是赘婿星照命，处处可以遇到做赘婿的机会。先是在福陵山云栈洞卵二姐处做了倒插门的女婿。卵二姐死后，他梳妆打扮，主动找上高老的门下，又一次当了倒插门的女婿。第三次是在去西天的路上，四圣试禅心时，他又去争当赘婿，结果被捆吊在树上，做了个“绷巴吊拷的女婿”。吴承恩说他父亲“弱冠昏于徐氏。徐氏世卖采缕文縠，先君遂袭徐氏业，坐肆中”。这样，吴父就由书香子弟落魄到给一个小商之家当赘婿去了。

在那男权世界里，不是迫不得已谁愿去当赘婿呢？《史记·秦始皇本纪》：“三十三年，发诸尝逋亡人、赘婿、贾人，略取陆梁地。”《集解》云：“赘谓居穷有子，使就其妇家为赘婿”。可知穷而出赘，从来就低人一等。《汉书·贾谊传》：“故秦人家富子壮则出分，家贫子壮则出赘。”颜师古释云：“谓之赘婿者，言其不当出在妻家，亦犹人身体之有疣赘，非应所有也。一说：赘，质也，家贫无有聘财，以身为质也。”钱大昕又云：“赘，以物质钱也。如淳云：‘淮南俗，卖子与人作奴名曰赘子，三年不能赎，则为奴。’子壮则出赘者，谓其父赘而不赎，主家以女匹之，则谓之赘婿。”可知出赘实同典卖，到了妇家是半为主人半为奴。猪八戒在高老庄名为女婿，实同长工，“扫地通沟，搬砖运瓦，筑土打墙，耕田耙地，种麦插秧，创家立业”，全由他承包了。想半为女婿半为伙计的吴锐，在徐家小店铺里的境遇，也不会比猪八戒在高老庄好到哪里去。唯一不同处在于高老靠八戒致富后翻脸不认人，请人来捉拿八戒；吴锐倒在徐家店里长坐下去了，没被扫地出门。看来徐家到底比高家仁义。

再次是性格相似。说起性格，人们总说八戒有“三好”：好吃、好睡、好色。其实这只是表象。先哲有云："食色，性也。"（《孟子》中告子语）八戒食色之好，原属人的正常要求；只是在"和尚无儿吃四方""和尚是色中饿鬼"的色空世界里，八戒那有些被夸大了的食色之欲，与之有些不协调。八戒性格的基调，实则是那令人可笑而不可憎的"呆气"。在去西天的路上，"呆子""夯货"就是八戒的代称。吴锐虽屈身为商，在无商不奸的行列里却充满着"呆气"：合法的利润不吝取，额外的巧得不屑要。吴承恩对此有生动的描写："时众率尚便利机械善俯仰者，先公则木讷迟钝，循循然。人尝以诈，不之解，反大以为诚；侮之，不应亦不怒。其贾也，辄不屑屑然，且不二价。又日日读古人书，于是一肆中哄然以为痴也。"

最后是归宿相似。猪八戒在去西天的路上进进退退，退退进进，终于成了正果，当上了净坛使者，可以有恃无恐地享受佛教信徒的斋供，再也没有口腹之苦，是谓呆子自有呆子的福。吴锐晚境也佳。吴承恩说："先君且年老，见旧时易侮先君者，尽改节为敬恭。里中有争斗较量，则竞趋先公求平；面折之，亦欣欣去。或胸怀有隐匿，难人知者，即不难公知，且诉以臆。乡里无赖儿相聚为不善，卒遇公，一时散去，皇皇赤发面也。承恩于是喜，从容言曰：此殆痴效与？先君方食，投箸起曰：儿以我为夷外中攫人情乎？愀然不悦也。"以至知府葛木在举行乡饮典礼时竟召吴锐为"宾"，把他当作一郡德高望重的人物来尊敬。这位不劳形神的吴翁，一向体魄康健，鲜有病痛，但"一日买船泛城西大泽中，竟欣欣出门去矣，归即不起"——安乐逝去，也算得其"正果"。

凡此种种，足见八戒之出身、身世、性格、归宿，都能从吴锐那里得到印证。不过，生活原型虽为艺术创造的主要参照系，但是并不妨碍作者对其他生活形态的摄取。如吴承恩自己禀性善谐谑，他或许将之分赠给了八戒，使他成为一个幽默大师。

（三）难能可贵的选择

在《西游记》的演化史上，作为玄奘弟子的猪八戒，虽不及悟空、沙僧的资格老，但早在宋代至迟到元代，他也加入了取经队伍。在元代，“唐僧取经”瓷枕上，就有肩扛钉耙的八戒形象，《西游记平话》中更有黑猪精活动，《西游记杂剧》里八戒故事竟占全剧六分之一篇幅。然而这些猪僧都徒具其形，没有灵气，只有到了吴承恩笔下，猪八戒才成为一个栩栩如生、呼之欲出且富世态的艺术形象。八戒之形形成由来已久，八戒性格到吴承恩笔下才定型。

吴承恩能成功地塑造猪八戒形象，应有多种原因，但重要的一条在于对其性格原型有着刻骨铭心的情感记忆：“承恩忆少小时入市中，市中人指曰：‘是痴人家儿。’承恩归，恚啼不食饮，公知之，笑曰：‘儿翁诚痴，儿免为痴翁儿乎？’”其间世态炎凉与家父达观，使他没齿难忘，日后就灌注在猪八戒形象之中。因而他对这个形象既有冷隽的嘲讽，又有深切的同情，富含人生的感慨。更因为吴父本身就富典型性，吴承恩的《先府君墓志铭》虽为悼亡文字，却酷似一篇纪实小说，生动传神；尔后变形为白话小说铸成八戒形象，就更为流芳溢彩，而使平话、杂剧中的八戒形象，望尘莫及。

古今多少作家将自己的亲人摄入艺术形象，或批判、或嘲讽、或歌颂。如屠格涅夫以自己的母亲为原型，写成《木木》中那窒息人性的女地主形象。赵树理以其父亲为模特儿，写成《小二黑结婚》中那聪明反被聪明误的二诸葛形象。实践证明，将自己的亲人为原型铸成真实可信的艺术形象，不仅需要艺术功底，更需要良知与勇气，尤其是批判或嘲讽之。因在现实中用笔来粉饰家人的文人并不在少数。如此道来，我们就不能不佩服吴承恩以其父为原型塑造猪八戒形象这一艺术选择了。

十五　人物性格与歇后语——口碑上的《西游记》

（一）《西游记》与口碑文化

《西游记》从其历史的起点，到吴承恩写定，有着漫长的演化历史。其间一个重要环节是许多代不同层次的群众，以口耳相传的方式，参与了《西游记》的创作工程。他们以集体的智慧和意向，不断丰富和发展了西游故事。各个时代的作家与民间艺人正是在继承前代文化成果的同时，从民众口碑上吸取活的营养与形式，创造出一个个无愧于他们时代的西游故事，如《大唐三藏取经诗话》《西游记平话》《西游记杂剧》等皆是。毫不夸张地说，没有民众口碑上那一段段无字的西游故事，就没有这一本本有字的西游故事。

作为百回本小说《西游记》的天才作者，吴承恩"性敏而多慧，博极群书"，同时不忘饱览民间口碑这无字天书，因而他"能把传统的，文人习用的文学语言、诗词歌赋等诸种文体手段，如此娴熟地与民间语言、方言、乡谈、俗谚、山歌、俚曲、谜语、歇后语等诸种群众喜闻乐见的艺术手段结合在一起，天衣无缝地构成形象的整体，在中国古代小说中几乎是独一无二的"。诚如论者所谓："在中国小说史上，《西游记》是第一部以作家的个体风格溶化了传统积累型小说的群体风格的杰作。"（何满子《〈西游记〉的语言艺术》）

这样的作品自然容易被广大读者，尤其是普通民众所接受，而迅速进入口碑，广为流传。进入口碑中的《西游记》，并不是一种静态等量的传递。民众口耳相传，是以各自的智慧和阅历，从不同角度，以不同方式传递、解说、丰富了《西游记》的思想与艺术。这是《西游记》回归生活，走向人心的一个重要途径。正因为如此，近年来有《西游记传说》《西游记外传》《西游记外书》等读物出版。它们虽以《西游记》人物、情节为传说主体，却还包括与《西游记》有关的创作逸事、地域风情、灵怪传说等丰富内容。其中有的不免有整理者雕琢的痕迹，但主体却不乏来自口碑的那股勃勃生气。

可见，《西游记》无论是其演化、创作，还是接受过程中，都与民众口碑密不可分。口碑中的《西游记》，大有研究价值。

需要说明的是，本书所谓“口碑文化”，即口头文化；又较裸露的口头文化多一份淘洗与评判。其于形而下是观风俗、知得失的明镜，于形而上是影响一切有字之书的无字天书。“劝君不用镌顽石，路上行人口似碑”（宋·普济《五灯会元》卷十七），是之谓也。

（二）歇后语中的唐僧及其他

《西游记》中的歇后语相当可观，如：

1. 贩古董的——识货。

2. 皮笊篱——一捞罄尽。

3. 滚汤泼老鼠——窝儿都是死。

4. 三钱银子买个老驴——自夸骑得。

5. 糟鼻子不吃酒——枉担虚名。

6. 吃了磨刀水的——锈（秀）气在内里。

7. 和尚拖木头——做出了寺（事）。

《西游记》中的歇后语，当然不在此数，它们确为作品增添了异彩。然这里着重要谈的是《西游记》接受过程中产生的歇后语。这些歇后语，是其制作者对《西游记》创造性认识的结晶。它们千姿百态，不仅深刻地揭示了小说思想艺术之真谛，而且闪烁着民众智慧的光芒。

《西游记》毕竟以唐僧取经为主要线索，歇后语则极其准确地道出了唐僧的性格特征与取经历程。

1. 唐僧上西天——取经。

2. 唐三藏取经——困难多。

3. 唐僧取经——千辛万苦。

4. 唐僧取经——千灾百难。

这是第一层。同一本事唐僧取经生发出多种歇后语，它们实为层层递进，隐括了唐僧取经历经九九八十一难的艰难历程。

5. 唐僧取经——一片诚心。

6. 唐僧取经——万死不辞。

7. 唐僧念佛——一本真经。

历史上的唐僧（玄奘）向政府申请去西天（印度）取“真经”，未经批准，其他僧侣都已退缩，唯玄奘“冒越宪章”，只身远行，历险履难，经十多年的艰苦努力，用大象驮回佛教经卷六百五十七部。《西游记》中的唐僧虽是奉旨去西天取经的，但他虔信佛教、矢志取经的性格侧面仍得到了充分的表现。上述歇后语正是唐僧这一性格侧面的概括。这是第二层。

《西游记》作为神魔小说，虽有浓厚的神话化倾向，但还是有分寸地表现了这圣僧肉眼凡胎的一面，使得唐僧形象神圣而真实。歇后语也生动地揭示了唐僧性格的这一侧面。

8. 唐僧看妖精——好歹不分。

9. 唐僧三逐美猴王——不识好人心。

10. 唐僧的法宝——紧箍咒。

11. 唐僧念咒——悟空头痛。

唐僧恪守佛教“慈悲”之说，却过于迂阔，故时而为妖精所作弄，他却认良为歹，时时以“紧箍咒”去惩罚火眼金睛、除恶务尽的孙悟空，因而歇后语对之多有善意的批评。这是第三层。

若将这三个层次联系起来看，则简直是一完整而精致的唐僧论了，这在文人墨客或许要写上洋洋万言，但在民众的口碑上往往竟是一语破的，深刻明快得令人拍案叫绝。

再如“沙和尚挑担子——稳稳当当”，则堪称一语道破天机的人物论。西天路上山恶水险，取经队伍中没有这样一个挑担专家，是不可设想的，此其一也；取经队伍中师徒四人，师傅除外，悟空冲前杀后，急躁好动，自不是挑担好手；八戒虽是个挑担的材料，但他爱耍小聪明又好偷懒，自不愿挑担；挑担之使命则非“黑汉子”沙僧莫属了，此其二也；沙僧在天宫时虽有过闪失，入伍前也有过劣迹，但一旦加入取经队伍他则始终起着调和与凝聚作用，去排解取经人之间的种种纠纷，使这支队伍能稳步向前，此其三也。

可见，“稳当”对沙僧性格、功能、角色都是极好的概括。试想，如果歇后语的制作者对西游故事与人物性格以至世态人情，不是了若指掌，洞若观火，怎么可能脱口而出，迸发出如此精粹之歇后语来呢？

如果将另一群类的歇后语与之相比较，则更能看出民众群体的感情选择与思想倾向。如：

1. 白骨精骗唐僧——一计不成又生一计。

2. 白骨精给唐僧送饭——假情假意。

3. 白骨精遇上猪八戒——走了运。

4. 白骨精碰上孙悟空——显了原形。

5. 白骨精见了孙悟空——原形毕露。

这倾向与《西游记》中孙悟空三打白骨精的故事基本一致。类似的还有：

6. 道士的仙丹——专哄皇帝。

7. 六耳猴充当孙悟空——冒牌货。

8. 王母娘娘的蟠桃——老果果。

9. 王母娘娘的裹脚带——又臭又长。

10. 王母娘娘插花——老妖艳儿。

王母娘娘在民间传说中本是个受尊重的神祇，在《西游记》中大概因她在蟠桃会问题上对孙悟空缺乏通融，故有此类贬义性的口碑。这是以小说改变了世俗的思想感情。类似的还有：

11. 二郎神的兵器——两面三刀。

12. 铁扇公主的本领——煽风点火。

13. 孙悟空的筋斗云——跳不出如来佛的手掌心。

14. 孙悟空和如来比赛——一个出猴尿，一个出手掌。

15. 如来佛的手掌——沾了猴尿。

16. 如来讲经——佛（胡）说。

如来佛在《西游记》中尽管收服过孙悟空，但就其总体而言，他毕竟是孙悟空的保护神。或许出于对孙悟空的偏爱，这些歇后语却嘲弄了如来佛。这则是以民众的感情取舍改变了小说的倾向。

可见这些歇后语的制作者的思想倾向，虽与小说息息相关，又并不完全等同。人们在歇后语中充分发挥着自己智慧的力量，显示着自己情感的判断，有时较小说更痛快淋漓。

（三）歇后语中的悟空与八戒

源于《西游记》的歇后语，以孙悟空与猪八戒的比例最大。试作一分析，或许会有新的发现。先说孙悟空：

1. 花果山的孙大圣——从石缝里蹦出来的。

2. 孙猴子出世——石破天惊。

3. 石猴出世——蛋破了。

4. 美猴王——天生的。

这是孙悟空的出身。

5. 孙悟空的身子——毛手毛脚。

6. 孙悟空的脑瓜——猴模猴样。

7. 孙悟空的帽子——没戴烂翻折烂啦。

8. 孙悟空的脸——说变就变。

9 孙悟空的眼睛——雪亮。

10. 孙悟空的习惯动作——抓耳挠腮。

11. 孙悟空走路——光翻筋斗。

这是孙悟空的形象。

12. 孙大圣的武艺——神通广大。

13. 孙悟空的毫毛——神通广大。

14. 孙悟空的毫毛——变化无穷。

15. 孙悟空拔毫毛——七十二变。

16. 孙悟空七十二变——神通广大。

17. 孙悟空翻筋斗——一下子就是十万八千里。

18. 孙悟空的金箍棒——能大能小。

19. 孙悟空的金箍棒——降妖除魔。

20. 孙悟空的金箍棒——专打坏蛋。

21. 孙悟空对付铁扇公主——用钻心战术。

这是孙悟空的神通，与其形象结合起来看，这叫作“花果山的孙猴子——样丑本领大”。

22. 孙猴子跳出水帘洞——好戏在后头。

23. 孙猴子大闹水晶宫——逼着龙王献宝。

24. 孙悟空闹地府——勾了生死簿。

25. 孙悟空大闹天宫——玉帝慌了神。

26. 孙悟空赴蟠桃会——不请自来。

27. 孙悟空进八卦炉——炼好了。

28. 孙悟空入丹炉——越炼本领越硬。

29. 孙悟空蹲老君炉——受了锻炼。

30. 孙悟空跳出老君炉——捂不住了。

这是孙悟空的战斗历程。这四个层次合而观之，又该是篇完整的悟空论了。由于《西游记》的艺术感染，孙悟空成了人们喜爱与崇敬的对象。这在歇后语中比比皆是，如“和孙猴子比筋斗——相差十万八千里”“在大圣面前耍棒——太不自量”等，即以孙悟空为参照系。

然而，源于《西游记》的歇后语，并不满足于解说作品。其基本形式为“前喻后解”。“前喻”部分虽都借助作品内容，“后解”部分却往往逸出作品内容，甚至出现强烈的反差，如：

31. 孙悟空穿汗衣——半截不像人。

32. 孙悟空的屁股——坐不住。

33. 孙悟空的尾巴——藏不了。

34. 孙悟空变山神庙——露了尾巴。

35. 孙悟空竖尾巴——当旗杆用。

36. 孙猴子的旗杆——插在庙后了。

37. 孙悟空进庙——装神。

38. 孙悟空上天——忘了自己是从哪块石头里蹦出来的。

39. 孙悟空守桃园——自食其果。

40. 孙猴子压在五行山下——难得翻身。

41. 孙悟空戴上紧箍——有法无用。

42. 孙悟空听了紧箍咒——头痛。

这些歇后语的“后解”部分都含有贬义，这并不意味着歇后语的制作者在贬责孙悟空。因为歇后语的“前喻”部分犹如诗歌中的“比兴”，其主要功能在诱发下文，往往不带明显的倾向性。而歇后语的“后解”部分的强烈的倾向性，不管其与“前喻”内容吻合与否，均未必是针对“前喻”的，而往往另有鲜明的现实的针对性。当然，也有“后解”兼评“前喻”内容的，如

“刘备的江山——哭出来的”“刘备摔阿斗——收买人心”。《三国演义》“欲显刘备之长厚而似伪”（鲁迅语）。“欲显刘备之长厚”是作家主观之创作意图，“似伪”则为读者接受时的客观感受，主客观脱离所形成的反差也反映到上述歇后语中。不过源于《西游记》的歇后语不属此列，作者与读者对孙悟空的评价基本一致，其反差现象（褒性人物之“前喻”引出贬性的“后解”）的出现，多出于为现实生活服务的需要。这也是歇后语的一个重要特点。因而不能将那些源于文学作品的歇后语，都看作真格的作品论或人物论，尽管不排斥有精辟的作品论或人物论。

歇后语的这种强烈的现实功能，在有关猪八戒的歇后语中表现得尤为突出。这类歇后语的“前喻”部分往往不是一般地逸出作品内容，而纯属想象（当然也得以人物的某一特征为想象的依据与起点）。如：

1. 猪八戒投胎——找错了门。

2. 猪八戒下凡——没个人样。

这在小说中是有依据的。八戒原为天河天蓬元帅，因带酒调戏嫦娥，被玉帝贬出天门，下凡投胎，不料误入猪胎，成了这般模样。而这猪的形象就生发出种种歇后语。如：

3. 猪八戒的鼻嘴——又长又大。

4. 猪八戒扮姑娘——好歹不像。

5. 猪八戒擦粉——遮不住丑。

6. 猪八戒戴花——自觉自美。

7. 猪八戒照尿水——瞧瞧你的长相。

8. 猪八戒照镜子——里外不是人。

9. 猪八戒坐在冷铺中——丑的没对儿。

10. 猪八戒拍照——自找难看（堪）。

愈演愈无根，小说中那鼻嘴又长又大的猪八戒是变不成姑娘的，却何曾擦过粉，戴过花，更不用说照尿水、拍照了。但因这些与八戒形象有些精神联系，歇后语的特殊思维逻辑就能由此引出“后解”的妙语。这是第一层。

然后又从猪的智能、行为、嗜好、武艺等角度创造出种种别具一格的歇后语。如言其智能：

11. 猪八戒听天书——一窍不通。

12. 猪八戒看唱本——冒充识字。

13. 猪八戒磨墨——假充斯文。

14. 猪八戒演讲——说大话。

15. 猪八戒耕地——凭（贫）嘴。

言其行为：

16. 猪八戒卖凉粉——人丑名堂多。

17. 猪八戒端盘子——费力不讨好。

18. 猪八戒卖破布——邋遢人卖邋遢货。

19. 猪八戒贩蒲包——人又窝囊货又孬。

言其嗜好：

20. 猪八戒吃人参果——食而不知其味。

21. 猪八戒吃人参果——不知贵贱。

22. 猪八戒见了泔水桶——猛吃猛喝。

23. 猪八戒进了汤锅——活要命。

24. 猪八戒吃面条——粗中有细。

25. 猪八戒吃黄连——苦了嘴大的。

26. 猪八戒吃鸡蛋——正对素（数）。

27. 猪八戒吃猪肉——忘了自己。

28. 猪八戒吃猪肝——难得心肠。

29. 猪八戒啃肘子——自餐（残）骨肉。

30. 猪八戒啃蹄爪儿——不知自脚（觉）。

31. 猪八戒吃西瓜——自己滑倒。

32. 猪八戒吃核桃——囫囵吞。

凡此种种皆源于八戒之好吃。

33. 猪八戒初进高家庄——假装好汉。

34. 猪八戒成亲——一个笑来一个哭。

35. 猪八戒当和尚——不忘娇妻。

36. 猪八戒见女人——情不自禁。

37. 猪八戒做好梦——成亲。

凡此种种皆源于八戒之好色。

言其武艺：

38. 猪八戒的耙子——倒打。

39. 猪八戒的武艺——倒打一耙。

40. 猪八戒爬城墙——倒打一耙。

这些合而为一，为第二层。

有关猪八戒的歇后语，无论是第一层次，还是第二层次，抑或两者相加，都不能构成“八戒”论。因为这些歇后语虽或多或少与八戒性格有某些联系，但多数歇后语的“前喻”部分是无中生有的虚构，而“后解”部分又多是旁敲侧击式的讽喻，两者都大大逸出了人物形象的基本实际。如“猪八戒的脊梁——悟能之背（无能之辈）”，这“无能”二字是八戒法号“悟能”的谐音，却不能作为对八戒的评论。因为猪八戒在取经路上虽有过动摇，但他毕竟是取经队伍中不可或缺的成员，在整个取经途中功大于过，而不是什么“无能之辈”。再如“猪八戒拉西施拜天地——压根儿不配”“猪八戒戏貂蝉——丑人多作怪”，这就有如“关公战秦琼——乱了谱”。

尽管如此，这些歇后语仍有着强大的生命力与艺术魅力。它们充分显示了民众的创造精神与幽默品质。人们借助猪八戒的喜剧性格，创造出种种“寓庄于谐”、情趣盎然的歇后语，令人读后既有痛快淋漓之感，又有忍俊不禁之笑，更能见出一个光明的品格在那机智、诙谐的语言之林中闪烁。

（四）同源异彩的歇后语

歇后语是民众智慧的结晶。源于《西游记》的这些歇后语，是自《西游记》问世以来不同时代、不同地域、不同阶层和职业的人们以自己的智慧创作出来的，它们分别打着明显的时代烙印、地方特色，或制作者的身份与性格特点。

同是说变脸，“孙猴子的脸——说变就变”，这句就没有明显的时代烙印；“孙猴子跳加官——变来变去”，这句距今就明显遥远。因为“跳加官”是旧时代戏曲演出中，在节日或喜庆时外加的一种表演形式。表演者脸上戴着一种名为“加官脸”的面饰，身穿红袍，手持条幅，一边跳舞，一边向观众展示条幅上的颂词。对这种表演形式，今天的人们已很陌生。同是说假斯文，“猪八戒磨墨——假充斯文”，这句没鲜明的时代感；“猪八戒看唱本——冒充识字”，就距今较远，因为“唱本”亦为旧时之物，不为今人所熟悉。而另一些歇后语，如“魏征斩龙王——秉公办事”“六耳猕猴充孙悟空——假冒”“孙悟空照相——猴样”“猪八戒照相——自找难堪”等，则明显有着当代痕迹。

“王母娘娘戴花——老妖艳儿”“猪八戒咬牙——恨猴儿”，这些带“儿”字结构的歇后语则有北方方言色彩。“猪八戒卖破布——邋遢人卖邋遢货”“猪八戒卖凉粉——人孬货埋汰”，则有着浓厚的南方方言色彩。

“猪八戒犁地——凭（贫）嘴”，似出自村夫之口；“猪八戒的脊梁——悟能之背（无能之辈）”，则似出自书生之口；“孙悟空制服铁扇公主——搞钻心战术”，大概出自权术家之口；“唐太宗敬酒——别忘乡土”，大概出自游子之口；“猪八戒卖凉粉——人丑名堂多”，大概出自市井细民之口；“猪八戒吃西瓜——自己滑倒”，大概出自顽童或拟顽童之口。

由此足见，《西游记》在不同时代、地域、阶层中都具有深远影响和巨大的魅力。《西游记》在诞生过程中从大众文化的汪洋大海中吸取了丰富的营养；

在其产生之后，也为大众文化的升华发展注入了不可估量的活力。文学与文化的影响从来就是双向运动，而不是任何形式的单向运动。正是这双向运动，推动着整个民族的文化艺术不断向前发展。对其他小说如《三国演义》《水浒传》与歇后语的关系，也应作如是观。

十六　人物性格与服饰——话说贾宝玉的玉

服饰是文化的象征，思想的形象。曹雪芹大概也可称为服饰美学大师，他笔下的人物似乎都是个性化的服饰明星。他们的活动既有精美的服饰造型，也有多姿的服饰博览。如第四十九、五十两回的红楼人物的赏雪，就充分显示了斗篷的风采。而斗篷的风采则更显示了红楼人物的性格与地位。戚本脂评有云：

> 宝琴翠羽斗篷，贾母所赐，言其亲也。宝玉红猩猩毡斗篷，为后雪披一衬也。黛玉白狐皮斗篷，明其弱也。李宫裁斗篷是哆啰呢，昭其质也。宝钗斗篷是莲青斗纹锦，致其文也。贾母是大斗篷，尊之词也。凤姐是披着斗篷，恰似掌家人也。湘云有斗篷不穿，著其异样行动也。岫烟无斗篷，叙其穷也。只一斗篷，写得前后照耀生色。

贾宝玉是《红楼梦》的第一主人公，也是红楼人物中第一美男子，作者对他的服饰的描写自然格外精心，也写得格外精美。作者对宝玉衣着写得最精细的是第三回，从黛玉眼中看宝玉出场时的装扮，既女性化而又不失其男儿风采，既典雅化而又不失其性格依据。贾宝玉的性格与故事，有不少地方与服饰相连，如挨打之后赠帕黛玉以传情，如许晴雯撕扇为戏以释怨。不过，在曹雪芹笔下写得最神奇且最富象征意义的还是贾宝玉的玉。

（一）“形体倒也是个灵物”

却说那女娲炼石补天之时，在大荒山无稽崖炼成了三万六千五百零一块，那娲皇只用了三万六千五百块，单单剩下一块未用，弃在青埂（情根）峰下。谁知此石自经煅炼之后，灵性已通，自去自来，可大可小：原为高十二丈、见方二十四丈的庞然大物，后却可缩到扇坠一般，而且是鲜莹明洁的宝玉模样。因见众石俱得补天，独自己无才，不得入选，遂自怨自愧，日夜悲哀。

一日，正当嗟悼之际，茫茫大士渺渺真人飘然而至，在青埂峰下席地坐谈，见之甚属可爱。那僧托于掌上，笑道："形体倒也是个灵物了！只是没有实在的好处，须得再镌上几个字，使人人见了便知你是什么奇物。然后携你到那昌明隆盛之邦，诗礼簪缨之族，花柳繁华地，温柔富贵乡那里去走一遭。"石头听了大喜，因问："不知可镌何字？携到何方？望乞明示。"那僧笑道："你且莫问，日后自然明白。"说毕，便袖了，同那个道人飘然而去，竟不知投向何方。

于是，石头城内，荣国府中，生下一位公子，一落胞胎，嘴里便衔了一块五彩晶莹的玉，大如雀卵，灿若明霞，莹润如酥，五色花纹缠护，正反两面都着篆文，标明“通灵宝玉”，还有“莫失莫忘，仙寿恒昌”，“一除邪祟，二疗冤疾，三知祸福”等字样。原来这就是大荒山无稽崖青埂峰那块顽石的变形入世。

《红楼梦》第一回就是这样叙述了贾宝玉及他所衔的那块通灵宝玉的来历。如此这般来历，自然是一种“假语村言”，“女娲炼石已荒唐，又向荒唐演大荒。失去本来真面目，幻来新就臭皮囊”；“满纸荒唐言，一把辛酸泪，都云作者痴，谁解其中味。”作者此类自白，无非告诉人们，《红楼梦》的故事来自虚构（满纸荒唐言），而情感则来自真实（一把辛酸泪）。

这块通灵宝玉日后系在贾宝玉的脖子上，作为吉祥物，就显示了它特有的佩饰文化意义。《红楼梦》中这类饰物，还有宝钗的金锁、湘云的麒麟。作为一种民俗，现实生活中的少男少女也有不少人佩有长命锁、银项圈、十字架等，至今尤烈。只是都不如贾宝玉的脖子上的那块通灵宝玉来得神奇，富有魅力。

（二）“我没有什么‘金’哪‘玉’的”

在甄士隐的梦境里，或说在幻缘之中那块通灵宝玉早就与黛玉的命运连在一起了。

一日炎夏永昼，甄士隐于书房闲坐，手倦抛书，伏几盹睡，不觉朦胧中走至一处，不辨是何地方。忽见那厢来了一僧一道，且行且谈，只听道人问道：“你携了此物，意欲何往？”那僧笑道：“你放心！如今现有一段风流公案，正该了结……此事说来好笑。只因西方灵河岸上三生石畔有绛珠草一株，那时这个石头因娲皇未用，却也落得逍遥自在，各处去游玩，一日来到警幻仙子处，那仙子知他有些来历，因留他在赤霞宫居住，就名他为赤霞宫神瑛侍者，他却常在灵河岸上行走，看见这株仙草可爱，遂日以甘露灌溉，这绛珠草始得久延岁月。后来既受天地精华，复得甘露滋养，遂脱了草木之胎，得换人形，仅仅修成女体，终日游于离恨天外，饥餐秘情果，渴饮灌愁水，只因尚未酬报灌溉之德，故其五内郁结着一段缠绵不尽之意，常说‘自己受了他甘露之惠，我并无此水可还，他若下世为人，我也同去走一遭，愿把我一生所有的眼泪还他，也还得过了。’因此一事，就勾出多少风流冤家都要下凡，造历幻缘，那绛珠仙草也在其中。今日这石复还原处，你我何不将他仍带到警幻仙子跟前，给他挂了号，同这些情鬼下凡，一了此案。”那道人道：“果是好笑，从来不闻有‘还泪’之说！趁此你我何不也下世度脱几个，岂不是一场功德？”那僧道：“正合吾意。你且同我到警幻仙子宫中，将这蠢物交割清楚，待这一干风流孽鬼下世，你我再去。”（第一回）

这就是著名的“木石前盟”。它自然也出自作者的狡猾之笔，有此为先导，到第三回宝黛首次在现实世界相见，都“恍如远别重逢的一般”。

但首次相见即为那通灵宝玉闹了一场风波。黛玉早从母亲那里就听说过有一位“衔玉而生”的表兄，至此方亲眼看到这位宝玉和他所系的那颗宝玉：“项上重螭缨络，又有一根五色丝绦系着一块宝玉”。宝玉即问林妹妹有玉没有，黛玉说没有。宝玉听了，登时发起狂来，摘下那玉，就狠命摔去，骂道：“什么罕物！人的高下不识，还说灵不灵呢！我也不要这劳什子。”吓得众人一起争去拾玉，贾母急得搂了宝玉道：“孽障！你生气打人骂人容易，何苦摔那命根子！”宝玉满面泪痕地哭道：“家里姐姐妹妹都没有，单我有，我说没趣儿，如今来了这个神仙似的妹妹也没有，可知这不是个好东西。”接着贾母左哄右哄，说黛玉原来也有，才哄得宝玉肯把那块玉重新戴上。当天晚上，黛玉还为这件事哭了一场，想着自己今儿才来，就惹出宝玉的“疯病”，“倘或摔坏了那玉，岂不因我之过！”

那通灵宝玉虽被贾母们视为“命根子”，贾宝玉自己却把它看作“劳什子”，平日因姐妹们没有便觉“没趣儿”，现见这神仙似的妹妹也没有，更觉它“不是个好东西”，可见宝玉的平等意识（而不像世俗中人轻易以物傲人），更足见这“远别重逢”似的妹妹在他心目中的地位。而黛玉关心的则只是贾宝玉的“疯病”，伤心的是自己刚到就惹出了他的“疯病”，在自责中传递出一股温馨的体贴，真可谓“惺惺相惜”。

尽管宝黛有“木石前盟”的奇缘，尽管他们初见“心里倒像是旧相识”，但那块通灵宝玉在实际生活中却成了障碍。于是围绕这块玉，两个玉人儿进行了一系列缠绵悱恻的美丽争吵。如第二十八回，元春赏赐端午节礼，宝玉的一份独与宝钗的一样，这大概是贾府的超级权威对宝玉婚姻走向的示意。宝玉怕黛玉不快，就将自己的一份送黛玉挑选，她讽刺道："我没这么大福气禁受，比不得宝姑娘，什么'金'哪'玉'的！我不过是草木人儿罢了！"气得宝玉起誓："除了别人说什么金什么玉，我心里要有这个想头，天诛地灭，万世不得人身！"还说，他心里除了祖母、父母之外，"第四个就是妹妹了，有第五个人，我也就起个誓"。黛玉则一针见血地回答："你也不用起誓，我很知道，你心里有妹妹，但只是见了姐姐，就把妹妹忘了。"她担心的不是宝玉心中没有妹妹，而是他尚未进入"爱你没商量"的专一境界。

第二十九回，宝黛又为金玉之事大吵大闹，吵到宝玉要砸碎那块通灵宝玉，黛玉大哭大嚷，把她为通灵宝玉做的穗子铰了几段。第三十二回写黛玉无意中听到宝玉在别人面前无遮掩地称赞自己，心中暗想：你既为我的知己，自然我亦可为你的知己，既你我为知己，又何必有金玉之论呢？既有金玉之论，也该你我有之，又何必来一宝钗呢？大有周瑜"既生瑜，何生亮"之类的感慨！等到宝玉出来，黛玉又忍不住以"什么'金'，又是什么'麒麟'"的话题来讽刺宝玉，气得他"筋都叠暴起来，急得一脸汗"，几经较量，都掏出了自己的一颗滚烫的心，宝曰："你放心！"黛答："有什么可说的，你的话我都知道了。"

宝黛虽说是"木石前盟"，却爱得那么痛苦，那么沉重。他们谈情说爱的唯一形式似乎就是吵架，而每次吵架又似乎都与那块通灵宝玉有关，而他们的爱情又经一次次的吵闹得到升华。直到宝玉挨打后派晴雯给黛玉送去两条旧手绢，作为爱情的信物，黛玉题上"心曲"标志着他们从此踏上爱情的"坦途"，从此他们间似乎再也没有出现什么吵闹。然而，这"坦途"的尽头却是他们婚姻的悲剧，是"木石前盟"的失败。个中缘由无比复杂，而那通了灵性的宝玉终为一种障碍物，真是如之奈何。

（三）“日后要配个有玉的”

与“木石前盟”对立的，在书中有“金玉良缘”。前者因玉而生（玉的前身为无才补天的顽石），后者也因玉而生（顽石幻化为晶莹的宝玉）。而戴有金锁的薛宝钗到第八回才与贾宝玉第一次见面。

“金”“玉”乍见，刚把寒暄问候的话说过，“宝钗因说道‘成日家说你的这块玉，究竟未曾细细赏鉴过，我今儿倒要瞧瞧。’说罢便挪近前来。宝玉亦凑过去，便从项上摘下来，递在宝钗手内。”宝钗翻过来覆过去地细看，“口里念道：‘莫失莫忘，仙寿恒昌。’念了两遍，乃回头向莺儿说道：‘你不去倒茶，也在这里发呆做什么？’莺儿嘻嘻地说道：‘我听这两句话，倒和姑娘项圈儿两句话是一对儿。’”这样引起宝玉要看宝钗的项圈儿，宝钗又故意推脱一阵，才摘给宝玉看，原来那项圈儿上有个金锁，正反两面各錾了四个字，是：“不离不弃，芳龄永继。”“宝玉看了，也念了两遍，又念自己的两遍，因说：‘姐姐，这八个字倒和我的是一对儿。’莺儿笑道‘是个癞和尚送的，他说必须錾在金器上——’宝钗不等她说完，便嗔着她不去倒茶，一面又问宝玉从那里来。”与宝黛诗情盎然首次相见相比，金玉这首次相见是何等世俗啊！

书中从来没有写黛玉品玉的情景，而宝钗第一次见到宝玉，就如此郑重要来“细细赏鉴”。莺儿说出那个金锁，宝玉要看那个金锁，完全是宝钗挑起，最后被她打断了的莺儿的话，当是“必须錾在金器上，日后要配个有玉的”。

“日后要配个有玉的”，自然是薛家的意思。第三十四回宝钗责备他哥哥薛蟠不应该在贾政面前打宝玉的小报告，害得宝玉挨打。薛蟠便拿话堵宝钗说：“好妹妹，你不用和我闹，我早知道你的心了。从先妈妈和我说，你这金锁要拣有玉的才可配，你留了心，见宝玉有那劳什子，你自然如今行动护着他。”妈妈与薛蟠说过，自然也与别人（如王夫人等）说过，连莺儿都知道，连宝玉都听过别人说什么金什么玉，可见舆论造得相当充分。宝钗自然也会知道，她是不堪薛蟠的直言，而实际也是“留了心”的。第三十五回，宝玉要莺儿打绦子，还不知打什么好，宝钗一开口就点到那块玉上：“倒不如打个络子，把玉络上呢。”比宝玉自己更关心“那劳什子”。她还密切注视别的女孩的佩饰，如史湘云的金麒麟，反映她时刻担心金玉之论的倾斜，因而惹得黛玉讽刺道：“她在别的上头心还有限，唯有这些人带的东西，她才是留心呢。”（第二十九回）正因为她心中时时惦记着那个人戴的那块玉，所以形迹上总远着戴着那块玉的那个人；而总是远着戴着那块玉的那个人，则又恰恰证明她心中时时惦着那个人戴的那块玉。

由于宝钗善于“装愚守拙”，她的思绪多藏在城府深处，不易显露，但她的行为有时却不由自主地将她的潜意识搬演出来。第三十六回写宝钗来到怡红院，恰值宝玉午睡，袭人坐在床前一边赶蚊子一边绣兜肚。袭人要出去走走，请宝钗替她在屋里坐坐。“宝钗只顾看着活计，但不留心，一蹲身，刚刚的也坐在袭人方才坐的那个所在，因又见那个活计实在可爱，不由地拿起针来，替他代刺。”以宝钗平日的性格逻辑，她决不会以小姐身份，刚刚坐在一“房里人”的位置上，单独厮守着一个午睡的少男，去绣着他的兜肚，况且兜肚的花纹又是五色鸳鸯——情爱的传统象征。这当然是她的潜意识在作怪，“不留心”“不由地”……即为理性放松监视的一刹那，潜意识搬演的特定动作，而这搬演又恰恰显露了她在理性帷幕下的“真实的自我”。这搬演当然只能是在“午睡”这无人之境。有趣的是，又恰值黛玉、湘云也到怡红院来，“隔着窗纱”看了这千载难逢的一幕奇观，黛玉“早已呆了”。更有趣的是，宝钗潜意识的精彩表演，得到的回报是宝玉在梦中的喊骂：“和尚道士的话如何信得？什么金玉姻缘，我偏说木石姻缘。”宝钗听了这话，“不觉怔了”。黛玉眼中看到的，分明是活生生的“金玉良缘”、宝钗耳中听到的却是对“金玉良缘”的抗议。黛玉之“呆”、宝钗之“怔”，都源于那块玉。

（四）“赤瑕”即红色病玉

“木石前盟”与“金玉良缘”的矛盾，正是由于贾宝玉既是顽石又是宝玉这“一身而二任焉”的矛盾。贾雨村对这矛盾曾做过哲学解释：“置于千万人之中，其聪俊灵秀之气，则在千万人之上；其乖僻邪谬，不近人情之处，又在千万人之下。”聪俊灵秀，即五色晶莹的宝玉气；乖僻邪谬，即无才补天的顽石性。黛玉爱的恰是顽石的乖僻邪谬这原始情趣（旧时代的新人，总被守旧的人看成乖僻邪谬），而宝钗爱的却是宝玉“聪俊灵秀”的富贵气。

正因为如此，作为吉祥物的宝玉却从来没给贾宝玉带来什么吉祥，反倒让他时时陷于那纠缠不清的痛苦矛盾之中。“若说没奇缘，今生偏又遇着他；若说有奇缘，如何心事终虚化？”“空对着，山中高士晶莹雪，终不忘，世外仙姝寂寞林。叹人间，美中不足今方信：纵然是齐眉举案，到底意难平。”以致最后黛死钗嫁。宝钗所嫁的却是那失去宝玉的贾宝玉。失去宝玉的贾宝玉最终悬崖撒手，抛去了红尘中的一切，遁入空门，让宝钗得而复失，成为李纨第二。

究其所以，通灵宝玉并非什么完美之物。通灵宝玉的前身是“赤瑕宫神瑛侍者”。脂批：“点红字玉字”，揭明通灵宝玉为红色的玉。又有批云：“按瑕字，本注玉小赤也，又玉有病也，以此命名恰极。”“玉之病者为瑕”（《通鉴·魏纪》），赤瑕即红色病玉之谓也。在非宝玉中求宝玉，在不完美中求完美，在缺陷美中求魅力，正是《红楼梦》作者之匠心所在。通灵宝玉在贾宝玉的实际生活中虽未显示什么特异功能（后四十回除外），在作者的艺术创造中却大显神通。前八十回中，通灵宝玉前后出现十多次，成为贯串全书的精灵，它记载着宝玉、黛玉、宝钗等人物的悲欢离合，展示着贾府、大观园、太虚幻境等多重世界的风云变幻，反映了甄贾两府的兴衰沉浮。一部《红楼梦》或许堪称石头——宝玉传，它的本名本来就叫《石头记》，当然也就是《宝玉记》。

一件饰物的艺术功能如此之大，实在令人叹为观止。

《红楼梦》之外的其他小说中的服装饰物描写，虽也程度不同地反映着人物的生活方式与思想性格，却无一达到《红楼梦》的这种境界，因而后者被人誉为“千古第一意象”。

十七 人物性格与歌曲——从黛玉欣赏《牡丹亭》说起

《红楼梦》作者调动了种种艺术手段来塑造人物性格，歌曲仅为其中之一。而林黛玉欣赏《牡丹亭》的情节，非但写出了黛玉性格一个特殊的侧面，更堪称艺术审美的一次精彩示范。

（一）《牡丹亭》绝曲警芳心

《红楼梦》第二十三回有段精彩的描写：

> 这里林黛玉见宝玉去了，听见众姊妹也不在房中，自己闷闷的。正欲回房，刚走到梨香院墙角外，只听见墙内笛韵悠扬，歌声婉转。林黛玉便知是那十二个女孩子演习戏文。只是林黛玉素习不大喜欢戏文，便不留心，只管往前走。偶然两句吹到耳内，明明白白，一字不落，唱道是："原来姹紫嫣红开遍，似这般都付与断井颓垣。"林黛玉听了，倒也十分感慨缠绵，便止住步，侧耳细听，又听唱道是："良辰美景奈何天，赏心乐事谁家院。"听了这两句，不觉点头自叹，心下自思道："原来戏上也有好文章。可惜世人只知看戏，未必能领略这其中的趣味。"想毕，又后悔不该胡想，耽误了听曲子。又侧耳时，只听唱道："则为你如花美眷，似水流年……"林黛玉听了这两句，不觉心动神摇。又听道："你在幽闺自怜"等句，亦发如醉如痴，站立不住，便一蹲身坐在一块山子石

上，细嚼“如花美眷，似水流年”八个字的滋味。忽又想起前日见古人诗有“水流花谢两无情”之句，再词中又有“流水落花春去也，天上人间”之句，又兼方才所见《西厢记》中“花落水流红，闲愁万种”之句，都一时想起来，凑聚在一起。仔细忖度，不觉心痛神痴，眼中落泪。

在这里，曹雪芹不仅生动地描写了“牡丹亭艳曲警芳心”的情景，而且形象地展现了戏曲观众的审美心理，亦即接受美学问题。

林黛玉对《牡丹亭》的欣赏过程是：从领略艺术趣味到细嚼情感滋味，从艺术欣赏到感情交流。她初听到“原来姹紫嫣红开遍”，立即发现它文辞“十分感慨缠绵”；待听到“良辰美景奈何天，赏心乐事谁家院”，不觉惊讶：“原来戏上也有好文章。”这充满着艺术趣味的“好文章”，虽以戏曲这最能把握群众的艺术形式出现，却未必能为众人所“领略”。有道是：“会看戏的看门道，不会看戏的看热闹。”而在观众中，总是“看门道”——“能领略这其中的趣味”的少，而徒看热闹的多。林黛玉的慨叹中，既有对“不解其中味”的观众的惋惜，又有对自己不爱戏文的“素习”的反省，更有对作家文心、演员艺心之被辜负的不平，从而涉及艺术界共同关心的一个命题，即艺术与欣赏的矛盾问题。

如果说林黛玉此时，无论是“领略”，还是思索，都还没离开艺术趣味的范畴；那么，听着听着，她的心身就乘着那婉转的歌声，飞向了更高的境界。当她听到“则为你如花美眷，似水流年……”就已不再停留于领略字句之趣味，而在细嚼其情感滋味了，因而“不觉心动神摇”，待听到“你在幽闺自怜”，就更如醉如痴，情不自禁，以至耳目俱寂，不知笛韵犹鸣，亦不知身在何处，冥冥之中只觉丽娘如我，我如丽娘，丽娘为我而呻吟，我为丽娘而伤神，不觉“心痛神痴，眼中落泪”。此斑斑热泪，是为丽娘而落，还是为我而洒，竟难分辨，也无须分辨。理智只能在感情疏散的空地上大显身手，在情感“凑聚”的心田有时则无它插足之地。多少论者以为艺术欣赏的途径是从感情品味到理性分析，其实这是大谬于艺术欣赏实际的，至少黛玉没如此按部就班。当她在领略艺趣时，犹能思索艺术与欣赏的关系；当她细嚼情感时，虽“心较比干多一窍”，却无暇旁骛，以至连笛韵歌声也听不清楚了，再也不能“一字不落”了。

由此可见，林黛玉欣赏《牡丹亭》，是具象的把握，像罗丹能从维纳斯雕像上感觉到她的体温一样，黛玉也能呼吸到丽娘的婉转娇啼；也是蕴情的把握，黛玉不仅是以自己的心与丽娘的心交谈，而且让丽娘说出她该说不想说，想说不便说的心声；更是再创造的把握，黛玉不仅用自己的感受和想象塑造了她的欣赏对象，而且塑造了自己的形象。林黛玉所听的是《牡丹亭》中的精彩片段“游园惊梦”。久困闺房的杜丽娘第一次游园，美丽的春光唤起了她青春的苦闷，青春的苦闷诱惑她进入了爱情的梦境。在梦境中她与一手执柳枝的年轻男子演了场“风流戏”：

> [生笑介]小姐，咱爱杀你哩！
>
> [山桃红]则为你如花美眷，似水流年，是答儿闲寻遍，在幽闺自怜。
>
> 小姐，和你那答儿讲话去。[旦作含笑不行][生作牵衣介][旦低问]那边去？[生]转过这芍药栏前，紧靠着湖山石边……

原来黛玉本是个“体验派”演员，当她听到柳生那深切怜惜的歌唱：你“在幽闺自怜”时，不觉进入了角色：如醉如痴，站立不住，便一蹲身坐在一块山子石上——这不正是丽娘的舞台造型吗？在黛玉则是将“意淫”舞蹈化了。在《红楼梦》的同一回中，宝玉以《西厢记》妙词试探她时，她竟气得眼圈儿都红了；如今她却将自己的潜意识真实地“表演”出来了，这就是她在欣赏对象的感召下所自我塑造的形象。两相比较，何其不同。难怪当黛玉从这“意淫”的艺术境界中醒来时，也惊愕不已。

（二）林黛玉芳心赏艳曲

林黛玉为何能如此出神入化地欣赏《牡丹亭》呢？

如果将曹雪芹的回目中“艳曲警芳心”改为“芳心赏艳曲”，或许就能回答这个问题。“艳曲警芳心”，是言作品的艺术感染力；“芳心赏艳曲”，则言接受主体的审美能力。黛玉之所以能出神入化地欣赏《牡丹亭》，就在于她独秉芳心。

作为接受主体的黛玉之“芳心”，是由三种因素构成的。

其一是高尚的审美情操。黛玉所听“艳曲”《游园惊梦》，是《牡丹亭》之戏眼。《牡丹亭》在接受程序中，亦如《红楼梦》被“经学家看见《易》，道学家看见淫，才子看见缠绵”（鲁迅语）。即使在花柳繁华的大观园中，也不例外。如那宝钗就视之为“移人性情”的“杂书”。这样的读者自然难以理解《牡丹亭》是以还魂的爱情故事，传播人类精灵之“至情”，呼唤个性解放的春天。难怪黛玉慨叹世人未能领略其中的趣味。对于《牡丹亭》，黛玉虽也未必能进行哲学的观照，却有着与之共鸣的青春期的情感经验。因为现实生活总不免有这样或那样的缺陷，于是人们更希望从艺术的幻象中得到想象的满足。因而艺术接受如创作之妙在似与不似之间，其妙在隔与不隔之间。太隔，无人间烟火，令人因可望不可即而冷漠处之。不隔，无想象余地，则令人因平淡无奇而熟视无睹。黛玉在行为上与丽娘相隔，她与宝玉从情窦初开到生命终止都无有如丽娘般的性行为，因而有“质本洁来还洁去”之说。而在情感上与丽娘不隔，她与丽娘一样有闲愁万种，却只能在幽闺自怜；而在潜意识里却交织着情的追求与性的苦闷。正是这种隔与不隔，使艳曲能警芳心，芳心能赏艳曲。黛玉在接受途中之所以未将“性苦闷”变为淫念与躁动，就在于她有着高尚的审美情操，能将情与性审美化。

其二是高雅的审美情趣。明清时代的戏曲以传奇为主体。传奇本有四大声腔，然在明末海盐腔与余姚腔相继衰落，到黛玉生活的年代只有弋阳腔与昆山腔相对峙。弋阳腔的特点是通俗、粗犷，“四方土客喜闻之”，却“难供雅人之耳目”。如有一次东府以弋阳腔演《姜子牙斩将封神》等，“锣鼓喊叫之声，远闻巷外，满街之人个个都赞好热闹戏”，独宝玉嫌其“繁华热闹到如此不堪的田地”（《红楼梦》第十九回）。如果说弋阳腔是下里巴人，那么，昆山腔则是阳春白雪，其特点是悠扬婉转、高雅幽静，适合于文人墨客欣赏。黛玉“素习不喜欢戏文”，亦如宝玉不喜欢那“繁华热闹到如此不堪的田地”的弋阳腔。而今“那十二个女孩子”是为迎接元春归省从姑苏买来的。姑苏不仅是黛玉之故土，也是昆山腔的盛行区。她们正是以昆山腔演唱那脍炙人口的《牡丹亭》，尤其是那性情、身段颇有几分像黛玉的龄官恰能传出《牡丹亭》的真情真味。那婉转的歌声、悠扬的笛韵，不仅勾起了黛玉的乡思，更能投合她的审美情趣，因而能使她从不甚留心到驻足聆听，从心动神摇到心痛神痴。

其三是高超的审美能力。清人张坚《〈梦中缘〉序》载，乾隆年间京师梨园称盛，都人喜听弋阳腔，“闻歌昆曲，辄哄然散去”。为什么呢？《品花宝鉴》中有形象的回答：“蓉官又对那人道：大老爷是不爱听昆腔的，爱听高腔杂耍么？那人道：不是我不爱听，我实在不懂，高腔倒有滋味儿。”贾府里的老爷太太们多属“实在不懂”阳春白雪的观众。诚为“对于非音乐家的耳朵，最美的音乐也没有意义”（马克思语）。作为大观园中的“文学博士”，黛玉不仅情趣高雅，而且知识渊博，对于别人“实在不懂”的昆曲，她不仅听得“明明白白，一字不落”，而且能举一反三，调动自己的形象记忆与情感记忆，去丰富、去升华那扣人心弦的艳曲雅唱。黛玉自然不懂什么“系统论”，但她却能将同一母题的诗（水流花谢两无情）、词（流水落花春去也）、曲（花落水流红）“凑聚在一起”，以加深对《牡丹亭》艳曲的理解。在这里，文化知识显示了它的优势。可见读者的审美能力，是不能脱离其自身的文化修养的，尽管审美能力不等于文化修养。

自然，所谓黛玉之“接受美学”云云，实则是曹雪芹的“接受美学”。曹雪芹一方面有“都云作者痴，谁解其中味”的慨叹，一方面又示以艺术接受的典范。言下之意，只要如黛玉以芳心赏艳曲，就能解得其味。

下编

任何艺术更新，都离不开对前人艺术的佳处与陋处的借鉴：或者于精处求胜，走向历史新境界；或者于绝处求生，实现历史性突破。

十八　被开拓的小说世界——中国小说的历史景观

（一）中国小说的概念演化

在中国文学史上，小说曾是一种倍受鄙薄的文体。仅从其概念之演化即可看出。

“小说”一词，首见于《庄子·外物篇》。庄子曰：

> 任公子为大钩巨缁，五十犗以为饵，蹲乎会稽，投竿东海，旦旦而钓，期年不得鱼。已而大鱼食之，牵巨钩錎没而下，骛扬而奋鬐，白波若山，海水震荡，声侔鬼神，惮赫千里。任公子得若鱼，离而腊之，自制河以东，苍梧以北，莫不厌若鱼者。已而后世辁才讽说之徒，皆惊而相告也。夫揭竿累，趣灌渎，守鲵鲋，其于得大鱼难矣；饰小说以干县令，其于大达亦远矣。是以未尝闻任氏之风俗，其不可与经于世亦远矣。

这里的“小说”，既可曰从小处说起，亦可曰小小之说（琐屑之言），又可曰为小家之说。无论怎么讲，在唯我是尊、相互驳难的诸子百家的激烈论战中，“小说”都是投向对方的一种鄙称。在庄子看来，那些“辁才讽说之徒”，靠修饰琐屑之言（小说），以求高名美誉（县令），离“至道”就相当遥远了。这种行径就如钓鱼，没有任公那样的巨钩巨饵以及巨大的耐心去钓之大海之中，只是手举细竿，沿着小沟，盯着小鱼，就不可能获得如任公所钓的那种“惮赫千里”的大鱼了。从庄子形象的比喻中就足以见出，“小说”在当时地位之低下；与“大达”相比，它简直形同小鱼小虾。

先秦诸子中，《论语·子张》所云：“虽小道，必有可观者焉，致远恐泥，是以君子弗为也”；《荀子·正名》所云：“知者论道而已矣，小家珍说之所愿皆衰矣”，都与庄子的小说观比较接近。其“小道”“小家珍说”，也就是庄子所说的“小说”。

这“小说”，与后世的小说有何关系？有说为名同而质异，如刘廷玑就说：“盖小说之名虽同，而古今之别，则相去天渊。”（《在园杂志》）也有说《庄子》是中国小说之祖，他所说的小说也就是艺术小说。是耶？非耶？莫衷一是。然而庄子小说观一直影响着后世的小说观念与地位，却是不容忽视的事实。

汉代为小说定义的有桓谭与班固。桓谭《新论》云：

> 若其小说家，合丛残小语，近取譬论，以作短书，治身理家，有可观之辞。

班固《汉书·艺文志》云：

> 小说家者流，盖出于稗官，街谈巷语，道听途说者之所造也。孔子曰：“虽小道，必有可观者焉，致远恐泥，是以君子弗为也。”然亦弗灭也。闾里小知者之所及，亦使缀而不忘。如或一言可采，此亦刍荛狂夫之议也。

论者以为小说地位在汉代有了提高。其实“小说”在桓谭、班固那里指的是“丛残小语”“街谈巷语，道听途说”“其细碎之言也”。这就是庄子视同小鱼小虾的“琐屑之言”。桓谭之“近取譬论”，仿佛是创造形象的修辞格，其实是论辩中“借物取譬”的说理方法，而这在《庄子》中则有更充分的表现。至于小说的社会作用，班固借孔子“致远恐泥”的话，表达了他与庄子所说“其于大达远矣”相似的观点。倒是桓谭所云“治身理家，有可观之辞”，似对“小说”多有肯定的倾向。实际上他同班固一样，只从“或一言可采”这极有限的程度上去肯定小说，而从客观意义上他仍鄙视小说。所谓“丛残小语”，王充《论衡·书解》:“古今作书者非一，各穿凿失经传之实，违圣人之质，故谓之丛残，比之玉屑。”所谓“短书”，《论衡·谢短篇》亦有解释:“二尺四寸，圣人文语。圣人文语，朝夕讲习，义类所及，故可务知。汉事未载于经，名为尺籍短书。比于小道，其能知，非儒者之贵也。”桓谭自己在《新论》中也说:“庄周寓言乃言尧问孔子，淮南子云共工争帝地维绝，亦皆妄作，故世人多云短书不可用。”话说到这个份儿上，足见桓谭之鄙薄小说也与庄子相似，他甚至将《庄子》中的寓言亦视同小说给予鄙薄。

班固《汉书·艺文志》采录“诸子十家”，认为“其可观者九家而已”，而独贬“小说家”。可见“小说家”虽挤进了“诸子十家”的行列，其卑微的地位却并未改观。

所不同的是，先秦诸子是从论辩的角度看小说，虽鄙薄之，然有时为论辩的需要还自造或引用起小说片断来；汉儒是从教化的角度看小说，他们以对“致远恐泥”的小说的鄙薄，激发小说向“大达”靠拢。或许正是这两重意义的延伸，未来的小说一方面长期在正统文化的鄙薄下顽强地挣扎着、崛起着，一方面又时刻受到“教化至上”的诱惑，受到史的诱惑（因中国小说长期被视为史之余，甚至以“野史”“稗史”相称）。

直到宋人才开始从理论上揭示小说艺术创造的真谛。桃源居士云:“唐人小说摛词布景，有翻空造微之趣。至纤若锦机，怪同鬼斧。”（《唐人小说序》）明清小说评点家李贽、金圣叹、张竹坡等，结合小说创作的实践，对小说艺术也都有准确的总结与精彩的论述。

遗憾的是轮到明人、清人为小说下定义就麻烦了。最典型的大概要数明人胡应麟、清人纪昀了。胡应麟本来对班固“取其有补世道者九，而诎其一小说家”的小说观不以为然，并“更定九流”，把小说家由《汉书·艺文志》的第十家提升到第七家。他分小说为六类：志怪、传奇、杂录、丛谈、辨订、箴规。后三类虽已溢出艺术小说范畴，前三类却是货真价实的艺术小说，说明他对小说的艺术性质有了一定程度的把握。但到他为小说定义时，他又回到庄子、班固的故道上去了。他说：

> 小说，子书流也。然谈说理道，或近于经，又有类注疏者。纪述事迹，或通于史，又有类志传者。(《少室山房笔丛·九流绪论》)

纪昀在主编《四库全书总目提要》时，收小说为三类：叙述杂事、记录异闻、缀缉琐语。这相当于胡氏之前三类，而将胡氏之后三类划出了小说疆界，从而使小说范畴稍趋整洁。当谈到为小说定义时，他则与胡氏几同一辙。他说：

> 唐宋而后，作者弥繁。中间诬谩失真，妖妄荧听者固为不少，然寓劝戒，广见闻，资考证者亦错出其中。班固称小说家流，盖出于稗官。如淳注谓王者欲知闾巷风俗，故立稗官，使称说之。然则博采旁搜，是亦古制，固不必以冗杂废矣。今甄录其近雅驯者，以广见闻。惟猥鄙荒诞，徒乱耳目者，则黜不载焉。(《四库全书总目提要·小说家类》)

胡、纪二位大概都将当时正见兴盛的通俗小说，视为“猥鄙荒诞，徒乱耳目者”，所以“黜不载焉”。

可见，班固乃至庄子的幽灵，一直在中国小说界徘徊。“史家成见，自汉讫今盖同”，是鲁迅的历史总结。所谓“讫今盖同”，则可见历史的阴影到20世纪初尚未彻底拂去。所以作为中国新小说之父的鲁迅，也不无感慨地说：

"在中国，小说不算文学，做小说的也决不能称文学家，所以并没有人想在这一条路上出世。"(《我怎么做起小说来》)

(二)中国小说的历史源头

中国小说概念虽迟迟难以科学化，但中国小说活动的源头却可追溯到遥远的历史的崇山峻岭中去。

鲁迅曾在《中国小说的历史的变迁》中说："在文艺作品发生的次序中，恐怕是诗歌在先，小说在后的。诗歌起于劳动与宗教……至于小说，我以为倒是起于休息的。人在劳动时，既用歌吟以自娱，借它忘却劳苦了，则到休息时，亦必要寻一种事情以消遣闲暇。这种事情，就是彼此谈论故事，而这谈论故事，正就是小说的起源——所以诗歌是韵文，从劳动时发生的；小说是散文，从休息时发生的。"中国隋唐后，将讲故事习称为"说话"，小说史上也沿用这个名称。将民间兴起的说话艺术视为小说的源头，较之班固视小说源自街谈巷语虽相似却更准确。

20世纪50年代，人们从成都天回镇汉墓中，找出个神奇的"故事员"——泥塑说书俑。他俯胸跷脚，扬槌击鼓，神采飞扬，无疑正在说唱一个动人心弦的故事。这珍贵的出土文物，反映出由劳动之余的谈论故事到作为一种艺术形式存在的"说话"，在汉或汉之前就相当发达。从现存史料考察，大概可以追溯到上古的"瞽"与"优"那里去。

"说话"不仅市井细民喜闻，如苏轼《东坡志林》所载："涂巷中小儿薄劣，其家所厌苦，辄与钱，令聚坐听说古话。"文士亦乐听，元稹《酬白学士代书一百韵》："翰墨题名尽，光阴听话移。"(元稹自注云："乐天每与余游，从无不书名屋壁。又尝于新昌宅说《一枝花话》，自寅至巳，犹未毕词也。")以至皇上也爱听，郭湜《高力士外传》："每日上皇(唐明皇)与高公(力士)亲看扫除庭院，芟薙草木。或讲经、论议、转变、说话，虽不近文律，终冀悦圣情。”郎瑛《七修类稿》更说：“小说起宋仁宗。盖时太平盛久，国家闲暇，日欲进一奇怪之事以娱之。”皇上的喜好自然能刺激说话艺术的发展，但说“小说起宋仁宗”则颠倒了始末。

说话，是直接诉诸听觉的艺术，因而它的艺术功能首先在拴住听众；正是从怎样拴住听众出发，说话逐渐形成了鲜明的艺术特色。而说话艺术的种种基因，无不若明若暗地表现在它的后代——通俗小说身上。

说话艺术以说为主，辅以诵唱。上古时代小说、诗歌、戏曲都是些个性尚不鲜明的萌芽，而且相互融合，难舍难分。后来它们虽然各自长成了参天大树，但彼此仍盘根错节。通俗小说以诗起诗结，为强调某一出场人物，渲染某一特殊境遇，都以诗为证，这种固定格式，就是说话艺术中唱诵成分的延继，也是诗歌、戏曲因素对小说的参合。

说话艺术以说为主，辅以图像（这个特点以唐代俗讲变文尤为明显）。说话艺人一面说唱，一面指着图像解说，有如今天的连环画挂图。图像将听觉艺术转变为视觉艺术，目的在加强听众的直观感觉。通俗小说常有“全像”“出像”之类的插图；称读者为“看官”，不称“听官”，常用“看官听着”的句式提醒读者，这分明是沿袭说话艺术的习惯。

说话艺术以说为主，辅以议论。鲁迅说小说起源于上古人民彼此谈论故事，可见“论”是说话艺术中不可缺少的环节。说话艺人不仅要讲清故事的来龙去脉，而且还要与面前的“看官”一起讨论故事中人物的善善恶恶、是是非非，并在说唱中明确表白自己的取舍倾向。通俗小说的作家基本采取第三人称的评述模式，他以全知全能的说话人的身份凌驾于一切人物之上，他一面叙述着，一面评论着，动不动就高呼“看官听着”，紧接着在“却原来”后来一段评说，生怕读者不了解作者的意图。这与西方古典小说作者多半将自己和倾向都隐藏起来的写法是迥然不同的，而这明显是与说话艺术一脉相承的。

此外通俗小说的取材奇特、构思巧妙、情节曲折、语言通俗、略形传神、寓庄于谐等艺术特点，无不可以从说话艺术中找到源头。“不奇不传”“无巧不成书”“话须通俗方传远，语必关风始动人”“讲论只凭三寸舌，称评天下浅和深”等，几乎是说话艺术与通俗小说共用的艺术口诀。犹如亚当那能变为新生命的肋骨，说话艺术中的不少故事也在通俗小说中获得新的生机。

不积细流，难以成江河。当我们在丰富多彩的中国通俗小说的江河中遨游时，切不可忘记源远流长的说话艺术以它的细流冲刷并开辟了河道。

（三）中国小说的历史基石

中国小说依语言可分为文言小说、白话小说（通俗小说）两大类。就活动而言，如上面所云源于说话。就构件而言，其与神话、传说、寓言、史传以及诗词曲赋等都有不解之缘，因它文备众体，包容性极大（因而说《庄子》中有小说因子则可，说《庄子》是中国小说之祖则非。以此类推，诸如中国小说或起源于神话，或起源于传说，或起源于寓言，或起源于史传文学等种种说法皆似是而非。因为它们都只是小说的或一构件，或基因，而未构成独立的小说）。就文体而言，文言小说始于魏晋南北朝的志怪、志人小说，白话小说则起于宋元话本。

中国文言小说兴于魏晋南北朝，盛于唐人传奇，衰于宋人传奇，尔后笔记小说数量虽多，佳制甚少，至清代出《聊斋志异》可谓奇峰突起。其“用传奇法，而以志怪”，故史家称之为“拟古派”。再后的模仿者就没有什么好成绩。

“一张口难说两家话”，这里就按下文言小说，单表通俗小说。如果说说话艺术是中国小说的源头，那么，宋元话本则堪称通俗小说的基石。

宋元话本，也是说话艺术的产儿。从北宋名画家张择端所作巨幅风俗画卷《清明上河图》，就可以看出宋代城市的空前繁盛。以汴梁为中心，以原五代十国京都为基础的北方城市，在当时已奇迹般地构成了相当可观的国内工商交通网络。正是为了适应那畸形发展的城市生活需要，说话艺术由宋前涓涓细流，迅速地汇集成了汪洋大海。宋代供说话艺人和其他技艺集中表演的游艺场所——勾栏瓦舍，在城市星罗棋布。孟元老的《东京梦华录》里说，东京皇城东南角就有“街南桑家瓦子，近北则中瓦，次里瓦，其中大小勾栏五十余座。内中瓦子莲花棚，牡丹棚；里瓦子夜叉棚、象棚，最大可容数千人”。真有点像近代上海的“大世界”或北京的“天桥”。即使在《清明上河图》中，也可以清晰地看到那街头卖艺的情景。你若细读《水浒传》也不难发现，就是南征北战的梁山好汉，也时而钻进瓦舍听说故事。如第一百一十四回就写到李逵与燕青两人在东京街头听说评话的情景。

宋元涌现出不少职业化、商业化的说话艺人，其中有的是专门化人才，如说“三分”的霍四究，说五代史的尹常卖，他们还组织了“雄辩社”与“书会”，好似今天的曲艺团体。说话艺术就其内容而言，大致可分为小说、讲史、说经、说铁骑儿四家。其中最有影响，为人们喜闻乐见的是小说与讲史两家。讲史专讲长篇历史故事，小说专叙短篇故事，相形之下它较讲史更来得活泼，所以有“最畏小说人，盖小说者能以一朝一代故事顷刻间提破”（见《都城纪胜》）的说法。

这种种说话艺人讲故事的底本，就统称为“话本”。其中小说家说的称“小说”，讲史家说的称“平话”（或“评话”），韵白夹杂的还有“诗话”“词话”之称。这就是中国小说史上最早出现的通俗小说。与六朝小说、唐人传奇这些“前辈”相比，后起之秀的话本小说确是面目一新。它不以单纯的猎奇与文笔的优美取胜，而以语言的通俗与生活的真实见长。话本的成功，是无意插柳柳成荫。当说话艺人以说话为谋生手段争雄于勾栏瓦舍时，自然要让话本能叫座动人，压倒对手。这竞争机制就使话本小说有了惊人的发展。

如此珍贵的话本小说，在历史的风风雨雨中多有散佚，多么可惜。

据《醉翁谈录》《也是园书目》《宝文堂书目》记载，现能见的短篇话本存目的有一百四十来篇，但现存作品仅三十余篇，主要收在《京本通俗小说》、《清平山堂话本》以及冯梦龙所编著的“三言”之中。讲史话本，明代所编《永乐大典》中收有二十六卷，但其中今仅存《薛仁贵征辽事略》一种。“大典”之外还有《梁公九谏》、《五代史平话》、《大宋宣和遗事》和《全相平话五种》。此五种为：《武王伐纣平话》、《七国春秋平话》（后集）、《秦并六国平话》、《前汉书平话》（续集）、《三国志平话》。比起当初的话本创作，现在所能见到的自然只是沧海一粟。但你若能仔细品味这一粟，也还能多少领略到那沧海的壮观。

你若浏览一下中国小说史，就不难发现明清通俗小说，无论是长篇还是短篇，都明显带有宋元话本的“遗传基因”。如《三国志演义》与《三国志平话》，《东周列国志》与《列国志传》，《封神演义》与《武王伐纣平话》，《说唐后传》与《薛仁贵征辽事略》，拟话本短篇白话小说“三言”、“二拍”与短篇话本之间无不有割不断、理还乱的血缘联系。可以说元以后的通俗小说，几乎都是在宋元话本的基础上发展起来的。正是从这个意义而言，我们称宋元话本为中国通俗小说发展史上的第一块基石。

章回小说是中国古典长篇小说的唯一艺术形式。它也由宋元讲史话本发展而来。讲史既是说历代兴亡与战争的故事，就不可能像小说话本那样“顷刻间提破”，而只能连续地讲若干次；而讲一次就要有一个小的段落、形成一定的章节，这就等于后来小说的一回。在每一次讲说之前，说话艺人要用相应的题目向听众提示其主要内容，这题目就是未来章回小说“回目”的源头。每段讲完，为吸引听众，说话艺人就要“卖关子”制造悬念，吊起听众的胃口，分段往往不在故事结局而在高潮或转折点，因而每段之后总说些“未知后事如何，且听下回分解”“不知来者何人，容我慢慢道来”之类的话。这些都为章回小说所继承。从章回小说经常出现的“看官”“话说”之类术语，也可看出它与话本之间的血缘关系。中国的章回小说经元末明初的实践，到明代中叶趋向成熟。这时的章回小说已不是分节，而是明确地分章或回。面目也由单句发展成参差不齐的双句，后又成为工整的对句，继而回目也成了一种艺术。

（四）中国小说的历史进程

中国小说，特别是明清通俗小说的发展有着其特殊轨道。鲁迅在《中国小说的历史的变迁·序言》中有着精辟的表述：

> 中国进化的情形，却有两种很特别的现象：一种是新的来了好久之后而旧的又回复过来，即是反复；一种是新的来了好久之后而旧的并不废去，即是羼杂……文艺，文艺之一的小说，自然也如此。例如虽至今日，而许多作品里面，唐宋的，甚而至于原始人民的思想手段的糟粕都还在。今天所讲，就想不理会这些糟粕——虽然它还很受社会欢迎——而从倒行的杂乱的作品里寻出一条进行的线索来。

"从倒行的杂乱的作品里寻出一条进行的线索来"，这是鲁迅研究中国小说史的宏大目标。尽管"鲁学"在中国相当发达，尽管《中国小说史略》研究也相当繁荣，但鲁迅这一关乎中国小说史研究全局的重要命题，却似乎不大被人们所注视。由此而产生的后果是，迄今为止的中国小说史著作似乎还没有一部达到鲁迅所期待的高度。

据笔者理解，鲁迅的这段妙论大概包含三层意义：其一，就某一流派小说而言，当它从历史的斜坡上爬到历史的高峰时，就立即出现众多追星族从事对"高峰作品"的模仿。然物极必反，伟大是不可重复的，文学创作尤其如此。因而即使是有才华的追星族，也难以在同一个轨道上再造辉煌。这就使某一流派小说在登上顶峰之后，必然出现"倒行"现象。

远的不说，只说明清小说。明代的"四大奇书"，源于宋元话本的四大家。成为奇书后，每一部代表一个小说流派和这一小说流派的最高成就。《三国演义》为历史小说高峰,《水浒传》为英雄传奇小说高峰,《西游记》为神魔小说高峰,《金瓶梅》为世情小说高峰。对它们的艺术成就，鲁迅有过充分论述。对于“四大奇书”所代表的四大流派小说的各自“倒行”现象，鲁迅也有过深刻的论述。他说,《三国演义》以后“做历史小说的很多，如《开辟演义》、《东西晋演义》、《前后唐演义》、《南北宋演义》、《清史演义》……都没有一部跟得住《三国演义》”。《水浒传》的“后出者尤伙”,“如明遗民陈忱，就托名雁宕山樵作了一部《后水浒传》”,“因为国家为外族所据，转而与强盗又表同情的意思”。“道光年间就有俞万春作《结水浒传》，说山寇宋江等一个个皆为官军所杀，他的文章是漂亮的，描写也不坏，但思想实在未免煞风景”。《西游记》“后来有《后西游记》及《续西游记》等，都脱不了前书窠臼”。《金瓶梅》“以后世情小说，就明明白白的，一变为说报应之书——成为劝善的书了。这样的讲到（西门庆等人）后世的事情的小说，如果推演开去，三世四世，可以永远做不完工，实在是一种奇怪而有趣的做法”。

清代小说《聊斋志异》《儒林外史》《红楼梦》，则分别代表拟古小说、讽刺小说、人情小说的高峰。此外还有《三侠五义》作为侠义小说代表，不过其无法与上述名著相比肩。

“《聊斋志异》出来之后，风行约一百年，这期间模仿和赞颂它的非常多”。“可是并没有什么好成绩，学到的大抵是糟粕，所以拟古派也已经被踩死在它的信徒的脚下了”。“讽刺小说是贵在旨微而语婉的，假如过甚其辞，就失了文艺上底价值，而它的末流都没有顾到这一点，所以讽刺小说从《儒林外史》而后，就可以谓之绝响。”“《红楼梦》而后，续书极多”,“大概是补其缺陷，结以团圆。直到道光年中,《红楼梦》才谈厌了”,“于是便用了《红楼梦》的笔调，去写优伶和妓女之事情”,“作者对于妓家的写法凡三变，先是溢美，中是近真，临末又溢恶，并且故意夸张，谩骂起来；有几种还是诬蔑、讹诈的器具。人情小说底末流至于如此，实在是很可以诧异的”。《三侠五义》之后，因为社会上很欢迎，所以又有《小五义》《续小五义》《英雄大八义》《英雄小八义》《七剑十三侠》《七剑十八侠》等都跟着出现，“而大抵千篇一律，语多不通，我们对此无多批评，只是很觉得作者和看者都能够如此之不惮烦，也算是一件奇迹罢了”。

其二，就流派与流派之间而言，前一流派小说“倒行”现象，将迫使后代天才作家深思并做出历史的选择：不是驾轻就熟，在“倒行”的轨道上去讨生活；而是知难而进，在无路的困境中去寻生机。“好比一股流水，遇到石头阻拦，又有堤岸约束，只得另觅途径，却又不能逃避阻碍，只好从石缝中迸出，于是就激荡出波澜，冲溅出浪花来”（杨绛《艺术与克服困难》）。这波澜，这浪花的前面，或许就是新的小说流派的涌现，新的小说流派高峰的崛起。彼派势渐弱，此派势正健，三山五岳相继出现，各山各岳皆有自己的山脉，而山脉与山脉之间往往是你中有我，我中有你。这就造成了中国小说史上极其“杂乱”的风光。

讲史小说的高峰《三国演义》之后的造山运动还在急剧进行，以《水浒传》为代表的英雄传奇小说就已崛起。两峰对峙，乍看令人困惑，因而有人将《水浒传》也归于讲史小说。人物形象似乎也是如此，如宋江和刘备仁义的性格非常相似，李逵和张飞莽撞、急躁的个性如出一辙，“智多星”吴用，号加亮，更显然是师承智慧的化身诸葛亮而来的。实则两者差异很大。就宏观而言，《三国演义》虽未必是七实三虚，但终是寄情于历史的框架；《水浒传》虽也有点历史的影子，但终为作家“锦心绣口”杜撰得来。就语言而言，《三国演义》虽“非史氏苍古之文，去瞽传诙谐之气”，然终未脱半文半白之体；《水浒传》虽也有若干留文，终为较纯粹的口语文学形态。就人物而言，《三国演义》中虽有曹操这“个性化”人物形象，但其主体是类型化典型，如鲁迅所言：“欲显刘备之长厚而似伪，状诸葛之多智而近妖”；《水浒传》虽未必完全摆脱了类型化的樊篱，但其人物形象描写基本做到了“各有派头，各有光景，各有家数，各有身份”，“任凭提起一个，都似旧时熟识”（金批）。这样，《水浒传》对于《三国演义》而言，是实行了一次小说观念与写法上的革命，而成为与之相对峙的另一座高峰。中国小说史上的高峰，都是在这种对其前面高峰所代表的小说观念与写法进行革命中突起的。每次革命都可能诱发一次小说造山运动，一次次革命会使中国小说层峦叠嶂，杂乱壮观。

其三，就中国小说的宏观进程而言，正是这种此起彼伏的“倒行的杂乱的”以至时有“反复”“羼杂”的特殊运动方式，构成了中国小说特有的“进行的线索”。像江河之中有激流，也有回流，波澜起伏，千回百转，但整条江河总是在向前奔流。

从《三国演义》到《红楼梦》，仅是中国小说艺术典型的基本形态，就完成了从古代的类型化典型向近代的性格化典型的转化的历史性突破。用鲁迅的话说：“至于说到《红楼梦》的价值，可是在中国底小说中实在是不可多得的。其要点在敢于如实描写，并无讳饰，和从前的小说叙好人完全是好，坏人完全是坏的，大不相同；所以其中所叙的人物，都是真的人物。总之自有《红楼梦》出来以后，传统的思想和写法都打破了。——它那文章的旖旎和缠绵，倒是还在其次的事。”傅继馥在其名文《古代小说艺术典型基本形态的演变》中，更作了深入的论述。他称那“进行的线索”为：从道德品质的规范到性格的独特性，从特征的单纯稳定到性格的丰富性，从形象的整一到性格的复杂性，肖像描写从类型化到性格化。

中国小说造山运动的最高成就，是推出了《红楼梦》这中国小说的最高峰。蒋和森在《曹雪芹和他的〈红楼梦〉》中以诗的语言说：“曹雪芹，这是封建时代最后的，也是最成熟的一个天才。《红楼梦》，这是祖国文学的纯金，我们民族文化的光荣和骄傲！它不仅是中国的，也是‘全人类艺术发展中向前跨进的一步’。”

中国小说“进行的线索”，实际上远较上述的复杂。鲁迅所勾勒的虽不失为伟大的开端却毕竟太简略，唯寄希望于未来的学人，曰：诚望杰构于来哲也。

（五）中国小说的历史地位

中国小说的繁荣发展的历史原因，以往的研究从政治、经济、文化等方面说得够多了，这里我想换一个角度，即从中国文学的艺术形式的历史变迁言之，或许可聊备一说。

一部文学史，实则是一部艺术形式的发展史，也是一部艺术形式的新陈代谢史。巴尔扎克有句名言说："文学就像所代表的社会一样，其有不同的年龄。沸腾的童年是歌行，史诗是茁壮的青年，戏剧与小说是强大的成年。"（《论历史小说兼及"弗拉戈莱塔"》）中国则有"一代有一代之文学"的命题。此说最早源于何人不详。据笔者考察，这一观念似自元人虞集始言之，至元明以后，文学代变之迹尤为彰然，它几成人人能言的常谈。不妨自虞集顺流而下，略事陈述。

虞集云：

> 一代之兴，必有一代之绝艺足称于后世者；汉之文章，唐之律诗，宋之道学。国朝之今乐府，亦开于气数音律之盛。（见孔齐《至正直记》）

明人王思任《唐诗纪事序》云：

> 一代之言，皆一代之精神所出。其精神不专，则言不传。汉之策，晋之玄，唐之诗，宋之学，元之曲，明之小题，皆必传之言也。

清人顾彩《清涛词序》云：

> 一代之兴，必有一代擅长之著作，如木火金水之递旺，于四序不可得兼也。古文莫盛于汉，骈俪莫盛于晋，诗律莫盛于唐，词莫盛于宋，

曲莫盛于元。昌黎所谓以鸟鸣春，以雷鸣夏，以虫鸣秋，以风鸣冬者，其是之谓乎！

又焦循《易余籥录》云：

一代有一代之所胜，欲自楚骚以下撰为一书，汉则专取其赋，魏晋六朝至隋则专取其五言诗，唐则专录其律诗，宋专录其词，元专录其曲。

难能可贵的是，明清作家不少人有着明确的文体变迁意识。明人何景明《何子杂言》云：

经亡而骚作，骚亡而赋作，赋亡而诗作。秦无经，汉无骚，唐无赋，宋无诗。

又王世贞《艺苑卮言》云：

三百篇亡而后有骚体，骚赋难入乐而后有古乐府，古乐府不入俗而后以唐绝句为乐府，绝句少宛转而后有词，词不快北耳而后有北曲，北曲不谐南耳而后有南曲。

又胡应麟《诗薮·内编》云：

骚盛于楚，衰于汉，而亡于魏。赋盛于汉，衰于魏，而亡于唐。

清初李渔《名词选胜序》云：

文章者，心之花也。花之种类不一，而其盛也亦各以时。时即运也，桃李之运在春，芙蕖之运在夏，梅菊之运在秋冬。文之为运也亦然，经莫盛于上古，是上古为六经之运；史莫盛于汉，是汉为史之运；诗莫盛于唐，是唐为诗之运；曲莫盛于元，是元为曲之运。运行至斯，而斯文遂盛。

对中国文学艺术形式的变迁历程及其原因，论述最精的要数近代的王国维。所以当代学术界都将“一代有一代之文学”作为王国维的观点来引用。王国维在《宋元戏曲考·序》中有云：“凡一代有一代之文学：楚之骚，汉之赋，六代之骈语，唐之诗，宋之词，元之曲，皆所谓一代之文学，而后世莫能继焉者也。”此前他在《人间词话》中有云：

四言敝而有楚辞，楚辞敝而有五言，五言敝而有七言，古诗敝而有律绝，律绝敝而有词。盖文体通行既久，染指遂多，自成陈套。豪杰之士，亦难于中自出新意，故往往遁而作他体，以发表其思想感情。一切文体所以始盛终衰者皆由于此。故谓文学今不如古，余不敢信。但就一体论，则此说固无以易也。

这亦如鲁迅是“从倒行的杂乱的作品里寻出一条进行的线索”。可惜的是他们都未涉及小说。如加上明清小说，王国维之论就基本勾勒了中国古代文学主潮流变的全过程。这一过程自先秦至清，大致经历了一个之字形的三部曲。

第一部曲为不规则的韵文，即王国维所谓楚之骚，包括《诗经》，故简称风骚；第二部曲为不断规范化的韵文，即王国维所谓汉之赋、六朝骈语、唐诗宋词；第三部曲为规范化的韵文走向瓦解，而终被空前发展的（广义的）散文所替代，即王氏所谓元之曲，再加明清小说。

当然，任何概括理性抽象，都是以残酷地割舍大量生动的细部为代价的。“三部曲”云云即如此，它就是割舍了其他种种文学形式，如风骚时代绚丽多姿的诸子散文，如唐宋时代各领风骚的八大家散文，如明清时代流派纷起的诗文创作，而言其所谓文学主潮的。作为文学主潮的“三部曲”之间，虽有着剪不断、理还乱的血缘联系，如赋骈诗词中的风情骚态，如曲之律之境近于诗、词之律之境，文备众体的小说更不排斥诗情曲意，然它们之间更有着相当复杂的否定之否定的辩证关系，否则它们就无法实现质的变迁，各种主潮文体也难以自我完善化。

先秦处于中国封建社会兴起之端，是个生气勃勃的时代。这个时代的学术思想相当活跃，呈现了一个为后世所称道的“百家争鸣”的局面。因而这个时代文学作品亦多大气磅礴而不拘一格。其磅礴之气则表现为一定的节奏（韵文），不拘一格是其节奏未被规范化，两者契会则为不规则的韵文风骚。而自汉至宋，则是中国封建社会的兴盛时代，其统治思想也渐趋规范化，汉武帝罢黜百家，独尊儒术之举，就结束了先秦时代百家争鸣的局面，而代之以整齐划一为特征的正统儒学为其统治思想。文学则相应表现为对不规范的韵文的否定，而不断走向规范化，即从赋与骈文格律化到诗词格律化：汉之赋、六朝骈语、唐诗宋词。而自元至清，中国封建社会已走下坡路以至坠入末世，尽管这个时代的统治阶级仍变本加厉地以正统儒学去强化其思想统治，然这一日趋僵化的思想体系维系人心的力量已大大削弱。非但如此，而且此时封建旧营垒中还不时分化出种种“不良分子”，提出种种“异端邪说”，以种种启蒙或准启蒙思潮去松动、冲击以至改造那相当僵硬的精神环境。文学主体也相应表现为对正统文学的规范性的否定，而终以散文化的诗词戏曲和散文化的戏曲小说，替代了规范化的韵文的主潮地位。中国文学“三部曲”之间这种否定之否定关系，也就是文学主潮大起大落的宏观意义的新陈代谢。中国小说正是沿着这之字路攀缘盘旋，崛起壮大并获得主潮地位的。

中国小说当初是个被侮辱被损害的形象：或被视为“君子弗为”的小道，

或被斥于“可观者九家”之外，然它非但没有被传统文学的傲慢与偏见所吞没，到明清时代竟挣扎出个文学主潮的历史地位。这实为历史的奇迹，也是历史的必然：是中国文学整体新陈代谢的必然结果。

当明清小说崛起成为文学主潮时，作为传统文学的诗文并未退出历史舞台，甚至也相当繁荣。但作为传统文学终结期象征的明清诗文，则是前两部曲的回光返照。无论是明代的前后七子的复古运动，还是清代桐城派的复古运动，要么以秦汉为典范，要么以唐宋为典范，以振兴古诗古文。“五四”新文化运动，是对明清小说的继承与发展，是对传统诗文回光返照现象的彻底否定。因而，可以说明清小说是中国新旧文学之间一座坚实的桥梁。正是从这个意义出发，“五四”新文化运动的旗手与主将们特别看重明清小说，甚至将之视为推动新文化运动的良师益友。

（六）中国小说的历史命运

中国小说的繁荣，自然与天才作家的天才努力分不开。明清小说前期是底层文人在民间创作的基础上加工写定的，自《金瓶梅》始基本上是底层文人独立完成的。他们或争雄于勾栏瓦舍之间，或崛起于传统文学之侧，或许并不知道自己的作品与祖国的历史文化有什么关系，也不知道自己在干一种流芳百世的伟业。但他们用生动的口语描绘的世俗画面，不仅当时“使席上生风，不枉教坐间星拱”，而且把文学从士大夫的手中及案头解放出来，成为一种带有全民族性质的通俗文艺。与传统文学相比，其有了性质上的重大差异，使艺术形式的美感逊色于生活内容的欣赏，高雅的情趣让路于世俗的真实。经过若干历史时期的竞争，这些通俗小说的语言，竟成了正宗的文学语言，乃至一切文章的语言。

但小说作品的命运并不佳，以因果报应诅咒之者有之。明田汝成《西湖游览志余》云：

钱塘罗贯中本者，南宋时人，编撰小说数十种，而《水浒传》叙宋江等事，奸盗脱骗机械甚详。然变诈百端，坏人心术，其子孙三代皆哑，天道好还之报如此。

这则流言，在明清笔记中转相记载，足见其流传非一乡一域，也非一时一地。清毛庆臻《一亭考古杂记》中记曹雪芹的故事就更离奇，他说：

乾隆八旬盛典后，京版《红楼梦》流行江、浙，每部数十金。至翻印日多，低者不及二两。其书较《金瓶梅》愈奇愈热，巧于不露，士大夫爱玩鼓掌。传入闺阁，毫无避忌。作俑者曹雪芹，汉军举人也。由是《后梦》、《续梦》、《复梦》、《翻梦》新书叠出，诗牌酒令，斗胜一时。然入阴界者，每传地狱治雪芹甚苦，人亦不恤。盖其诱坏身心性命者，业力甚大，与佛经之升天堂，正作反对。嘉庆癸酉，以林清逆案，牵都司曹某，凌迟覆族，乃汉军雪芹家也。余始惊其叛逆隐情，乃天报以阴律耳。

类似的记载，在清人笔记中也远不止此一处。甚至小说评点家也被说成遭恶报者，清石成金《天基狂言》云：

施耐庵著《水浒》书行世，子孙三代皆哑。李卓吾最喜翻驳前人，终身蹭蹬，惨死非命：此即以文害人之榜样。古云："刀笔杀人终自杀。"乃是实语，并不虚妄。

又周思仁《欲海回狂集》云：

江南金圣叹者，名喟，博学好奇，才思颖敏，自谓世人无出其右。多著淫书，以发其英华。所评《西厢》、《水浒》等，极秽亵处，往往摭拾佛经。人服其才，遍传天下。又著《法华百问》以己见妄测深经，误天下耳目。顺治辛丑忽因他事系狱，竟论弃市。

遭政府禁毁有之，乃至遭武器之批判亦有之。明正统七年国子监祭酒李时勉以防止“邪说异端日新月盛，惑乱人心”为由，奏请朝廷禁毁《剪灯新话》等小说，开官禁小说之端。崇祯十五年明思宗下令“大张榜示，凡坊间家藏《水浒》并原版，勒令烧毁，不许隐匿”（《明清内阁大臣史料》上册）。清代较明更严酷，在《大清律例》中则明确地将小说作家作为“造妖书妖言”者处理。《大清律例》卷二十三刑律贼盗上：

［造妖书妖言］

凡造谶纬妖书妖言及传用惑众者皆斩（监候）。被惑人不坐。不及众者流三千里，（合依量情分坐）。若（他人造传）私有妖书隐藏不送官者杖一百，徙三年。

［条例］

……凡坊肆市卖一应淫词小说，在内交与八旗都统、都察院、顺天府，在外交督抚等转行所属官弁严禁，务搜板书，尽行销毁。有仍行造作刻印者，系官革职，军民杖一百、流三千里，市卖者杖一百、徙三年，买看者杖一百。该管官弁不行查出者，交与该部按次数分别议处。仍不准借端出首讹诈。

清政府这一政策，始终实行，至清亡而止。明清两代政府禁毁小说有多少，已难确算，只知目下流行的中国禁毁小说“大观”“大全”“百话”之类书所历数的均在百种上下。

这种文化专制的气候，使诸多小说作家写了小说，而不愿或不敢署名。“吾为斯人悲，竟以稗史传”，这是吴敬梓的朋友对其以天纵之才写小说《儒林外史》的惋惜。小说作家的地位低下，名不见经传。有相当一部分小说作家的大致历史，也难以考索。作为诗的顶峰时期的唐代，大约有诗四万八千多首；作为词的黄金时代的宋朝，大约有词二万余首。以现代印刷术排印，两者相加充其量三十来册书，只几部长篇小说的篇幅。唐诗宋词中有的名家只一两首诗或词，或者说一两首诗或词就可支撑起一个诗词名家。而这些诗词名家的生平事迹，竟被纪事之类的著作弄得清清楚楚。相形之下，小说作家是何其不幸!

因此在中国小说史上出现了一个奇异现象，那就是众多的小说都有个千古未解的“作者之谜”。宋元话本自不待言，即使是明清小说名著也如此。那些名著作者名氏，现在虽多大摇大摆地写上通行本的封面，写进文学史、小说史，但只要稍事考察就会发现，不少名字后面却站着一大串要争夺那著作权的“死魂灵”。明代“四大奇书”几乎无一例外，其中《金瓶梅》作者被考出者已近百，堪称世界之最。清代《红楼梦》作者之谜的争论，也是至今未休的热门话题。

走笔至此，我不禁想起苏兴先生在《吴承恩小传》开卷处的一段风趣的话语，他说：

> 立德、立功、立言，古称之为三不朽。写一部通俗小说，为贩夫走卒、村翁塾师所赞颂喜爱，不仅进不到所谓三不朽的行列，还要受到鄙视、蔑视。但是历史上产生的优秀的通俗说部，经过时间的考验，证明它确实是不朽的。我以为这样的小说是立德兼立言的，不朽也宜。作品不朽，作者也便因而应该不朽。孰知不然。因为通俗小说不登大雅之堂，上不得士大夫的台盘，捉刀握笔的作者，把自己的整个心灵奉献给社会，却往往不能在书上标写自己的姓名。《西游记》小说为什么长期被元朝

道士长春真人丘处机无理攘夺？吴承恩的泪花告诉了人们这样的现实。被称为明代小说四大奇书另三部的作者，即作《水浒传》的施耐庵，作《三国演义》的罗贯中，作《金瓶梅》的笑笑生，名则印在书上矣，施耐庵尝见疑于人，认为是个假名字；笑笑生者又是何人哉？他们似乎是个蒙面剑侠，倏乎而来，送给精神上缺少食粮的人们一盘丰美的点心，又飘然隐去，就是善于搞侦破工作的福尔摩斯，也无所措于其间，终不能识庐山真面。

如此纷纭的"作者之谜"，即见中国小说作家历史命运之一斑。

对中国小说，包括小说作家卑微的历史命运，晚明异端思想家李贽等曾有过不平之鸣，并曾掀起过重视小说的浪潮。他们称之为天下之至文，千古之奇书，称作家为格物君子。入清以后却渐渐消退。至晚清梁启超等掀起"小说界革命"，称小说为"文学之最上乘"。梁氏在其"小说界革命"之宣言书《论小说与群治之关系》中甚至说："欲新一国之民，不可不先新一国之小说。"给人的感觉，是中国小说与小说作家的历史命运至此改善了。其实不然。因为梁启超受西方文化的影响，是以否定中国小说为前提进行小说界革命的。请看梁氏在上述名文中之论中国小说吧，他说：

中土小说，虽列之九流，自虞初以来，佳制盖鲜。述英雄则规画"水浒"，道男女则步武"红楼"，综其大较，不出诲淫诲盗两端，陈陈相因，涂涂递附，故大方之家，每不屑道焉。

梁氏开阔的眼界是可取的，但其全盘否定中国小说却是偏颇的。这种论调，出自一个"旗手"之口，就不能不影响到近代学者对中国古典小说的研究。

中国小说与小说作家历史命运的根本改观，实则始于"五四"新文化运动。以通俗小说为代表的白话文学为中国文学之正宗：这是“五四”新文化运动的领袖陈独秀及主将胡适、鲁迅等，以新的历史眼光所得出的新的历史结论。

本书的下编并非要具体研究中国小说的历史命运，其重点在研究中国小说的艺术性格。如选出明代“四大奇书”与清代的《红楼梦》、《儒林外史》的某一侧面来论述，企图以小见大去探讨某一流派小说之某一显著艺术特征，同时对中国小说的艺术虚构与艺术缺陷，以及陈独秀、鲁迅对中国小说研究之得失等不大为学界所重视的问题，提出一孔之见，以期抛砖引玉。因而中国小说的历史景观与命运，只能在引论中作一匆匆巡视。

十九　历史小说的艺术情节——“赤壁之战”艺境解析

情节无疑是小说构成的要素之一。从某种意义上讲，中国小说或许可称为情节的艺术，以至可以说，没有情节就没有小说。而历史小说则尤其如此。然而，就某些理论家的规范而言，中国小说情节发展的轨道似乎是：由强化情节，到淡化情节，到反情节。

姑且不论这种描述是否符合中国小说发展的实际，但有一点可以肯定：情节强化到故事淹没了人的程度固不见佳；相反，小说若彻底驱逐情节也是不可思议的。因为如果小说里没有人，人的关系，人的际遇，人的情感，人的思索，人的梦幻，那就什么也表现不了，而这些都能构成情节。

既然如此，我们就不能不研究小说的情节，不能不重视历史小说所显示的情节魅力。《三国演义》是中国历史小说之最，而“赤壁之战”又为《三国演义》之文眼。研究中国历史小说之情节艺术，则不可不以“赤壁之战”为其艺术标本。《三国演义》从第四十二回到五十回，描写了“赤壁之战”的起因、发展、高潮和结局，使之成为中国历史小说的英雄史诗中最精彩的乐章。

要了解“赤壁之战”的艺术魅力，不妨从其情节构成谈起，其魅力即孕于其中。

（一）曲折而主脉清晰

“赤壁之战”的情节，首先以曲折取胜。几乎每个情节，每个细节都是一波三折，摇曳多姿。一个事件，往往在顺利发展的过程中出人意料地顿起波折；读者的心灵，也往往随着情节波澜起伏。

如“孙刘联盟”。当基本统一了北方的曹操，亲领重兵挺进江南时，无论是喘息江夏的刘备，还是偏安江东的孙权，只要不愿被曹军各个击破，就得联合抗曹而别无选择。孙刘两方对此都了若指掌，并互派大使传递联盟的意向。按理讲此时孙刘联盟就是水到渠成的事了。然而吴方因孙权患得患失举棋不定而有主战主和之争，兼之孙刘在联盟问题上各怀其私，就使“孙刘联盟”这本当直接行进的情节，只得沿着意想不到的曲线运动着。蜀吴两方，刘备的力量更弱，在曹军进攻面前，首当其冲，因而他就更积极地去谋求联盟。而刘备的内务外交都仗诸葛亮的足智多谋和三寸不烂之舌，这就演出了诸葛亮舌战群儒，智激孙权，巧逗周瑜这一波三折的好戏。诚如毛宗岗批云：

> 文字曲处，妙在孔明一至东吴，鲁肃不即引见孙权，且歇馆驿，此一曲也。又妙在孙权不即请见，必待明日，此再曲也。及至明日，又不即见孙权，先见众谋士，此三曲也。及见众谋士，又彼此角辩，议论龃龉，此四曲也。孔明言语既触众谋士，又忤孙权，此五曲也。迨孙权作色而起，拂衣而入，读者至此，几疑玄德之与孙权终不相合，孔明之至东吴终成虚往也者，然后下文峰回路转，词洽情投。将欲通之，忽若阻之；将欲近之，忽若远之。令人惊疑不定，真是文章妙境。

再如“定计火攻”。赤壁之战，又云火烧赤壁；定计火攻，是火烧赤壁的先导。然此计之定仍有一波三折之妙。一折：苦肉计。用诸葛亮的话说，不用苦肉计，何能瞒过曹操？无黄盖诈降，又怎能将火种送到曹营？二折：阚泽献书。没有“狗胆包天”的阚泽投献诈降书，使曹操信以为真，黄盖岂不白白受苦一场？三折：庞统巧授连环计。没有庞统巧授连环计，将曹方舟船连成一片，即使黄盖诈降成功，又岂能对曹军施以毁灭性的打击？

"赤壁之战"中不仅大情节，即使是小情节乃至细节，也是一波三折。如"阚泽献书"，他倒是顺利地进了曹营，见了曹操，似乎马到成功；不料曹操将书反复看了十多遍后，一语喝破了谜底："黄盖用苦肉计，今汝下诈降书，就中取事，却敢来戏侮我耶！"换一个人，此时只得甘受刀斧之戮了；不料阚泽果真是一条汉子，针对曹操"你既是真心献书投降，何不明约在几时"的质问，他却引经据典坦然以答："背主作窃，安可期乎？"且说："倘约了日期，急下不得手，这里接应，必然泄漏。"说得曹操转怒为笑，礼谢再三。

再如庞统巧授连环计后，正欲登舟离去时，不料被人一把扯住，说："你好大胆！……你们把出这等毒手来，只好瞒曹操，也须瞒我不得！"吓得庞统魂飞魄散，也教读者倒吸一口凉气，不仅为庞统命运，而且为整个赤壁之战走向担忧。然而不料这神秘的智者竟是身在曹营不为曹谋的徐庶，只需庞统授他一脱身自全之计，他就缄口远避，不去干扰庞统的使命。当庞统向他耳边略说数语，他果大笑而别。这才使读者长长地舒了一口气，了此虚惊。

毛宗岗云："读书之乐，不大惊则不大喜，不大疑则不大快，不大急则不大慰。"云诡波谲，极尽曲折变幻之能事的"赤壁之战"的情节，令人读之不得不慨叹：信哉斯言。读者大惊大喜、大疑大快、大急大慰的感情跌宕，正是故事情节的大波大折、大起大落、大纵大敛所诱发、所激荡的。由此可见情节魅力之动人。然而，情节若是一味地追求曲折，那就有如狂澜四涌、泛滥成灾。"赤壁之战"情节艺术的优胜处在于其虽曲折多变而又主脉清晰，让那千回百转的情节流水，循着一条主河道奔腾向前。

"赤壁之战"中有三组矛盾冲突：孙刘与曹操之间的矛盾；孙刘联盟内的明争暗斗；孙权集团的战与和的分歧。作者巧妙地以孙刘合作中的争斗为其情节主脉，孙刘与曹操之间的矛盾为其情节副线，孙权集团内部战与和的纷议，而为又副脉。副脉、又副脉受制于主脉运动，又推波助澜影响着主脉流程，使情节既错综复杂，又有章可循。

（二）离奇而合情合理

“赤壁之战”中离奇的情节不少，最典型的有“两借”：借箭与借东风。

为争夺“赤壁之战”的领导权与胜利成果，孙刘虽联合抗曹，却始终有着不可克制的明争暗斗，周瑜、孔明尤其如此。周瑜令孔明造箭，本是个陷阱：不仅限期甚紧，而且暗嘱“军匠人等，故意延迟”，迫使孔明违令，好合法地收拾他。不料孔明不仅承诺此命，而且立下军令状：误期杀头；不仅不顾周瑜限期的短促（十日造箭十万支），而且主动缩短为三日完成：“第三日可差五百小军到江边搬箭。”这却教陪伴的鲁肃惊疑不已。这尚不算，更奇的是，孔明既应命造箭，却又不要箭竹、翎毛等造箭之物，只说按期交箭，这不能不引起周瑜的“大疑”。当孔明向鲁肃借船二十只，船上皆用青布为幔，各束草人十余个，并嘱“不可教公瑾得知”时，鲁肃虽守诺却“不解其意”。

这仍不算，尤奇的是，第三天夜里，大雾漫天，伸手不见五指。到四更时分，孔明邀鲁肃乘船同往取箭，径望北岸进发，这已引起鲁肃惊疑：北岸是曹营，难道你要劫寨夺箭不成？待船只逼近曹军水寨，孔明令军士擂鼓呐喊，就更引起鲁肃的惊恐：偷袭即使是悄然而行尚且是铤而走险，擂鼓劫营岂不是自蹈死地？

然而，令人不解的是，曹操却未派兵出击，只命水陆军士万人以乱箭射之。比及天明，日高雾散，待东吴军士不无嘲弄地高呼：“谢丞相箭”，曹操知已中计时，孔明早操舟飘逝了。

原来孔明用“借”的办法，轻而易举地完成了常人无法完成的使命。既挫败了周瑜的陷害，也削弱了曹操的力量，更增添了自己的神威。

杰出的艺术家，也当是高明的心理学家，一言既出，就能预料到它在读者心田激起什么样的波澜。罗贯中就是这样的作家，他明知孔明种种离奇之举，会使读者生出一个个问号，于是让书中人鲁肃捧出种种疑虑。鲁肃之疑，即读者之疑也；“急死鲁肃”，亦即急死读者也。诚如金圣叹云：“读书之乐，第一莫乐于替（古）人担忧”。读者在疑虑、惊恐中获得了审美乐趣。

当读者追逐着鲁肃的思绪，看到孔明借箭的精彩结局后，反思此事，仍有惊奇不解之处：一为孔明何以预知三日后有雾？再为孔明何以预知曹操只会用乱箭射之而不派兵出战？在鲁肃看来，这是不可思议的，因而赞叹：“先生真神人也。”在周瑜看来，这是高不可攀的神通，因而浩叹：“孔明神机妙算，吾不及也。”在孔明自己看来，这只不过“谲诈小术，何足为奇”。何以见得？孔明对此不无自豪地作了说明，他说：

为将而不通天文，不识地利，不知奇文，不晓阴阳，不看阵图，不明兵势，是庸才也。亮三日前已算定今日有大雾，因此敢任三日之限。

此亦即《孙子兵法》“知彼知己，胜乃不殆；知天知地，胜乃不穷”之谓也。任何军事行为，都是在一定气象条件下进行的，风云雨雪对战争胜负有着不可忽视的影响。因此高明的军事将领必须精通军事气象学，灵活地借助气象这“天然盟友”的神力，布疑设奇，克敌制胜。孔明即精于此道，他预知三日后有大雾，虽奇却不失其合理性。至于预知曹操不敢出战，则是运用军事心理学的结果，当时大雾漫天，像曹操那种久经战事而深知兵法的军事家，未知虚实，只能以乱箭射之，而不敢轻易出战。这就是利用对方的心理定向（如作战须知彼知己）来行诈，从而迷惑对方（擂鼓使之知有劫营者，而大雾又使之不知劫营者的虚实），诱使对方作出错误的决断。这就是用高超的谋略战，或曰攻心战，战胜了曹操。

其实《三国志》中借箭人是孙权而非孔明。志云，建安十八年正月，孙权与曹操在濡须相持月余，一日“权乘大船亲观军，公（曹操）使弓弩乱发，箭着其船，船偏重将复，权因回船，复以一面受箭，箭均船平，乃还”。此处的孙权大概是铜头铁身，不然船左右受箭如此之多，他如何能生还？要么曹军都是身在曹营心在东吴，不然他们何以只射其船不射其人呢？到《三国志平话》中借箭人又不是孙权，而是周瑜了，且事出赤壁战中。《三国志平话》云：“周瑜一只大船，十只小船，每只船一千军（人）射住曹军。快（蒯）越蔡瑁令人数千放箭相射。却说周瑜用帐幕船只，曹操一发箭，周瑜船射了左面，令扮（扳）棹人回船，却射右边。移时，箭满于船，周瑜回约的数百万只箭，周瑜喜道，丞相谢箭。曹公听的大怒，传令明日再战。”不论周瑜的帐篷是什么质地的，以大小十一只船受箭数百万终是不堪设想的，更何况周瑜之虚实曹操已一目了然，他何以不出兵生擒而要以箭相射呢？可见无论是《三国志》，还是《三国志平话》，其所谓“借箭”虽离奇却不可信，更无魅力可言。只有到了罗贯中笔底，“借箭”这朵智慧之花，移花接木地栽在孔明名下，才显得离奇而合情合理。离奇则引人入胜，合情合理则令人深信不疑。两者相反相成，才能显现出情节的艺术魅力。

（三）紧凑而疏密有致

“赤壁之战”中包含了不少事件，事件与事件之间，其前因后果，如锁似链，丝丝入扣，环环相连，牢不可破；如波似浪，一波未平，一波又生，波回浪转，谷断波连，蔚为壮观。

有曹操挺进江南，兵临城下，就有孙刘联盟，共同抗曹；有东吴的战和之争，就有诸葛亮“舌战群儒”等关目。

有周瑜欲除北军“深知水军之妙”的蔡瑁、张允之念，有自作聪明的蒋干的江南之行，就有“群英会蒋干中计”。

周瑜反间计成，曹操误杀蔡、张。孔明窥破其中奥妙，就引起了周瑜的忌妒与杀机，就引出孔明“草船借箭”。

曹操误失十万支箭，恼怒之余乃听荀攸之计，派蔡和、蔡中入吴诈降，以诈降对付诈降，就引出了黄盖的“苦肉计”。

曹操想探得黄盖投降之真伪，蒋干又想将功折罪，于是就有蒋干第二次过江，于是就有蒋干再次中计，于是就有庞统将计就计巧授“连环计”。

火攻既是以弱胜强，共破曹操的唯一途径，而定计火攻又是“万事俱备，只欠东风”，因而东风就成了战争胜负的关键了，而周瑜虽“口吐鲜血”也不能解决这一困难，这就引出了“孔明借东风”这精彩的关目。

这重重叠叠的情节，在紧锣密鼓般的节奏中，难解难分地运行着。其总的发展趋势大有山雨欲来风满楼之势：孔明、周瑜的计谋一个接一个地成功，曹操一次又一次地落入圈套，形势一步比一步紧张，大战是一触即发。此时读者的心灵为紧急的事态所牵动，为紧迫的节奏所敲击，为紧张的气氛所笼罩，有点透不过气来。此时情节若不变换形态，而继续按原来的逻辑步伐前进，读者心里则有些受不了。此时，就在此时，罗贯中立即巧妙地安排了一支轻松的插曲：曹孟德夜宴长江，横槊赋诗。

在这里，人们所见到的不是刀枪剑戟的寒光，而是月上东山的美景；所嗅到的不是战争的硝烟，而是珍肴美味的浓香；所听到的不是撕心裂肺的厮杀声，而是令人心旷神怡的欢歌笑语。横槊赋诗，何其悠然自得。这种在战争（亦即情节）高潮到来之前的抒情描写，使紧张的空气暂时和缓，使紧绷的琴弦暂时松缓，使紧迫的读者心理暂时舒缓。这不仅符合事物发展规律：所谓文武之道，一张一弛；也符合艺术创造规律：所谓密不透风，疏可走马；更符合艺术欣赏规律：劳逸结合，以逸待劳，稍事徘徊，然后再追逐着作者的笔锋，进入高潮。

同时，“赤壁之战”既是孙刘与曹魏双方的交战，作者既对孙刘描写较多而对曹操着墨甚少，虽有“一张口难说两家话”之类话语搪塞，却不能老是按下曹操这头不表。如今补上这一幕，就不仅使曹方不致被冷落，而且进一步揭示曹操之败不在其无智，而在其无自知之明：被以往的胜利冲昏了头脑，被表面的优势所迷惑，以致骄横得令人不可思议。不失时机的忠告被置之脑后，憨直诤言的谋士被杀于案前。而正当曹操饮酒作乐之际，孙刘却在加紧备战。相形之下，曹操焉有不败之理。可见，在对曹操失败前的得意忘形的描写上，颇能见出作者的匠心。

（四）人：情节的出发点与归宿

“赤壁之战”的故事无疑是动人的，以致不读小说，只听故事，就会令人心动神摇。然而其着眼点或闪光处在人：以人为其情节艺术的出发点与归宿。“赤壁之战”是以特定环境中的特定矛盾，去展现有特定行为的人物的特定性格侧面。

一场“赤壁之战”，为世世代代的读者贡献了众多的令人难以忘怀的英雄形象，如孔明、曹操、周瑜、刘备、关羽、黄盖、阚泽、庞统等。其间有的形象，几乎是在“赤壁之战”中一次完成的，如黄盖、阚泽、庞统。他们在“赤壁之战”前后并没有多少重要的活动，是“赤壁之战”中的某一特定行为铸就了其某一特定性格，而这性格就是这形象的生命之所在。以致可以说没有“苦肉计”就没有黄盖，没有巧献诈降书就没有阚泽，没有“连环计”就没有庞统。有的形象则以其主要性格特征在“赤壁之战”中得到强化，而格外“环伟动人”，如关羽之“重义”虽在全书中多有表现，却从没有像华容道“义释曹操”那么惹人注目。如刘备之“韬晦”虽早在“青梅煮酒”的关目中就有所展示，却不像这次以一方之主冒着生命危险去奉承周瑜演得那么充分。如周瑜之“量窄”虽有种种表现，却从没有像在“孙刘联盟”中处处刁难以致陷害孔明那样显露。更难能可贵的是，“赤壁之战”所着力刻画的不仅仅是富有个性的“这一个”，而是“这一时”“这一地”的“这一个”。其准确地写出了此时此地的“这一个”，与彼时彼地的“这一个”之间的联系与变异：既写出了“这一个”性格历史的连续性，又写出了“这一个”性格发展的阶段性，更写出了“这一个”性格断面的特殊性。如孔明、曹操即是。

孔明是“赤壁之战”的灵魂，或许可以说没有孔明就没有“赤壁之战”。此时此地的孔明虽不失为智慧的化身，却既非当初高卧隆中的孔明——那时的孔明颇有隐士之风，千呼万唤始出来的卧龙，多少给人飘逸神秘之感；也非尔后正式当上汉蜀丞相的孔明——那时的孔明雍容儒雅，稳若泰山，确有丞相之仪。而此时此地的孔明，是个策士式的人物，在孙刘既联合又斗争的复杂关系中游刃有余，大有纵横家的风度。孔明本是孙刘联盟的积极促成者，然为争夺联盟中的主导地位，以弱依强的孔明却处处布设机关，让吴方受制于他。确如毛氏所言：

> 孔明劝玄德结孙权为援，鲁肃亦劝孙权结玄德为援，所见略同。而孔明妙处，不用我去求人，偏使人来求我。若鲁肃一至，孔明慌忙出迎，便没趣矣。妙在鲁肃求见，然后肯出，此孔明之巧也。一见之后，若孔明先下说词，又没趣矣。妙在孔明并不挑拨鲁肃，鲁肃先来勾搭孔明，又孔明之巧也。鲁肃欲邀孔明同去，若使孔明欣然应允，又没趣矣。妙在玄德假意作难，孔明勉强一行，又孔明之巧也。求人之意甚急，故作不屑求人之态；胸中十分要紧，口内十分迟疑。

孙刘联盟促成后，孔明一方面出奇制胜，借周破曹，一方面暗设计谋，借机多领其惠。作为一个“策士”形象的孔明，亦如毛氏所言：

> 孔明用计之妙，善于用借。破北军者，即借江东之兵；而助江东者，即借北军之箭；是借于东又借于北也。取箭者，即借鲁肃之舟；而疑操者，复借一江之雾：是借于人又借于天也。兵可借，箭可借，于是东风亦可借，荆州亦无不可借矣。

“赤壁之战”是曹操所挑起，他又成了“赤壁之战”的攻击对象而又以失败而告终。因而也可以说，没有曹操就没有“赤壁之战”。此时此地的曹操虽不失奸雄之本色，却既非官渡之战中的曹操——那时的曹操虚怀若谷，从善如流，结果以弱胜强，一举挫败袁绍，奇迹般地壮大了自己；也非赤壁战后的曹操——那时的曹操因受失败的教训，恢复了一个军事家的理智，其亡命途中的“三笑”（乌林、葫芦口、华容道），恰与孔明的“三计”不谋而合，足见其智慧过人。而此时此地的曹操，倒有点像官渡之战中的袁绍，骄盈自矜，片言难进，恃强轻敌，盲目乐观，结果奇迹般地从绝对优势地位上败落下来。其在“赤壁之战”中亦有“三笑”，与亡命时的“三笑”形成鲜明对比：一当程昱指出船皆连锁，须防火攻时，曹操大笑说：“凡用火攻，必借风力，今方隆冬之季，但有西风北风，安有东南风耶？”二是孔明祭起东南风，程昱再谏“宜预提防”时，曹操又大笑说：“冬至一阳生，来复之时，安得无东南风？何足为怪？”三是黄盖船到，曹操迎风大笑，自以为得计，直到程昱说：“来船必诈”，才悔之晚矣。这“三笑”足以表明此时此地的曹操一直生活在心造的幻影之中，对战争主动权的转移毫无觉察，对谋士及时的忠告付之一笑，而终不能不走向失败，这与“官渡之战”中的袁绍何其相似乃尔。

（五）没有“赤壁之战”就没有《三国演义》

历史上的赤壁之战，与其前的楚汉成皋之战、新汉昆阳之战、袁曹官渡之战，及其后的吴蜀彝陵之战、秦晋淝水之战相比，无论是规模，还是影响都相差甚远。据史学家考证，历史上赤壁之战只是一场规模不大的遭遇战，而不是大战。打开《三国志》，实际上连“赤壁之战”的中心环节火攻（孙刘以火攻曹）都难以考实。

如《蜀书·先主传》云：“先主遣诸葛亮自结于孙权，权遣周瑜、程普等水军数万，与先主并力，与曹公战于赤壁，火破之，焚其舟船。”仿佛言及火了，然是先破之而后烧其舟船，谈不上“火攻”。《吴书·周瑜传》更云：“瑜部将黄盖曰：‘今寇众我寡，难与持久，然观操军船首尾相接，可烧而走也’……先书报曹公，欺以欲降。”火攻仿佛计出黄盖，是否实施，却不知其详。然而《魏书·武帝纪》云:“公至赤壁,与备战,不利。于是大疫,吏士多死者,乃引军还。”未着一“火”字。《吴书·吴主传》却云:“……公烧其余船引退。”此乃曹操自焚其船而撤退,与“火攻”毫不相干。《江表传》更云:“(曹)后书与权曰:‘赤壁之败,值有疾病,孤烧船自退,横使周瑜虚获此名。’”可见,曹操当时就道破了周瑜火烧赤壁是个虚名而已。陈寿是自蜀入晋的史家,于三国事并不遥远,独对“赤壁之战”的记载如此乖杂难判,除了说明历史上并无“赤壁大战”的史实,大概难作其他的解释了。

因而“赤壁之战”之所以能成为一幕气势宏伟的史剧,成为一个千古传颂的大战,全赖《三国演义》的天才创造。在三国故事的演化史上,唯独《三国演义》对“赤壁之战”作了充分、合理而又生动的艺术描写。因而若从文艺发生学的角度视之,大可以说,没有《三国演义》就没有“赤壁之战”。仅此一例,亦足见历史上种种贬低《三国演义》艺术创造功能的论调(如“七实三虚”论),是何其谬也!

然而,若从艺术效果或接受系统观之,倒是没有“赤壁之战”,就没有三国之分。不管历史上的三国是如何形成的,反正在《三国演义》的艺术世界里是赤壁一战而三分定。曹操在官渡之战中以弱胜强,挫败了袁氏势力,不战而取荆州,直抵江南已成必然之势,然而正是“赤壁之战”沉重地打击了他,使之回归北国,从此难以南窥。刘备曾是朝秦暮楚的“游牧首领”,正是“赤壁之战”的胜利,使之轻易地获得了荆、襄数郡,并以此为据点闪电式地向四川进发,才独立为国。孙权虽有江东之地立足,但无“赤壁之战”挫伤曹操,也难以偏安。可见有“赤壁之战”,才有三国之分,有三国之分,才有《三国演义》。由此亦可见“赤壁之战”,在全书中的地位。诗有诗眼,戏有戏眼。如果小说也有眼的话,那么“赤壁之战”就是《三国演义》全书那传神之眼。

以往的论者在对《三国演义》的结构分析中,有“三分法”与“两分法”两种意见。“三分法”论者以为自第一回到第四回主要写大、中、小士族和非士族人士相联合跟外戚的斗争；第五到三十一回写中、小士族和非士族人士联合跟大士族的斗争；第三十二回到一百二十回写军阀之间的斗争，由三国形成到三国归晋（董每戡《〈三国演义〉试论》）。“两分法”论者以为前八十回主要写东汉王朝溃崩后军阀间的兼并战争与魏蜀吴鼎立局面的形成，后四十回写三国间的矛盾斗争以及三国统一于晋的历史（南开大学中文系《中国小说史简编》）。这两种说法虽不无道理，却都忽视了“赤壁之战”在全书中的地位与作用。实则如同读《水浒传》不可忽视“逼上梁山”，读《西游记》不可忽视“大闹天宫”一样，读《三国演义》决不可忽视“赤壁之战”。认清了“赤壁之战”作为全书的“主脑”的地位，《三国演义》的结构就极易把握。“赤壁之战”之前为序幕（为三国英雄设置典型环境），“赤壁之战”之后为剧之主体（为三国鼎立而终归晋的历史），“赤壁之战”为戏眼（承前启后：对前为收束纷纭的矛盾，对后为提供三国鼎立的依据）。

如此道来，可见“赤壁之战”在全书中的作用是何等重要，以致可以说：没有“赤壁之战”，就没有《三国演义》。亦可见一个典型情节在文学作品中的地位是何等重要，以致有的作家将之视为作品的第一块基石，没有情节，小说就无所依托。更可见如果情节饱含着生活的诗情，饱含着人生的妙悟，能通过美的魅力令人洞察社会与自我、历史与现实的奥秘，就不嫌繁复。否则，再精心制作的情节，也只不过是纸糊的丘壑。

不过，如果想把握“赤壁之战”情节艺术之真谛，我们似不宜就此却步，而还当前进，以求深入到其艺术精神境界之中去。

（六）中国小说艺术精神的完美体现

“赤壁之战”虽只是《三国演义》中的一个片段，却可以作为一部完整的中篇小说来读。若把它放入中国小说发展史的流程中去考察，则不难发现它不仅是《三国演义》的灵魂所在，而且是中国小说艺术精神的完美体现。

对于中国小说的艺术精神（或曰民族特色），以往的人们已作了有益的探讨，诸如完整的故事、巧合的情节、传奇的人物、白描的手法、传神的眼睛云云。所有这些，应该说都捕捉到了中国小说的某些基本特征。但若只是停留在这些具体的艺术技法的罗列上，而不作文化哲学的提炼与升华，就未必能深入中国小说艺术精神的实质领域。若从文化哲学的角度进行考察，则不难发现中国小说的艺术精神就是那辩证精神。辩证精神犹如一股仙气，一抹神雾，或浓或淡，若隐若现地悬浮、飘荡、缭绕在中国小说的艺术世界。

“赤壁之战”的情节，如上所述，就是一对对辩证组合体。曲折而主脉清晰，言情节线索的辩证法：既非平铺直叙，看头知尾；又非狂波滥涌，卒难成章，因而既要有一波三折之曲，又要有一脉相承之则，使之成为有规律的运动。离奇而合情合理，言情节逻辑的辩证法：既非平庸无奇，又非莫名其妙；因而既要出人意料之外，又要入于情理之中，使之成为可惊可信之事。紧凑而疏密有致，言情节节奏的辩证法：既非一直是惊涛裂岸，又非始终是水波不兴；因而既要能扣人心弦，又要能怡人魂魄，使之成为婉转悠扬的乐章。这里道出的是“赤壁之战”情节的辩证结构，也是《三国演义》以至整个中国古典小说，尤其是历史小说的艺术情节的基本特色。只是因其具体的故事情节的不同，具体“配方”也有千差万别，才显示出中国小说风格的丰富多彩。

“赤壁之战”情节的辩证精神，在情节运行过程中早已漫出其自身的领地，而渗入小说艺术世界的其他方面。如对故事的安排，是详略别致，似应详者略之（主要矛盾冲突或高潮及兵斗中的故事），似应略者详之（次要矛盾冲突或低潮及智斗中的故事），在不平衡中求平衡。如对人物的塑造，是略貌取神，既非以形传神，也非形神兼备，而是在无形象中写形象。如人与人的关系，或是相辅相成（如孔明与鲁肃），或相反相成（如孔明与周瑜）；人与事（包括自然）的关系，是天人合一，主客同构……凡此种种，相辉相映，使作品透过辩证的花朵，呈现出一种和穆的意境美。这些特色，也是中国小说所共有的。而这种种关系之上，还有一总领性的观念在，即文与道的关系。在中国通俗小说领域，不像正统文章中的文与道的关系是倾斜的（或曰文以载道，或曰文以害道），而仍是辩证的，即相辅相成，相得益彰。道非文不著，文非道不生。灿烂的文赋予道以形象和生命，而辉煌的道给予文以深度与灵魂，从而使其文显示了与传统文学迥然不同的新文体、新风采，使其道显示了较传统文学远为复杂的新观念、新境界。不过，也应看到，这里的道虽为有着情、意、志、趣等复杂因素的多维结构，但也不免有伦理道德的成分。“拥刘反曹”的倾向，既传递了作者的一种人生况味，也反射出当时的一种社会情绪。既是对我们民族历史的反思，也是对宗法政治模式的选择。这里的道，对文也有着不可抹杀的统摄作用。如“赤壁之战”对历史素材的取舍，对历史原型的改造，对历史人物的褒贬，等等，基本都是从“拥刘反曹”的视角出发而为之的。这也就恰恰显示了中国小说的理性精神：“并不去逼真地创造幻觉的真实，而更多诉之于理解想象的真实。”（李泽厚《美的历程》）

哲学是时代的灵魂。中国小说的艺术精神只能从中国小说的对象主体，创作主体和接受主体所共同建构的民族文化心理结构中去探求，就文论文总不免是瞎子摸象，各执一端而不得要领。从文化哲学的角度来看，中国小说的艺术精神与中华民族文化心理是相通的。中国古代的辩证思想非常丰富而且相当成熟，它催发了众多的智慧之花，小说是其中最瑰丽的一朵。中国古代的辩证思想是互补的辩证法，它的重点在揭示对立项双方的补充，渗透和运动推移以取得事物或系统的动态平衡和相对稳定。这些特点映照到中国小说的艺术世界，就使得其中的种种对应关系相依相存、互助互补，共同建筑一个和穆的艺术境界。

但中国古代的辩证思想，毕竟是处理人生的辩证法而不是精确概念的辩证法，它缺乏严格的推理形式和抽象的理论探索，而满足于模糊笼统的全局性的整体思维和直观把握。直观思维或许更有利于艺术表现，中国小说所展示的却因此而多是人事（事件中的人情世故）变化的辩证法，而少心灵变化的辩证法；所显示的是中国人特有的实用理性（如小说的教化功能）。中国小说的艺术魅力，审美性能总是伴随着这实用理性而存在的，因而在中国小说史上从来没有所谓“纯文学”（或曰纯审美的小说），即使是奉行“以文为戏”的作家的作品也有着不可掩没的现实功能。作为民族文化心理的结晶的中国历史文化自有其不可抹杀的光辉，但相形之下，它毕竟没有像德国抽象思辨那种惊人的深刻力量、英美经验论传统中的知性清晰以及俄罗斯民族忧郁深沉的超越要求。反映到小说中自然就形成不同的民族特色。因而有人这样概括中西方小说的差异，曰：欧美小说常常善于追魂摄魄地刻画心灵变化的辩证法，中国小说则往往擅长于声情并茂地展示世态变迁的辩证法。虽未必精确，却又不无道理。比较之旨在更清晰地揭示中国小说的艺术精神，而无意于扬抑，但它却告诉人们：如果我们民族不改变文化心理结构，不跨越实用理性的精神境界，就不可能改变中国小说的艺术精神。以“赤壁之战”之类为典范的中国小说，就将仍以其和穆端庄的面目放射着永久的魅力。即使遇上几个或几群“异端叛贼”，也无碍大局。至于有没有必要改变或如何改变我们民族文化心理结构以及中国小说向何处去，讨论这类严峻的命题，则非本章题中应有之义，只得借用中国小说惯用模式了结此案，曰：欲知底事如何，且听历史分解。

二十　英雄传奇小说的艺术精神——《水浒传》与传统文化

中国小说的艺术精神是个大题目，上一章就历史小说的艺术情节的构成与艺境，分析了其辩证精神；本章则以《水浒传》为代表，分析英雄传奇小说与传统文化若合若离的精神联系。

（一）农民革命的悲壮挽歌

就《水浒传》的主体精神而言，与其说是农民革命的英雄史诗，毋宁说是农民革命的悲壮挽歌。

笔者提出这么个命题，旨在对通常的"英雄史诗"说作部分矫正；显然，这种矫正工作要在同意《水浒传》写了"农民革命"这一前提下进行。按理讲，维护这么个前提，本不在话下。然而现在却不那么轻松了。因为学界先有"市民文学"说、"革守斗争"说纷起动摇它，而今又有"伦理反省"说（李庆西《〈水浒〉主题思维方法辨略》，《文学评论》1986年第3期），进而非难它。在李庆西看来，这下它似乎真的"大势不妙"了。好在对其他异说，已有辩议在先（如对"市民说"有拙作《水浒为"市井细民写心"说质疑》，对"革守说"有欧阳代发《评"革守斗争"说》等，两文分见《〈水浒〉争鸣》第三、四辑），这里就只要对李庆西新论作番解析了。李文确有着"与众不同"的思路，其妙处自不待言；然其否定《水浒传》写了"农民革命"的理由，也有着"与众不同"的牵强，令人不能不刮目相看。

其一，李庆西以“梁山好汉中间真正农民出身甚少”为理由（引文中着重号为笔者所加，下同），断定《水浒传》是“一部几乎跟农民毫无瓜葛的作品”。诚然，若在梁山好汉中进行一次人物“出身”普查，其中真正手握锄把修补地球的农民未必甚多。但请不要忘记中国的农民是有着相当广阔范畴和复杂成分的，以至可以囊括除地主阶级之外的一切依附于自给自足的自然经济的劳动者。在阶级斗争激化的情况下，更无论是何出身，只要“他们是和农民群众在一起斗争的，或者他们的斗争是反映农民利益要求的，那么即使他们有自己的目的，在事实上，或者说在客观上，他们也仍然进行了属于农民阶级的斗争”（冯雪峰《回答关于〈水浒〉的几个问题》）。这就是中国封建社会的主要矛盾所决定的。正因为如此，梁山义军中不仅有李逵那样的农夫，像三阮那样的渔父，也包括林冲等从地主阶级内部分化而来的人物。前两者虽为义军主力，所谓“农夫背上添心号，渔父舟中插认旗”即是，而后者往往在山寨居领导地位。这由他们的文化修养、社会经验与领导艺术使然。这也是历来农民革命的惯例，不足为奇。然而李庆西对梁山义军中的“政审”未免过于褊狭，以致只有陶宗旺一人侥幸过关，其余均以种种借口被取消“农籍”。我想，即使以“土改法”去按图索骥，也未必会弄得如此紧张。不信，请君一试。

其二，李庆西认为《水浒传》中没有反映“作为生产关系最根本的问题土地”。是的，《水浒传》如果从土地问题入手，以土地革命为内容，写成“分田分地真忙”的历史画卷，岂不妙哉？然而，只要不以心造幻影代替历史实事，从陈胜吴广到太平天国又有几次如此理想的农民起义呢？至少作为《水浒传》原型的宋江起义就不那么“规范”，既不起之于土地之争，又不归之于土地革命。况且即使是“规范”化的农民起义，文学作品对它的反映也未必只此一途。《水浒传》虽未从土地问题入笔，但它从封建国家政权结构的各个层次（自中央到地方的官衙、牢营、法场）的黑暗着笔，不是更淋漓地披露了封建社会那最没遮掩的阶级压迫吗？梁山义军虽未掀起一场“土地革命”，但他们从啸集山林到攻州占县，对封建统治阶级实行“武器的批判”，不是更深刻地揭示了封建社会“阶级的利害冲突”吗?

其三，李庆西认为“农民革命的思想武器是平均主义”，而晁盖、宋江都未提出“等贵贱”“均贫富”一类纲领口号。应当说，中国古代农民革命的思想相当复杂，平均主义仅其中一端，非其全部。即使就平均主义而言，《水浒传》也有着精彩的表述，那“单道梁山泊好处”的著名文字就是。“单道梁山泊好处”中固然有诸如“一寸心死生可同”“忠诚信义并无差”这类道德观，但它并非如李氏所言仅“停留在伦理范畴”上。因为其间不仅有“平均主义”：无问亲疏，皆一样地酒筵欢乐；而且有平等思想：不分贵贱，都一般儿哥弟称呼；还有自由意识：“认性同居”尊重个性，“随才器使”人尽其力；更有政治理想：聚天地之精，合人境之美，以图建立“八方共域，异姓一家”这有别于封建宗法结构的“乌托邦”。这里不仅体现了梁山义军的政治纲领，而且凝聚着历代农民革命思想之精华。

紧接着“单道梁山泊好处”韵文之后，《水浒传》还概括写到梁山义军“变革社会”的伟大实践：不仅有明确的斗争对象：欺压良善、搜刮钱粮的贪官污吏、害民大户、暴富小人；而且有严明的组织纪律：所得之物“解送山寨，纳库公用，其余些小，就便分了”；更有着具体的奋斗目标：不仅让山寨之众能“成瓮吃酒，大块吃肉”，而且让山寨四周百姓也能“快活度日”，以履行保境安民之大义。梁山义军虽不可能实现自己的理想，但他们的努力仍是可贵的。李氏对之视而不见，却责之为“跟强盗坐地分赃没有两样”，实在令人诧异。

其四，李氏认为“梁山的领导人没有政权要求”，“不讲政权，遑论革命?”。其实在中国历史上，单纯的农民革命虽能推翻某一封建政权（如秦、新、隋、元、明等五朝都是被农民战争所直接摧毁），却从未建立起一个新的社会制度；造反农民虽不无“乌托邦”之社会理想，但他们惨淡经营起来的却多是封建国家的仿制品，而且一成气候，他们往往亲自将之改造为封建政权，如刘邦、朱元璋。这就是中国的历史特色，并非如李庆西所云："从来的农民造反者只要稍成一点气候，没有不建立自己的政权。"我们怎能超脱历史，去要求梁山义军做他们无法做的事情。况且梁山义军虽未真的"杀去东京，夺了鸟位"推翻赵宋王朝，他们却建立了一个让官军"梦里都怕"的革命根据地水泊梁山。从机构设备、规章制度、实际权威看，这里已具备了政权的雏形。只是他们没有如李庆西的天才想象轻捷地跨过历史的铁门坎，去建立"自己的政权"。这是他们的不幸，不是他们的过错，岂容厚非？

李庆西严厉地批评了《水浒传》研究中的庸俗社会学的"思维方法"，然他否认《水浒传》"农民说"的种种理由，却堪称庸俗社会学的典型病例。以致要确认《水浒传》写了"农民革命"这么个前提，也不得不跟着他"寻山问水，多绕几个圈子，真是奈何不得"。

论证之前提既已确立，然后"言归正传"就可来得轻捷些。当然，《水浒传》虽写了"农民革命"，但"英雄史诗"云云，却只限于前半部。《水浒传》的前半部是由一个个英雄传记组成，人们据此称《水浒传》为"英雄传奇"。在那里，对梁山好汉"撞破天罗归水泊，掀开地网上梁山"的英雄历程，"仗义疏财归水泊，报仇雪恨上梁山"的英雄行径，"掀翻天地重扶起，戳破苍穹再补完"的英雄气概……都有着生动的描写和热情的歌颂。凡此种种，称之为"英雄史诗"是无愧的。

但是，一部《水浒传》并没有到此停笔。《水浒传》在"梁山泊英雄排座次"这盛大的节日之后，写到梁山义军在两挫童贯、三败高俅的胜利进军中急转直下：由全伙受招安，征辽征方腊到全军覆灭"魂聚蓼儿洼"以终。这里不仅写了英雄变态，而且写了英雄变色；不仅写了英雄失路，而且写了英雄末路。

对于《水浒传》那凄凄惨惨的后半部，读者的感情多难接受。金圣叹"腰斩"《水浒传》大概就代表了这种情绪。然而，《水浒传》后半部作为一种客观存在，是无法被"腰斩"掉的。其艺术性虽远不如前半部，然而在表现

燕青 李逵见（明）杜堇《水浒人物全图》

作品倾向的作用上，它又未必逊于前半部。甚至可以说,《水浒传》前半部是后半部的铺垫，“英雄史诗”是“英雄悲剧”的前奏。“史诗”性愈强，“悲剧”性则愈烈。

《水浒传》作者情系梁山，他在前半部以“锦心绣口”、传神妙笔写了一个个英雄传记，直使“无恶不归朝廷，无美不归绿林”(金批)；至后半部转而以哀婉的笔调写了一个个英雄悲剧，而终以“千古蓼洼埋玉地，落花啼鸟总关愁”的挽歌了结全书。对于《水浒传》这种挽歌情调，前辈论者早有注视。如袁无涯本对鲁达“圆寂”、武松出家就有批:“传中独智深、武松二人出色，其结果如此，方见英雄收场本色。”对林冲瘫痪也有批:“此后叙述收场，使人意消。”对李逵之死又有批:“以死相赠”，“可敬可哀”。对宋江之死更有批云:“公明一腔忠义，宋家以鸩饮极之。昔人云：高鸟尽，良弓藏；狡兔死，走狗烹。千古名言。”哀悼之情，溢于言表。

因而，若以水浒全传观之，与其说是农民革命的英雄史诗，毋宁说是农民革命的悲壮挽歌。

(二)忠奸斗争的文化框架

然而,《水浒传》的作者是否如有的论者所言能以“唯物史观”去描写农民革命？若能如此，那也无异于一千零一夜的天方夜谭了。其实，早在五十年代，冯雪峰就在著名论文《回答关于〈水浒〉的几个问题》中明确指出:“(水浒)作者还不可能有历史唯物主义的观点，也就不会从阶级斗争的社会观点去看农民起义。”《水浒传》的作者只能立足于他的“历史条件”，从当时的精神环境中去寻找在他看来足以容纳梁山义军事迹的文化意识，来组装这曲悲壮的挽歌。

《水浒》开篇写到赵宋王朝原本“天下太平，四方无事”，只因出了高俅等“四贼”，蒙蔽圣上，“变乱天下，坏国、坏家、坏民”，“屈害忠良”，才引出梁山好汉与高俅之流的矛盾斗争。其斗争性质，在我们今天看来是封建社会主要矛盾的反映；然就《水浒传》作者的主观意识而言，却是忠奸斗争。作者以此作为全书的总体框架，并从三个层次来建设这一框架。

其一，从开篇到梁山大聚义，写的是：奸逼忠反。梁山领袖中无论来自政府吏胥（如宋江）还是朝廷军官（如林冲），庄园主人（如柴进）还是江湖豪杰（如晁盖），原本是忠臣义士，“才调皆朝廷之才调也，气力皆疆场之气力也，必不得已而尽入于水泊，是谁之过也？”《水浒传》以“高俅小史”笼罩全书，形象地展示：“宋室不兢，冠屦倒施，大贤处下，小肖处上”，“势必驱天下大力大贤而尽纳之水浒矣”（李贽语）；“则是高俅来而一百八人来矣”（金圣叹语）。对于《水浒传》的这种写法，金圣叹有精当的论述，曰：“一部大书七十回，将写一百八人也。乃开书未写一百八人而先写高俅者：盖不写高俅便写一百八人，则乱自下生也；不写一百八人而先写高俅，则乱是自上作也。”“乱自下生”是“犯上作乱”，为大逆不道；“乱自上作”，是奸逼忠反，忠反则为替天行道。《水浒传》所写的就是一幅“乱自上作”的历史画卷。

其二，从梁山大聚义到全伙受招安，写的是：奸阻忠归。梁山之众上山前固为忠义之士，上山之后则为忠义之师。“虽掠金帛，不虏子女。唯剪婪墨，而不戕善良。诵义负气，百人一心，有侠客之风，无暴客之恶”（天都外史《〈水浒传〉序》）。而且他们之上梁山，也只是“权居水泊避难，只待朝廷招安”。然而对于这支“身处江湖，心存魏阙”，忠心归服朝廷的义军，高俅等在朝权奸却多方阻挠，必欲置之死地而后快。宋江主动寻得受招安的机会，却一再断送在他们手里，致使反复三次才获得招安。《水浒传》作者对奸阻忠归的行径十分痛恨，谴责高俅他们：“不事怀柔服强暴，只驱良善敌刀枪。”

其三，从全伙受招安到魂聚蓼儿洼，写的是：奸害忠亡。梁山义军全伙受招安后虽已为朝廷合法公民，却仍未逃脱权奸的残害。征辽，征方腊，在宋江看来是“尽忠报国”的壮举，在高俅那里却是“借刀杀人”的妙计。征辽既凯旋，梁山将士非但未能论功受赏，反遭“不许擅自入城”的歧视，是为“奸臣弄权，闭塞贤路”。众好汉欲反未成，又因宋江坚持“死于九泉，忠心不改”。待到剿了方腊，梁山义军“十损其八”；然而对那幸存的义士，高俅等仍未放过，以致有鸠死宋江之劣行。宋江临死前还亲手毒死了“反心未已”的李逵，以免“坏我梁山泊替天行道忠义之名”，说是“宁可朝廷负我，我忠心不负朝廷”。至此，《水浒传》作者以哀婉的笔调完成了“忠义”的悲剧。这正是煞曜罡星今已矣，谗臣贼子尚依然；卑鄙是卑鄙者的通行证，忠义是忠义者的墓志铭。

这样，一部农民革命的悲壮挽歌，就变调为忠奸斗争的“三部曲”了。

要判断这种“变调”的是非得失，就得具体分析《水浒传》作者的文化意识。说到文化意识，人们会敏感地捕捉其“阶级烙印”。应该说，对文化意识作阶级定性分析是必要的，然也不可忽视其间的复杂性。因为尽管“任何一个时代的统治思想都不过是统治阶级的思想”，然“在阶级存在的条件下，有多少阶级就有多少主义”，也是客观事实。不同阶级的“主义”之间，虽不可避免地有着矛盾冲突，也不可避免地有着互相渗透与融合。更何况“阶级性并不能囊括历史现象的全部”。有些文化现象，作为一定的社会历史的产物，为全社会所公有，而非某个阶级的专利品。因而即使在阶级社会，文化意识领域也存在着一定的“中间地带”。那些处于“中间地带”的文化意识，往往具有适应不同阶级内容的相对独立的功能，从而以比较稳定的心理形式，融进（或构成）一定的民族性格。若否定文化意识的“中间地带”的存在，那“民族性格”的形成与延伸便显得不可思议了。而《水浒传》作者用来组装梁山故事的文化意识忠义观，实属这种“中间地带”中物。

“《水浒》而忠义也，忠义而《水浒》也”（袁无涯语），是自李贽以降之明清论者的普遍认识。说到忠义，人们很自然想到君臣秩序，所谓“忠者，事上之盛节也；义者，使天下之大经也”（金圣叹《〈水浒传〉序二》）。其实，《水浒传》之“忠义”远较此复杂。《水浒传》之忠义，首先是共聚大义，忠于山寨：这里既要求山寨之众尽忠山寨之主，也要求山寨之主施义山寨之众。患难与共，才能“交情浑似肱股，义气其同骨肉”，否则就难免有林冲火并王伦之举。其次是广施仁义，忠于百姓：聚义前是好汉就得扶危济困，仗义疏财，聚义后“便以忠义为主，全施仁德于民”，使“百姓都快活”，就成了山寨的行为规范。李逵砍倒杏黄旗，虽出误会，但此举表明：即使坐第一把交椅的宋江有损民众，也会有“双斧”问罪。再次是共存忠义，忠于国家：梁山英雄的共同誓言是“共存忠义于心，同著功勋于国，替天行道，保境安民”。与此同时，《水浒传》的作者也要求国家（皇上）能善待忠义之士；李逵“抡起双斧，径奔皇上”，虽出自梦境却传递了作者的一个重要旨意：即使是“皇上”不仁不义，也会遭到正义的谴责（但不是惩罚）！凡此种种，上上下下，既各有其责，又相互制约，使《水浒传》的“忠义”观充溢着人道与民主的色彩。《水浒传》作者正是以这种“忠义”观去组织忠奸斗争冲突，形象地展现了封建后世（自宋入明）“冠履倒施”的景象。“水浒有忠义，朝廷无忠义”，深刻地揭示了“忠义世难容”的悲剧：“自古权奸害忠良，不容忠义立邦家”，从而表达了他们渴望好皇帝，谴责坏皇帝，歌颂忠义之士，抨击贪官污吏的思想倾向，尖锐地触及中国社会的或一本质方面。

《水浒传》这别具一格的文化心理结构，并非作者凭空营构的。因为在儒学先哲那里，“忠义”本是处理人际关系的通行原则。如“为人谋而不忠乎”（《论语·学而》）之“忠”，指为人办事尽心，虽包括“臣事君以忠”（《论语·八佾》），却不排斥“教人以善谓之忠”（《孟子·滕文公》）。又如“群居终日，言不及义”（《论语·卫灵公》），“不义而富贵，于我如浮云”（《论语·述而》）之“义”，指以正道律己，虽包括“未有义而后（怠慢）其君子者也”，却不排斥“（君子之道）其使民也义”（《孟子·梁惠王》），“义之实，从兄是也”（《孟子·离娄上》）。在这里，君臣（包括民）是在一定的行为规范中“和平共处”；相对而言，君主受制更严。“君仁，莫不仁；君义，莫不义；君正，莫不正；一正君而国定矣”（《孟子·离娄》）云云，即此之谓。正是从这种人道民主思想出发，儒学先哲们强烈抨击暴政，热切呼唤“仁政”。随着社会的变迁，先儒们抑扬进退的具体指归，不断淡化以至退隐了。然而那储存着黄金梦想的“忠义观”却作为改造现实的永恒的参照体系，几乎为封建时代不同层次的人们所共同接受。这也使它成为中国文化史上“中间地带”的基石之一，《水浒传》作者正是以这块基石为路标，在他所处的时代条件下建筑着这一文化“中间地带”。《水浒传》“渴望好皇帝，歌颂忠义之士”，以先儒呼唤的“仁政”为渊源；“谴责坏皇帝，抨击贪官污吏”，与先儒之抨击暴政相呼应。如果说谴责坏皇帝，也是一种“忠诚”的表现（如海瑞骂皇帝），而不是反对皇帝的话，那么这个层次上的“忠义观”就可以用当代《水浒传》研究社会学术语来表述：只反贪官，不反皇帝。若作深入的考察，则不难发现：“只反贪官，不反皇帝”早融入中国人的文化心理结构，不仅成为我们民族性格的重要组成部分，而且也构成了自《离骚》以来的进步文学的主导倾向之一。

正是这种文化“中间地带”功能所致，《水浒传》从来就为不同时代不同层次的人们所共同接受。如许自昌所谓：“其书，上自名士大夫，下自厮养隶卒，通都大郡，穷乡小邑，罔不目览耳听，口诵舌翻，与纸牌同行”（《樗斋漫录》）。即使在封建时代，《水浒传》也不仅是农民革命的“教科书”：“已为盗者读之而自豪，未为盗者读之而为盗也”（金批）；而且是形象化的“资治通鉴”：“故有国者不可以不读，一读此传则忠义不在水浒，而皆在君侧矣”（李批）。

在《水浒传》作者所生活的时代，若公然为“造反农民”树碑立传，则无疑要担“血海般的干系”。因而作者以“忠义观”为视角，将梁山故事组装在“忠奸斗争”的框架中，则无疑是天才的选择。

（三）漫出框架的形象“真迹”

当然，以忠奸斗争为框架去组装梁山故事，将“官逼民反”转换成“奸逼忠反”，不是没有缺陷的。“忠反”与“民反”虽有某些相似相通之处，却毕竟有着质的差异。就斗争的目标而言，“民反”虽也多“只反贪官，不反皇帝”，且难以建立新的社会制度，却不排斥对某个坏皇帝进行“武器的批判”的可能性。用《水浒传》语言说，即“兀自要和大宋皇帝作个对头”，以至“杀去东京，夺了鸟位”，也不是完全不可能的。然将之转换为“忠反”时，就只能是“替天行道”：“酷吏赃官都杀尽，忠心报答赵官家。”其中对坏皇帝虽不乏道义上的谴责，却难以转化为“武器的批判”。这就限制了农民革命的发展程度，而且前者是为百姓利益而反抗政府，后者则为政府利益而澄清吏治，两者有着明显的差异。

就斗争的结局而言，“民反”虽无例外地以失败告终，其具体结局却各不相同：或因内部分裂而失败（《陈涉世家》），或因官军剿歼而毁灭（《荡寇志》），或经浴血奋战而充当改朝换代的工具（《英烈传》），或苦斗之余看破红尘而后遁入虚幻的“乌托邦”（《后水浒传》），而受招安也是其形式之一。农民革命而后受招安，有农民自身的局限性、领袖的妥协性等原因，但归根结底源自封建国家的诱惑力。国家既是阶级斗争不可调和的产物，那么，国家就不仅仅是阶级斗争的工具，也应是阶级调和的工具。作为封建国家象征的皇帝，稍明智者就不会轻率地激化矛盾，而更注重发挥国家的后一种职能。这就使国家（皇权）具有天然的凝聚力和诱惑力。“普天之下，莫非王土；率土之滨，莫非王臣。”生活在封建宗法政治环境中的农民，视接受招安为归顺朝廷，而无所谓“投降”的概念。即使如此，历史上的农民起义多是在革命趋于低潮走投无路的困境中，才迫不得已而受招安的。如作为《水浒传》原型的宋江起义，就是如此。而《水浒传》则别开生面地写“全忠全义”的宋江上山是“权居水泊避难，专等朝廷招安”，然后竟在三败高俅、两挫童贯的进军高潮中，以外交的、军事的、正当的、非正当的手段，千方百计寻得个受招安的结局。《水浒传》的这种写法，显然是为了迁就忠奸斗争的框架而背离了农民革命的历史真实。

既然忠奸斗争的框架有如此严重的缺陷，那么，《水浒传》又怎么终于成了农民革命的悲壮挽歌呢？要回答这个问题，请先看鲁迅与茅盾的有关论述。鲁迅在《中国小说的历史的变迁》中说：“《水浒传》就是集合许多口传，或小本《水浒》故事而成的，所以当然有不能一律处。”茅盾在《谈〈水浒〉的人物和结构》一文中进一步指出：

> 从全书看来，《水浒》的结构不是有机的结构。我们可以把若干主要人物故事分别编为各自独立的中篇或短篇而无割裂之感。但是，从一个人物的故事来看，《水浒》的结构是严密的，甚至也是有机的。在这一点上，足以证明《水浒》当其尚在口头文学的时候，是同一母题而各自独立的许多故事。

那许多口传或小本《水浒传》，原本是写农民革命的故事。《水浒传》的作者就是在此基础上进行“集合”和“结构”的。其“集合”并不是把单个的英雄传奇串连起来，使短篇成为中篇，使中篇成为长篇，而是进行艺术的再创造。其“结构”并不是为他的英雄传奇套个物质外壳，而是寻觅一个合适的文化意识充当故事框架。

然而《水浒传》的作者毕竟是现实主义的作家，他在具体描写时与作品的结构总体往往有“不能一律处”。他为作品设计的总体结构是“忠奸斗争”，但在具体描写时，他无论如何也摆脱不了诸多小《水浒传》的生命形态，以致不能不循着人物性格的内在逻辑和故事情节的自然脉络，“替他们说他们没有说出来的话，完成他们没有做过然而根据他们‘天生的’和‘努力得来的’特质一定会做的事情”。这本是众多的艺术大师的艺术实践所证实的一条艺术规律：“如果作品的主人公为艺术家所正确了解，那么在某种程度上他就会自己带着艺术家走。”（法捷耶夫语）《水浒传》的作者往往被他笔下的人物带着走出了他所设计的结构框架，而无可奈何。

忠奸斗争的框架虽有不可忽视的功能，然它毕竟太小，难以容纳梁山义军的人物与故事。“不须出处求真迹，却喜忠良做话头”云云，只能是作者解嘲式的自白。梁山故事之“出处真迹”农民革命，往往逸出“忠良话头”。亦可谓“满园春色关不住，一枝红杏出墙来”。透过逸出墙头的红杏，人们仍可以窥出农民革命的“真迹”。正因为如此，《水浒传》的总体结构与具体形象有许多“不能一律处”，以致使人怀疑其总体结构是否是有机的。实则这种种“不能一律处”，与其说是《水浒传》的缺陷，毋宁说正是其优胜处，这反映作者是如何突破自己设计的结构外壳，而完成了一曲农民革命的悲壮挽歌。诚如恩格斯所言：“现实主义甚至可以违背作者的见解表露出来。”《水浒传》之所以成为农民革命的悲壮挽歌，就是现实主义的伟大胜利。

以往我们在讨论《水浒传》的主体精神时，往往各执一端，或曰“农民革命的英雄史诗”，或曰“忠奸斗争的历史画卷”，忽视了两者之间的复杂关系，而今笔者试图从文化精神着眼，对《水浒传》的主体精神作一心解，曰：回荡在忠奸斗争框架中的农民革命的悲壮挽歌。

二十一　神魔小说的艺术性格——《西游记》与神话之关系

神话，虽是人类童年的产物，但这美妙的字眼，却至近代才由西方传入本土。而吴承恩的《西游记》乃至其他神魔小说被戴上“神话”的桂冠，则自然只能是这之后的事了。

率先给《西游记》戴上这顶桂冠的，是“求新声于异邦”的胡适。“《西游记》神话”说固为新声，然在当时却和者盖寡，连胡适自己也不怎么坚持。富有喜剧性的是，此说披上权威色彩且风靡一时，倒是在二十世纪五十年代批判胡适运动之后。这也未必是当代论者都有不“因人废言”的豁达，而实别有深刻的原因在。

法国当代比较文学专家艾登堡说：“没有读过《西游记》，正像没有读托尔斯泰或陀斯妥耶夫斯基一样，这种人多谈小说理论，可谓大胆。”

近年来，人们在“重新认识和评价《西游记》”的历史使命的感召下，以各自的独立思考对“《西游》神话”说这一权威命题，提出了一些异议。美中不足的是，迄今无专论深入探讨这一课题。而这一课题，恰事关对于神魔小说的艺术性格的科学把握。对它的探讨则是进入神魔小说艺术世界的不二法门。

（一）《西游记》与神话之“貌合”

论者既视《西游记》为神话，首先就当讲清它与中国古代神话的关系。

可惜过去几乎无人致力于此。直到近年，这一命题才开始为论者注目。袁珂在《中国神话对于后世文学的影响》一文中提出："从《西游记》的总倾向看，它和古神话所具有的积极的浪漫主义精神原是一脉相通的。"他说："《西游记》里的孙悟空形象的创造，是直接受无支祁、间接受夔神话的影响的，《西游记》里最精彩的部分是孙悟空闹天宫，而大闹天宫里'玉帝轮流做，明年到我家'（第七回孙悟空语）的'叛逆'思想，实在就是从古神话'共工与颛顼争帝'（《淮南子·天文篇》）、'刑天与帝争神'（《山海经·海外西经》）那里来的。孙悟空后来护送唐僧到西天取经，一路上斩妖除怪、降魔伏邪，也有古神话里羿缴大风、斩修蛇，禹逐共工、杀相柳这些为民除害事迹的遗意。"（《神话论文集》）陈辽在《〈西游记〉究竟是怎样的一部小说》中指出，从我国神话发展史的角度看，它是"我国自史前时期以来至明代中叶为止的神话的集大成和再创造"。如神猴出世，直接应用了"盘古开辟"的神话；仙石产猴，则是对女娲炼石补天神话的改造和新创造；孙悟空七十二般变化，是鲧死后，禹生前化为熊等神话的夸张和发展；龙宫龙王又是唐人传奇《柳毅传》中龙宫、龙王神话的采集和放大；"如意金箍棒"能大能小，与"息壤"的能够自己生长更有相似之处；等等。总之，从闹天宫到西天路上的种种磨难，多有所本，从而使《西游记》成为"我国唯一的神话巨著"（《安徽大学学报》1983年第一期）。

这些研究，或许是"文艺寻根热"的史前反映，或许是"原型批评"的初步尝试，更当是对以往研究断裂层的着意弥补。我们在充分肯定其可贵努力的同时，不无遗憾地看到其间存在着两大危机：其一是缺乏坚实的内证，只是漫无边际地在神话家族里攀觅《西游记》的乃祖乃宗，或在《西游记》的场景中捕捉神话的幻影幻踪；虽勉强对号入座，却没多少说服力。其二是缺乏科学的神话概念，致使不少例证远超出了神话疆域；或将非神话成分纳入神话范畴，严重地冲击了神话的科学概念。

这里不妨先提供些许例证，以"缓解"第一危机，然后再来分解后者。

吴承恩敏而多慧，博览群书，复善谐谑，神话自在其博览圈内。吴氏有《禹鼎志序》云：

余幼年即好奇闻，在童子社学时，每偷市野言稗史，惧为父师诃夺，私求隐处读之。比长，好益甚，闻益奇。迨于既壮，旁求曲致，几贮满胸中矣。

吴氏自幼至壮搜求不已的奇闻中，就包括神话。他之所以将自己的志怪小说集命名为《禹鼎志》，是因为“昔禹受贡金，写形魑魅，欲使民违弗若。”大禹本是神话人物，禹铸九鼎也是神话故事，禹鼎写形之“形”更只能是魑魅之类的神话形象。禹为“使民知神奸”，“铸鼎象物，百物为之备”不啻铸造了一个神话宝库。吴氏追其遗绪，以墨为鼎，自然也少不了以其“旁求曲致”的神话作为再造的原料之一。书名为《禹鼎志》，则足见他对大禹神话体系的珍视和借重。

《禹鼎志》或可称为《西游记》的雏形，《西游记》则实为一尊巨鼎，其间更是“百物为之备”。而孙悟空出生入死所致力的也不外“使民知神奸”，他那钢铁般的躯体内又何尝无有大禹之基因。那作为孙悟空智、勇、力的象征的“金箍棒”，不就是当年大禹治水定江海浅深的定子吗？

若细加考察，不难发现孙悟空体内凝结着诸种精华，其间不仅有大禹基因，抑或有夸父精灵。吴氏有《古意》一首咏夸父云：

日出沧海东，精光射天地。俄然忽西掷，似是海神戏。羲和鞭六龙，能驱不能系，劳劳彼夸父，奔走更何意？余自尘世人，痴心小尘世。朝登众山顶，聊复饮其气。

日御之神羲和拼命驱赶着太阳所乘之六龙宝车，向前奔驰，不许稍滞；

尽管如此，他仍不能摆脱夸父的穷追。夸父为何奋力追日，追上之后又有何结果？对此他似无暇思索，只是对那“精光射天地”的权威穷追不舍，这就是吴承恩笔下的夸父形象。倦于世俗的吴承恩，在其诗末表示要仰饮夸父雄气，遥步夸父后尘：“路漫漫其修远兮，吾将上下而求索”。吴承恩既以夸父自许，他能不将夸父“与日逐走”的叛逆精神注入美猴王的体魄吗？夸父追日终为悲剧，他在奋斗的途中光荣地倒下了。《山海经·海外北经》记载：

> 夸父与日逐走。入日，渴欲得饮，饮于河渭，河渭不足，北饮大泽。未至，道渴而死。弃其杖，化为邓林。（毕沅注：邓林即桃林也。）

这片神奇的桃林，在《西游记》中被吴承恩化为猴族的乐园花果山。生长在这片神奇土地上的孙悟空，不仅与夸父出身相似，而且精神相通。他与夸父一样，也是大地之子。夸父是后土的孙子（《山海经·大北荒经》：“后土生信，信生夸父”），其形也如猿（《山海经·西次三经》：“其状如禺［即猿］而文臂，尾虎而善投”）；悟空则是沐天地之灵秀，浴日月之精华，破石而出的美猴王。如同夸父有“入日”之壮举，他以区区猴民闯进了神圣的天宫；如同夸父有“与日逐走”的雄姿，他竟树起“齐天大圣”旗号，欲与天公试比高，甚至向玉皇大帝发出“强者为尊该让我”的通牒。美猴王闹乱天宫之后，虽也遭雷打火烧，以至五行大山镇压；但他未像夸父那样“道渴而死”，也从来未停止向理想的彼岸进发的脚步。这结局之异，自然是吴承恩理想使然。

吴承恩诗文用典多取神话，而且不用则已，一用就几乎要调遣一个神话体系（吴承恩或无神话体系观，但他却如此运用了），令其构成一个较完整的“神话”境界。我们从中还能寻得些“西游”故事的枝节。如《述寿赋》中的异方殊物，《二郎搜山图歌》中的照妖镜，《瑞龙歌》中的怒龙形象，《对月感秋》中的嫦娥倩影等。更令人惊讶的是他的《海鹤蟠桃篇》，诗云：

蟠桃西蟠几万里，云在昆仑之山瑶池之水。海波吹春日五色，树树蒸霞瑞烟起。倚天翠巘云峨峨，下临星斗森盘罗。开花结子六千岁，明珠乱缀珊瑚柯。彼翩知是辽东鹤，一举圆方识寥廓。八极孤搏海峤风，千年遥寄神仙药。此桃此鹤世有无，细视始惊为画图。灵光散宝轴，辉映黄金涂，函之拜送仰天祝，我公心寄南飞乌。闻说金华山，中有宝婺星，吹笙鼓瑶瑟，送酒多仙灵。玉桃玄鹤降西母，披花笑坐丹霞屏。想见开此图，高张北堂上，堂上筵前宛相向。地涌珠楼结化城，天移羽葆攒仙仗。中丞命世出风尘，夫人信是真天人。平生手抱生麒麟，斑衣玉带三千春。奇哉斯图定谁笔，生气纵横墨痕湿。日月如行雨露枝，风云恍动烟宵翼。淮南春草丽春晖，目送南云心共飞。金门更问东方朔，华表重逢丁令威。令威挥动白云袍，春酒年年艳碧桃。北斗一星随婺女，瑞华长傍紫微高。

令人读后，不仅欲追溯上古蟠桃神话的境界，更如置身于《西游记》的艺术氛围之中。由此我们可以看出，吴承恩是如何出神入化地运用神话素材进行艺术创造的。

综上所述，足见吴承恩的《西游记》确与神话有着不解之缘。神话的乳汁滋润着《西游记》的艺术创造，《西游记》的艺术境界里融合着神话的思想和艺术精华。且不说灵感之启迪，素材之投影，形象之感应，即是在进取精神、乐观态度、警拔想象、奇异神韵诸方面，《西游记》与神话也是脉脉相通的。

（二）《西游记》与神话之“神离”

然而，《西游记》与神话两者之间，却毕竟有着质的差异。

首先，神话是人类童年时代的产物。在人猿揖别不久的远古，生产力的低下不可思议地激发着先民们的想象力——用想象和借助想象以征服那强悍不驯的自然力；而先民以“万物有灵”为特征的想象，则同样不可思议地刺激着神话的兴盛。那“神”实则是先民以“万物有灵”观念形象化了的自然力及其征服者。那“神话”“神们的行事”，实则原始先民与自然斗争的幻想故事。想象既是幼稚的伴侣，又是文明的先导；那由想象支撑起来的神话，虽充溢着先天的稚气，却终成为某种高不可及的艺术范本而永葆魅力。然而，随着生产力的发展，人们主要地不是在想象中而是在现实中实现“自然的人化”与“人的对象化”；曾经顽强地主宰着人类命运的自然力，终于在一定程度上受支配于人类了。尤其是手工业的分离，则标志着人之于自然已由乞讨转为索取，由被动变为主动。这历史性的转变，有力地改变了人们认识世界的观念：“万物有灵”的感知王国里，终于树起了“人为万物之灵”的旗帜。这就意味着人类已迈过了它的童年时代亦即神话时代。如同“一个成人不能再变为儿童”一样，神话也因失去了再生条件而永不复返。

中国的神话时代起讫虽无定论，但《西游记》时代已不是神话时代却可肯定。产生《西游记》的明代中叶，人类已在剑与火中迈过了原始社会、奴隶社会、封建社会初中期，进入封建社会的中后期，人们已在较高程度上支配着自然力。科学就是生产力的最高结晶。当时不少科学成果（如李时珍的《本草纲目》、宋应星的《天工开物》）都达到了世界先进水平。诚如论者所言：“远远离开创造神话的时代已有几千年的明朝，如果那时的艺术创作可称为神话，那就等于称明朝皇帝为酋长一样滑稽。”更何况《西游记》的作者吴承恩“却是相当彻底的无神论者。他如此理解宗教鬼神的虚假，理解的程度达到敢于拿它作揶揄的对象。《西游记》使人领悟千变万化神奇莫测的天堂冥府，原是人们意识（在他是艺术想象）可以任意创造出来的虚幻世界”（何满子《〈西游记〉研究的不协和音》）。可见《西游记》虽从神话中吸收了养料和形式，但它毕竟不是古代蛮勇力量的凯旋，也不是先民百思不解的天问，而是人类成年时代的艺术精品。

其次，神话作为人类童年时代的艺术形式，其显著特征就是马克思所说的："通过人民的幻想，用一种不自觉的艺术方式加工过的自然和社会形式本身。"

这里，马克思所强调的"不自觉的艺术方式"，就是区分神话与文学创作（主要指神话式的文学创作）的根本界限。苏联的C.C.阿韦林采夫在《神话》一文中有段论述，有助于我们对这个问题的理解。他说：

> 神话具有艺术性，亦即丰实的形象性；正是这一点，把神话同文学创作相联属：无论前者还是后者，其题旨与不同可感的形象融为一体。然而，神话又是具有不自觉的艺术性；而这又把神话同文学创作区分开来。换言之，两者的差异在于：1.神话是先于反思（按：即指思想的自我运动）的集体创作的产物；而文学之区别于民间文学的决定性因素，正是创作者的主观反思。2.既然如此，艺术的幻想作为对事物的反映，终究不同于事物本身；然而，在神话中"形象确实是被想象为物化的"（阿·费·洛谢夫《神话学》，见《哲学百科全书》第三卷，1964年俄文版第458页）；正因为如此，有意识地运用隐喻、借喻以及其他比喻手法和修辞格，在神话中都是不可能的。3.可见，文学有着或多或少自成一体的美学规范，而神话的美学范畴则尚未从浑然一体的意识原质中分离；因为神话不仅是原始的诗歌，而且是原始的科学、神学和哲学等等（见《民间文艺集刊》第一辑）。

吴承恩的《西游记》，显然并非"不自觉"的艺术加工，而是自觉的艺术创造。表现有三：其一，吴承恩的《西游记》虽脱胎于唐僧取经的传统故事，但其之所以能成杰构则全赖于作者巧夺天工的艺术再创造。吴承恩有《二郎搜山图歌》一诗，被胡适誉为"很可以表示《西游记》作者的胸襟和著书态度”。若读过这首诗，则不难发现作者的“主观反思”中有着浓郁的忧患意识。他面对着“民灾翻出衣冠中，不为猿鹤为沙虫，坐观宋室用五鬼，不见虞廷诛四凶”的黑暗现实，忧心如焚：“野夫有怀多感激，抚事临风三叹息，胸中磨损斩邪刀，欲起平之恨无力。”这不是一个患得患失的腐儒的哀鸣，而是一个忧国忧民的赤子的感慨，一个补天无术的志士的叹息。吴承恩正是将这些源自生活的感受和体验，融进了传统的西游故事之中。然后借助第二造物主幻想，创造了孙悟空这一奇特的艺术形象。有的学者将孙悟空形象分解为人、神、猴三者的组合。其实他既非人性猴，也非猴性人，更非神，而是作者胸中形象化了的“斩邪刀”。文学是人学，更是心学。作家为“写忧而造艺”，造艺以疗忧。凭着“踢天弄井，搅海翻江，担山赶月，换斗移星”的神通，孙悟空欲“专救人间灾难”，当然是所向披靡，无坚不摧。在这幻想世界中，那“抚事临风三叹息”的野夫，再也不愁“欲起平之恨无力”了。一部《西游记》，正是作家这种心理的生活变形。可见，同样是幻想性的变形，神话中的变形，是集体无意识所致，是先民对客观世界“虚妄反映”所致，而非他们有意之“歪曲”；而《西游记》则是作家自觉运用幻想为艺术手段，所创作的富有个性化的“有意味的形式”。

其二，《西游记》作为变形艺术，不仅需要调动诸种修辞手法来完成其建置，而且其所呈现的也是一幅别具丘壑的象征图画。吴承恩在《禹鼎志序》中就说：“虽然吾书名为志怪，盖不专明鬼，时纪人间变异，亦微有鉴戒寓焉。”这《禹鼎志序》，大致可视为《西游记序》。从序中可见吴承恩的文学创作的特征是：涉笔鬼神，着眼人间；以变形形象，纪人间变异。这就具备了象征主义的特点。从创作角度看，是将人间变异，经过变形处理融入神魔世界；从接受角度看，则要破译那神魔世界中的变形构造，还原为人间变异。对于《西游记》的这一艺术特征，早有学者论及。明人袁于令有《〈西游记〉题词》云：“文不幻不文，幻不极不幻。是知天下极幻之事，乃极真之事；极幻之理，乃极真之理。”鲁迅先生亦有云：“作者禀性‘复善谐剧’，故虽述变幻恍惚之事，亦每杂解颐之言，使神魔皆有人情，精魅亦通世故，而玩世不恭之意寓。”这“极幻之事”与“变幻恍惚之事”，即指《西游记》的变形艺术；“极真之事”与玩世之意，即指其象征意义。“使神魔皆有人情，精魅亦通世故”，则不仅显示了其变形艺术之高超动人，更说明那变幻之形也非无根之物，而终会循着一定的现实逻辑（人情世故）。正是这现实逻辑沟通了《西游记》变形艺术与象征底蕴之间的联系。神话则是先民确信的知识，它总是叙述性的，说明性的，丁是丁、卯是卯，没有丁似卯、卯如丁之类的修辞格，更无由此支撑起来的象征图画。作家是在文学中寄寓人生，先民则是在神话中实现人生。文学的艺术世界，是作家有意“通过幻觉产生一个更高的真实的假象”；神话的艺术魅力，则是“无意插柳柳成荫”。

其三，《西游记》以富有象征意义的变形艺术，建树起别具一格的美学风格怪诞美。其实对于《西游记》的怪诞美，前人也早有论述。明人陈元之在《〈西游记〉序》中就说：“彼以为浊世不可以庄语也，故委蛇以浮世。委蛇不可以为教也，故微言以中道理。道之言不可以入俗也，故浪谑笑虐以恣肆。笑谑不可以见世也，故流连比类以明意。于是其言始参差而俶诡可观，谬悠荒唐，无端崖涘，而谭言微中，有作者之心傲世之意，夫不可没也。”睡乡居士更说：“有如《西游》一记，怪诞不经，读者皆知其谬……则正以幻中有真，乃为传神阿堵。”清人翟家鍪也说，《西游记》“诡异恢奇，惊骇耳目，第视为传奇中之怪诞者”。《西游记》之怪诞美是个有待开拓的命题，但仅从上文可见吴承恩是以大智若愚之姿，运大巧若拙之笔，寓真于幻，寓哀于嬉，寓庄于谐：以其怪诞美使读者无所容心，但觉好玩，忘怀得失，独存鉴赏，于开颜一笑中悟其真谛。而神话也不无怪诞色彩，但它虽有审美价值，却不是审美活动的产物。神话中的人物，不是艺术形象，“而是一种武装着某种劳动工具的完全现实的人物，神是某种手艺的能手、人们的教师和同事”（高尔基语）；神话虽不失为未来艺术的土壤和武库，其本身却不是艺术，而是原始的科学和哲学。诚如普列汉诺夫所说：“劳动先于艺术”，“人最初是以功利观点来观察事物和现象，只是后来才站到审美观点上来看待它们”（《论艺术》）。因而神话之怪诞美既未构成独立的美学规范，也不像《西游记》是源于作家有意识的美的创造。

总之，神话是先民用不自觉的艺术方式加工过的自然和社会形式本身，而《西游记》则是作家用自觉的艺术方式加工过的“第二自然”。如同神话时代之永不复返，《西游记》也不能返老还童为神话。因而，神话之于《西游记》乃至其他神魔小说，只能是一顶貌合神离的桂冠。

由于偏爱这顶桂冠，不少论者的《西游记》研究陷入了困境。因为神话毕竟是原始先民与自然斗争的幻想性故事，以此按之《西游记》，于是有人说它无宏旨，也有人说它所反映的是一抽象主题，阉割了这部巨著的现实意义。还有的人鉴于前七回实在无法以“人与自然斗争”来概括，就提出了个“主题转化”说，谓前七回反映的是封建社会的阶级斗争，七回以后是歌颂中国人民征服自然和征服困难的英雄气魄，使《西游记》成了个“双黄蛋”。

至此，笔者很自然地想起了孙悟空戴紧箍的情节。那顶嵌金花帽，何其美观，赤身裸体的美猴王得此之初怎能不欢欣雀跃，殊不知它是个捉弄人的圈子。神话之于《西游记》何尝不然？戴上它，既有损于神话概念的科学性，又有碍于对《西游记》艺术真谛的把握。因而不如干脆脱帽，以两得其所。

（三）咎在“神话化”之被误解

鲁迅 1925 年 3 月在一封信中说：“中国人至今未脱原始思想，的确尚有神话发生。譬如‘日’之神话，《山海经》中有之，但吾乡（绍兴）皆谓太阳之生日为三月十九日。此非小说，非童话，实亦神话。因众皆信之也，而起源则必甚迟。故自唐以迄现在之神话，恐亦尚可结集。”（《鲁迅书信集》）这段话过去很少有人注视，近年却常被人与毛泽东《矛盾论》中的神话言论同引为“新神话”说和“《西游》神话”说的依据。因而，岂止是《西游记》之类的神魔小说，直至今人创作的《飞向冥王星的人们》《百慕大三角区》之类科幻小说，都可以大踏步地迈入神话王国。此等“新神话”说，仿佛延长了神话的历史，扩大了神话的疆域，实则是取消了神话。什么都是就什么都不是。

其实“太阳生日”云云，是一则人造“神话”。3 月 19 日本是崇祯皇帝吊死于煤山的日子，称 3 月 19 日是太阳的生日，是明末遗民对他们心中的太阳故国故君的怀念，而并非真的相信这个日子是太阳的生日。在辛亥革命基地绍兴，反清悼明的民族意识更使人们“神化”了 3 月 19 日。鲁迅称之为“新神话”，显然是有所失察的。然鲁迅所说的“中国人至今未脱原始思想”，又是实事。其来源大致为三端：一是文明社会中的某些死角里残存着的原始部落，二是文明社会某些结构内部残存的原始成分，三是文明社会中某些成员心灵深处积淀的原始思维模式。神话是人类童年时代强大的精神武器，而原始思想则是文明时代落后的东西，它既无神话风采，又无神话功能，不能与神话同日而语。况且它在文明因子的包围冲击融合下日陷瓦解，而不可能产生所谓“新神话”。《西游记》对明代的原始思想或原始宗教的残余，如种种吃人的陋习也的确有淋漓尽致的反映。但作者对之毫无欣赏赞同之意，而总是通过他笔下的孙悟空，对此进行辛辣的讽刺、彻底的揭露和顽强的斗争。甚至可以说孙悟空在取经路上，是在进行着科学与民主的伟大启蒙工作，而不是在播撒原始思想，制造“新神话”。

如果说“原始思想”与神话的分野尚为清晰，那神话化艺术与神话的区别则更令人困惑。神话虽不是自觉的艺术创造，却是文学艺术的发祥地。刘勰早在《文心雕龙》中指出，神话“事丰奇伟，辞富膏腴，无益经典而有助文章，是以后来辞人，采摭黄华”。神话基因对后世文学的积极影响，“后来辞人”对神话艺术的着意追摹，使诸多的文学作品中程度不同地存在着“神话化”的艺术色彩，《西游记》则尤为突出。然而，“神话化”的作品与神话虽有些相同之处，却毕竟不能等于神话。刘勰评《离骚》有句名言，云：“观其骨鲠所树，肌肤所附，虽取熔经意，亦自铸伟辞。”黄侃评释云：“二说最谛，异于经典者，固由自铸其词；同于风雅者，亦再熔炼，非徒貌取而已。”正道出了“神话化”艺术之真谛。如前所述，孙悟空的精神世界里不仅有大禹基因，而且有夸父精灵，但无论是大禹，还是夸父，都不能直接走进悟空的精神世界。作家对之“非徒貌取”，而是在其胸炉另加熔炼，自铸伟辞，变神格为人格，变自然投影为世相象征，塑造了孙悟空这一为大禹、夸父所不能替代的艺术形象。其间另加熔炼之功，即“神话化”之化工；而这“化工”正反映“神话化”艺术，是有别于神话的自觉的艺术创造。

二十二　人情小说的艺术历程——从《金瓶梅》到《红楼梦》

（一）鲁迅论人情小说

人情小说，是中国小说艺术世界中的一大家族。鲁迅在《中国小说史略》中以第十九、第二十、第二十四篇，专论“明之人情小说”“清之人情小说”。在《中国小说的历史的变迁》中，他又把人情小说作为明代小说两大主潮之一、清代小说四派之一来论述。足见其阵营之可观。

为人情小说确立文艺学概念的也是鲁迅。他在《小说史大略》《中国小说史略》《中国小说的历史的变迁》等论著中，都为之下过论断。谨引《史略》之说：

> 当神魔小说盛行时，记人事者亦突起，其取材犹宋市人小说之“银字儿”，大率为离合悲欢及发迹变态之事，间杂因果报应，而不甚言灵怪，又缘描摹世态，见其炎凉，故或亦谓之“世情书”也。

鲁迅的论述有几点值得注意。

其一，所谓“人情小说”，主要依据或衡量标准在这派小说的题材为“记人事”：叙述离合悲欢及发迹变态的故事；描摹世态，见其炎凉（鲁迅在《变迁》说得更流畅，说其“大概都叙述些风流放纵的事情，间于悲欢离合之中，写炎凉的世态”）。这当是人情小说之所以为人情小说的根本所在。

其二，人情小说在明代是与风行一时的“神魔小说”相对而言的。它与神魔小说的区别就在于其虽“间杂因果报应，而不甚言灵怪”。也就是说，“因果报应”的模式或许是两者所共有的（相对而言，人情小说在对之使用频率上或许弱些，因有“间杂”云云）；但神魔小说以“灵怪”出之，而人情小说则不甚言灵怪，偶尔借用以强化对世态炎凉的艺术表现。

其三，人情小说之源头可追溯到宋代说话艺术中的“银字儿”。“银字儿”即宋代说话艺术四大家之一的“小说”。“小说”在当时是最活跃的，耐得翁《都城纪胜》中有“最畏小说人，盖小说者能以一朝一代故事顷刻间提破”的说法。因而它对后世小说最富影响力。但对于“小说”到底包括哪些内容，学术界的看法却颇不一致。以胡士莹《话本小说概论》的意见，其包括“烟粉、灵怪、传奇、说公案，皆是朴刀杆棒及发迹变泰之事”。胡氏考证，“银字儿”在唐是“应律之器”，至宋渐离乐律而变为“哀艳腔调”的代名词，因而“银字儿”（小说）中的故事多哀艳动人。如此看来，宋代“小说”的内容除“灵怪”之外，其他的大概都可作为“人情小说”的源头。

鲁迅从白话小说的体系着眼，将人情小说之源头追溯到宋代的“银字儿”，当然是准确的。近年有人将之扩大到文言小说领域，认为唐人传奇《游仙窟》《莺莺传》《霍小玉传》等开了人情小说之先河。其实，若以宋代“银字儿”为其近祖，其远祖则可上溯到魏晋志人小说中百科全书式的作品《世说新语》那里去。

其四，人情小说，也可称为“世情书”。鲁迅文中“或亦谓之”者即清初著名小说评点家张竹坡，张说是针对《金瓶梅》而言的。在张竹坡之前之后都有人说《金瓶梅》是“描写世情”，“寄意时俗”的，但第一个明确将《金瓶梅》命名为“世情书”的是张竹坡，因而受到鲁迅重视，并从那里引申出个“人情小说”的概念。

“人情小说”的概念，既源自《金瓶梅》评论，亦足见鲁迅对《金瓶梅》的重视。他在《中国小说史略》中说：“诸‘世情书’中，《金瓶梅》最有名。”

吴月娘春昼秋千　见《金瓶梅词话》第二十五回

并说：

> 作者之于世情，盖诚极洞达，凡所形容，或条畅，或曲折，或刻露而尽相，或幽伏而含讥，或一时并写两面，使之相形，变幻之情，随在显见，同时说部，无以上之。

由此亦可见，鲁迅是将《金瓶梅》作为中国长篇人情小说的开山之作来论述的。

（二）《金瓶梅》所打破的传统小说观念

作为长篇人情小说的开山之作，《金瓶梅》在中国小说史上具有里程碑意义；它的出现，引起了中国小说观念与创作方法的重大变革，报导着近代小说的萌生。

鲁迅在《中国小说的历史的变迁》中有句名言，曰："自有《红楼梦》出来以后，传统的思想和写法都打破了。"鲁迅所说的"传统思想"并非人们通常所理解的指政治思想或伦理思想，而当指传统的小说观念；那"传统写法"就是传统的创作方法。在中国小说史上打破传统的小说观念与写法的，当然以《红楼梦》最为突出。但打破传统的小说观念与写法的，却远不止《红楼梦》一本书，其实中国小说史上任何杰出的小说品类与作品，都是在打破传统小说观念与写法历史过程中产生的，明清小说中作为流派的代表作如明之四大奇书与清之《儒林外史》《聊斋志异》《红楼梦》等则尤其如此。当它们打破了既有的小说模式并成为新的模式时，一方面各自产生了一大批追星族，一方面又依次被后来的杰作所再打破。正是这种打破与再打破的运行机制，推动了中国小说的波浪式前进。从这个意义上讲，《金瓶梅》也打破了其以往的小说包括《三国演义》《水浒传》《西游记》所代表的小说观念与写法，实

潘金莲雪夜弄琵琶　见《金瓶梅词话》第三十八回

现了历史性的突破，而成为明代四大奇书之一。

不过，以往某些研究者对何为传统的写法的理解似有偏颇。他们引用鲁迅的话“至于说到《红楼梦》的价值，可是在中国底小说中实在是不可多得的。其要点在敢于如实描写，并不讳饰，和从前的小说叙好人完全是好，坏人完全是坏的，大不相同，所以其中所叙的人物，都是真的人物”后，断言“叙好人完全是好，坏人完全是坏的”就是传统写法。他们又根据鲁迅说过《三国演义》“写好的人，简直一点坏处都没有；而写不好的人，又是一点好处都没有”，将《三国演义》视为传统写法的典型，来反衬《红楼梦》之精美。这实在是个误会。应该说，任何前代小说的写法，都相对成为后世小说的传统写法。传统写法也是千差万别，并非仅仅“叙好人完全是好，坏人完全是坏的”一种。而且即使以此来衡量《三国演义》也不是那种作品。鲁迅的话实则是自相矛盾的。他说:《三国演义》“描写过实。写好的人，简直一点坏处都没有；而写不好的人，又是一点好处都没有。其实这在事实上是不对的，因为一个人不能事事全好，也不能事事全坏。譬如曹操他在政治上也有他的好处；而刘备、关羽等，也不能说毫无可议，但是作者并不管它，只是任主观方面写去，往往成为出乎情理之外的人”，“如他要写曹操的奸，而结果倒好像是豪爽多智，要写孔明之智，而结果倒狡猾”，甚至说:“以致欲显刘备之长厚而似伪，状诸葛之多智而近妖。”就《三国演义》而言，“叙好人完全是好，坏人完全是坏的”，未必是作者的创作意图，或其艺术效果，很可能是评论家的主观臆断。而其艺术效果则是人物性格的二重组合，刘备之长厚、孔明之智慧、曹操之奸诈，是作者描写的产物；刘备之似伪，孔明之近妖，曹操之豪爽多智，也出自作者之描写。有些读者先验地认为作者之主观意图只有一个侧面，即刘备之长厚，孔明之多智，曹操之奸诈；而刘备之似伪，孔明之近妖，曹操之豪爽多智，则是客观描写“往往出乎情理之人”，亦“文章和主观不能符合这就是作者所表现的和作者所想象的，不能一致”。

其实，写刘备之长厚而似伪，孔明之多智而近妖，曹操之奸诈而似豪爽多智，恰恰是作家之主观意图与艺术效果的辩证统一的产物。“敢于如实描写，并不讳饰”，以写出“真的人物”，是《红楼梦》的可贵处，所谓传统写法实则是相对而言的。

《金瓶梅》是纯粹的文人小说，没有如同《三国演义》《水浒传》《西游记》那种由市井讲说到文人写定的创作过程，但对它之前种种作品都有所借用。这种借用频率较高，因而有些论者不免为之所迷惑，并据此将《金瓶梅》说成是与其他三大奇书一样是世代累积型集体创作的作品。持此观点者最典型的当数徐朔方先生之《论〈金瓶梅〉的成书及其它》（齐鲁书社 1988 年 1 月版）。其实将由市井讲说到文人写定的创作过程，称为“世代累积型集体创作”庶几能成立；但将之作为对《三国演义》《水浒传》《西游记》写定本的称谓，则似不妥。因为写定本虽不排斥市井讲说时代的影响，但写定本风格形成的决定性因素归根到底还在作为写定者的文人。从这个意义上讲，美国学者浦安迪《明代小说四大奇书》（沈亨寿译，中国和平出版社 1993 年 10 月版）的意见，认为“四大奇书”都是文人小说。《金瓶梅》与其他三大奇书的区别在于它为文人独力完成的长篇小说，而没有经历市井讲说的演化过程，倒是颇有启发性的。杨义将这没有经历市井讲说的演化过程却借用了前代某些作品的某些肢节的写作方法，称为戏拟谋略，是颇有见地的。他说：“戏拟乃是对传统叙事成规存心犯其窠臼，却以游戏心态出其窠臼”，是一种“创新手腕”，因为“戏拟谋略的采用乃是受现实生活的刺激，认清了旧叙事模式的不适用，因而在叙事模式和生活的错位之间采取嘲讽心态。戏拟式的嘲讽是一种新鲜的智慧”（《〈金瓶梅〉：世情书与怪才奇书的双重品格》，《文学评论》1994 年第 5 期）。

《金瓶梅》所戏拟的对象世界是相当丰富的。韩南有《〈金瓶梅〉探原》（徐朔方编选《〈金瓶梅〉西方论文集》，上海古籍出版社 1987 年 7 月版），徐朔方有《〈金瓶梅〉成书新探》，对之有过翔实的搜寻。仅话本和拟话本小说，他们就列了八九种之多（如《刎颈鸳鸯会》、《戒指儿记》、《五戒禅师私红莲记》、《杨温拦路虎传》、《西山一窟鬼》、《志诚张主管》、《新桥市韩五卖春情》、日本蓬左文库藏《新刊京本通俗演义全像百家公案全传》、《如意君传》等)。因其过于庞杂，只得置而不论。这里要讨论的是《金瓶梅》对《三国演义》《水浒传》《西游记》的戏拟，这样会更清晰地发现《金瓶梅》到底打破了哪些传统的小说观念与创作方法。

《金瓶梅》第一回西门庆热结十兄弟，在玉皇庙昊天上帝座前焚烛跪拜宣读的疏文有云:“伏为桃园义重，众心仰慕而敢效其风……”显然是对《三国演义》以“桃园结义”开篇的戏拟。《三国演义》中刘、关、张经历各异，萍水相逢，一旦结为异姓兄弟，他们把义置于万里江山之上，而且为之献出生命，从而将义发挥到了极致。然而西门庆之流在堂皇地重复着三国英雄“生虽异日，死冀同时”之类誓词之际，已有应伯爵诸人在集资酬神的银两上作了手脚，结盟之后又有西门庆对花子虚的占妻谋财，西门败落后应氏之流的落井下石等。这“以卑鄙嘲笑崇高的悖谬”，表明戏拟对象桃园结义的理想，已在市井世俗的冲击下土崩瓦解了。

同理,《金瓶梅》第五十七回“闻缘薄千金喜舍、戏雕栏一笑回嗔”，未必不是对《西游记》取经故事的戏拟。那被永福寺长老说动了心，喜舍千金的西门庆，一壁厢恭恭敬敬地念:“伏以白马驼经开象教，竺腾衍法启宗门”的疏文，一壁厢与吴月娘口吐狂言:“咱闻那佛祖西天，也只不过要黄金铺地。”将神圣的佛祖也市井化了。市井铜臭气侵染了宗教信仰，信仰的追求就转化为信仰的游戏了。信仰游戏比信仰危机失落得更加彻底更加悲凉。

相对而言,《金瓶梅》对《水浒传》的戏拟则更全面。据黄霖在《〈忠义水浒传〉与〈金瓶梅词话〉》(《水浒争鸣》第一辑)中统计，两书相同的人名有二十七个，相同或相似的大段故事情节有十二段,《金瓶梅》还抄了或基本上是抄《水浒传》的韵文有五十四处。这里只需取《金瓶梅》的前十回，与《水浒传》相应的情节“武松杀嫂”(第二十三至二十六回)相比较，就不难发现戏拟者与被戏拟者之间的明显差异。

陈敬济徼幸得金莲　见《金瓶梅词话》第二十八回

故事安排。《水浒传》中武松除在“武十回”中有集中的描写之外，其故事几乎与梁山事业共始终，《金瓶梅》仅截取其打虎与杀嫂部分情节。即使是所截取的打虎一段，《金瓶梅》也未如《水浒传》作正面描写，而只是由市井人物在茶余酒后以闲话的方式出之，使之成为“序幕人物”引出西门庆与潘金莲的故事。这样安排，一显得更加真实，二为转换故事主角。诚如张竹坡说：“《水浒》上打虎，是写武松如何踢打，虎如何剪扑；《金瓶梅》却用伯爵口中几个‘怎的’‘怎的’，一个‘就象是’，一个‘又象’，便使《水浒》中费如许力量方写出来者，他却一毫不费力便了也。是何等灵滑手腕！况打虎时是何等时候，乃一拳一脚，都能记算清白，即使武松自己，恐用力后，亦不能向人如何细说也。岂如在伯爵口中描出为妙。”这是说从侧面写武松打虎比正面描写或许更为令人置信。张竹坡还说：“《水浒》本意在武松，故写金莲是宾，写武松是主。《金瓶梅》本意在金莲，故写金莲是主，写武松是宾。文章有宾主之法，故立言体自不同，切莫一例看去。所以打虎一节，亦只得在伯爵口中说出。”这就是说，在《金瓶梅》的艺术世界里英雄让位于小丑，崇高让位于鄙俗。

结局安排。《水浒传》第二十六回让武松在人证物证俱全的情况下，亲手格杀了西门庆与潘金莲，为兄复仇，了却此案。而《金瓶梅》在第九回让武松在狮子桥下酒楼打死的不是西门庆，而是替死鬼李外传，“实在是让这位打虎英雄，表演了一场误把风车当魔鬼来大战一场的滑稽剧”。而真正的魔鬼西门庆略施小技却叫武松充军到孟州去了。可见猛虎易打，小丑难治，小丑竟“猛”于虎，真是如之奈何！诚如文龙所说：“《水浒传》已死之西门庆，而《金瓶梅》活之；不但活之，而且富之贵之，有财以肆其淫，有势以助其淫，有色以供其淫，虽非令终，却是乐死；虽生前丧子，却死后有儿。作者岂真有爱于西门庆乎？是殆嫉世病俗之心，意有所激，有所触而为此事？”武松在第九回（二十九岁）被发配，到第八十九回（三十三岁）遇赦，此时西门庆已纵欲身亡，武松只赚杀了潘金莲。文龙说：“须知武松今日之所杀者，非武植之妻，乃西门庆所十分宠幸，临死不能忘情之六娘也。杀西门庆爱妾，又何异杀西门庆乎？使西门庆尚在，其肝肠寸断，心脾俱碎，当更甚于项下之一疼，阅者亦可无余憾矣。”亦可见《金瓶梅》的主要故事是在武松充军期间暴发起来的。

人物形象。如武松，从《水浒传》到《金瓶梅》，打虎英雄竟成了大战风车的堂吉诃德式的人物，不免有些滑稽，但有这点滑稽的调剂，武松的形象似乎更世俗化、平民化、生活化了，再不像《水浒传》中的武松只是“给人瞻仰而不是给人议论的”神人了。再如潘金莲，《水浒传》中只作为武松的配角，只作为“是个生的妖娆的妇人”，作了粗略的介绍与描写，到《金瓶梅》则从其眉、眼、口、鼻、腮、脸、身、手、腰、肚、脚、胸、腿……各个部位，画出了潘金莲其人的风流妖娆；从弹唱、针线、知识等多侧面写出其聪明才智；从表到里，从主体到客体，从出身到归宿，多层次地刻画了潘金莲的性格结构与命运，塑造了一个无比丰富、无比生动而又极为真实的性格世界，这则是《水浒传》中的那个潘金莲所无法比拟的。

可见，从《三国演义》、《水浒传》、《西游记》到《金瓶梅》，中国小说的创作已由写历史故事变为“直斥时事”，由写天下大事变为写家庭琐事（以至床笫之事），由写奇人奇事变为写凡人凡事，由匡时救世变为愤世嫉俗，由呼唤英雄到专写小丑，由审美到审丑，从而开世情小说之先河，开文人小说之先河，开讽喻小说之先河；从而使小说从史的樊篱、教化至上的樊篱、类型化的樊篱中走出来，成为有独立意义的近世小说。

（三）曹雪芹“深得《金瓶》壸奥”

作为开山之作，《金瓶梅》确实在中国人情小说史上诱发了一次伟大的造山运动。这次造山运动的最大成就自然是《红楼梦》的产生。还是鲁迅说得恳切，他在《小说史大略》中说：

至清有《红楼梦》，乃异军突起，驾一切人情小说而远上之，较之前朝，固与《水浒》、《西游》为三绝；以一代言，则三百年中创作之冠冕也。

从《金瓶梅》到《红楼梦》，从人情小说长篇的开山之作到它的顶峰之作，中间虽有百来部人情小说（或称之为“才子佳人小说”）作为过渡，但“没有《金瓶梅》就没有《红楼梦》”的命题却能够成立。

最早提到曹雪芹师法《金瓶梅》的，是脂砚斋。脂砚斋到底为何许人，至今尚是未解之谜。如果胡适的考据尚无硬证推翻，那么有一点似可肯定，那就是脂砚斋与曹雪芹的关系非常密切：脂砚斋不仅是《红楼梦》的第一批读者，而且是其创作的部分参与者，大观园人物中兴许还有他（们）的身影哩。如此得天独厚的脂砚斋，自然深知曹雪芹创作的底蕴。

“脂评”中有三处确言《红楼梦》与《金瓶梅》之间的关系。其一于《红楼梦》第十三回写秦可卿之死时，批道：“写个个皆到，全无安逸之笔，深得《金瓶》壶（原批抄本误作壶）奥。”其二于《红楼梦》第二十八回写薛蟠、冯紫英等请酒行令时，批道：“此段与《金瓶梅》内西门庆、应伯爵在李桂姐家饮酒对看，未知孰家生动活泼。”其三于《红楼梦》第六十六回写柳湘莲因尤三姐事，对宝玉跌足说：“你们东府里除那两个石头狮子干净，只怕连猫儿狗儿都不干净。我不做这剩忘八”时，又有批云：“奇极之文，趣极之文。《金瓶梅》中有云：‘把忘八的脸打绿了’，已奇之至；此云“剩忘八’，岂不更奇。”

其实《红楼梦》借鉴《金瓶梅》并与之相似的地方，远不止这三处。但这三处较典型，尤其是第一处两相比较，更能见出小说的本质特征。“壶奥”一词源出班固《汉书·叙传·答宾戏》：“究先圣之壶奥”，这里指作品“精微深奥”之所在。脂评“《金瓶》壶奥”云云，实为比较秦可卿之死与李瓶儿之死所得出的结论。对此前贤有过种种论述，我觉得阚铎《〈红楼梦〉抉微》的意见值得重视（该书 1925 年由天津大公报馆印行），阚氏将可卿丧事与瓶儿丧事逐一作了比较，兹引叙如下：

《红》十三回叙可卿丧事极力铺排，不但突出凤姐等人，且较贾母为阔绰详尽，若按辈分支派言之，无论如何不应将此事如此叙法。然作者深意可想而知。

《红》书历叙侯伯世交之吊奠，《金》书历叙乔皇亲、宋御史、黄主事、杜主事、两司八府官员及吴道官、本县知县等十余起之祭礼。其证一。

《红》书秦氏丫环唤瑞珠者，见秦氏死了触柱而亡，贾珍以孙女之礼殓殡。小丫环名唤宝珠者，愿为义女，誓任率丧驾灵之任，从此皆呼宝珠为小姐。《金》书六十三回瓶儿死，强陈敬济做孝子，又云合家大小都披麻戴孝，陈敬济穿孝衣在灵前还礼。其证二。

《红》书"这四十九日单请一百单八众禅僧在大厅上拜大悲忏，超度前亡后化，以免亡者之罪，另设一坛于天香楼上，是九十九位全真道士打四十九日解冤洗孽醮"云云。《金》书于瓶儿临终梦见花子虚索命，六十二回潘道士遣将拘神之后，说"为宿世冤恩，诉于阴曹，非邪祟也。又二十七盏本命灯，尽皆刮灭"云云，皆指冤孽而言。瓶儿丧事之中请"报恩寺十一众僧人，先念倒头经；又玉皇庙吴道官受斋，请了十六个道众在家中扬幡修斋坛；又门外永福寺道坚长老领十六众上堂，僧念经"云云。两书言起因与叙铺排如出一辙，其证三。

《红》书铺排丧仪题衔捐官，与《金》书如出一手。《红》书之诰授贾门秦氏宜人之灵位，即《金》书之诰封锦衣西门室人李氏柩也。其证四。

《红》十三回，王熙凤协理宁国府，固以见凤姐理事之才，亦以见东府办事之郑重。《金》书之叙瓶儿丧与应伯爵定管丧礼薄，先兑了五百两银子，一百吊钱来委付韩伙计管账，并派各项执事人等，与《红》书所叙大同小异。其证五。

盖西门暴发而妻妾中之得用头衔只此一次，贾家世胄而妇女之得用头衔亦只此一次。锦衣与龙禁尉同一性质，更不待言。其证六。

《红》十四回北静王路祭一段，按《金》六十一回瓶儿之殡走出东街口，西门庆具礼请玉皇庙吴道官来悬真，身穿大红五彩鹤……试以吴道官作为北静王，闭眼揣想，当日情形如出一辙。其证七。

可见两书都以一丧事作为各色人物活动的枢轴，种种世相焦点，而真正做到“个个皆到，全无安逸之笔”。

将上述三段脂评及阐释所解析的一个例证联系起来看，笔者认为：以奇极趣极之文，去写现实生活中诸如婚丧起居乃至饮酒行令之类的家庭琐事，去写各类“生动活泼”的人物形象；以这些“全无安逸”的人物的悲欢离合，去写一个家庭，乃至一个阶层的兴衰际遇，这岂不就是曹雪芹所借鉴、所深得的《金瓶》壶奥所在吗?

就宏观而言，曹雪芹“深得《金瓶》壶奥”，最突出的表现有两点。其一是以现实社会结构中的一个细胞家庭为舞台，去展现一个时代。谢肇淛有《〈金瓶梅〉跋》云：“其中朝野之政务，官私之晋接，闺闼之媟语，市里之猥谈，与夫势交利合之态，心输背笑之局，桑中濮上之期，尊罍枕席之语，驵驶之机械意智，粉黛之自媚争妍，狎客之从臾逢迎，奴佁之稽唇淬语，穷极境象，駥意快心。譬之范公抟泥，妍媸老少，人鬼万殊，不徒肖其貌，且并其神传之。信稗官之上乘，炉锤之妙手也。”极言西门庆之家这一个细胞与社会躯体的血肉联系。同样，《红楼梦》追其芳踪，也以贾府一门之兴衰枯荣写出了一个封建末世。诚如二知道人所说：“太史公纪三十世家，曹雪芹只纪一世家。太史公之书高文典册，曹雪芹之书假语村言，不逮古人远矣。然雪芹纪一世家，能包括百千世家，假语村言不啻晨钟暮鼓，虽稗官者流，宁无裨于名教乎？”傅继馥在《〈红楼梦〉中的社会环境》中更形象地指出：“科学家在实验室里复制各种自然环境，包括复制有太阳风的月球环境。文学家则在作品里复制形形色色的社会环境以及社会化了的自然环境。《红楼梦》复制了几乎整整一个时代，把那个时代的某些本质方面，连同它特有的气压、温度、色彩、音响及其变化，一齐活生生地呈现出来，使今天的读者能够身临其境地体验和认识一个永不复返的重要时代。”因而兰陵笑笑生与曹雪芹都是以一个家庭为轴心，写成了他们所处时代的百科全书。

其二是以现实家庭中的普通成员——妇女为主体，去揭示其家庭与社会的种种关系及矛盾冲突。中国古代说部固然创造了许多不朽的典型，但对女性形象的塑造却相当落后，长篇小说则尤其如此。如“《三国演义》写了貂蝉巧使连环计，从肉体到情感都完全听从伦理观念的支配，没有任何个人的感情，成了一个美丽然而抽象的封建间谍。《水浒》塑造了农民起义军中的几个女英雄形象，她们驰骋沙场，才能和功勋常常压倒自己的丈夫，表现了作者卓异的胆识。但是，她们的感情世界却常常被忽略了。宋江等杀了扈三娘的一家，又命令她立即嫁给矮脚虎，把她当作俘虏并不奇怪；奇怪的是，她被任意摆布，却没有激起任何一点情感的涟漪”（傅继馥《历史性的突破》）。自《金瓶梅》始，才有一批有血有肉的妇女形象，如金、瓶、梅们，奇迹般地涌现在长篇小说人物画廊中。曹雪芹则立志要为闺阁昭传，他笔下的大观园，则是别具一格的女儿国。妇女是社会关系与矛盾最敏捷的神经。西门庆妻妾之间的纠纷与结局，大观园内“千红一哭”“万艳同悲”的命运交响曲，又何尝不与中国明清社会的某些本质方面有着“剪不断、理还乱”的联系呢？

（四）曹雪芹在理论上对《金瓶梅》的突破

曹雪芹“深得《金瓶》壸奥”，却并不满足于“《金瓶》壸奥”。曹雪芹在《红楼梦》第一回分析批判了包括《金瓶梅》在内的人情小说。

曹雪芹借石头的话说：

历来野史，或讪谤君相，或贬人妻女，奸淫凶恶，不可胜数。更有一种风月笔墨，其淫秽污臭，屠毒笔墨，坏人子弟，又不可胜数。至若佳人才子等书，则又千部共出一套，且其中终不能不涉于淫滥，以致满纸潘安、子建、西子、文君，不过作者要写出自己的那两首情诗艳赋来，故假拟出男女二人名姓，又必旁出一小人其间拨乱，亦如剧中之小丑然。且鬟婢开口即者也之乎，非文即理，故逐一看去，悉皆自相矛盾，大不近情理之话。

曹雪芹在这里批评了“讪谤君相”“风月笔墨”“佳人才子”这三类小说。以小说“讪谤君相”，在当时应是“反封建”的进步倾向。或许曹雪芹在政治上未达到“讪谤君相”的高度，或许曹雪芹在小说美学上本不喜欢“讪谤君相”那类思想倾向过分外露的作品，或许曹雪芹有恐文字狱的危险故作掩饰之辞，并一再声明自己的作品：“虽有些指奸责佞贬恶诛邪之语，亦非伤时骂世之旨；及至君仁臣良父慈子孝，凡伦常所关之处，皆是称功颂德，眷眷无穷，实非别书之可比”，“毫不干涉时世”。因而在艺术创作上，曹雪芹注重从后两类作品中吸取教训。

同在第一回，曹氏又借“那僧道”之口说：

历来几个风流人物，不过传其大概以及诗词篇章而已；至家庭闺阁中一饮一食，总未述记。再者，大半风月故事，不过偷香窃玉，暗约私奔而已，并不曾将儿女之真情发泄一二。

在第五十四回，又通过贾母之口对才子佳人小说，大加批评一番：

这些书就是一个套子，左不过些佳人才子，最没趣儿。把人家女儿说的那样坏，还说是佳人，编的连影儿也没有了。开口都是书香门第，父亲不是尚书就是宰相。生一个小姐，必是爱如珠宝。这小姐又必是通文知礼，无所不晓，竟是个绝代佳人。只一见了一个清俊的男人，不管是亲是友，便想起终身大事来，父母也忘了，书礼也忘了，鬼不成鬼，贼不成贼，那一点儿像个佳人？

这有个原故，编这样书的，有一等妒人家富贵，或有求不遂心，所以编出来污秽人家。再一等，他自己看了这些书看魔了，他也想一个佳人，所以编了出来取乐。何尝他知道那世宦读书家的道理！别说他那书上那些世宦书礼大家，如今眼下真的拿我们这中等人家说起，也没有这样的事，别说是那些大家子。可知是诌掉了下巴的话。所以，我们从不许说这些书，丫头们也不懂这些话。

类似的意见，脂评中也不少。如第一回中有批："可笑近之小说中，满纸羞花闭月等字"；"最可笑世之小说中，凡写奸人则鼠耳鹰腮等语"；"又最恨近之小说中满纸红拂、紫烟"。第二回有批："可笑近来小说中，满纸天下无二、古今无双等字"；"最可笑者，近小说中，满纸班昭、蔡琰、文君、道韫"。第三回有批："可笑近之小说中有一百个女子，皆是如花似玉一副脸面"；"最厌近之小说中，满纸千伶百俐，这妮子亦通文墨等语"。第二十回又有批："可笑近之野史中，满纸羞花闭月，莺啼燕语，除（殊）不知真正美人方有一陋处，如太真之肥，飞燕之瘦，西子之病，若施于别个不美矣。今见'咬舌'二字加以湘云，是何大法手眼，敢用此二字哉？不独（不）见（其）陋，且更觉轻俏娇媚，俨然一娇憨湘云立于纸上，掩卷合目思之，其'爱''厄'娇音如入耳内。然后，将满纸莺啼燕语之字样填粪窖可也。"第四十三回还有批："最恨近之野史中恶则无往不恶，美则无一不美，何不近情理之如是耶！"

凡此种种，实则是曹雪芹伙同脂砚斋对才子佳人小说之陋处（其佳处当包括在"《金瓶》壶奥"之内，为曹氏所深得）的批判与扬弃。在曹雪芹们看来，才子佳人小说的最大陋处一为"千部共出一套"的公式化的人物、情节与立意；二为不顾情理的编诌，“编的连影儿也没有”，“可知是诌掉了下巴的话”，不近情理也就无有艺术生命；三为风月描写失调，以致“涉于淫滥”，甚至“淫秽污臭”，有损作品的艺术境界与社会效果。至于其对“偷香窃玉，暗约私奔”的婚恋形式的批评，则似有“过正”之虞。

同在第一回书中，曹雪芹披露了自己的小说美学追求。

> 作者自云：因曾历过一番梦幻之后，故将真事隐去，而借“通灵”之说，撰此《石头记》一书也。
>
> 但书中所记何事何人？自又云：“今风尘碌碌，一事无成，忽念及当日所有之女子，一一细考较去，觉其行止见识，皆出于我之上。何我堂堂须眉，诚不若彼裙钗哉？实愧则有余，悔又无益之大无可如何之日也！当此，则自欲将已往所赖天恩祖德，锦衣纨绔之时，饫甘餍肥之日，背父兄教育之恩，负师友规谈之德，以至今日一技无成、半生潦倒之罪，编述一集，以告天下人：我之罪固不免，然闺阁中本自历历有人，万不可因我之不肖，自护己短，一并使其泯灭也。虽今日之茅椽蓬牖，瓦灶绳床，其晨夕风露，阶柳庭花，亦未有妨我之襟怀笔墨者。虽我未学，下笔无文，又何妨用假语村言，敷演出一段故事来，亦可使闺阁昭传，复可悦世之目，破人愁闷，不亦宜乎？”

> 但我想，历来野史，皆蹈一辙，莫如我这不借此套者，反倒新奇别致，不过只取其事体情理罢了，又何必拘拘于朝代年纪哉！

> 我半世亲睹亲闻的这几个女子，虽不敢说强似前代书中所有之人，但事迹原委，亦可以消愁破闷；也有几首歪诗熟话，可以喷饭供酒。至若离合悲欢，兴衰际遇，则又追踪蹑迹，不敢稍加穿凿，徒为供人之目而反失其真传者。

再者，亦令世人换新眼目，不比那些胡牵乱扯，忽离忽遇，满纸才人淑女、子建文君红娘小玉等通共熟套之旧稿。

虽其中大旨谈情，亦不过实录其事，又非假拟妄称，一味淫邀艳约、私订偷盟之可比。

由此可见，曹雪芹在小说美学上有几点特殊追求：其一，取材。为自己“半世亲睹亲闻的几个女子”或情或痴的“事迹原委”，反对连影儿都没有的“胡牵乱扯”；其二，人物。要“强似前代所有书中之人”，他自谦“虽不敢强似前代所有书中之人”，实则有志达到“强似前代所有书中之人”，即行止见识皆出堂堂须眉之上的异样女子，一反“男尊女卑”之通行原则；其三，方法。将真事隐去，用假语村言，敷演出一段故事来，其中之“离合悲欢，兴衰际遇，则又追踪蹑迹，不敢稍加穿凿”，“只取其事体情理罢了”，反对千部一套的创作方法；其四，立意。大旨谈情，亦可使闺阁昭传，“闺阁中本自历历有人，万不可因我之不肖，自护己短，一并使其泯灭也”。反对那种“不曾将儿女之真情发泄一二”的风月故事；其五，效果。“令世人换新眼目”，以新奇别致、深有趣味之文，悦世之目，破人愁闷，反对历来野史那令人生厌的通共熟套。

曹雪芹的小说美学追求，除出于对才子佳人小说陋处的反拨，还来自他对自我价值及读者心理的清醒分析与把握。

曹雪芹经历了“已往所赖天恩福德，锦衣纨绔之时、饫甘餍肥之日”到“今日之茅椽蓬牖，瓦灶绳床”的大跌荡，在“曾历过一番梦幻之后”，于“愧则有余，悔又无益之大无可如何之日”，对曾“背父兄教育之恩，负师友规谈之德，以至今日一技无成、半生潦倒之罪”的反思与忏悔，更觉当年自己生活圈中的几个女子的可贵，“何我堂堂须眉，诚不若彼裙钗哉？”因而于悼红轩披阅十载，增删五次，写成这以幻记梦的小说，决心“使闺阁昭传”。

曹雪芹清醒地认识到“今之人，贫者为衣食所累，富者又怀不足之心，纵然一时稍闲，又有贪淫恋色、好货寻愁之事，那里去有工夫看那理治之书？”，因而“市井俗人看理治之书者甚少，爱适趣闲文者特多”。“所以我这一段故事，也不愿世人称奇道妙，也不定要世人喜悦检读，只愿他们当那醉淫饱卧之时，或避世去愁之际，把此一玩，岂不省了些寿命筋力？就比那谋虚逐妄，却也省了口舌是非之害，腿脚奔忙之苦”。

所有这些，既是曹雪芹的小说美学追求，也是他超越“《金瓶》壸奥”即打破传统思想与写法的理论基础。

（五）曹雪芹在艺术上对《金瓶梅》的突破

《红楼梦》“披阅十载，增删五次”。他在什么作品上增删，增删了些什么？

据甲戌“重评”本第一回之评语，原来“雪芹旧有《风月宝鉴》之书，乃其弟棠村序也。今棠村已逝，余睹新怀旧，故仍因之。”这里的“新”当然是《红楼梦》，而所谓“旧”自然是《风月宝鉴》。裕瑞《枣窗闲笔》即云：“雪芹改《风月宝鉴》数次，始成此书（《红楼梦》）”。

《风月宝鉴》今虽见不到，但从甲戌“重评”本的《〈红楼梦〉旨义》所云：“贾瑞病，跛道人持一镜来，上面即錾‘风月宝鉴’四字，此则《风月宝鉴》之点睛”，推断《红楼梦》的第十一、十二两回文字可能与《风月宝鉴》有相似之处。这两回一方面写贾瑞“起淫心”，一方面写王熙凤“毒设相思局”。害了相思病的贾瑞，从跛足道人那里获得“专治邪思妄动之症”的“风月宝鉴”，正面是艳冶之美人，反面为可怕之骷髅。欲治邪症，只能看反面不能看正面。贾瑞淫心难平，正看宝鉴，结果如西门庆髓尽身亡。这个故事为《风月宝鉴》点何睛呢？《〈红楼梦〉旨义》说得分明：“《风月宝鉴》是戒妄动风月之情。”欲“戒妄动风月之情”，自然要将妄动风月之情的故事写足。从现存贾瑞的故事看，其“妄动”的细节已大大删节了。从第八回嘲顽石“白骨如山忘姓氏，无非公子与红妆”看，红楼人物死于淫者还大有人在。从柳湘莲冲着宝玉所说：“你们东府里，除了那两个石头狮子干净罢了”，焦大醉骂：“那里承望到如今生下这些畜生来！每日偷狗戏鸡，爬灰的爬灰，养小叔子的养小叔子”，其间当有众多的“妄动风月之情”的故事。但从《红楼梦》中已难知其详了，即使是贾琏、贾珍、贾蓉、贾瑞、薛蟠、贾赦等这一伙好色之徒，“妄动风月之情”的故事也无多少细节了。大致能推知其详的大概要算秦可卿的故事。《红楼梦曲》与《判词》中：“箕裘颓堕皆从敬，家事消亡首罪宁：宿孽总因情”，“秉风情、擅月貌，便是败家的根本”，“情天情海幻情身，情既相逢必主淫”等，都与秦可卿之淫有关，但在具体描写上，除从她室内充满淫荡色彩的陈设布置，从她死后贾珍“哭得如泪人儿一般”，而贾蓉反倒平淡，略露她不洁的蛛丝马迹之外，平日她却是贾府上下推许的人物。贾母说她“是个极妥当的人，生得袅娜纤巧，行事又温柔和平，乃重孙媳妇中第一个得意之人”，“只怕打着灯笼儿也没处找去呢”。如此大的反差从何而来呢？还是脂评泄露了天机。脂评云：

此回只十页，因删去天香楼一节，少却四五页也（甲戌眉批）。

通回将可卿如何死故隐去，是大发慈悲也，叹叹！壬午春（庚辰回末总批）。

“秦可卿淫丧天香楼”，作者用史笔也。老朽因有魂托凤姐贾家后事二件，嫡是安富尊荣坐享人能想得到处。其事虽未漏，其言其意则令人悲切感服，故赦之，因命芹溪删去“遗簪”、“更衣”诸文，是以此回只十页，删去天香楼一节，少去四五页也。诗曰：“一步行来错，回头已百年，请观《风月鉴》，多少泣黄泉”（甲戌本以此为畸笏叟语）。

由此可见，在《风月宝鉴》中“秦可卿确实是一个‘性解放’的先驱，她引诱过尚处混沌状态的贾宝玉，她似乎也并不讨厌她的丈夫贾蓉，但她也确实还爱着她的公公贾珍”。如果包括其他妄动风月之情的故事，也都如《金瓶梅》有详细的描写，《风月宝鉴》或许就是一部仿《金瓶梅》之作。

《风月宝鉴》中的贾宝玉，或许也是西门庆一流的人物。贾宝玉是《石头记》的主人公，也是《风月宝鉴》的主人公，他的风月故事也当是贯串全书的情节主线。现在只能从《红楼梦》的某些情节裂缝中去寻找那旧宝玉的若干痕迹。如《西江月·嘲贾宝玉二首》说他“行为偏僻性乖张”，贾政在宝玉抓周时就预言他将来是个“酒色之徒”，王夫人首次向黛玉介绍就称他为“混世魔王”、“孽根祸胎”。黛玉未到贾府之前曾听母亲介绍宝玉“顽劣异常，极恶读书，最喜在内帏厮混”。在床第不仅与袭人有过“初试”，而且与晴雯有过“再试”（不然他为晴雯所写祭文中“蓉帐香残，娇喘共细腰俱绝”“红绡帐里，公子情深”云云，就不知作何解释了）。

更有第十五回：“秦鲸卿得趣馒头庵”。在为秦可卿吊丧的日子里，秦钟居然与小尼智能混得得趣；宝玉居然有雅兴摸黑去“捉奸”，捉奸之后居然以秦钟的隐私相挟，到床上去“再慢慢儿的算账”。作者底下用了一段暗示性话语了账：“不知宝玉和秦钟如何算账，未见真切，此系疑案，不敢创纂。”虽未明写，也够糟糕了。这行径与贾蓉他们在贾敬居丧期间调戏尤二姐、尤三姐，是有过之而无不及的。可见在《风月宝鉴》中的贾宝玉的风月故事是够丰富的，男色、女色皆略可与西门庆比美。有人考证曹氏原稿中宝玉沦为击柝之役，“贫穷难耐凄凉”的宝玉好似穷途末路中的陈敬济。这才真是“孽根祸胎”，足“戒妄动风月之情”，“寄言纨绔与膏粱，莫效此儿形状！”

综上所述，可以推断《风月宝鉴》既继承了《金瓶梅》的长处：以一个家庭之琐事去写一个时代的风貌；也未摆脱《金瓶梅》的短处：为戒妄动风月之情却将风月之情写滥了。用曹雪芹在第一回所批评的旧小说模式的话：“更有一种风月笔墨，其淫秽污臭，屠毒笔墨”，移来批评他的旧稿《风月宝鉴》也是合适的。或许可以说他就是在批评旧我，他就是在小说美学领域进行一场自我革命。唯其有如此勇敢、如此彻底、如此明智的自我革命精神，曹雪芹才能完成从《风月宝鉴》到《红楼梦》的飞跃，亦即从模仿《金瓶梅》到超越《金瓶梅》的飞跃。

在《红楼梦》中，曹雪芹不仅洗净了贾珍与秦可卿乱伦的风月故事，还借警幻仙姑之口，将“淫”剥析出两个精神层次来：一为“皮肤滥淫”，只知道“调笑无厌，云雨无时，恨不能天下美女尽供我片时之趣兴”；二为“意淫”，为“天分中生成一段痴情”，“在闺阁中，固可为良友”。前者多被理解为指宝玉之外的淫鬼色魔，后者即为宝玉。其实若从发展眼光来看，前者或可指《风月宝鉴》中的宝玉，后者则为《红楼梦》中的宝玉。这样，宝玉的性格就有了根本性的改变与升华。他就由一个西门庆式的滥淫之徒，变成了“闺阁良友”，成为一个被世俗世界“百口嘲谤，万目睚眦”的形象；被贾雨村视为“其聪俊灵秀之气则在万万人之上，其乖僻邪谬不近人情之态又在万万人之下”，“正邪两赋而来一路之人”；被脂砚斋论为：“听其囫囵不解之言，察其幽微感触之心，审其痴妄委婉之意，皆今古未见之人，亦是未见之文字”。同时作者又写进了众多“行止见识，皆出于我之上”的女性形象，创造一个芳香净洁的女儿国大观园。这就使全书之立意也有了根本性改变，由“戒妄动风月之情”到“大旨谈情”。这个过程，有如列夫·托尔斯泰对安娜·卡列尼娜与玛丝洛娃的改造一样，是彻底改弦易辙式的。

这就是说，《红楼梦》正是曹雪芹在小说美学领域中的自我革命，从而超越《金瓶楼》的伟大成果。

《红楼梦》对《金瓶梅》的超越，前人也多有发现。就艺术创造而言，邱炜有云：“（《金瓶梅》）文笔拖沓懈怠，空灵变化不及《红楼梦》”（《五百洞天挥麈》）；哈斯宝则说：“《金瓶梅》中预言浮浅，《红楼梦》中预言深邃，所以此工彼拙”（《新译〈红楼梦〉》）。就艺术概括而言，杨懋建说：“《金瓶梅》极力摹绘市井小人，《红楼梦》反其意而用之，极力摹绘阀阅大家，如积薪然，后来居上矣”（《梦华琐簿》）。就艺术境界而言，张其信说：“此书（指《红楼梦》）从《金瓶梅》脱胎，妙在割头换像而出之”（《〈红楼梦〉偶评》）；诸联在《红楼评梦》中也说：“书本脱胎于《金瓶梅》，而亵之词，淘汰至尽。中间写情写景，无些黠牙后慧。非特青出于蓝，直是蝉蜕于秽。”这些论述，都有可取之处。

以今天的眼光视之，《金瓶梅》的作者既不见《三国演义》中的仁君贤相，也无望于《水浒传》中的呼群保义，更找不到《西游记》中美猴王，于是将愤世的锋芒插入玩世的刀鞘，虽将黑暗势力推上了因果报应的刀俎，自己毕竟尚畏缩在宿命论的泥淖中裹足不前。曹雪芹则从中国传统文化与他所处时代中反拨出理想的诗情与光束，于萧瑟中觅春温，于死灭中寻火种，给假恶丑以抨击，给真善美以歌颂。因而同是百科全书式的小说，《金瓶梅》只是晚明社会的百丑图，《红楼梦》则是一支动人心弦的人生交响曲，从而登上了中国人情小说的光辉顶峰。

二十三　讽刺小说的艺术构成——儒林人物与作家的心灵历程

中国人虽未必缺乏幽默感，但中国的讽刺小说却并不发达。作为中国小说史上讽刺小说之“绝响”的《儒林外史》最可宝贵的艺术经验莫过于告诉人们，正确处理作家自己与被讽刺对象的关系，此则是讽刺小说艺术构成之关键所在。

（一）王冕：儒林的预言家

胡适曾说，历史上的王冕与小说中的王冕是两个人，前者是死的后者是活的。

活在《儒林外史》中的王冕既是个理想的士子形象，又是个预言家的形象。他在以八股取士的制度确定之初，就明确地说：“这个法却定的不好！将来读书人既有此一条荣身之路，把那文行出处都看得轻了。”接着写王冕晚观天象，进一步发布预言：

> 此时正是初夏，天时乍热，秦老在打麦场上放下一张桌子，两人小饮。须臾，东方月上，照耀得如同万顷玻璃一般……王冕左手持杯，右手指着天上的星，向秦老道：“你看贯索犯文昌，一代文人有厄！”话犹未了，忽然起一阵怪风，刮的树木都飕飕的响，水面上的禽鸟格格惊起了许多，王冕同秦老吓的将衣袖蒙了脸。少顷，风声略定，睁眼看时，

只见天上纷纷有百十个小星，都坠向东南角上去了。王冕道："天可怜见，降下一伙星君去维持文运，我们是不及见了！"

不管天人感应的说法是否科学，但作为一个预言家，王冕就八股取士的制度，发了三点预言：

其一，八股取士"这个法子却定的不好！将来读书人既有此一条荣身之路，把那文行出处都看轻了"。

其二，"贯索犯文昌，一代文人有厄！"

其三，东南角上将有"一伙星君去维持文运"。

作者实借此"敷陈大义"，为全书定了基调。就其主体而言，是要展示"一代文人有厄"的历史命运；就其锋芒所向而言，是反对制造"一代文人有厄"的"定的不好"的科举之"法"；就其理想而言，是寻求摆脱一代文人厄运的最佳途径，企望东南方有伙星君去维持文运。这恰恰构成了《儒林外史》理性主题的三个层次。

王冕一拉开儒林序幕，就悄然隐退了。而此后的儒林人物，几乎都从王冕的预言中走出来。他们大致可分为两大体系：一为在厄运中挣扎的种种形象，一为超脱（或曰力图超脱）厄运的种种形象。尽管每一人物体系都有多种层次，但他们却各自有个标杆式的人物。前者为范进，后者为杜少卿。一个是挣扎在荣身之路上的疯子，一个是挺立在精神泥潭里的荷花。一个在现实境界中跌跌爬爬，一个在理想境界中闪闪烁烁。这两个形象以及他们各自所代表的人物体系，或许是水火难容的。然而，他们却代表着一个心灵历程的起讫两端，从范进到杜少卿恰恰构成了作家心灵历史的全程：从精神泥潭中挣扎出来向着理想境界进发的艰难跋涉。以往的研究者多承认"书中杜少卿乃先生自况"，而没注意到范进也是作家的一个精神断面。对于范进的原型，过去有人作过有益的考证，以为其取自刘献廷《广阳杂记》所载的一则逸闻。《广阳杂记》载：

子孺言：明末高邮有袁体庵者，神医也。有举子举于乡，喜极发狂，笑不止。求体庵诊之。惊曰："疾不可为矣！不以旬数矣！子宜亟归，迟恐不及也。若道过镇江，必更求何氏诊之。"遂以一书寄何。何以书示其人。曰："某公喜极而狂。喜则心窍开张而不可复合，非药石之所能治也。故动以危苦之心，惧之以死，令其忧愁抑郁，则心窍闭。至镇江当已愈矣。"其人见之，北面再拜而去。吁！亦神矣。

考证者肯定地说："'中举发疯'，作为情节支柱的这一事件，是从上述那则逸闻汲取来的"，"由是作家灵感的源泉找到了一个很好的喷射口，经长期观察孕育于心的八股儒生可怜可笑的印象，犹如弥漫空中的云气找到了凝聚的核心"，这则逸闻犹如普希金送给果戈理的一个"火种"般的情节——官场逸事，从而使"《钦差大臣》很快就在艺术思维的熊熊火光中诞生了"。何等重要的一则逸闻。问题是，当果戈理劳驾普希金给个情节时，普希金确实给了他一个情节，这是有案可稽的；而"中举发疯"是汲取了刘献廷提供的逸闻云云，则是"考证"者一厢情愿的搜罗与附会，却无任何证据证明吴敬梓见过或用了这则逸闻。退一步说，即使有材料证明吴敬梓熟知这则逸闻，也很难说那"举子"就是范进的原型。因为"举子"与范进仅略有形似，而吴敬梓前期形象更与之神似。其实只有将范进与杜少卿连接起来，才能清晰地显现出作家完整的精神肖像。人们之所以忽视了这一精神现象，首先在于没有参透王冕的预言，更重要的原因是没有将吴氏世界观的变迁与其笔下的人物体系结合起来进行考察。

（二）从范进到杜少卿：作家的心灵进程

实则吴敬梓也是从那浊气逼人的精神泥潭中挣扎过来的人。他曾以出身于科第鼎盛的封建家庭为荣，并引吭高歌："家声科第从来美"。二十三岁考取秀才之后，他多次参加考举人的乡试却多次落第，这使他饱尝了科第的折磨，领略了世态的炎凉。功名利禄之念，却使他无法停止在荣身之路上行走的脚步，以至二十九岁那年在滁州科考（乡试的预考）中演出了一幕终生难忘的悲喜剧。考后主考大人对他有言云："文章大好人大怪。"按常理视之，两者似无矛盾，无大怪之才岂能出大好之文，无大好之文又怎能见大怪之才？然而，在主考大人那里却不是这么回事，他惜其文却厌其人，按文则欲取之，按人却欲弃之。正在主考大人举棋未定之际，吴敬梓抢步上前，"匍匐乞收"——乞求主考大人开恩。这自是因为吴敬梓此时虽不像范进那样"胡子花白"了，却也届"而立"之年——这是人生的大限之一，再也无法忍受落第的痛苦，于是这位"皆言狂疾不可治"的怪才，却忍心摧残自己的人格，低头弯腰去求主考大人，即使遭到对方如同"虓虓"般的呵斥也在所不辞。这是何等深重的创痛啊！值得庆幸的是，这位迂腐的主考大人在呵斥之余，突然良心发现。他"怜才破常格"，给这"文章大好人大怪"的考生个"第一名"的桂冠。对此，金两铭在给吴敬梓三十岁生日赠诗中有形象化的描述：

> 昨年夏五客滁水，酒后耳热语谛谛。文章大好人大怪，匍匐乞收遭虓虓。使者怜才破常格，同辈庆遇柱下聃。居停主人亦解事，举酒相贺倾宿庵。今兹冠军小得意，斯文秘妙可自参。人生穷达各有命，三十不遇胡足惭！

这位"怜才破常格"的使者，与《儒林外史》中的那位校士拔真才的周学道何其相似。可惜这次是乡试的预考，使者给吴敬梓的"冠军"只是场空喜，到秋闱乡试"文章大好人大怪"的吴生又名落孙山了。何等荒谬无凭的科场，难怪《儒林外史》开卷处就有词云："功名富贵无凭据，费尽心情，总把流光误。"要不是吴敬梓心理机制强健，或许也被那任意播弄士子的荣辱、贫富乃至生死的科举制度，折磨得发疯致狂，像范进那样了。

尽管如此，此时的吴敬梓只有“科举无凭”的抱怨，而未放弃对科第的幻想。直至“博学鸿词”考试事件的出现，才为吴敬梓冷静地审视科举制度提供了一个“契机”。所谓“博学鸿词科”，实为“制科”的延伸，所不同的是其由朝廷亲试，可以免除“制科”那种自下而上几经周折的考试。这为一些知识分子挤进上层社会辟出一捷径。乾隆元年（1736）春间，这朵祥云飞到了吴敬梓的头上。由江宁训导唐时琳、上江督学郑江的推荐，吴敬梓赴安庆参加了鸿博预试，取得了廷试资格，再由安徽巡抚赵国麟行文全椒令其赴京应试。然而，就在这关键时刻，他生病不能上道，就让这朵祥云从他头顶上飘逝了。

当吴敬梓创作《儒林外史》时，将这段经历摄入作品来创造杜少卿这一艺术典型，就有很大的不同。在生活中，吴敬梓是因病失去了廷试机会；在作品中，杜少卿是主动辞却征聘，当他去安庆会见推荐他去应鸿博科的李大人时，就说自己是“麋鹿之性，草野惯了，近又多病”，请另访贤能。实际理由是他认为当今之世，即使应征“走出去（也）做不出事业，徒惹高人一笑，所以宁可不出去的好”。当李大人下文令他赴京应征时，杜少卿竟有意装病哄骗当局逃避征聘。得逞后，他满心欢喜道：“好了！我做秀才，有了这一番结局（却聘）。将来乡试也不应，科、岁也不考，逍遥自在，做些自己的事吧！”表现了强烈的玩世精神。后世论者据金和《〈儒林外史〉跋》中“书中杜少卿乃先生自况”云云，将其与吴敬梓完全叠合起来，然后又据少卿言行去推断作者“却聘”的真相，于是就众说纷起了。有云吴敬梓当初就是装病却聘；有云吴氏当时真的有病，“事后追思，落得弄假成真”；有云他是借（小）病却聘，以为其心理为：“倒不如只应鸿博的省试为止，让人家知道他究竟是个名士；不去北京，也让人家知道他究竟人品与众不同”（按，如此道来，吴敬梓岂不成了扭捏作态的沽名钓誉之辈了？）。其实吴敬梓“以病未赴”的真相，在《文木山房集》及其同时代人的记载中能找到不少证据，其间最有力的莫过于吴氏《丙辰除夕述怀》和唐时琳《〈儒林外史〉序》。吴诗写于鸿博科事的同年，诗云："回思一年事，栖栖为形役。相如封禅书，仲舒天人策。夫何采薪忧，遽为连茹厄。人生不得意，万事皆愬愬。有如在网罗，无由振羽翮。"这不是在叹惜因生病（采薪忧）带来了一连串的不幸（连茹厄），而失去了如司马相如、董仲舒那样摆脱困境、振翅高飞的良机吗？唐时琳是吴氏的举荐人之一，其言最详且最可靠，他说："既檄行全椒，取具结状，将论荐焉，而敏轩病不能就道。两月后病愈，至余斋……余察其容憔悴，非托为病辞者。"可见当时就有其装病却聘的传说，而唐时琳则以亲目所验的实事否定了那种讹传。

以往的论者之所以无视这些证据，不见吴敬梓"却聘"的真相，在吴敬梓与杜少卿之间简单地画等号，首先是忽视了艺术创造中允许虚构这一规律；其次是没有看到吴敬梓思想发展的脉络。吴敬梓虽曾有过因病失聘的叹息，但他没有停留在叹息上，却因此而痛苦地思索着，探求着，这当然还由于事实的教训，尤其是他堂兄吴檠（青然）应聘败北的事实：吴檠与敬梓一起被征聘，他未像敬梓"却聘"而应荐参加了鸿博廷试，得到了清廷的青睐，京官们甚至称许他有屈原、宋玉之才，结果还是难堪地落第，心身憔悴，败兴而归。次年吴敬梓有《酬青然兄》诗记之，诗云：

> 兄昔膺荐牍，驱车赴长安。待诏三殿下，簪笔五云端。月领少府钱，朝赐大官餐。卿士交口言，屈宋堪衙官。如何不上第，蕉萃归江干。酌酒呼弟语，却聘尔良难！

在这里，吴敬梓没有慰勉堂兄再接再厉，而是以自己的"却聘"为幸，希望他迷途知返。这种不合时宜的劝告，自然以自己的猛醒为前提。乾隆四年（1739），在三十九岁生日写的《内家娇》中，他更反复咏叹："壮不如人，难求富贵；老之将至，羞梦公卿"，以至表示与仕途决裂："休说功名"。吴敬梓同时代的许多文人，也记载了他参加鸿博预试后的思想变化。

程晋芳说他“自此不应乡举”。

金和说他从此“竟弃诸生籍”。

顾云说他“且并脱诸生籍”。

凡此种种，堪为杜少卿却聘后“将来乡试也不应，科、岁也不考”云云的历史注释。显然，吴敬梓从“而立”之年前夕的科考到《儒林外史》的写作，经历了从热衷功名到怀疑科举，从弃绝仕进到批判科举的艰难变迁。因而，杜少卿“逍遥自在，做些自己的事”的说法，实为吴敬梓完成根本性的思想转变后所向往的境界。吴敬梓的这一心灵历程见诸《儒林外史》，恰恰是由范进到杜少卿所标画出来的形象化的历史进程。

（三）从杜少卿到范进：作家的反思逻辑

如果说从范进到杜少卿，是吴敬梓的心灵进程；那么，从杜少卿到范进，则是吴敬梓的反思逻辑。吴敬梓是站在理想的境界，去观照现实的际遇；站在明天的角度，去反思昨天的生活。所以他既能勇敢地对自己施以精神的苦刑：无情地审视、拷问乃至抽打自己的灵魂；又能以对自己对时代战胜者的姿态，像高唱“弃我去者，昨日之日不可留；乱我心者，今日之日多烦忧”的李白那样，笑着向昨天乃至今天潇洒地告别。以喜剧形式表现范进，并创造了一个喜剧艺术形象体系，就是作家思想搏斗胜利的艺术纪录。否则，如果作家没有完成其世界观质的飞跃，而是站在范进的基点来写范进，那他或许就要将范进写成一个生命不息考试不止的奋斗者的形象，或许要为科举制度唱一支赞歌，如说：“科举制度下的‘学而优则仕’的选拔人才，这个法却定的好。因为有了这个法，士子们才有了奔头，否则难道能用‘学而劣则仕’这个法吗？”或许要将反科举的人，说成是吃不着葡萄就说葡萄酸的狐狸，说是“自从有科举制度和用八股取士以后，凡有成就的人，应举不第的仅占绝少数”，“唯查小说家的历史，没有一个是中过进士的，罗贯中、施耐庵、蒲松龄、吴承恩，都没有考取进士，连曹雪芹也是科场失意人，吴敬梓考取秀才后，举人就考不中了”，“考不取举人、进士，于是就激而为怒反对科举制度，写成了小说，这也许是人情之常吧。”好在这三个“或许”都不是吴敬梓的艺术实践，而是今天某些主张“用新的观念和标准评价《儒林外史》”论者自作高明的说法。显然，依这种高明说法去重铸《儒林外史》，那将一定不是一幕喜剧，而是以范进为主角的正剧。无须多说，人们不难看出与范进站在同一地平线上的人，还有何“新的观念与标准”可言。诚如车尔尼雪夫斯基所言：“我们既然嘲笑了丑，就比它高明。譬如我嘲笑了一个蠢材，总觉得我能了解他的蠢行，而且了解他应该怎样才不至于做蠢材，因此同时我觉得自己比他高明得多了。”（《美学论文选》）“丑”的事物本已丧失存在的依据，却要勉强存在，这就既暴露出它与生活规律的不协调，也暴露出“丑”的渺小虚弱，从而激起人们对于丑的心理优越感，从而爆发出轻蔑的嘲笑。这就是喜剧的审美实质。不过，如果那“丑”是与自己不相干的他人，以居高临下的一笑来否定它，似还容易；如果那“丑”就是自己灵魂历史中的一个“章节”，要以笑待之，则尤其需要“自我否定”的明智与勇气。可见作家虽被誉为人类灵魂的工程师，作家自己的灵魂却并不平安，敢于正视自己灵魂的人本来就不多，何况还要如实地写出展现于世人之前？更何况要写出一个完整的灵魂，尤其是写出那常年背阴处的污秽？一个不能正视自己的灵魂，不能拷打自己的灵魂的作家，成不了喜剧作家，也不可能真正高明地去嘲笑“丑”。同样地，也只有比作家所嘲笑的“丑”高明得多的人，才有可能正确地去认识与评价喜剧。喜剧人物是不能认识喜剧的，这就如同范进不能认识范进一样。

正因为吴敬梓是将范进之类喜剧形象，作为自己灵魂中曾有的一个“章节”来描写，所以他能天才地把握喜剧创作的本质规律：1. 能“秉持公心，指摘时弊”，既不是“揭发阴私”，也不是“诬蔑”，更不是“要捺这一群到水底里”，而是充满善意，希望范进们不断改善同时也是在促进自我完善。2. 能“烛幽索隐，物无遁形”，“使彼世相，如在目前”，范进既为自己的昨日形象对其灵魂之皱皱褶褶都了若指掌，只是昨日熟视无睹，今日一针见血，写起来自然比明日的自我形象杜少卿更鲜明，更生动。3. “戚而能谐，婉而多讽”，既能从范进的僵化、笨拙、迂腐中看出他的可笑处，又能从范进的遭遇中看出他的可悲处，进而从知识分子的丑态中见出其痛苦，从其丑史中见出其痛史，从其悲喜剧中见出全社会的危机，因而“旨微而语婉”，于“愤怒中保持平静”，含着眼泪写出被异化了的自我。4. 能把握喜剧形象在本质上的原则界线：丑而无害。吴敬梓笔下的范进之类喜剧形象皆为迂腐空疏而令人同情的人物。“怪模怪样”的范进们，都只是“可笑的紧”，而不是可恶的紧，只是可悲的紧，而不是可憎的紧；只是可怜的紧，而不是可耻的紧。诚如车尔尼雪夫斯基在《美学论文选》中所说：“一切无害而荒唐之事的领域，就是‘滑稽’的领域；荒唐的主要根源在于愚蠢、低能。因此，愚蠢是我们嘲笑的主要对象，是滑稽的主要根源。”而《儒林外史》之外的小说（包括戏曲）却几乎无一能如此准确地实践喜剧创作规律。正因为如此，《儒林外史》才堪称伟大的“公心讽世”之作，是讽刺小说之“绝响”。

二十四　中国小说的艺术虚构——金圣叹论人物性格之创造

金圣叹的小说理论，是我国古典文论宝库中的奇珍，其内容丰富多彩，有待不断发掘。本章仅从艺术虚构这一关乎小说本质特征的角度，来探讨金氏对中国小说理论的贡献，来探讨他对《水浒传》人物性格创造之艺术诀窍的破译。

（一）小说："削高补低都由我"

金圣叹十分看重《史记》，将它与《庄子》、《离骚》、"杜诗"、《水浒传》、《西厢记》相并列而称为"才子书"。他在《第五才子书》第二十八回有批云：

> 尝怪宋子京官给椽烛，修《新唐书》，嗟乎！岂不冤哉？夫修史者，国家之事也；下笔者，文人之事也。国家之事，止于叙事而已，文非所务也。若文人之事，固当不止叙事而已，必且以心为经，手以为纬，踌躇变化，务撰而成绝世奇文焉，如司马迁之书，其选也。

司马迁不像宋子京那样是"官给椽烛"，奉命修史，而是"究天人之际，通古今之变"，发愤著书，因而他不像宋子京那样"止于叙事，文非所务"，即使受史实的约制，他也"踌躇变化，务撰而成绝世奇文"。其踌躇变化，实则创造性的劳动。金圣叹说："是故司马迁之为文也，吾见其有事之巨者而隐括焉，又见其有事之细者而张皇焉，或见其有事之阙者而附会焉，又见其有事之全者而轶去焉：无非为文计，不为事计也。”这隐括、张皇、附会、轶去，即踌躇变化之谓也。在金氏那里，“文”有多种用法，如“文章”“文彩”“文学”，还有一种特殊的用法，即作“形象”讲。他在《第五才子书》第五十九回有夹批云：“夫文字，人之图像也。观其图像知其好恶，岂有疑哉？”此处之“文”，即此之谓也。金圣叹认为《史记》较之《新唐书》之类史书高明处，就在于它“为文计”：写出了一个个栩栩如生的人物形象。也正是这种写作方法，使《史记》与小说有了某些相似之处。明人胡应麟就说《史记》“以人系事”，“称羽重瞳，纪信营墓，颇近稗史”（《少室山房笔丛》）。归有光曾说：“太史公但至热闹处就露出精神来了，如今人说平话者然，一拍手又说起，只管任意说去。”金圣叹也看到了《史记》对中国古代小说，尤其是《水浒传》的影响。他说：“稗官因故效古史氏法也”，“《水浒传》的（写作）方法，都从《史记》出来”，尤其是“《水浒传》一个人出来（按，指各个英雄传记），分明是一篇列传”，更是效法《史记》。

尽管如此，金圣叹还是肯定地说：《水浒》胜似《史记》。《水浒》何以胜似《史记》呢？金氏在《读第五才子书法》中作了精辟的回答，他说：

> 某尝道《水浒》胜似《史记》，人都不肯信。殊不知某却不是乱说。其实《史记》是以文运事，《水浒》是因文生事。以文运事，是先有事生成如此如此，却要计算一篇文字来：虽是史公高才，也毕竟是吃苦事。因文生事即不然，只是顺着笔性去，削高补低都由我。

这就准确地道出了小说与史传的分野。尽管《史记》与《水浒传》都写出了人物形象，但因一为史传，一为小说，写法就大不一样。史传的写法是：以文运事，亦即“以人系事”，必先有其事然后成文。司马迁极尽“踌躇变化”之能事，总得先有其事之巨者，或之细、之阙、之全，然后方能隐括，或张皇、附会、轶去，他的创造劳动毕竟不能创造事件。因而他虽“颇近稗官”却毕竟不是稗官，小说的写法则是：因文生事，即不仅不受真人真事的局限，而且可以根据塑造人物的需要，去创造故事和情节，“削高补低都由我”。两者的根本区别在：史传不能虚构，小说可以虚构。不能虚构，即使史公高才，写起来也是吃苦的事；允许虚构，“实者虚之，虚者实之”，“削高补低都由我”，顺着笔性去自由创造，以致“观古今于须臾，揽四海于一瞬”，“笼天地于形内，挫万物于笔端”。正是从这个意义上，金氏断言《水浒》胜似《史记》。

金圣叹十分重视艺术虚构在小说创作中的功能。他在《读第五才子书法》中说：“《宣和遗事》具载三十六人姓名，可见三十六人是实有。只有七十回中许多事迹，须知都是作书人凭空造谎出来。如今却因读此七十回，反把三十六人物都认得了。任凭提起一个，都似旧时熟识。文字有气力如此！”宋江起义，实有其事；三十六人，名载《遗事》。然而这些都成遥远的过去，宋江诸人早消逝在历史的长河之中，他们的事迹史载甚微，“横行河朔”云云只是史家考证的线索，而难以激起人们多少想象。然而伟大作家施耐庵“凭空造谎”，创造种种“情况逼真，笑语欲活”的人物形象，却可超越历史时空的限制，能摆脱新陈代谢的规律，永远活在读者心中，“任凭提起一个，都似旧时熟识”，以致与之息息相关。如：

> 写鲁达为人处，一片热血直喷出来。令人读之，深愧虚生世上，不曾为人出力。（第二回批）
>
> 写李逵遇焦挺，令人读之，油油然有好善之心，有谦抑之心，有不欺人之心，有不自薄之心。真好铁牛，有此风流！（第六十六回批）

真令人拍案叫绝：“文字有气力如此！”同样是写农民起义，司马迁的《陈涉世家》尽管是史家之绝唱，然无论是审美价值还是社会影响，它都远逊于施耐庵的《水浒传》。如歌德《诗与真》说："每一种艺术的最高任务即在于通过幻想产生一种更高更真的假象。"金氏所谓："若论《史记》的妙处，《水浒》已是件件有，却有许多胜似《史记》处"，是颇有见地的。

金圣叹甚至认为，没有虚构就没有小说。他说："古之君子，受命载笔，为一代纪事，而犹出其珠玉锦绣之心，自成一篇绝世奇文，岂有稗官之家无事可纪？不过欲成绝世奇文，以自娱乐，而必张定是张，李定是李，毫无纵横曲直，经营惨淡之志者哉？则读稗官，其又何不读宋子京《新唐书》也？"

金圣叹高标小说艺术虚构的主张，在今天看来已属文艺理论的常识，然而在 17 世纪的中国，能有此见识则非同小可。因为在金圣叹之前之后小说批评界，都程度不同地存在着排斥艺术虚构的思想倾向。如明人谢肇淛在《五杂组》中说："近作小说稍涉怪诞，人便笑其不经，而新出杂剧……必事事考之正史，年月不合、姓字不同，不敢作也。"清人纪昀对"出于幻域，顿入人间"的志异小说，大惑不解，以致在《阅微草堂笔记》中发此怪问："小说既述见闻，即属叙事……今燕昵之词，媟狎之态，细微曲折，模绘如生。使出自言，似无此理；使出作者代言，则何从而闻之？又所未解也！"这些见解以"纪实"来规范小说创作，使小说成为史的附庸，不只是贬低了小说的历史地位，实则阉割了小说的艺术生命。将金圣叹置之其间，就不难发现他在中国小说批评史上的独特地位。

（二）虚构："以忠恕为门"

在金圣叹之前，李贽等小说批评家就曾为《水浒传》的人物性格美所倾倒。李贽曾盛赞《水浒传》刻画人物"各有派头，各有光景，各有家数，各有身份，一毫不差，半些不混，读去自有分辨，不必见其姓名，一睹事实，就知某人某人也"。惊叹之余，复有疑问："何物文人，有此肺肠，有此手眼？"即作家是怎样虚构出这么多个性鲜明的艺术形象的？李贽并没有回答他自己提出的问题。但他凌空推出的伟大问号，反映了小说理论需要更深入地探讨艺术创作规律的历史要求。

有署名怀林的《〈水浒传〉一百回文字优劣》，似试图回答李贽提出的问题。说是："世上先有《水浒传》一部，然后施耐庵、罗贯中借笔墨拈出；若夫姓某名某，不过劈空捏造，以实其事耳。如世上先有淫妇人，然后以杨雄之妻武松之嫂实之；世上先有马泊六，然后以王婆实之；世上先有家奴与主母通奸，然后以卢俊义之贾氏李固实之"，"非世上先有是事，即令文人面壁九年，呕血十石，亦何能至此哉？亦何能至此哉？"

"怀林"肯定艺术虚构的生活基础，是正确的，因此这段话历来被学者们所看重；但"怀林"并没有讲清作家是怎样进行艺术虚构的。世上先有的人物如淫妇，与《水浒传》中的艺术形象如杨雄之妻、武松之嫂之间并不能画等号；世上先有的人物，也不能自动奔赴作家腕底笔下，化为艺术形象。那么世上先有的淫妇，是怎样被施耐虚构成"情状逼真，笑语欲活"的杨雄之妻、武松之嫂的呢？"怀林"所言亦令人不甚了了。

李贽之后半个多世纪，他所提出的问题，才在金圣叹那里获得了较圆满的回答。

金圣叹在《〈第五才子书〉序三》中说：

> 施耐庵以一心所运，而一百八人各自入妙，无他，十年格物而一朝物格，斯以一笔而写百千万人，固不以为难也。格物亦有法，汝应知之。格物之法，以忠恕为门。

作家对世界的认识（格物）如果达到透彻人情物理的程度（物格），就可以写出众多的各自入妙的人物形象。但"十年格物"与"一朝物格"并没有必然的联系。思想方法不对头，即使是皓首格物也未必能达到"物格"的境界。金圣叹从施耐庵的创作实践中，发现作家"格物"的一种特殊的思想方法，即“以忠恕为门”。

何谓“忠恕”？金氏在《第五才子书》第四十二回有批云：

> 盖“忠”之为言“中”、“心”之谓也。喜怒哀乐之未发谓之“中”，发而为喜怒哀乐之中节谓之“心”；率我之喜怒哀乐自然诚于中形于外谓之“忠”，知家国天下之人率其喜怒哀乐无不自然诚于中形于外谓之“恕”。知喜怒哀乐无我无人无不自然诚于中形于外谓之格物。

这里的“喜怒哀乐”，自然是人的思想感情。圣叹把未形之于色而蕴藏于内心的思想感情称为“中”，按一定节度形之于色的思想感情称为“心”。实则一说人物的内心世界，一说人物的外部表情。他认为人们的内心世界与外部表情之间，总有某种必然联系。“自诚明，谓之性”：“善亦诚于中形于外，不善亦诚于中形于外”，“圣人无所增，愚人无所减”。这种自然规律就叫“忠”。以我的思想感情的变化规律自然诚于中形于外，去推测天下人的思想感情，这种思维方式就叫“恕”。墨子云“恕，谓忖己以度人也”。圣叹即取此义。近年人们对金氏“忠恕”说，有多种诠释，有的是以玄释玄，弄得玄乎其玄，令人费解。其实金氏对“忠恕”有最明白的解释，他在《第五才子书》第十八回有批云：“处处设身处地而后成文”。“忠恕”云云，即设身处地之谓也。

“忠恕”——设身处地以格物，首先强调作家自身之“忠”：澄怀格物，唯天下至诚，为能赞天地之化育也；能忠未有不恕者，不恕未有能忠者。其次是要求作家设身而处地将自己转化为认识对象，从认识自我入手去认识世界，即内省体验。这是作家把握世界的一种行之有效的独特方式。钱锺书“遥体人情，悬想事势，设身局中，潜心腔内，忖之度之，以揣以度，庶几入情合理”，“拟想之人物，角色，即事应境，因生哀乐；作者涉之，言之，复必笑，已叹，象忧亦忧，象喜亦喜，一若即局中当事”云云，即言内省体验的情景。巴尔扎克更明确地说："当我观察一个人的时候，我能够使自己处于他的地位，过他的生活。"车尔尼雪夫斯基认为，作为人类灵魂工程师的作家要获得关于人的深邃知识，主要有两个途径：一是"注意地观察旁人"，二是"以自身为对象来研究人"。他不轻视第一途径，然却更重视第二途径，他曾坚定地指出："谁不以自身为对象来研究人，谁就永远不会获得关于人的深邃的知识。"金氏之"忠恕"说，竟与后世艺术大师不谋而合，难怪人们呼之为"怪杰"。

"忠恕"——设身处地以格物，不局限于身入，而可以心入、神入、情入到描写对象的生活环境，乃至"内心活动最隐秘的规律"中去，就能打破"非圣人不知圣人，非豪杰不知豪杰，非奸雄不知奸雄"的机械认识论束缚，就能以一心所运，而虚构出种种"各自入妙"的人物。

如写豪杰。林冲可谓豪杰，林冲火并王伦可谓壮举。施耐庵虽无从见到林冲如何火并王伦，却能设身处地忖度出其生动场面。金氏在《第五才子书》第十八回"只见林冲双眉剔起，两眼圆睁，坐在交椅上大喝道"处有夹批云：

> 此处若便立起，却坐得没声势；若便踢倒桌子立起，又踢得没节次。故特地写个坐在交椅上骂，直等骂到分际兴发，然后一脚踢开桌子，抢起身来，刀亦就势掣出，有节次，有声势。作者实有设身处地之劳也。

如法捷耶夫所说："如果作品的主人公为艺术家所正确了解，那么在某种程度上他就会自己带着艺术家走。"施耐庵就是被林冲带着走进了火并王伦的场面，从而根据林冲的性格和事件的发展逻辑，虚构出林冲其人此时此地所应有的言行，所以他写豪杰居然是豪杰。

再如写淫妇、偷儿。金氏首先布疑云："耐庵写豪杰，居然豪杰，然则耐庵为豪杰，可无疑也。独怪耐庵写奸雄，又居然奸雄，则是耐庵之为奸雄，又无疑也。虽然，吾疑之矣。夫豪杰必有奸雄之才，奸雄必有豪杰之气，以豪杰兼奸雄，以奸雄兼豪杰，以拟耐庵，容当有之。若夫耐庵之非淫妇、偷儿，断断然也。今观其写淫妇居然淫妇、写偷儿居然偷儿，则又何也？”（第五十五回批语）这个问题不仅发人深思，而且令古今论者伤神。金氏居然不无自信自豪地说：

> 噫嘻！吾知之矣。非淫妇定不知淫妇，非偷儿定不知偷儿也；谓耐庵非淫妇非偷儿者，此自是未临文之耐庵耳。夫当其未也，则岂惟耐庵非淫妇，即彼淫妇亦实非淫妇；岂惟耐庵非偷儿，即彼偷儿亦实非偷儿。……若夫既动心而为淫妇，既动心而为偷儿，则岂惟淫妇、偷儿而已。惟耐庵于三寸之笔、一幅之纸之间，实亲动心而为淫妇，亲动心而为偷儿。既已动心则均矣，又安辩泚笔点墨之非入马通奸，泚笔点墨之非飞檐走壁耶？

未进入艺术虚构之前，耐庵就是耐庵，淫妇偷儿就是淫妇偷儿；但一临文写作，耐庵就不再只是自己了，他要一身数任，分身分心而转化为描写对象，进入角色，从而与描写对象融为一体（均矣），从角色的身份“动心”揣度其心理与行为。即如巴尔扎克所说：“当他勾画董华琪斯小姐的肖像时，要不是他自己吝啬，就是暂时懂得这种吝啬心情。”耐庵正是设身处地地暂时“动心”而为淫妇、为偷儿，与之“均矣”，所以写淫妇居然为淫妇，写偷儿居然为偷儿。

还应指出，作家之所以能“亲动心而为淫妇，亲动心而为偷儿”，仍在于作家能“忠”能“恕”，无情地拷问自己，忠实地反省自己，充分地调动自己的生活经验与精神储存，在灵魂深处将自己转化为描写对象（淫妇、偷儿），设身处地地体验其心理逻辑与行为表现。诚如爱伦堡所言：“普通称为反面人物的那些形象怎么创造呢？作家是否只有敏锐的眼光就够了？我以为，对于创作这样的人物，作家个人的经验也有很大的帮助。我已经说过，作家没有必要亲自经历他的人物经历的一切，但是他应该有所经验，来帮助他了解人物的内心世界。当然，作家不需要自己也是伪君子、自私自利者或胆小鬼，然后才能创造出具有这些缺点的人物。所有的人包括作家在内，都是教育自己并受到环境的教育，战胜自己身上他们认为是卑鄙的那些感情或感情的萌芽。作家拥有很多内在的记忆，他记得小时候少年时代甚至成了大人之后，怎样把自己身上那种一旦得到发展就会成为虚伪、胆怯、自私自利的东西压制下去。他特别憎恶他在接近的人们身上看到的或者有时候在自己身上也可以发现的那些恶劣行为。勇敢——普通就是克服害怕。但是偶尔也有人在任何情形之下从来没有觉到过恐惧，如果作家就是这样的人，他只能够描写懦夫的行为，但不能表现他的内心状况。”这与金圣叹的“忠恕”说何其相似乃尔。也就是说，金圣叹的“忠恕”说已达到何等的理论高度，以致可以与比他晚多少个时代的西方文论家相媲美。一个高明的作家，不仅是对时代、对社会，更是对他自己的战胜者，是一个解剖自己更甚于解剖别人的勇士。施耐庵在金圣叹心目中就是这样一个作家，因而他满怀深情地说：“天下之文章，无有出《水浒》右者；天下之格物君子，无有出施耐庵先生右者。学者诚能澄怀格物，发皇文章，岂不一代文物之林？”正因为如此，作家就不仅仅能够“亲动心而为淫妇，亲动心而为偷儿”，而且能够战胜淫妇、偷儿，以至贪官污吏，以至鬼蜮精魅，“怨毒著书”，“托笔骂世”，如“描写妇人黑心，无幽不烛，无恶不具。暮年荡子，读之咋舌；少年荡子，读之收心。”表现了作家对假恶丑的鞭挞，对真善美的追求。

“忠恕”——设身处地，化身入境地体验生活，以致“既已动心则均矣”——作家与所创造对象的认同，甚至是一个忘我的幻化过程。即使是写物也莫不如此，金圣叹在《第五才子书》第二十二回有夹批云：

我尝思画虎有处看，真虎无处看；真虎死有处看，真虎活无处看；活虎正走或犹偶得一看，活虎正搏人，是断断必无处得看者也。乃今耐庵忽然以笔游戏，画出全副活虎搏人图来。今而后要看虎者，其尽到《水浒传》中，景阳冈上，定睛饱看，又不吃惊，真乃此恩不小也。

耐庵可能是见过画虎、死虎、走虎，断没有见过活虎搏人，然则他怎么虚构出“全副活虎搏人图”呢？金氏在同回批语中以赵松雪画马为例说明了这一问题。他说：“传闻赵松雪将画马，晚更入妙，每欲构思，便于密室解衣踞地，先学为马，然后命笔。一日管夫人来，见赵宛然马也。今耐庵为此文，想亦复解衣踞地，（学虎）作一扑、一掀、一剪势耶？”动物学家在研究虎的场合，没有把自己再现为虎的必要。而作家若不“解衣踞地”把自己再现为虎，就无法使笔下之“虎有其性情”，以为写人服务。施耐庵写活虎搏人，是为写力搏活虎的武松形象。可见，即使描写对象不是人，而是物，作家也能设身处地地写出它的神态。这也是《西游记》《聊斋》等小说能够“使神魔皆有人情，精魅亦通世故”的奥秘所在。

“忠恕”——设身处地、化身入境地去体验描写对象的情理，既是作家格物的有效门径；那么，怎样才算由此门径而达到“物格”的境界呢？于是，金圣叹又提出了“因缘生法”的理论。

“因缘生法”系佛教哲学用语。“法”指宇宙万物，无论是现象的、本质的、物质的、精神的，佛家统称之为“法”。“因缘”则指宇宙万物赖以生存的各种关系和条件，其主要条件为因，辅助条件为缘，鸠摩罗什说：“力强为因，力弱为缘。”金圣叹以禅喻文，其“法”指人物性格（包括内心世界与外部形态），“因缘”指人物性格形成的主客观条件；“因缘生法”即典型环境产生典型性格之谓。金圣叹很看重高俅在《水浒传》中的作用，《第五才子书》开卷第一回就有批云：“一部大书七十回，将写一百八人也；乃开书未写一百八人，而先写高俅者：盖不写高俅便写一百八人，则乱自下生也；不写一百八人先写高俅，则乱自上作也。”可见高俅所代表的是一个黑暗王国。金氏在《水浒传》第五十一回有批：“夫一高俅乃有百高廉，而一一高廉各有百殷直阁，然则少亦不下千股直阁矣；是千股直阁也者，每一人又各自养其狐群狗党二三百人，然则普天下其又复有宁宇乎哉？”这么个以高俅为象征的黑暗王国，就是一百八人产生的“因缘”所在。用金圣叹的话来说，就叫“则是高俅来而一百八人来矣”。金圣叹还认识到作品中的人物是互为“因缘”，相反相成或相辅相成。如他在《读〈第五才子书〉法》中有云：

> 只如写李逵，岂不段段都是绝妙文字。却不知正为段段都在宋江事后，故便妙不可言。盖作者只是痛恨宋江奸诈，故处处紧接出一段李逵朴诚来，做个形击。其意思自在显宋江之恶，却不料反成李逵之妙也。此譬如刺枪，本要杀人，反使出一身家数。

在金圣叹看来，任何人物形象都不能离开“因缘”而单独存在。也就在“读法”中，金氏不无嘲弄地说：“近世不知何人，不晓此意，却节出李逵事来，另作一册题曰《寿张文集》。可谓咬人屎撅，不是好狗。”

由于不同因缘的作用，所以天下人“万面不同”，即使是人生二子，“眉犹眉也，目犹目也，鼻犹鼻，口犹口，而大儿非小儿，小儿非大儿”。同是被逼上梁山的好汉，同是鲁莽汉子，但由于各自的主观条件（或具体气质）不同，也各有区别，“如鲁达粗卤是性急，史进粗卤是少年任气，李逵粗卤是蛮，武松粗卤是豪杰不受羁靮，阮小七粗卤是悲愤无说处，焦挺粗卤是气质不好”（“读法”）。同是打虎，“写武松打虎，纯乎是精细；写李逵杀虎，纯乎是大胆”，“各自兴奇作怪，出神入妙”，也是一毫不差，半些不混。即使是同一个人，他的性格在不同环境中也有不同的表现。如第五十三回写李逵自告奋勇下深井去救柴进，临下井时却突然冒出句怪论，说：“我下去不怕，你们莫要割断了绳索。”惹得吴用笑骂他：“你也忒奸滑。”对此，金批云：“骂得妙，妙于极不确却妙于极确，令人忽然失笑？”“李逵朴至人，虽极力写之，亦须写不出。乃此书但要写李逵朴至，便倒写其奸滑。写得李逵愈奸滑，便愈朴至，真奇事也。”所有这些，金圣叹都视为“因缘生法”。“因缘和合，无法不有”，“因缘生法，一切具足”。在五十五回总评中，金氏进而说：“耐庵作《水浒》一传，直以因缘生法，为其文字总持，是深达因缘也。”就“格物”而言，不仅要了解“法”：各种人物的性格特征及千姿百态的表现，更要洞察“因缘”：这些性格产生、发展的种种条件或契机。只有参透了“因缘生法”的真谛，才算达到了“物格”的境界。

难能可贵的是，金圣叹虽强调作家“以忠恕为门”，“以自身为对象来研究人”；却并不轻视深入生活，“注意地观察旁人”。他盛赞司马迁“读万卷书，行万里路”的求实精神，认为从事文学创作的人也应像司马迁那样，“不独笔法到，直是处处足迹到，事事眼力到”；不断地丰富自己，锤炼自己，才能全忠全恕，格物致知。作家设身处地地体验生活，总是以其自身的生活经验为基础；只有有着丰富的精神世界与生活经验的作家，才能真正设身处地地体验生活。研究人生，离不开研究自身；只有将研究自身与研究旁人相结合，才能真正获得关于人的深邃的知识。双管齐下固为佳径，相对而言，金圣叹更重视“以忠恕为门”这一特殊途径。

总之，作家能“以忠恕为门”，把握万人万物“因缘生法”的微妙规律，就能如高尔基所说的：“替他们说出他们没有说出来的话，完成他们没有做过然而根据他们‘天生的’和‘努力得来的’特质一定会做的事情。这里就有‘虚构’艺术创造的余地。”从而创造出众多“人有其性情，人有其气质，人有其形状，人有其声口”的典型形象。这就是“《水浒传》写一百八人性格，真是一百八样”的奥秘所在。

“何物文人，有此肺肠有此手眼？”是李贽推出的历史性命题。

小说：“削高补低都由我”；虚构：“以忠恕为门”，则是金圣叹对中国小说美学所作的历史性贡献。前者言小说的生命特质在虚构，后者言虚构之门在作家的内省体验，这涉及文艺心理学的重要范畴。对此做出系统的理论建设者，在中国古典小说美学史上舍金圣叹别无他人，在西方美学史上也是近现代的事。怪哉，圣叹！了解这一历史事实的人们不能不击节赞叹。然而，这一中国小说美学史上的伟大里程碑，却曾被某些人作为祖国文明史上的精神污点来践踏。这也是中国大地上曾出现的种种历史悲剧中的一支插曲。好在悲剧的时代已经过去，金圣叹的小说艺术理论的价值一定会被充分地发掘出来。

二十五　中国小说的艺术缺陷——从《红楼梦》说到《红楼梦》

（一）脂砚斋说“真正美人方有一陋处”

《红楼梦》第二十回黛玉笑湘云：“偏是咬舌子爱说话，连‘二’哥哥也叫不出来，只是‘爱’哥哥‘爱’哥哥的。”对此，脂批有云：

> 可笑近之野史中，满纸羞花闭月，莺啼燕语，殊不知真正美人方有一陋处，如太真之肥，飞燕之瘦，西子之病，若施于别个不美矣。今以“咬舌”二字加以湘云，是何大法手眼，敢用此二字哉？不独不见其陋，且更觉轻俏娇媚，俨然一娇憨湘云立于书上，掩卷合目思之，其“爱”“厄”娇音如入耳内。然后将满纸莺啼燕语之字样，填粪窖可也。

脂批“真正美人方有一陋处”，是针对当时小说创作中绝对化倾向而言的。精警透彻，发人深思。

由此笔者想起了中国小说艺术的研究现状。这项工程近年虽有可喜的进展，却远远落后于思想内容方面的研究。即使是在被精耕细作的少数名著中，也严重存在着脂评所说的“恶则无往不恶，美则无一不美”的倾向。如对《红楼梦》前八十回与后四十回的评价，就是典型例证。人们对《红楼梦》前八十回之艺术称誉，可以说是用尽了世间最美的字眼，而《红楼梦》后四十回却被一些人贬斥为“一善俱无，诸恶备具”的“狗尾”。平心而论，《红楼梦》前八十回固然美不胜收，却未必没有一陋处或几陋处。不然曹雪芹岂不成了神手？何必还要“披阅十载，增删五次”：增固可视为添彩，删则未必不是削其陋处。况“书未成，芹为泪尽而逝”，可见曹氏“增删五次”并非最终定稿，只是天不假年，迫使他过早地垂下了那富有创造力的手。否则，保不住他还会作第六次、第七次乃至更多次的增删。“书未成”被脂君视为旷古悲剧，大概一以其非全璧（未竟全书），一以其非完璧（并非完美无缺）。而后四十回虽逊于前八十回，却未必一善俱无，不然《红楼梦》续书有几十种，为何独高本能世代跟踪前八十回而被广大读者所认可，以致到了“合则俱美，分则俱伤”的地步？

说到《红楼梦》的陋处，大概莫过于它是下肢不全的“残疾儿”。然而，正是这“残疾”使它成了一个伟大的删节号。正是这伟大的删节号诱惑着多少学问家作了种种考证，多少鉴赏家作了种种想象……这使本来就精美的前八十回平添多少诱人的风采。这因不幸所带来的大幸，是任何形为全璧的小说所无法比拟的。如同舒伯特未完成的名曲，达·芬奇未完成的名画。

这就是辩证法带来的魅力。

可是，学术界有人似乎忽视了这一辩证法，或出于对研究对象的偏爱，或为自神其教，他们对中国小说的几部名著的评价几乎成了美言竞赛，而对其“陋处”却缺乏认识。其实，不与陋处相并存则难以显示其佳处，不与陋处相比较也难以鉴别其佳处；不见陋处一味“歌德”，往往不得要领，诚如郑板桥所云：搔痒不着赞何益，入木三分骂亦精。

中国小说的佳处虽还远远未被穷尽，而研究其陋处却实为当务之急。

系统地研究中国小说艺术的陋处，非笔者能力所逮。好在有些有识之士曾在他们的著作中，或多或少地指出过某一作品的陋处。只是多赘于文末，过于分散，难引人注目。

基于此，有必要将诸家之说，择其要而汇聚起来，以期引起人们的注意，从而加强对中国小说陋处的科学研究。

（二）鲁迅、胡适都说《三国演义》“缺点有三”

对于《三国演义》的艺术缺陷，鲁迅在《中国小说史略》中有过精辟的概括。他说：“(《三国演义》）据旧史即难于抒写，杂虚辞复易滋溷淆，故明谢肇淛（《五杂组》十五）既以为‘太实则近腐’，清章学诚（《丙辰札记》）又病其‘七实三虚惑乱观者’也。至于写人，亦颇有失，以致欲显刘备之长厚而似伪，状诸葛之多智而近妖”。到了《中国小说的历史的变迁》，鲁迅对之作了进一步的阐述，他说：

> 若论其书之优劣，则论者以为其缺点有三：（一）容易招人误会。因为中间所叙的事情，有七分是实的，三分是虚的；惟其实多虚少，所以人们或不免并信虚者以为真。如王渔洋是有名的诗人，也是学者，而他有一个诗的题目叫“落凤坡吊庞士元”，这“落凤坡”只有《三国演义》上有，别无根据，王渔洋却被它闹昏了。（二）描写过实。写好的人，简直一点坏处都没有；而写不好的人，又是一点好处都没有。其实这在事实上是不对的，因为一个人不能事事全好，也不能事事全坏。譬如曹操在政治上也有他的好处；而刘备、关羽等，也不能说毫无可议，但是作者并不管它，只是任主观方面写去，往往成为出乎情理之外的人。（三）文章和主意不能符合——这就是说作者所表现的和作者所想象的，不能一致。如他要写曹操的奸，而结果倒好像是豪爽多智；要写孔明之智，而结果倒像狡猾。

胡适“民国”十一年所作的《〈三国志演义〉序》，对《三国演义》的艺术缺陷，用了更严厉的言辞。他说：“这部书现行本（毛本）虽是最后的修正本，却仍旧只可算是一部很有势力的通俗历史讲义，不能算是一部有文学价值的书。”对此，他列举了三条理由：

第一,《三国演义》拘守历史的故事太严，而想象力太少，创造力太薄弱。此书中最精采，最有趣味的部分在于“赤壁之战”的前后，从诸葛亮舌战群儒起，到三气周瑜为止。三国的人才都荟聚在这一块，“三分”的局面也定于这一个短时期，所以演义家们尽力使用他们的想象力与创造力，打破历史事实的束缚，故能把这个时期写得很热闹……但全书的大部分都是严守传说的历史，至多不过能在穿插琐事上表现一点小聪明，不敢尽量想象创造，所以只能成一部通俗历史，而没有文学的价值。《水浒传》全是想象，故能出奇出色;《三国演义》大部分是演述与穿插，故无法能出奇出色。

第二,《三国演义》的作者、修改者、最后写定者，都是平凡的陋儒，不是有天才的文学家，也不是高超的思想家。他们极力描写诸葛亮，但他们理想中只晓得“足计多谋”是诸葛亮的大本领，所以诸葛亮竟成一个祭风祭星、神机妙算的道士。他们又想写刘备的仁义，然后他们只能写一个庸懦无能的刘备。他们又想写一个神武的关羽，然而关羽竟成了一个骄傲无谋的武夫。这固是时代的关系，但《三国演义》的作者究竟难逃“平凡”的批评。

第三，至于文学的技术，更“平凡”了。我们试看第四十三回诸葛亮舌战群儒一大段；在作者的心里，这一段总算是极力抬高诸葛亮了；但我们读了，只觉得平凡浅薄，令人欲呕。后来写“三气周瑜”一大段，固然比元人的《隔江斗智》高得多了，但仍是很浅薄的描写，把一个风流儒雅的周郎写成了一个妒忌阴险的小人，并且把诸葛亮也写成了一个奸刁险诈的小人。这些都是从《三国演义》的最精彩的部分里挑出来的，尚且是这样，其余的部分更不消说了。文学的技术最重剪裁，会剪裁的，只消极力描写一两件事，便能有声有色。《三国演义》最不会剪裁，他的本领在于搜罗一切竹头木屑，破铜烂铁，不肯遗漏一点。因为不肯剪裁，故此书不成为文学的作品。

胡适的话或许说过了点头，因而在五十年代被人斥为对《三国演义》“尽其歪曲诬蔑之能事”。其实他与鲁迅一样，都是在充分肯定《三国演义》的前提下进行指谬的。他又云：

《三国演义》究竟是一部绝好的通俗历史。在几千年的通俗教育史上，没有一部书比得上他的魔力。五百年来，无数的失学国民从这部书里得着了无数的常识与智谋，从这部书里学会了看书写信作文的技能，从这部书里学得了做人与应世的本领。他们不求高超的见解，也不求文学的技能；他们只求一部趣味浓厚、看了使人不肯放手的教科书。“四书”、“五经”不能满足这个要求，“廿四史”与《通鉴》、《纲鉴》也不能满足这个要求，《古文观止》与《古文辞类纂》也不能满足这个要求。但是《三国演义》恰能供给这个要求。我们都曾有过这样的要求，我们都尝过他的魔力，我们都曾受过他的恩惠，我们都应该对他表示相当的敬意与感谢！

试看，胡适以这一基本情调去评论《三国演义》，怎么可能对之“尽其歪曲诬蔑之能事”呢?

本文所采言论，虽不无可商榷处，却都以总体肯定中国小说为前提。越此界者，不在论列。如五十年代“替曹操翻案”论者对《三国演义》的种种责难，七十年代评《水浒》运动中对《水浒》的种种批判，都不予述录。坚持这么个前提本不在话下，然本节所遇胡适问题较复杂，就多讲了几句。

（三）何心说《水浒传》“不近情理处”

《水浒传》的精彩处在七十回之前。其后则支离幼稚，何心之《〈水浒〉研究》对之“存而不论”，他专言前七十回中“不近情理处”，也就是说他所言者是真正美人之陋处。这种取舍无疑是明智的。

何氏对《水浒传》前七十回中人名、地名、官名、诗文篇名（包括韵脚）、回目等项错误，列举了近五十条，都言之有据。不过作为世代积累型小说，《水浒传》出现此类缺陷大概是在所难免的。倒是他所举《水浒传》前七十回中情节“不近情理处”十八种颇有意义，择其要录于兹（序号依何书）：

（二）第五回叙鲁智深殴打周通一节云：“鲁智深把右手捏起拳头，骂声‘直娘贼’，连耳带脖上只一拳。那大王叫一声：‘做甚么便打老公？’”鲁智深这时已在破口大骂，周通应当听得出男人的声音，决不会再把他当做刘太公的女儿了。“做甚么便打老公”一句，虽极滑稽，论情理却讲不通。我想《水浒传》乃是由话本蜕化而来，这种滑稽穿插，在说话人口中说出，只是博人一笑，但是写入小说中就成为恶札。

（六）第三十回写张都监陷害武松，似乎太纡徐曲折了。都监是当地高级武官，武松只是一个囚徒罢了。即施恩父子也不是大有力的人物，无庸顾忌，所以张都监要害武松，易如反掌，何必大绕圈子，敷衍达半个月之久，才敢下手。这在情理上是讲不通的。

（十一）第五十回李小二向雷横说道：“都头出去了许多时，不知此处近日有个东京新来打踅的行院，色艺双绝，叫做白秀英。那个妮子来参都头，却值公差出外不在。”可见白秀英父女原是有意敷衍雷横的。后来李小二把雷横带到勾栏里，岂有不通知白氏父女之理。且雷横在郓城县里做了多年都头，认识的人不少。他一踏进勾栏，即应有许多人与他招呼，白氏父女怎敢将他揶揄侮辱。及至发生口角之后，有人喝阻，指出这是本县雷都头，白玉乔何以仍敢将他辱骂？这些都是不合情理的。

（十七）第六十一、六十二回叙卢俊义事，亦有许多不近情理处。宋江听了大圆和尚一句话，便把替晁盖报仇之事搁起，硬要把卢俊义逼上梁山，兴师动众，费尽力气，害得卢俊义倾家荡产，九死一生，这究竟为着什么？若说是仰慕卢员外的英名，要他上山坐一把交椅，未免有些讲不通。戏剧与评话中都说卢俊义与史文恭是师兄弟，同出周侗老师门下。史文恭武艺高强，梁山上无人能敌，惟有卢俊义胜他一筹。宋江欲擒史文恭，不能不把卢俊义逼上梁山。如此说来，似乎合理得多。

（十八）第六十一回吴用智赚玉麒麟，只是借算命恫吓卢俊义，希望他自投罗网，又教他在壁上题四句藏头诗，以为日后受陷害的伏笔，这种做法，其实是十分幼稚。假使卢俊义不信命运，或是听了燕青的谏劝而不赴山东，则吴用岂不枉费心机。至于那四句藏头诗，任何人都能看得出来，而卢俊义却毫不觉察，这简直把个英雄员外写成傻瓜了。

对于最后两条，李希凡《〈水浒〉的现实主义》也发表过类似的意见。同时，他还指出《水浒传》中有不少概念化的人物。如关胜只是《三国演义》里的关羽的粗略的再版，虽然被作者尽力装饰，到底只是徒有其表，而缺乏像关羽的性格的真实。公孙胜则与后来野史演义中的牛鼻子老道没有什么两样，玄乎其玄，却没有任何性格特色。还有人说，《水浒传》作者虽有伟大的创造力，但他还不能把水浒原型完全抛开，既受之滋补，又受之牵制，主要表现在他牢记“三十六大伙，七十二小伙”，以为无论如何这一百零八好汉一定得完全出现在书中。这一来他就吃苦了，拼命硬凑。所以，到全书快要完了，他算了一算只有一百零七人，还少一个，于是不得不硬拉出一个兽医皇甫端来，这便显得作者有些声嘶力竭了。而且作者只善写个体英雄传记，不善写群体英雄活动，同一人物在上梁山前的英雄传记中（如林冲、武松）形象鲜明，个性突出，而上山之后性格发展线索就不那么鲜明，多被淹没在人群的大海之中，甚至连人与人之间的特殊关系（如宋江与武松、林冲与鲁智深、杨雄与石秀）都被忽视了。

除此之外，鲁迅与茅盾先后对《水浒传》的艺术结构提出了异议。鲁迅《中国小说的历史的变迁》说："《水浒传》是集合许多口传，或小本《水浒》故事而成的，所以当然有不能一律处。"茅盾《谈〈水浒〉的人物和结构》说："从全书看来，《水浒》的结构不是有机的结构。我们可以把若干主要人物的故事分别编为各自独立的短篇或中篇而无割裂之感。但是，从一个人物的故事看来，《水浒》的结构是严密的，甚至也是有机的。在这一点上，足以证明《水浒》当其尚在口头文学的时候是同一母题而各自独立的许多故事。"茅盾的观点，虽有李希凡等人提出过异议，却不足以动摇其权威性。

（四）金圣叹偶说《西游记》

古今文人对《西游记》多有美言，倒是明末著名批评家金圣叹在评点《水浒传》之余，偶及《西游记》陋处。不妨录此，聊备一格。

其一云：题目是作书第一件事。只要题目好，便书也作得好。

或问：题目如《西游》、《三国》如何？答曰：这个都不好。《三国》人物事体说话太多了，笔下拖不动，踅不转，分明如官府传话奴才，只是把小人声口，替得这句出来，其实何曾自敢添减一字？《西游记》又太无脚地，只是逐段捏捏撮撮，譬如大年夜放烟火，一阵一阵过，中间全没贯串，便使人读之，处处可住（《读〈第五才子书〉法》）。

其二云：《水浒传》不说鬼神怪异之事，是他力气过人处。《西游记》每到弄不来时，便是南海观音救了（《读〈第五才子书〉法》）。

其三云：此篇纯以科诨成文，是传中另一样笔墨。然在读者，则必须略其科诨而观其意思。何则？盖科诨，文章之恶道也。此传之间一为之者，非其未能免俗而聊复尔尔，亦其意思真有甚异于人者也。何也？盖传中既有公孙，自不得不又有高廉。夫特生高廉以衬出公孙也，乃今不向此时盛显其法术，不且虚此一番周折乎哉？然而盛显法术，固甚难矣。不张皇高廉，斯无以张皇公孙也。顾张皇高廉以张皇公孙，而斯两人者，争奇斗异，至于牛蛇神鬼，且将无所不有，斯则与彼《西游》诸书，又何以异？此耐庵先生所义不为也。（第五十二回批语）

脂砚斋似乎也对“西游笔法”略有微词，他在《石头记》第三回有批云：“通部中假借癞僧跛道二人，点明迷情幻海中有数之人也，非袭《西游》中一味无稽，至不能处便用观世音可比。”第十三回又有批云：“若明指一州名似若《西游》之套，故曰至中之地……直与第一回呼应相接。”

此外，北京大学的《中国小说史》第七章《西游记》之末，有云：

全书题材和主题的内在矛盾，也带来了艺术表现上很不统一的现象。某些情节是按照宗教唯心主义概念生造出来的，与人物性格相互游离或背道而驰。许多诗词和对话贩卖玄虚神秘的佛教义理，形式呆板，语言枯燥无味。有些人物性格模糊不清，战斗场面千篇一律。还有些细节描写流于繁琐，甚至夹杂着庸俗无聊的成分。这些都是《西游记》艺术上的败笔。

（五）孙述宇说《金瓶梅》的真假缺点

《金瓶梅》自明以降一直被列为禁书，它是一边被人们唾骂着，一边被人们欣赏着。近年来海内虽也出现了《金瓶梅》热，说它好话的人渐渐多起来了，甚至被认为有“溢美”之嫌，但在说好话之余，几乎都要对其“色情”的描写之类缺陷数说一通。因而要搜罗对《金瓶梅》艺术缺陷的言论，自然是唾手可得。然而，多数论者对《金瓶梅》色情描写的批评几乎是千篇一律的，够不上入选的典型例证。

这里首先要介绍的是李希凡的高论。他在批评李长之《现实主义和中国现实主义的形成》之余，指出“真正能够称得起是铭刻人心的鲜明典型，在《金瓶梅》里，却仍然是没有的”。“恶霸西门庆，在《金瓶梅》里，除去他的荒淫无耻、堕落腐化的生活面貌，有极细致的描写，对于他的性格特色、精神面貌，深入的刻画和着色都不很多。作为一个文学性格，它并没有给人们留下深刻的印象。”而李瓶儿的性格“存在着一些不容易理解的矛盾现象”，进西门庆家之前她锋芒毕露，阴险恶毒，好淫无耻；进西门庆家后“突然变成了懦弱、善良、忍让、持重的妇女”（《〈水浒〉和〈金瓶梅〉在我国古代小说发展中的地位》）。

其次要介绍的是徐朔方的高论。他在《论〈金瓶梅〉》一文中指出，《金瓶梅》是中国文学史上“自然主义的标本”，并列举了两大表现为证。一为客观主义，即“过分重视细节描写而忽视了作品的倾向性”，“对人和事物的态度，往往前后不一，忽褒忽贬，好像没有确定的看法”，它的“连篇累牍的貌似暴露的文字中，作者往往不是使人对它所描写的丑恶现象引起反感，而是津津乐道，仿佛要读者和他一起欣赏”；二为其“描写很少由表及里，深入本质”，“《金瓶梅》的这些描写多半是家庭阴私、官场内幕的丑事、笑料，算得上社会病态和怪现象的罗列，却不能算是本质的揭露……单就艺术而论，它不同《红楼梦》、《儒林外史》接近，而同《官场现形记》之类谴责小说类似而稍胜，不过在内容上却不及后者可取。”

凡此种种，都不失为一家之言，然又都不是不可动摇的定论。了解《金瓶梅》研究历史与现状的人都知道，无论是李希凡，还是徐朔方的论点都不同程度地遭到了人们的驳议。

相对而言，笔者认为还是香港学者孙述宇对《金瓶梅》艺术缺陷的评述，来得平和些、中肯些。孙述宇在1983年出版了一部名为《〈金瓶梅〉的艺术》

的专著，其开卷“先把《金瓶梅》的缺点提出来”，为使读者“作一些心理上的准备”。因而第一章即为“各种真假缺点”。他认为《金瓶梅》有两项真缺点：

其一，书的文字不很匀一，并不是每章都好。开头和结尾比中间差得多。小说是从《水浒》中潘金莲和西门庆私通的故事衍生出来的，开始时整段整段的袭用《水浒》，写起来并不比《水浒》高明……小说要到第二十回前后才好起来，从这里直到八十回前后，是小说的精华所在。但是到西门庆死了，作者像泄了气；到潘金莲再死了，下面虽还有许多字数，但更没有劲了。以后的章回，由一些《新桥市韩五卖春情》之类的故事改写成，究竟是作者胡乱凑成一百回，还是他人续貂，我们都无法知道。

其二，小说另一个缺点，来自作者劝善的作风。作者讲故事中间，常常要对“看官”讲些道理，进些忠言。当今的读者不高兴作者这样闯进故事里来，又疑心这些忠言是作者写淫书时的伪善姿态……作者的观察和感受的能力是一流的，有时我们发现他的才能没有充分发挥，十九都是由于他要劝善、要说理，据着抽象的概念来创作，犯了作家的大忌。潘金莲可能是个好例子：这个女人占了书中很多篇幅，也着实花了作者不少精神，然而她的真实感来得很晚，读者看了半本书，仍然感觉好像只是听见人家说这女人怎样怎样，不像看见她的真身；原因也许是作者心中早存成见，要写一个害人的淫妇。

同时，孙氏还指出，“至于情节上的错误，又要分开故事各部不相符和历史不相符两类来说”。“与史实不符的文字，出于史家便是错误，出于文学家却未必是错误”；“故事本身的谬误就不免影响我们阅读的乐趣了。谬误的主要来源，是故事中大量夹进的曲子与其他描述性的韵文。拿万历年间的‘词话本’来说，曲子与韵文之中，许多都是可以删除而于故事无妨的（事实上崇祯年间的《金瓶梅》已经删除了许多），更有不少是由于具有谐谑嘲讥的本质而会破坏故事的写实风格的。”

孙氏还说：“这书和莎士比亚的戏剧相似的地方很不少，我们提到两者都爱以今说古，此外两者都爱说笑话，都不避忌情欲，而致让人诟为淫猥；但最要紧的是，两者都是有很多瑕疵的，不以谨慎见长的天才之作。这样的作者，要吹毛求疵是容易不过的。但是，为什么不看它们的优点与成就呢？”

无疑，孙氏这平和的分析与善良的忠告，对推进《金瓶梅》的研究是有意义的。

（六）何满子说《儒林外史》的败笔

何满子《论〈儒林外史〉》出版于1954年，再版于1981年。再版时，他“将历劫幸存的两封关于讨论《儒林外史》的信附在后面，算是对已刊过的论文的一点补充”。在信中何氏列举并分析了《儒林外史》的种种败笔。也许是书信的缘故，何氏之言较之平常文章来得更痛快，更精辟。他说：

> 即使卓越如吴敬梓，他作品中的缺点和败笔也是够多的。
>
> 请你仔细去翻一翻《儒林外史》，你会发现第二十八回是一条分界线。在二十八回之前，诗人的真挚的感情和睥睨世俗的强大的理想力量，充溢在生动饱满的形象之中，有如液汁胀满于成熟的果实。同样的智慧的闪光，后半部只在第四十五回至第四十九回和第五十三回至末尾才又重现。后半部的其他十多回，相形之下就显得黯淡无光，只在某些细节爆发一点诗意的火花。
>
> 你也提到，泰伯祠祭典是吴敬梓刻意渲染，绞尽脑汁想把它构成高潮的情节。可是你想一想，为此而制造出来的几个人物，如虞博士、庄

征君、武书、迟衡山等等，不管作家如何美化他们，人物始终还是站不起来，没有生命，或只是半活……至于伊昭、宗姬、余夔、虞感祁、储信之类，更加只是一些筹码。翻过这一页，名字就忘了。连上半部写得如此鲜活的马二先生、蘧公孙、景兰江等人，到这里也仿佛成了这些人物的遗蜕。一旦失去了活的、典型的性格之间的辐射，就渲染不出典型的环境，从而，人物也就随之枯萎。于是，读者只看见一群木偶在祠堂转来转去，兴、拜、兴、拜。连语言也不是诗的语言，而是一篇流水账般的仪注。必须有极大的耐心，才能咬紧牙关一行一行地读完。

至于郭孝子历险记和两场纸上谈兵的战事，就更和“儒林”没有关系。如果吴敬梓是我的朋友，我一定劝他干脆删掉。

五十年代，吴组缃、冯至等也指出过《儒林外史》的若干缺点，但都不及何满子来得酣畅。八十年代，滕云在《世相、人情与人物——读〈儒林外史〉札记》中也指出了《儒林外史》的两类败笔：第一是“因为写人情，而失去个性，使人物性格趋于类型化”；第二是“因为写人情，而违背性格逻辑，使人物形象割裂”。“《儒林外史》写世相，写人情，写人物，驱使人物以表现世相、人情。通常情况下，它并没有单纯把人物写成人格化的世相与人情，它的许多人物是有自己的性格生命的”，“但《儒林外史》的构思与描写，终究主要不是从人物出发的，这就使书中的世相、人情、人物有时未能达到艺术上的和谐，呈现出人物性格塑造的某些缺陷。”也颇有见地。

至于《儒林外史》的艺术结构，鲁迅曾有云：“惟全书无主干，仅驱使各种人物，行列而来，事与其来俱起，亦与其去俱讫，虽云长篇，颇同短制。”有人以为这是缺陷，有人以为这是“佳处”。目前，后者似占优势。

（七）蒋和森说“曹雪芹也不是一个完美无缺的作家”

在当代中国，对《红楼梦》艺术成就的周详分析与极力推崇，大概莫过于蒋和森。他那部充满诗情的《〈红楼梦〉论稿》，曾疯魔了多少青年读者。他有句名言：“中国宁可没有万里长城，却不能没有《红楼梦》。”

然而，就是这个蒋和森清醒地指出：“如果对这部作品迷信到只有拜倒的程度，那也是不正确的，正像世界上不存在绝顶的天才一样，曹雪芹也不是一个完美无缺的作家。《红楼梦》不但在思想上，而且也在艺术上存在着缺点。”接着他说：

> 书中有一些描写并不贴切，如秦氏托梦所说的那一段“多设田庄”以防败落的话，就不很切合这个“性格风流”的少奶奶的口吻。书中还有一些地方，特别是叙述部分，每显得文字拖沓、平板（如元春归省中的一段文字）……另外，《红楼梦》在行文中还夹杂着一些文言文的残屑，这不能不破坏了全书明白清畅的白话文风格。幸亏这种情况在全书所占的分量很小。至于书中文字疏漏或不够顺当之处也还不少，有的可能是辗转传抄之误……
>
> 总的说来，《红楼梦》的叙述文字远不及描写文字……他在小说这种文学形式上找到了驰骋天才的广阔天地。如果他去写诗或者作画，纵使“直追昌谷”，也许不过是一个二三流的艺术家吧？
>
> 其他如通灵宝玉以及空空道人、神鬼显灵之类的描写，虽然是作者的故弄玄虚，或者是为了体现作者的某种思想寓意而设的笔墨，但由于这些地方违背了生活的真实，离开了师法自然这一创作原则，不能不在一定程度上破坏了现实主义创作艺术的完整。

胡适的《〈红楼梦〉考证》，既是“新红学”最主要的成果，也是二十世纪五十年代批判的主要对象。他对《红楼梦》的艺术评价是偏低的，当初他并没有说出多少理由。但他在生命最后的岁月却补说了些道理。如他 1960 年 11 月，在给苏雪林、高阳的信中就作了反复的申说。《答苏雪林书》有云：

> 我只说了一句“《红楼梦》只是老老实实的描写这一个‘坐吃山空’、‘树倒猢狲散’的自然趋势，因为如此，所以《红楼梦》是一部自然主义的杰作”……
>
> 其实这一句话已是过分赞美《红楼梦》了。
>
> 《红楼梦》的主角就是含玉而生的赤霞宫神瑛侍者的投胎；这样的见解如何能产生一部“平淡无奇的自然主义”的小说！
>
> 在那些满洲新旧王孙与汉军纨绔子弟的文人之中，曹雪芹要算是天才最高的了，可惜他虽有天才，而他的家庭环境和社会环境以及当时整个的中国的背景里，都没有可以让他发展思想与修养文学的机会。在那一个浅陋而人人自命风流才士的背景里，《红楼梦》的见解与文学技术当然都不会高明到哪儿去。他描写人物，确有相当的细腻、深刻，都只是因为他的天才高，又有“半世亲见亲闻”的经验作底子。可惜他的贫与病不许他从容写作，从容改削。他的《红楼梦》，依据我们现在发现的可靠资料看来，是随写随抄去换钱买粮过活的，不但全书没有写完成，前八十回还有几回是显然“未成而芹逝矣”（脂批本二十二回畸笏记）。我当然同意你说：“原本《红楼梦》也只是一件未成熟的文艺作品。”
>
> 我向来觉得，《红楼梦》比不上《儒林外史》；在文学技术上，《红楼梦》比不上《海上花列传》，也比不上《老残游记》。

胡适之论，或许失之偏颇，却仍能发人思索，因此也附录在此。

（八）恩格斯说“古代人的性格描绘在今天是不再够用了”

这里所说的“中国小说的艺术缺陷”，实则只是挂一漏万地说及六部著名的白话长篇小说。但自信所举的几乎都是真内行所言的真见解，诚如舒芜先生所言：“未有真见解不由真内行，未有真内行而无真见解。一个人的真见解，不一定都得到别的真内行的同意，但一定都会引起他们的认真有益的思索，决不会说了等于没有说。这就是一切真见解可贵的地方”（《方孝岳著〈中国文学批评〉重印缘起》）。笔者认为，历数中国小说的佳处固然需要内行，批评中国小说的陋处则更需要内行。内行所道中国小说佳处固然能使人受益，内行所指中国小说陋处则更能发人深思。尽管他们的观点未必没有值得商榷的地方，如前述胡适、鲁迅对《三国演义》的批评就似有不适之处。

蒋和森在《〈红楼梦〉艺术论》中说：“说到《红楼梦》艺术上的缺点，最值得注意的还是在总的创作方法上属于旧现实主义的范畴。这部小说虽然提供了非常丰富、非常宝贵的创作经验，不过它终究表现的是旧时代的生活——那种比较静止、停滞的生活。”这一论述，或许也适合于整个中国古代小说。因而即使是古代小说成功的创作经验，也不能机械地搬用。用《三国》笔法难以表现《水浒》生活，用《水浒》笔法难以表现《西游》生活，用《西游》笔法难以表现《金瓶梅》生活……用《红楼梦》笔法也难以表现今天的生活。无怪乎恩格斯曾说：“古代人的性格描绘在今天是不再够用了”（《致斐·拉萨尔的信》）。因而，小说艺术的表现手法，需要随着时代的变迁而不断更新。而任何艺术的更新，都离不开对前人艺术佳处与陋处的借鉴：或扬长而避短，于精处求胜，走向历史新境界；或避短又避长（有时或许是扬短而避长），于绝处求生，实现历史性突破。一般来说，传统的“佳处”，或许只能喂养出二、三流的作家；而历史的“陋处”，却或许能激励出第一流的作家。因此，我们研究中国小说“佳处”的同时，务必要加强对其“陋处”的研究。当“歌德派”的阵势铺天盖地时，这种研究就尤其重要了。

二十六　站在高耸的塔上眺望——陈独秀与中国小说

“五四”新文化运动使中国古典小说焕发了艺术青春，中国古典小说为“五四”新文化运动提供了白话教本，两者相得益彰，而成为中国文化史上的奇迹。而作为这奇迹的诱发者的陈独秀如何看待中国小说，实在是不容忽视的命题。可惜此前几乎无人论及，那就以是肇其端吧。

（一）与《新青年》同仁讨论中国小说

陈独秀评论中国小说，主要有两种形式；一是与《新青年》同仁讨论中国小说时所发表的意见，一是为上海亚东图书馆标点本明清小说所写的序言。

《新青年》同仁讨论中国小说，起于胡适与钱玄同之争；他们虽“同抱文学革命之志”，对中国小说的评价却有分歧。1917 年 1 月胡适在名文《文学改良刍议》中指出：“以今世历史进化的眼光观之，则白话文学之为中国文学之正宗，又为将来文学必用之利器，可断言也。”从这开创性的观点出发，胡适充分肯定了中国古代白话小说，主张今日作文作诗，“与其作不能行远不能普及之秦汉六朝文字，不如作家喻户晓之《水浒》、《西游》文字也”（《新青年》第二卷第五号，1917 年 1 月）。钱玄同在肯定胡适“白话体文学说”的同时，对中国小说中的某些具体作品持否定态度；他说：“小说是近世文学之杰构，亦自宋始。（以前小说如《虞初》《世说》为野史而非文学作品。）唐代小说描画淫亵，称道鬼怪，乃轻薄文人浮艳之作，与纪昀、蒲松龄所著相同，于文学上实无大道理，断不能与《水浒》、《红楼》、《儒林外史》诸书相提并论也”（《致陈独秀》，《新青年》第二卷第六号，1917 年 2 月）。

5 月 10 日胡适又致书陈独秀重申己见，或从内容，或从形式肯定了中国古典小说。就小说研究而言，胡适的观点未必有何不对（这为他后来的《中国章回小说考证》作了铺垫）；然就文学革命而言，他未免太学究气了点，因为当时文学革命将兴，与学术研究相比较更需要的是对于根深蒂固的旧文化施以进击的勇猛精神。诚如鲁迅所言：“没有冲破一切传统思想和手法的闯将，中国是不会有真的新文艺的”（《论睁了眼看》）。与“和平”的胡适相比较，惯于“扎硬寨，打死战”的钱玄同显然激进得多。钱曾不止一次批评胡适“对于千年积腐的旧社会，未免太同他周旋了”。他们在诸多问题上有分歧，小说仅其一。与胡适不同，钱玄同对《水浒传》《红楼梦》《儒林外史》之外的中国小说多有否定。“五四”是个百家争鸣的时代，于是钱胡之间爆发了著名的小说之争。

有趣的是，论争的双方不是直接交锋，而多是投书陈独秀呈说己见。原因大概有二，其一在陈独秀当时是大力鼓吹“民主与科学”的《新青年》的主编，投书于他有利双方意见之面世；其二在当年的陈独秀是他们的精神领袖与理论仲裁，于是毋庸置疑地将是非求决于他。尽管钱、胡二位一为留日归来的文字音韵学家，一为留美将归的博学之士，对于他们的争论，陈独秀还是公然表态了。他首先在宏观上肯定了中国古典小说名著在文学史上的地位，批评了鄙薄小说的传统观念。他在胡适《文学改良刍议》附识中说：

> 余恒谓中国近代文学史，施（耐庵）曹（雪芹）价值远在归（有光）姚（鼐）之上。闻者咸大惊疑，今得胡君之论，窃喜所见不孤。白话文学将为中国文学之正宗，余亦笃信而渴望之。吾生倘亲见其成，则大幸也。

接着在钱2月25日信后附识云：

仆对于吾国近代文学，本不满足。然方之前世，觉其内容与社会实际生活日渐接近，斯为可贵耳。国人恶习鄙夷戏曲小说为不足齿数，是以贤者不为。其道日卑，此种风气倘不转移，文学界决无进步之可言。章太炎先生亦薄视小说者也，然亦称《红楼梦》善写人情。夫善写人情，岂非文字之大本领乎？庄周、司马迁之书，以文评之，当无加于善写人情也。八家七子以来为文者皆尚主观的无病而呻，能知客观的刻画人情者盖少，况夫善写者乎？

陈独秀在这里实则确立了讨论中国小说的前提。其一，白话文学将为中国文学之正宗；其二，通俗小说（戏曲），以通俗白话刻画人情，既接近社会实际生活，更可为白话文学作借鉴。有了这些共识，陈独秀再转向对具体作品的评论。他在致胡适信中说：

钱玄同谓《聊斋志异》全篇不通，虽未免太过，然作者实无文章天才，有意使典为文……吾国札记小说，以愚所见，最喜《今古奇观》，文笔视《聊斋》自然得多，取材见识亦略高。所述杜十娘、宋金郎二事，旧剧盛演之，观者咸大欢迎，而原书之声价反在《聊斋》下，毋乃世人惑于堆砌之套语浮词乎？足下及玄同盛称《水浒》、《红楼》等古今说部第一，而均不及《金瓶梅》，何耶？此书描写旧社会，真如禹鼎铸奸，无微不至。《红楼梦》全脱胎于《金瓶梅》，而文章清健自然远不及也。乃以其描写淫态而弃之耶？则《水浒》、《红楼》又焉能免？（《新青年》三卷四号）

石原皋曾将陈独秀与胡适相比较，指出："胡适一生专门研究学问兼谈政治，陈独秀一生专心闹革命兼做学问，这是他俩的根本区别”（《胡适与陈独秀》）。就气质而言，陈独秀与钱玄同稍近，而与胡适稍远。一望而知，在钱胡之争中，陈独秀更倾向钱。但他没有囿于交情，而是站在更高的文化角度去讨论中国小说。即从推行“清健自然”的白话文学这一使命出发，去比较《今古奇观》与《聊斋志异》、《金瓶梅》与《红楼梦》的高低（当然也不忽视作品描写社会之取材见识）。他的取舍，在今天看来似有失偏颇；但当时的陈独秀只看谁更接近生活，谁更接近大众，谁更接近口语，以利白话文学之兴起，遑论其他？因而他几乎与钱玄同一样视《聊斋志异》为“套语浮词”，又主张不以“描写淫态”而弃《金瓶梅》。

钱胡当时都是血气方刚的文坛明星，争论一二回合，就不免各自走向极端。在尔后几轮的诘答中，钱玄同的调子大有提高。这个曾第一个提出要扫荡“选学妖孽与桐城谬种”的猛士，如今正色地说他以前是为匡正旧文学家贬低通俗文学的谬误，才表彰《水浒传》、《红楼梦》等书的，“这原是短中取长的意思”，“其实拿十九、二十世纪的西洋新文学眼光去评判，就是施耐庵、曹雪芹、吴敬梓，也还不能算做第一等。因为他们三位的著作，虽然配得上称‘写实体小说’，但是笔墨嫌不干净。”同时他致信胡适，以更强烈的语调贬斥《三国演义》与《聊斋志异》，而与陈独秀一样认为《金瓶梅》之地位倒应“在第一流”。进而说：“中国今日以前的小说，都该是退居到历史的地位；从今日以后，要讲有价值的小说，第一步是译，第二步是新做。”应该说，钱玄同文化参照与文化建设的目光是远大的。胡适却与之进行了激烈的争鸣，尤其对钱轻《三国演义》重《金瓶梅》提出了针锋相对的异议。在此对《三国演义》略而不论，仅录其有关《金瓶梅》的。胡适说：“我以为今日中国人所谓男子情爱，尚全是兽性的肉欲。今日一面正宜力排《金瓶梅》一类之书，一面积极译著高尚的言情之作，五十年后或稍有转移风气之希望。此类即以文学之眼光观之，亦殊无价值。何则？文学之一要素，在于‘美感’，请问先生读《金瓶梅》作何美感？”胡适的观点不是没有合理因素，只是似乎越来越学术化了，而迅猛发展的新文化运动又似乎无暇去顾及那些过于学术性的问题。这大概是钱胡之争的症结所在。

钱胡之争，步步升级，影响所及远非几个同仁，而猛烈地激荡着当时中国整个文化阵地。好在他们“既不以私交而损害真理，也不以真理而妨碍私交”，因而这种论争实则大大促进了文化革命的理论建设。有些论著一味夸大他们的分歧，而忽视他们的共同目标，这是有违历史事实的。随着论争的深化，陈独秀有过总结性发言。他说：

> 中国小说，有两大毛病：第一是描写淫态，过于显露；第二是过贪冗长。(《金瓶梅》、《红楼梦》细细说那饮食，衣服，装饰，摆设，实在讨厌！)这也是“名山著述的思想”的余毒。吾人赏识近代文学，只因为他文章和材料，都和现在社会接近些，不过短中取长罢了。若是把元、明以来的词曲小说，当做吾人理想的新文学，那就大错了。不但吾人现在的语言思想，和元、明、清的人不同，而且一代有一代的文学，抄袭老文章，算得什么文学呢！但是外国文学经过如许岁月，中间许多作者，供给我们许多文学的技术和文章的形式，所以喜欢的人，对于历代的文学，都应该去切实研究一番才是。(就是极淫猥的小说、弹词，也有研究的价值。)至于普通青年读物，自以时人译著为宜。若多读旧时小说、弹词，不能用文学的眼光去研究，却是徒耗光阴，有损无益。并非是我说老学究的话，也不是我一面提倡近代文学，一面又劝人勿读小说、弹词，未免自相矛盾，只因为专门研究文学和普通青年读书，截然是两件事，不能并为一谈也。(《三答钱玄同》,《独秀文存》卷三)

这里，陈独秀高屋建瓴地看明清小说与传统文学相比的优胜处，与西方文学相比的缺陷处，以及与新文学的联系与区别，又科学地区分了专门研究与普通青年阅读的差异(对于前者即使是极淫猥的小说、弹词，也有研究的价值，对于后者则以时人译著为宜）。尤其可贵地指出，一代有一代之文学，元明以来的词曲小说虽和现代社会接近些，可作为新文学的借鉴，但这毕竟是与传统文学相比，短中取长的意思罢了，因为即使是第一流的古典小说（如《金瓶梅》《红楼梦》）也有着令人讨厌的毛病，不能与新文学同日而语。他富有远见地告诫人们："若把元明以来的词曲小说当作吾人理想的新文学，那就大错了。"小说之争旨在建设理想的新文学，舍此则别无目的。钱胡目标一致，却有着深刻的分歧。陈独秀既指出各自的偏颇，又吸取各自的长处（如钱之"短中取长"说，胡之"金瓶"论），然后将他们各执一端的片面的深刻，升华出一个更高层的理论表述。陈独秀这段精彩的论述，堪称为《新青年》同仁对中国小说评论之总纲。

胡适、钱玄同都是那个时代的文化精英，是中国现代文化史上的先知先觉者。陈独秀却在他们的论争中，独领风骚，充分显示了一个时代精神领袖的独特风采。

（二）为"亚东"版明清小说写序

如果说陈独秀在《新青年》同仁讨论中阐发的意见，多为对中国小说的宏观考察；那么其为亚东图书馆新版明清小说所作的序言，则为对所序作品的具体评价。

从写作时间可以看出，这些"新叙"都是在他建党的前夕或初期。很难想象，当时的陈独秀怎么可能在日理万机的忙乱之中，腾出一只手来写了这么多的小说新叙。只能说，历史的误会与喜剧性的命运虽将他推上了政治舞台，他却未改文人本色；即使成为党魁，仍未忘文化革命之初衷，于是有这么些"新叙"的产生。

由于文学理论的深厚功底与对中国小说的透彻了解，对中国小说的评论，陈独秀即使在百忙之中偶一为之，也出手不凡。如《〈儒林外史〉新叙》，将

《儒林外史》与中国传统文学相比较，来论述其特长与可贵处。他说：

中国文学有一层短处，就是：尚主观的“无病呻吟”的多，知客观的“刻画人物”的少。

《儒林外史》之所以难能可贵，就在他不是主观的、理想的——是客观的、写实的。这是中国文学书里很难得的一部章回小说。

看了这部书的，试回头想一想，当时的社会情形是怎样的？当时的翰林、秀才、斗方名士是怎么样？当时的平民又是怎样？——哪一件事不是历历如在目前？哪一个人不是惟妙惟肖？

同时，陈独秀还能用当代意识去观照古典小说，以小见大，指出作家某一闪光的思想（如从鲍廷玺的婚姻，王玉辉女儿的殉夫，倪老爹、于老者谈耕读，看出作者“不满意父母代定婚姻制”，“对于贞操问题，觉得是极不自然”，“把‘工’比‘读’看得重”等）。就“五四”时代极其敏感的问题，发人所未发，道人所未道。

正因为有如此敏锐的当代意识，所以陈独秀在《〈水浒〉新叙》《〈西游记〉新叙》中，虽认为《水浒传》“的理想不过尔尔”，《西游记》中“三教合一的昏乱思想”“无所取”，却能从个性描写与语言改革的角度去充分肯定这两部小说。他说：“在文学的技术上论起来，《水浒传》的长处，乃是描写个性十分深刻，这正是文学上重要的。”又说：“元、明间国语文蔚然大起，《水浒传》、《金瓶梅》、《西游记》都是这时代底代表著作，在研究这时代底语法上，我们不能不承认《西游记》和《水浒传》、《金瓶梅》有同样的价值。”

这些“新叙”中，《〈红楼梦〉新叙》的篇幅最大，影响最大，引起的非议也最大。“文革”后出版的郭豫适《〈红楼梦〉研究小史》、韩进廉《红学史稿》都有专章批评此文。

陈独秀对《红楼梦》的评价是有分寸的，他说：

……看《石头记》，便可以看出作者善述故事和善写人物两种本领都有，但是他那种善述故事的本领，不但不能得读书人之欢迎，并且还有人觉得琐屑可厌；因为我们到底是把他当作小说读的人多，把他当作史料研究的人少。

这有褒有贬的评论与他之后数十年红学研究中的“美言竞赛”，有着何等的不同；他强调以文学的眼光去阅读《红楼梦》，与他数十年后的某些阶级斗争专家，将《红楼梦》只当作历史来读的观点，又有着何等的不同啊（当然这并不排斥少数人将之作为史料研究）！当然，这些都是他所始料不及的。从这种文学观出发，陈独秀甚至别出心裁地指出：

我尝以为如有名手将《石头记》琐屑故事尽量删削，单留下善写人情的部分，可以算中国近代语的文学作品中代表著作。

对于《红楼梦》缺陷存在的原因，陈氏作进一步的分析，说：

《石头记》虽然有许多琐屑可厌的地方，这不是因为作者没有本领，乃是因为历史与小说未曾分工底缘故；这种琐屑可厌，不但《石头记》如此，他脱胎的《水浒》、《金瓶梅》，也都犯了同样的毛病。

古往今来，多少文人已习惯那种“文史不分”的文化形态。陈独秀却明智地指出：“以小说而兼历史底作用，一方面减少小说底趣味，一方面又减少历史底正确性，这种不分工的结果，至于两败俱伤。”（试想那种专门看重“护官符”之类情节的“历史政治”意义的观点，又何尝不是失足于此。）因为分工毕竟是社会文明与进步的产物与动力。难能可贵的是，陈氏正是从文史分工处发现了中国小说与西方小说之差异所在。他说：

中土小说出于稗官，意在善述故事，西洋小说起于神话，亦意在善述故事；这时候小说、历史本没有什么区别。但西洋近代小说受了实证科学的方法之影响，变为专重善写人情一方面，善述故事一方面遂完全划归历史范围，这也是学术界分工作用。我们中国近代的小说，比起古代自然是善写人情的方面日渐发展，而善述故事的方面也同时发展；因此中国小说底内容与西洋小说大不相同，这就是小说家和历史家没有分工底缘故。

正是出于这种开放的宏观的考察，陈氏对中国小说的读者与作者都提出了新的期待，他说："今后我们应当觉悟，我们领略《石头记》应领略他的善写人情，不应该领略他的善写故事；今后我们更应觉悟，我们做小说的人，只应该做善写人情的小说，不应该作善述故事的小说。"这自然是期望文学朝着人的文学方向发展，而不是成为什么别的工具了。令人遗憾的是，到了20世纪80年代，郭、韩二位却责之为"有意给包括实用主义在内的资产阶级唯心主义哲学贴金"（韩语），或"多少有点用欣赏西洋文艺小说的口味来评论本国小说的意味"（郭语）。

有趣的是，当陈独秀对"红学历史"稍事回顾时，郭、韩二位的责备就来得更加令人惊讶。陈独秀说：

什么诲淫不诲淫，固然不是文学的批评法；拿什么理想、什么主义、什么哲学思想来批评《石头记》，也失去了批评文学作品底旨趣；至于考证《石头记》是指何代何人事迹，这也是把《石头记》当作善述故事的历史，不是把它当作善写人情的小说。

对之，郭说，陈是“全盘反对人们分析研究作品的思想内容——理想、主义、哲学思想”；韩文则更上一层楼，指责陈氏是“公然与胡适‘多研究些问题，少空谈些主义’的反动政治口号相呼应”。

然而，只要稍有实事求是精神的学者都不难了解，陈氏所云分别针对“红楼诲淫”说、“红楼‘合于大同之旨’”之“政治小说”论以及“索隐派”之红学观而言的。郭、韩二位作为红学史家对此之了解自不在话下。他们更应了解到，陈氏所云旨在强调以文学的眼光去阅读《红楼梦》，而并非一般地反对用“主义”去分析它的“内容”（郭却将“主义”与“内容”等同起来，偷换了概念）。此时的陈氏是高扬“主义”的旗手，怎么可能反对以“主义”去分析研究《红楼梦》呢？非但如此，陈氏对与之同登卷首的胡适《〈红楼梦〉考证》似乎也有看法。因为胡适的考证又何尝不是“考证《石头记》是指何代何人事迹？”（胡适与蔡元培的考证之区别在于蔡是猜谜式的，胡则是求证式的）陈独秀与胡适虽是新文化运动中的战友，文学见解与理论素质都有相当大的差异，岂能混为一谈？

郭、韩二位都是养之有素的学者，他们对陈独秀《〈红楼梦〉新叙》批评上的失误，不完全是个人原因。因为他们当时刚从“文革”的噩梦中醒来，一方面拥戴思想解放的时代呼唤，另一方面或许尚有部分脑细胞在“凡是”的思维定式中作惯性滑行，而不能实事求是地去评价陈独秀的红学观点。这也叫不能“用自己的手拔着头发，要离开地球一样”，是可以理解的。这既反映了当代知识分子两难的精神困境，也反映了人们对陈独秀这历史人物认识的历史过程。因此值得提出来多讲几句，而毫无苛责郭、韩二位先生的意思。

（三）文学革命的光辉起点

陈独秀喜爱中国小说，早年还以章回小说形式创作过《黑天国》，协同苏曼殊改写过雨果的《悲惨世界》，“五四”运动前夕又为章士钊小说《双枰记》、苏曼殊小说《绛纱记》和《碎簪记》写过序。直到晚年在南京监狱中还与人评说中国古典小说。他早年编的《安徽俗话报》、晚年在狱中写的《实庵自传》都颇具小说风味。

但陈独秀毕竟不是一个小说研究者，他在“五四”运动前后对中国小说的评论完全是为文学革命服务的，因而他也完全是以文学革命的理论来分析、评论中国小说的。

“文学者国民最高精神之表现也”，然“国人此种精神委顿久矣”，“今欲革新政治，势不得不革新盘踞于运用此政治者精神界之文学”。这就是陈独秀倡言文学革命之宗旨。由此出发，他追逐世界“科学——民主”之大潮，在中国掀起了一场精神启蒙运动。这就是“五四”新文化运动。拂去历史的烟雾，还其历史的本来面目，人们不难发现“五四”运动的实际领袖与旗手是陈独秀，而非他人。人们习惯称鲁迅为新文化运动的主将与旗手，鲁迅却称陈独秀为“革命的前驱者”，并将自己的作品称为“遵命文学”，即遵奉那时革命前驱者的命令，而“决不是皇上的圣旨，也不是金元和真的指挥刀”（《自选集·自序》）。陈独秀曾称胡适是文学革命的“首举义旗者”，胡适自己却说：“他的历史癖太深，故不配作革命的事业。文学革命的进行，最重要的急先锋是他的朋友陈独秀。”（《五十年来中国之文学》）也有人称“扎硬寨，打死战，一点也不肯表示退让”的钱玄同“为新文化运动揭幕的一人”（吴奔星《钱玄同研究》），钱玄同却说：“我是十分赞同陈仲甫（独秀）所办的《新青年》杂志，愿意给他当一名摇旗呐喊的小卒”（《论今古文经学及辨伪丛书》）。这就是当事人们披露的历史真相。

被称为“文学革命”发难之作的胡适《文学改良刍议》，实际上也是陈独秀的反复鼓励与商议下写成的。紧接着胡适的“刍议”，陈独秀发表了著名的《文学革命论》：

余甘冒全国学究之敌，高张“文化革命军”大旗，以为吾友之声援。

旗上大书特书吾革命军三大主义：曰推倒雕琢的阿谀的贵族文学，建设平易的抒情的国民文学；曰推倒陈腐的铺张的古典文学，建设新鲜的立诚的写实文学；曰推倒迂晦的艰涩的山林文学，建设明了的通俗的社会文学。

陈文把文学形式的变革创新，与题材内容的革新改造紧紧连在一起，与改造国民性和革新政治紧紧连在一起，从而超越了胡适文学改良的主张，成为新文化运动的革命宣言。正因为陈独秀是从“文学革命”的宗旨出发，能站在当时历史的制高点上去考察、反思中国的诗歌、散文乃至整个传统文学，所以多有划时代的新见解，对小说的评论即为其中精彩的一端。值得一提的是，就是在对中国小说的论争中，陈独秀们清晰地发现了新文化运动的核心思想与光辉起点。

胡适《文学改良刍议》说文学改良须从八事入手：一曰须言之有物，二曰不摹仿古人，三曰须讲求文法，四曰不作无病之呻吟，五曰务去烂调套语，六曰不用典，七曰不讲对仗，八曰不避俗字俗语。这八事虽具体却琐屑。具体则因其多为针对“吾国近世文学之大病”所作的有的放矢之言，琐屑则以具体操作程序淹没了文学改良的行动纲领，使之虽有冲击力却乏体系。有冲击力故在各界引起了巨大反响，而乏体系则有待陈独秀们去补充完善。

“以今世历史进化的眼光观之，则白话文学之为中国文学之正宗，又为将来文学必用之利器，可断言也”，这本是胡适刍议中最精彩的观点。却被他只作为第八事“不避俗字俗语”的内容而言之，显然使其光泽有所掩失。是陈独秀灵心慧眼从其语言的丛林中捉住了那闪光的思想，充分肯定“白话文学将为中国文学之正宗”，古代白话小说作家施耐庵、曹雪芹价值远在归有光、姚鼐这些古文作家之上。接着钱玄同在致陈独秀信中，将这种观点概括为“白话体文学说”。陈独秀在《文学革命论》中，进一步从中国文学发展史的角度，肯定“元、明剧本，明、清小说，乃近代文学之粲然可观者”。通过小说之论争，陈独秀、钱玄同已将胡适刍议中的一个精彩观点升华为文学革命的核心思想，并成为当时“文学革命军”的共识。对此，陈独秀断然指出：“改良中国之文学，当以白话为文学正宗说，其是非甚明，必不容反对者有讨论之余地，必以吾辈所主张者为绝对之是，而不容他人匡正也”（《致胡适》），从而有力地推动了新文化运动的发展。胡适也“决心把一切枝叶的主张全抛开，只认定这一个中心的文学工具革命论是我们作战的‘四十二生大炮’”（《中国新文学大系·建设理论集导言》）。于是胡适有《建设的文学革命论》之作，用以“国语的文学，文学的国语”为宗旨的“建设的文学革命论”替代了《刍议》中的“八不主义”。这不仅是胡适，而且是中国现代文学革命思想从幼稚走向成熟的标志。

如果说促进文学革命这一历史进程的关键，是《新青年》同仁对中国小说的论争；那么，策划标点出版中国古典小说，则是文学革命的实施之一。

在陈独秀们的策动下，作为有远见的出版家汪原放，天才地将外语中的标点符号移植到中国古典小说中来，使从无分段、标点的古小说（如《水浒传》《西游记》《红楼梦》等）第一次有了分段，有了标点，并由陈独秀一手扶持的新文化传播阵地亚东图书馆排印问世。亚东本明清小说多有陈独秀、胡适、钱玄同所写的新序冠之卷首。鼓吹文学革命的新序，因白话小说而有了形象的载体；为大众喜闻乐见的白话小说，也因新序而焕发了新的艺术生命，而被誉为“代表一个时代的精神的文学”。书以序传，序以书传，一时洛阳纸贵，有力地推动了白话文运动的进程。诚如胡适在《五十年来中国之文学》所说：“这些小说的流行便是白话的传播；多卖得一部小说，便添得一个白话教员”，“中国国语的写定与传播两方面的大功臣，我们不能不公推这几部伟大的白话小说了”。

对于陈独秀们的这一伟大创举，反对与拥护的阵营都空前激烈。反对者林纾，就写过两篇小说（《荆生》《妖梦》），将陈独秀、胡适、钱玄同丑化为禽兽，“以俟鬼诛”，甚至企图请出军阀对之实行武力镇压。拥护者如吴组缃，二十年代初在芜湖读书时见到亚东本《红楼梦》就得到一个鲜明印象："这就是新文化"（《漫谈〈红楼梦〉亚东本、传抄本、续书》）。

这当然还不是"新文化"。但在新文化运动之初，新文化运动的旗手与干将暂时还来不及拿出更多的实绩来对抗传统势力时，他们以这种新思想（序言）与新形式（标点）武装起来。中国古典小说，作为白话最形象最通俗的示范，无疑是最明智的选择。中国古典小说的发展虽然源远流长，但在中国文学史上却长期生活在传统文化的傲慢与偏见之中，像一个被侮辱被损害的小媳妇，或被视为"君子弗为"的小道，或被斥于"可观者九家"之外，痛苦地挣扎着。其间虽有李贽、金圣叹等有识之士为之鼓吹，为之争鸣，却仍未彻底改观。只有到了陈独秀时代，它们才以前所未有的英姿被投入当代的文化批评与文化建设。陈独秀们出版的亚东本古典小说，不仅使古典小说焕发了青春，也猛烈地冲击了传统文化，更吸引了一大批知识青年走上了新文化道路。正因为如此，才有林纾先生式的惊恐与吴组缃先生式的欢欣。

但是出版、评论古典小说毕竟不能代替新文化的建设。因而陈独秀不遗余力地鼓励、扶持白话诗、白话小说、白话散文的创作。胡适的《尝试集》、鲁迅的《呐喊》、周作人的散文，就是新文化运动最初的实绩。尤其是对鲁迅的小说创作，陈独秀更是投以极大的热忱。鲁迅说："我做小说，是开手于1918年，《新青年》上提倡'文学革命'的时候的"，"我的作品在《新青年》上，步调是和大家大概一致的，所以我想，这些确可以算作那时的'革命文学'"（《自选集·自序》）。他说他做小说"是《新青年》的编辑者，却一回一回的来催，催几回，我就做一篇，这里我必得记念陈独秀先生，他是催促我做小说最着力的一个"（《我怎么做起小说来》）。陈独秀书信集中也保存着那催稿的部分信件，如1920年3月11日在致周作人信中说："我们很盼望豫才先生为《新青年》创作小说，请先生告诉他。"同年8月22日又在致周作人信中说："鲁迅兄做的小说，我实在五体投地的佩服。"9月28日又有信说："豫才兄做的小说实在有集拢来重印的价值。"直到晚年，陈独秀仍相当佩服鲁迅的小说。

正因为有了陈独秀的呼唤，亚东版小说的熏陶，西方文学的影响，鲁迅等作家的成功尝试，本世纪 20 年代以来的中国文学几乎成了小说独领风骚的时代。也正因为有了陈独秀们艰苦卓越的努力，从而历史性地改变了中国数千年来的书面文体，开辟了中国文化史的新纪元：白话文终于迅速地成了中国文化的正宗。其历史与现实的意义，实在是无论怎么估计都不会过高。

纵观陈独秀的一生，笔者基本上同意李泽厚《胡适、陈独秀、鲁迅》中的论述："不容讳言，陈作为政治领袖，在中国不可能成功，他远远缺乏与中国社会极其复杂的各个阶级、阶层打交道的丰富经验，也缺乏中国政治极其需要的灵活性极强的各种策略和权术，更缺乏具有人身依附特征的实力基础（如军队、干部）。正因为中国不是资本主义的近代社会，中国没有近代民主制度和民主观念，在实践上成功的中国政治领袖不是靠演说、靠文章、靠选票，而是靠实力、权术，政治上的'得人心'、组织上'三教九流'和五湖四海。这位书生气颇重的教授是注定要失败的。并且，在政治纲领上，陈独秀也确有严重错误。"（见《中国现代思想史论》）但要补充的是，不管对陈独秀中后期如何评价，其前期作为中国新文化运动的精神领袖与理论导师的形象，却不能抹杀，而应予以实事求是的评价。

二十七 “诚望杰构于来哲也”——鲁迅论《中国小说史略》

鲁迅的《中国小说史略》一直领导着中国小说的研究，但《中国小说史略》自身是否有种种缺陷，这似乎是令人棘口的天问。既然如此，那么就只好让我们听听鲁迅自己是怎么说的了。

（一）“此稿虽专史、亦粗略也”

鲁迅的《中国小说史略》（以下简称《史略》），是中国小说史的开山之作。它问世之初，就在学术界引起了巨大反响。胡适除了在他的小说考证中多次借重鲁迅的成果（当然，鲁迅在《史略》中也采用了胡适的一些观点和材料）外，早在 1928 年就指出："在小说的史料方面，我自己颇有一点点贡献，但最大的成绩，自然是鲁迅先生的《中国小说史略》。这是一部开山的创作，搜集甚勤，取材甚精，断制也甚严谨，可以替我们研究文学史的人节省无数的精力"（《白话文学史·自序》）。

鲁迅逝世后，作为鲁迅治丧委员会的首席委员蔡元培有挽联云："著述最谨严，非徒中国小说史；遗言太沉痛，莫作空头文学家。"足见《史略》在鲁迅学术生涯中的地位。郑振铎在鲁迅逝世六日后写的《永在的温情》中说："我在上海研究中国小说完全像盲人骑瞎马，乱闯乱摸"，"他的《中国小说史略》的出版，减少了许多我在暗中摸索之苦。"接着他又在《中国新文学大系·文学论争集·导言》中说："对于小说、戏曲和词曲的新研究，曾有过相当完美的成绩。鲁迅的《中国小说史略》乃是这时期最大的收获之一，奠定了中国小说研究的基础。”阿英在 1936 年所写《作为小说学者的鲁迅先生》中说：“鲁迅先生，作为一个小说学者，他的成就，是和在其他方面一样的值得纪念的，他替我们在为蒙茸的杂草所遮掩的膏腴的地域里，开拓了一条新的路，替我们发掘了不少宝贵的珍藏，他更遗留给我们以一种刻苦耐劳勤谨不苟的工作精神。”尔后又在《关于〈中国小说史略〉》中，进一步说：“《中国小说史略》的产生，不但结束了过去长期零散评论小说的情况（一直到“五四”前夜的《古今小说评林》），否定了云雾迷漫的‘索隐’逆流（如《〈红楼梦〉索隐》、《〈水浒传〉索隐》，以及牵强附会的民族论派），也给涉及小说的当时一些文学史杂乱堆砌材料的现象进行了扫除（如《中国大文学史》）。最基本也是最突出的，是以整体的‘演进’观念，披荆斩棘，辟草开荒，为中国历代小说创造性地构成了一幅色彩鲜明的图画。”鲁迅逝世的当年，还有赵景深《中国小说史家的鲁迅先生》、周作人《关于鲁迅》等文，强调了鲁迅在中国小说史研究上的成就。1946 年郭沫若在其名文《鲁迅与王国维》中说：“王先生的《宋元戏曲考》和鲁迅先生的《中国小说史略》，毫无疑问，是中国文化史研究上的双璧；不仅是拓荒的工作，前无古人，而且是权威的成就，一直领导着百代的后学。”日译本《“支那”小说史》译者认为，鲁迅“虽然总览历来名家的记载，又从独自的见地而下严正的推断”，并且“在自己的字里行间闪烁着尖锐的批评锋芒，可以窥见‘作家鲁迅’的面貌。”

作为小说史家，鲁迅自然知道《中国小说史略》存在的意义。因为，他深知“在中国，小说向来不算文学的”（《且介亭杂文·〈草鞋脚〉小引》），“史家成见，自汉迄今盖略同”（《史略》第一篇），因此，“中国之小说自来无史；有之，则先见于外国人所作之中国文学史中，而后中国人所作者亦有之，然其量皆不及全书之什一，故于小说仍不详。”（同上）鲁迅以上云云，虽是在说《史略》产生的文化背景，实则从纵横两个侧面确立了《史略》作为中国小说史开山之作的特殊地位。因为他的《史略》已“说出一点别人没有见到的话来”（《两地书》），非他种徒有史料、缺乏史识的“文学史资料的长编”式的作品可比拟（《致台静农》）。与晚出的同类作品相比，他自信更技高一筹。他在 1927 年说：“例如小说史罢，好几种出在我的那一本之后，而凌乱错误，更不行了”（《两地书》）。

对于那些居心否定《史略》的论敌如陈源教授，鲁迅从来是无情反击、明确答辩。反击者如 1935 年底的《且介亭杂文二集·后记》：“在《中国小说史略》日译本的序文里，我声明了我的高兴，但还有一种原因却未曾说出，是经十年之久，我竟报复了我个人的私仇。当 1926 年时，陈源即西滢教授，曾在北京公开对于我的人身攻击，说我的这一部著作是窃取盐谷温教授的《支那文学概论讲话》里面‘小说’一部分的；《闲话》里的所谓‘整大本的剽窃’，指的也是我。现在盐谷温教授的书早有中译，我的也有了日译，两国的读者，有目共见，有谁指出我的‘剽窃’来呢？呜呼，‘男盗女娼’，是人间大可耻事，我负了十年‘剽窃’的恶名，现在总算可以卸下，并且将‘谎狗’的旗子，回敬自称‘正人君子’的陈源教授，倘他无法洗刷，就只好插着生活，一直带进坟墓里去了。”

答辩者如 1926 年初的《不是信》：“盐谷氏的书，确是我的参考书之一，我的《小说史略》二十八篇的第二篇（按，即“神话与传说”），是根据它的，还有论《红楼梦》的几点和一张《贾氏系图》，也是根据它的，但不过是大意，次序和意见就很不同。其他二十六篇，我都有我独立的准备，证据是我和他的所说还时常相反，例如现有的汉人小说，他以为真，我以为假；唐人小说分类他据森槐南，我却用我法。六朝小说他据《汉魏丛书》，我据别本及自己的辑本，这工夫曾经费去两年多，稿本有十册在这里；唐人小说他据谬误最多的《唐人说荟》，我是用《太平广记》的，此外还一本一本搜起来……。其余分量、取舍、考证的不同，尤难枚举。自然，大致是不能不同的，例如他说汉后有唐，唐后有宋，我也这样说，因为都以中国史实为‘蓝本’，我无法‘捏造得新奇’。”

对于这部《史略》，鲁迅不仅有强烈的自信心，而且有着高度的自知之明。鲁迅虽早年就“废寝辍食，锐意穷搜”中国小说史料，做了大量“正讹辩伪，正本清源”工作，并编就《小说旧闻录》《古小说钩沉》《唐宋传奇集》等有很高学术价值的著作，为《史略》的撰写提供了坚实的基础。但鲁迅当时研究中国小说的条件并不优越，他不止一次为之感慨。1924 年 3 月有《史略·后记》云：“然识力俭隘，观览又不周洽，不特于明清小说阙略尚多，即近时作者如魏子安、韩子云辈之名，亦缘他事相牵未遑博访。况小说初刻，多有序跋，可借知成书年代及其撰人，而旧本希见，仅获新书，贾人草率，于本文之外，大率刊落，用以编录，亦复依据寡薄，时虑讹谬。”1926 年 12 月又有《关于三藏取经记等》云：“说起来也惭愧，我虽然草草编了一本《小说史略》，而家无储书，罕见旧刻，所用为资料的，几乎都是翻刻本，新印本，甚而至于是石印本，序跋及撰人名，往往缺失，所以漏略错误，一定很多。”1930 年 2 月又在《通讯·柳无忌来信按语》中云：“我的《中国小说史略》，是先因为要教书糊口，这才陆续编成的，当时限于经济，所以搜集的书籍，都不是好本，有的改了字面，有的缺了序跋。”当年中国小说作品与史料的残缺与杂乱的程度，是今天的小说研究者所难以想象的。例如“三言”今已是流行小说，但当年连著名学者与藏书家郑振铎“都是连梦魂里也不曾读到”，他曾为之投书鲁迅，鲁迅却说《喻世》《警世》他也没有见到,《醒世恒言》他只有半部（郑振铎《永在的温情》）。再如读较好版本的《玉娇梨》，今天已不再是什么“了不起的奇遇”，然鲁迅当年“《玉娇梨》所见的也是翻本，作者、著作年代，都无从查考”。以至 1930 年他还特地在《语丝》杂志上刊文“希望得有关于《玉娇梨》的资料的读者，惠给有益的文字”。足见当年的小说作品与史料是何等的残缺。在如此恶劣的条件下从事中国小说史研究的开荒工程，不管鲁迅如何聪颖，如何刻苦,《史略》都会存在着若干疏漏。这在当时看来是不可避免的，在今天看来则是可以理解的。

比起“鲁学”研究中某些文过饰非却未必诚实的美言，还是鲁迅的自我

穷秀才辞婚富贵女 见（清）荑秋散人编《新镌批评绣像玉娇梨小传》

评价来得实在："此稿虽专史，亦粗略也"（《史略·序言》）。

（二）"久置案头，时有更定"

实则，对于《史略》中的种种疏漏，鲁迅不仅时有发现，而且不断地在订正着。鲁迅二十年代初在北京大学与北京师大讲授"中国小说史"所用的讲义，先油印，后铅印。油印本题为《小说史大略》共十七篇，铅印本题为《中国小说史大略》二十六篇。经过修改，于 1923 年 10 月和 1924 年 6 月由北京大学新潮社分上下两卷出版，定名为《中国小说史略》共二十八篇。《小说史大略》收藏者单演义先生研究指出："从总的篇目比较，由油印的讲义本十七篇，到铅印的讲义本二十六篇，到初版本上下册的二十八篇，内容的增减变化，是非常大的。油印讲义本的第一篇《史家对小说之论录》，到铅印讲义本删去了，到初版本又修改增入了；油印讲义本到铅印讲义本时，增加了《唐之传奇集及杂俎》、《宋之志怪及传奇文》、《宋元之拟话本》三篇；又将《元明传来之历史演义》，改为《元明传来之讲史》两篇；将《明之历史的神异小说》，改为《明之讲史》；增加《明之神魔小说》（上、下）两篇，到初版本时更增加《明之神魔小说》（中）一篇；《明之人情小说》一篇，扩充为（上、下）两篇；又增加《明之拟宋市人小说及后来选本》、《清之拟晋唐小说及其支流》、《清之讽刺小说》三篇；在《清之狭邪小说》前后各增《清之以小说见才学者》与《清之侠义小说及公案》一篇。由此可知从油印讲义到初版本用力之勤劬了"（《关于最早油印本〈小说史大略〉讲义的说明》）。初版本上卷印讫，又"于朱彝尊《明诗综》卷八十知雁宕山樵陈忱字遐心，胡适为《〈后水浒传〉序》考得其事尤众。于谢无量《平民文学之两大文豪》第一编，知《说唐传》旧本题庐陵罗本撰，《粉妆楼》相传亦罗贯中作。惜得见在后，不及增修。"于是"其第十六篇以下草稿，则久置案头，时有更定"，"惟更历岁月，或能小小妥帖"（《史略·后记》）。其实，对"著述最谨严"的鲁迅来说，“久置案头，时有更定”的又岂止是“第十六篇以下草稿”？他对《史略》全书又何尝不是如此？

1925年9月，鲁迅再次修订《史略》，由北京北新书局将上下两卷合成一册再版。有《再版附识》云：“此书印行之后，屡承相知发其谬误，俾得改定；而钝拙及谭正璧两先生未尝一面，亦皆贻书匡正，高情雅意，尤感于心。谭先生并以吴瞿安先生《顾曲麈谈》语见示云：‘《幽闺记》为施君美作。君美，名惠，即作《水浒传》之耐庵居士也。’其说甚新，然以不知《麈谈》又本何书，故未据补；仍录于此，以供读者之参考云。”1931年9月北新书局又出版《中国小说史略》“订正本”。对“订正本”所订正的内容，鲁迅1930年11月25日所写《题记》有过简略说明：“回忆讲小说史时，距今已垂十载，即印此梗概，亦已在七年之前矣。尔后研治之风颇益盛大，显幽烛隐，时亦有闻。如盐谷节山教授之发见元刊全相平话残本及‘三言’，并加考索，在小说史上，实为大事”（按，这盐谷节山即写《“支那”文学概论讲话》的盐谷温，他于1926年以后直接或间接地将他所发现的《全相平话三国志》及所撰《关于明的小说“三言”》、《宋明通俗小说流传表》等文赠鲁迅）。鲁迅在此基础上，对《史略》之“第十四、十五及二十一篇，稍施改订”（按，这三篇即“元明传来之讲史（上、下）”“明之拟宋市人小说及后来选本”）。

论者多视此本为《史略》的定本。1957年12月人民文学出版社出版的《〈鲁迅全集〉第八卷（史略）说明》即说：“此后各版都和1930年修订后的版本相同。”其实自“订正本”出版之后，鲁迅仍在不断地订正着《中国小说史略》。1932年8月15日鲁迅致台静农信说：“上月得石印传奇《梅花梦》一部两本，为毗陵陈森所作，此人亦即作《品花宝鉴》者，《小说史略》误作陈森书，衍一‘书’字，希讲授时改正。此外又有木刻《梅花梦传奇》，似姓张者所为，非一书也。”1933年3月北新书局九版《史略》时，仍按1931年之“订正本”付梓，这一处未改。

1934年1月8日鲁迅致信日本学者增田涉，说：

中国小说史略

第三二四页第三行，“实为常州人陈森书”之下，加下列四句（加括弧）：

（作者手稿之《梅花梦传奇》上，自署“毗陵陈森”，则“书”字或误衍。）（按：上书云《梅花梦》与《梅花梦传奇》“非一书也”，从此处看却似为一书，是对“订误”之再订误也，足见鲁迅治学一丝不苟！）

又第三八页（按，应为三二八页，鲁迅手稿误）第四行，将“一为陵”改为“一为陔”。

又同页第六行，从“子安名未详”到“然其故似不尽此”九行（按，应为“至第九行‘然其故似不尽此’”，原信为日文，译文有误。）改正如下：

子安名秀仁，福建侯官人，少负文名，而年二十八始入泮，即连举丙午（一八四六）乡试（乡试及第为举人），然屡应进士试不第，乃游山西、陕西、四川，终为成都芙蓉书院院长，因乱逃归，卒，年五十六（一八一九——一八七四），著作满家，而世独传其《花月痕》（《赌棋山庄文集》五）。秀仁寓山西时，为太原知府保眠琴教子，所入颇丰，且多暇，而苦无聊，乃作小说，以韦痴珠自况，保偶见之，大喜，力奖其成，遂为巨帙云（谢章铤《课余续录》一）。然所托似不止此。（钟按，此段原文为：“子安名未详，福建闽中人，少负文名，尤工骈丽，长而客游四方，所交多一时名士，亦常出入狭邪中，中年以后，乃折节治程朱之学，邻里称长者，晚年事事为身后志墓计，学行益高，于予少作诗词，未忍割弃，于是撰《花月痕》收纳之［同上引《小奢摩馆胜录》］然其故似不尽此。”）

又第十四页目录第七行“魏子安《花月痕》”改为“魏秀仁《花月痕》”。

1934 年 5 月 31 日，鲁迅又致信增田涉，说：

《小说史略》第二九七——二九八页的文字，请订正如下：

二九七页：

第六行，“一字芹圃，镶蓝旗汉军”改为“字芹溪，一字芹圃，正白旗汉军”。

第十二行，“乾隆二十九年”改为“乾隆二十七年”。

又“数月而卒”改为“至除夕，卒”。

二九八页：

第一行，“——一七六四”改为“一七六三”。

又，“其《石头记》未成，止八十回”改为“其《石头记》尚未成，今所传者，止八十回”。

又，“次年遂有传写本”一句，删去。

又，“(详见胡适……《努力周报》一)改为“(详见《胡适文选》)”。

又二九九页，第二行从“以上，作者生平……”至三〇〇页第十行“……才有了百二十回的《红楼梦》”止，共二十一行，请全部删去。

这两次修改凡十二处，均见诸日译本，也都体现在 1935 年 6 月北新书局所出《中国小说史略》第十版上。至此，鲁迅仍不以为《史略》就已完备了。1934 年 6 月 7 日，他在《再致增田涉》信中说：“寄上两次《小说史略》的订正，未知收到否？顷有些新发现，颇有尚须订正之处，但没有心思继续研究，就姑且那样吧。”鲁迅到底有哪些新发现呢？他在 1935 年 6 月 9 日所作《〈中国小说史略〉日本译本序》中有云：

关于小说史的事情，有时也还加以注意，说起较大的事来，则有今年已成故人的马廉教授，于去年翻印了“清平山堂”残本，使宋人话本的材料更加丰富；郑振铎教授又证明了《四游记》中的《西游记》是吴承恩《西游记》的摘录，而并非祖本，这是可以订正拙著第十六篇的所说，那精确的论文，就收录在《痀偻集》里。还有一件，是《金瓶梅词话》被发见于北平，为通行至今的同书的祖本。文章虽比现行本粗率，对话却全用山东的方言所写，确切的证明了这决非江苏人王世贞所作的书。

1936年10月《史略》又印过一次，这是鲁迅生前之最后一版。大概因鲁迅病体不支，未能将新发现的材料增订进去，实为憾事。此外，鲁迅后期不少杂文对中国小说时有妙论，有的与《史略》大有出入，也多未写入相应的新版《史略》。

实际上，鲁迅即使在生命的最后的岁月里，仍未放弃继续修订《中国小说史略》的心愿。他的《〈中国小说史略〉日本译本序》中有段相当沉痛的话，他说："回忆起来，大约四五年前罢，增田涉君几乎每天到寓斋来商量这一本书……那时候，我是还有这样的余暇，而且也有再加研究的野心的。但光阴如驰，近来却连一妻一子，也将为累，至于收集书籍之类，更成为身外的长物了。改订《小说史略》的机缘，恐怕也未必有。"同篇又说："目睹其不完不备，置之不问，而只对于日本译的出版，自在高兴了。但愿什么时候，还有补这懒惰之过的时机。"增田涉晚年说："鲁迅为我讲解《中国小说史略》花费了多少心血和时间啊！这部著作的翻译工作只靠我一个人的力量是不行的，因此我曾要求以鲁迅同我合译的名义出版，但鲁迅没有同意。"（新华社"东京通讯"《增田涉回忆鲁迅》，《人民日报》1976年10月16日。）

可惜，命运过早地迫使鲁迅离开了这个世界（鲁迅逝世于1936月10月19日，离说这段话仅一年多时间），从而也使他永远失去了“改订《小说史略》的机缘”，却“遗留给我们以一种刻苦耐劳勤谨不苟的工作精神”。

实事求是地说，尽管鲁迅付出了巨大艰辛，尽管《史略》无愧于中国小说史研究的开山之作，《史略》毕竟存在着种种缺陷。诚如阿英所说："这本书虽具有这么多的优点，究竟也不能称为已臻完善的著作，时代变历，在观点上固有足以商榷的地方，就是材料部分由于发展的关系，也时时可以见到其不够"（《作为小说学者的鲁迅先生》）。

这样，为《史略》正误补遗，完成鲁迅未竟伟业的历史使命，理所当然地应当由他忠诚的后学们来承担了。可惜的是，几十年来研究《中国小说史略》的文章虽汗牛充栋（其中当然不乏具有真知灼见者），而真正为之正误补遗的文字却寥寥无几。

（三）"虽延年命，亦悲荒凉"

鲁迅 1930 年 11 月在《中国小说史略·题记》中有云：

> 此种要略，早成陈言，惟缘别无新书，遂使尚有读者，复将重印，义当更张，而流徙以来，斯业久废，昔之所作，已如云烟，故仅能于第十四、十五及二十一篇，稍施改订，余则以别无新意，大率仍为旧文。大器晚成，瓦釜以久，虽延年命，亦悲荒凉，校讫黯然，诚望杰构于来哲也。

这里既有伟大的谦虚，又有殷切的期望。

这伟大的谦虚，是以强烈的"自我否定"意识为基础的。鲁迅不满意《史略》乃至当时的各种版本的中国文学史，是由来已久。他不止一次说："中国文学史没有好的"（《致萧三》）。有次说："至于史，则我以为可看：（一）谢无量《中国大文学史》，（二）郑振铎《插图本中国文学史》（已出四本，未完），（三）陆侃如、冯沅君《中国诗史》（共三本），（四）王国维《宋元戏曲史》,（五）鲁迅《中国小说史略》。但这些都不过可看材料，见解却都是不正确的”（《致曹靖华》）。须知这里所举者，堪称当时文学史著的精华。精华尚且如此，遑论其他。（当时流行的中国文学史著作中，鲁迅稍为满意的仅刘师培《中古文学史》、盐谷温《“支那”文学概论讲话》、青木正儿《明清戏曲史》）。正是有这种高屋建瓴的精神境界，他才能有如此强烈的“自我否定”意识，以致否定了一个时代的文学史著，才能表现出如此伟大的谦虚。

而其殷切的期望，又是以强烈的“自我超越”意识为基础的。鲁迅几乎用了毕生的学术精力去不断地完善《史略》，一步步地从“自我否定”走向“自我超越”。同时，他生前一直渴望编一部较好的中国文学史，他不止一次说：“如果使我研究一种关于中国文学史的事，大概也可以说出一些别人没有见到的话来，所以放下也似乎可惜”（《两地书》）。鲁迅不仅希望自己，更期待有“来哲”去完成这一伟大工程。鲁迅不仅希望自己，更期待“来哲”不断“超越自我”，并以此为起点去超越一个时代。惜乎天不假年，鲁迅唯以其殷切的期望指向未来。

鲁迅殷切地期待了半个多世纪，那么《史略》之后，中国小说史研究达到了什么个境界呢？

鲁迅自云：“文人的遭殃，不在生前的被攻击和被冷落，一瞑之后，言行两亡，于是无聊之徒谬托知己，是非蜂起，既以自炫，又以卖钱，连死尸也成了他沽名获利之具，这倒是值得悲哀的。”（《且介亭杂文·忆韦素园君》）如果撇开那些流光溢彩的报道，认真听听行家们的评说，或许更能把握住中国小说史研究行进的真情。1936年阿英说：“从这本书（按，指《史略》）出版以来，差不多已十余年，虽时有作者，然大都蓝此，所谓‘杰构’（1930年改版题记）终竟是未曾见”（《作为小说史学者的鲁迅先生》）。同年赵景深也说：“鲁迅的《中国小说史略》是现有的三数同类书中最好的一部，到现在为止，还没有比他写得更好的”（《中国小说史家的鲁迅先生》）。1956年阿英又说：“直到现在，鲁迅先生逝世二十年了，在小说史著作方面，我们也还只有这部值得夸耀，又经得起长期考验的书”（《关于〈中国小说史略〉》）。1985年陈新说：“半个多世纪过去了，只有在《小说史略》出版后的十多年间，郑振铎、孙楷第先生等的努力，对古代小说的搜集、出版和研究，确实出现过一个繁荣期。他们的成绩，仍有惠于今人，此后却遗响寂然了”（《不宜歧视我国的古代小说》）。《史略》日译者增田涉也曾说：“中国自古以来有很多小说作品，然而却没有一本小说史。鲁迅第一个打算整理这些小说作品……其结果，他编成的中国小说史非常出色，以致自他以后，能超过他的自不必说，甚至连一本能与之媲美的都没有”（《鲁迅的印象》）。

如果说阿英等大致勾勒了《史略》问世半个多世纪以来，中国小说史研究的历史与现状；那么，林辰的《小说史的研究和小说的民族传统》(《明末清初小说述录》辽宁人民出版社 1988 年 3 月版），则更深刻地分析了这一文化现象。他说：“在《中国小说史略》的带动下，三十年代初期，小说研究曾一度活跃。三十年代以后，由于战争的原因，消沉下去。五十和六十年代以后，一批大学生们曾对中国小说史发生了兴趣，编写了几本书，可惜未能展开深入地研究。所以，总的说来，中国小说史之研究是十分迟缓的，也可以说还没有认真地研究。第一，六十年来虽然也有十几部小说史著作出版，但除开几部考证性的、散论性的文集以外，其余则只不过是《中国小说史略》的衍义和扩展。（按，林文后面又说：“把已出版的十几部中国小说史著作，略作综合分析，便不难看出，这些著作大同小异，有人戏称之为‘鲁体’——即依照《中国小说史略》的模式套下来的。其角度，是以朝代为疆界，分代观察；其方法，是朝代的社会概貌加作家和作品选讲。一个验方，有所加减。”）应当实事求是地承认《中国小说史略》还仅仅是粗陈梗概之作，也不能不实事求是地指出，至今还没有产生过一部达到《中国小说史略》水平的小说史著作，除了字数，更谈不上超过它了。这就是说，六十年来我们对于中国小说史的研究，基本上处于裹足不前的停滞状态。第二，中国至今还很缺乏小说史专家；虽然也有几位知名学者，但都是在研究中国文学史和戏曲时兼顾一下中国小说史。第三,《中国小说史略》限于资料的、理论的、认识的多方面的历史原因，不免有所失误，有所遗佚，有可商榷。但至今并未进行认真地研究。没有正其误、补其遗；更有甚者，把鲁迅在20年代所取得的成就，视之为不可逾越的顶峰，被作为原地踏步的一块平衡木。生动活泼的学术思想被某种框架束缚着，不可能取得开创性的学术成就。”

可见，自《史略》问世以来，中国小说史研究虽有所前进，却无突破性的进步，有的大抵只是量的凯旋，而非质的飞跃。这固然显示了鲁迅的伟大，又何尝没有反映出后学的低能!

这在鲁迅，或许是最大的不幸。

这在后学，无疑是最大的失职。

如何实现鲁迅半个多世纪前的殷切期望？这已是每个中国小说史研究者不容回避的历史命题了。

当今之计，或许首先要在充分肯定《史略》伟大功绩的同时，科学地分析其缺陷；知其不足方能前进。其次要从超越意识走向超越实践，从局部超越走向整体超越；思想上不敢越雷池半步，行动上就只能永远在雷池内徘徊。再次要将鲁迅的“史识”与胡适的考据结合起来，没有锐利的考据锋芒，“史识”就成了天马行空；没有明彻的“史识”观照，考据所得充其量为“资料长编”；只有将“史识”与“史料”有机地科学地结合起来，才能实现中国小说史研究全方位的掘进。复次，要从“大兵团作战”走向（或曰回归到）专家治史，“大兵团作战”固然能收立竿见影之效，然速成之物或多为速朽之物（更不用说其人力物力的浪费了），这样的教训难道还少吗？专家治史固然不排斥吸取他人的营养，乃至全人类文明之精华，却更须发挥自己独特的聪明才智乃至独特的工作方法（现存中国小说史中唯专家之作稍有生命力）。总之，要以鲁迅精神去研究鲁迅，去研究《史略》，而决不能将“鲁学”变成登龙之术或攻讦之器，从而写出既有鲜明的中国民族特色，又有强烈的主体风格，更有无愧于鲁迅期望的学术水平的《中国小说史》。

《史略》不愧为中国小说研究史上巍峨的岱岳。

然而历史不能永远在岱岳下徘徊。

请记住鲁迅的殷切期待吧：

诚望杰构于来哲也。

附录一　谜中自有解谜心

——谈石钟扬先生的《性格的命运——中国古典小说审美论》

胡继华

众所周知，审美是知其不可为而为的生命姿态，因为它力争窥破“历史之谜”。“历史之谜”以“人性之谜”为底蕴，“人性之谜”以“性格之谜”为终局。什么是“性格”？是偶在个体与文化语境的真实遭遇。自不待言，这种遭遇把个体逼上命运之险途。石钟扬先生之新著《性格的命运》正如其副题所示，是真正意义上的美学追寻。先生倾才识学力直面“性格的命运”，索解中国古典叙事文本中沉积和持存的国人精神之谜，直逼国民“心性本体”。在开卷之初，先生告白，之所以徜徉古典叙事文本迷宫，体验不可思议的魔法，就是要“分析中国小说人物的性格与命运”，“思索我们民族性格的结构与变迁”。

历史兴衰荣枯，个体生息死灭，在烟云与雁迹深处浪过了千差万别的人物，因而性格也作为复数趋向于无限。石先生引领我们透过本文意象迷宫，领略复仇性格、义士性格、奸雄性格、勇士性格、流氓性格、悲剧性格、悲情性格、滑稽性格……其偶在个体与文化语境相冲突的逻辑使这些性格流转为古典意象动力体系，显示出美学范畴之间的流动和转化。石先生这样概括上述相摩相荡的意象动力学，不过他明智地用了疑问句型：“从干将、莫邪，到三国英雄，到梁山好汉……到富贵闲人。这是从社会到个体，从客观到主观，从情感理性到感觉体验，从阳刚之美到阴柔之美，从奇人到凡人，从英雄到闲人抑或多余的人的历史的变迁吗？是人道主义的增进、英雄主义的沉沦吗？”古典叙事中的性格嬗变与意象转型具有一种隐层逻辑与深层语法。石先生上述发问，叩响了对国民性格及其历史变迁的艰辛追思，他在索解上述深层谜底的探寻中，为我们奉献了许多精彩的分析片段。我们现在分析这些片段范例，把隐层逻辑与深层语法上升到另一个层面。

流氓性格的多义性、悖论性是一言难尽的。石先生抓住西门庆形象全面地分析了流氓性格及其折射出来的价值、国民性历史内涵。石先生认为，西门庆的“性战伟绩”之底色是病态的生命欲望。在西门庆寻欢作乐、挥霍生命的沉醉中，亢奋的享乐取代了安谧的静观，片刻的生命充盈勾销了深厚的道德归罪，偶在个体世俗的迷醉昭明了灵魂的不在状态。缺少精神净化，只能使性格在野性中流亡。在此，既无传统儒家忧患深广的“原债意识”，更无西方基督教洋溢悲剧精神的“忏悔精神”。石先生写道：“灿烂的生命之火与人性之光被西门庆的野蛮与丑陋扫荡殆尽，剩下的除上述其所实施的性占有、性虐待外，还有什么后庭花、品箫、烧香、以及饮溺、同性恋等等，只能作为16世纪末性文化污秽的记录。”难能可贵的是，石先生进而把西门庆这一性疯子嵌入我国国民心性的变迁历史中，从而认定西门庆形象对应于晚明文化那股纵欲主义浊流，与彼等张扬个性、心灵解放的人文主义新潮相对立。由西门庆象征的纵欲主义，在历史上源远流长而且静水流深，它隐匿无名又无所不往，往往以富丽堂皇的岩层为绚丽装饰，遮去封建统治者精神深渊与灵魂的魔影。人常言我们的古典文化“尚阴慕玄”，这“阴”、这“玄”不正是精神与灵魂中挥之不去、驱之不散的冥暗夜光吗？

古典叙事的情节皆文艺家独运匠心、独抒胸臆的媒质，因而石先生有理由透过叙述情节的艺境与悲情，思考“中国艺术精神”和“中国民族文化的主体精神”。前者是通过对“赤壁之战’的“新解”而达到的，后者是通过对《水浒》悲壮情节的分析而圆成的。在分析“赤壁之战”的辩证情节及其动态艺境之后，石先生把这种情节与艺境归结到传统美学的“文道”观，其中总领全局的是“文以载道”“立言传心”的实用理性精神。在分析《水浒》传奇情节时，石先生指出支配着这种艺境与悲情的是“忠奸斗争的文化框架”，并显示了这一文化框架与传统“民本思想”、“王权崇拜”以及王道历史观之间的隐曲关联：“《水浒》的主体精神”映射了“中国文化心理结构”，“它是回荡在忠奸框架中的农民革命的悲壮挽歌”。我们在这儿要指出，“实用理性”或者王道历史，恰恰是国民心性的隐层逻辑与深层语法。如果“天不变道也不变”，实用理性或王道历史不能被扬弃，文化框架不能被打破，我们的古典叙述艺术能摆脱其衰微与沉沦的厄运吗？或者不如与石先生一道引用胡明沉重的断言，我们的古典艺术能治愈过分缠绵过于阴柔的“爱红”毛病吗？这种疑问，又是石先生思考中国古典小说命运的起点。

古典叙述艺术沉沦、衰微，国民心性偏执缠绵、阴柔，古典性格难以征服凶险命运，这都迫使我们试作一跃，更切近地思考国民性格的隐层逻辑与深层语法的终极层面：中国古典文化中的尚阴思维方式和尚玄本体论。此乃历史这一永恒巨流中不息波动的黑暗之光，它或许体现为儒家的经学中心与伦义负载，或许融为道家的生存艺境与自然忘我。总而言之，是这一隐层逻辑与深层语法令东方古典艺术“虽延年命，亦悲荒凉”。当石先生在全书终卷引证鲁迅的名言之时，我们痛切地感受到一种不可抗拒的学术良知与咄咄逼人的理论激情。延续古典叙事艺术而不任其“荒凉”，这无疑是塑立性格、挑战命运的姿态。行文至此，我不禁想起西方叙述艺术大师昆德拉的一种说法：“小说存在的唯一理由”是“我们需要一种伟大的力量”。我们也不妨说，研究古典小说的唯一理由，也正是我们太需要这种“伟大的力量”了。

补记：

钟扬先生大著再版，由衷喜悦。带着生命体验的文字，掠过多长多厚的时光废墟，都不会弥散其血性真情。山一程，水一程，风一程，雪一程，疏远了多少朋友，遗忘了多少故事。唯深于情者，才不畏满天涯烟雨断人肠，留得一片孤城万仞山。

“情之所钟，正在我辈。”血性真情，是为“童心”，是为“性灵”，且为“良知”，更让人渴望不拘一格，独志其心。钟扬先生为学属文，童心不改，性灵弥漫，良知自在，此乃吾辈犹为珍惜者。

帝都冬日，午后悠长，漫不经心品读德国哲人狄尔泰的《体验与诗》。钟扬先生发来当年我阅读其《性格的命运》后的感想文字。文思皆拙，复读之犹如看恐怖片，心里羞得慌。遥想当年，羁旅宜城，蜗居斗室，俯仰不似，活像困兽。读得先生大著，夜声萧萧之中拉着先生在操场椭圆形跑道上不知转悠了多少圈。

在非常低迷的时候，能遭遇石钟扬先生等一行纯粹甚至有几分天真的学者，能不感激命运、反思性格？

先生深耕古典，文献学养丰赡，可是《性格的命运》却不拘古文家法，而直奔“诗艺”“美学”而去。“诗艺就这样，向我们启示对生活的理解”（狄尔泰语）。理解生活，仍然必须解谜。而要解谜，好奇心便不可少。“恨他庄叟梦匆匆，翻疑色是空。”学问必须继续存在的唯一理由，就是吾人永远必须解谜。

胡继华

庚子新冠之年冬月，于中海枫涟山庄寓所

附录二　古典小说人物性格之文学逻辑与文化逻辑

——《性格的命运》阐释

梅向东

中国古代小说在浩浩荡荡的中国文化长河中绵延不息已千百年，以其巨大的艺术容量和历史社会涵融令泱泱华夏文学熠熠生辉。中国古典小说研究几乎与小说文本同生共长，迄今也是汗牛充栋，然而，将古典小说作为一个完整系统世界，既能步入而望闻问切、精细缀连通贯考察其人物性格之文学逻辑，又可步出而“站在高耸的塔上眺望”民族性格命运者，竟不多见，石钟扬先生的《性格的命运——中国古典小说审美论》是此力作。

多年来，凭着对小说广博的阅读经验，尤其凭借对中国古典小说的精深感知，钟扬先生不仅对古典小说文本及其研究史料了然心炉，更是多了份历史的眼光。正由于此，《性格的命运》不是去作僵死的史料演绎，而以一种历史理性精神独步于人物性格之艺术衍化及其文化寓意，从而形成独特的审视角度，仅此，足是古典文学研究领域方法论的创新，因为长期以来这一领域两极之风甚浓：要么沉溺于考古式的古籍整理与文本考证而忽视文本自身的文化价值与艺术价值发掘，要么又严重脱离小说史料空发宏论。妥善处理六经注我与我注六经的关系实乃当务之急。《性格的命运》无疑吹起一股清风，它引经据典却不拘于旧窠胶柱鼓瑟，更是扣紧古典小说人物性格的逻辑发展，每每言前人所未言，加之娓娓从容、妙趣横生且不乏力透纸背的“禅机”语锋，颇见“宏文无范，恣意往也”（扬雄《太玄》卷四）之风度。从赵晔《吴越春秋·阖闾内传》的干将莫邪到曹雪芹《红楼梦》的贾宝玉，中国古典小说人物性格之艺术衍化是否有某种必然性脉络？如有，其价值向度如何？提出此问题需要学术勇气，解答更需学术功底。《性格的命运》开篇论及干将莫邪性格。干宝《搜神记》虽是对赵晔的文本复制，但艺术上更为成熟显而易见，这充分体现在干将莫邪的性格形态上。《搜神记》标志了中国古代小说的初创成就，它从小说视角对先秦时期诸侯纷争的历史现实下的生存困境以及由此所铸就的人物性格心理进行了某种写照，这凝结于干将莫邪的复仇情结。复仇情结构成一个丰厚的原型象征，在人物的复仇情结里，蕴含的是民族早期历史创世之可能性，亦意味了人自身性格心理发展之可能性，如《性格的命运》所识，那些可能性之本质存在乃是作为历史性存在与作为个体性存在的英雄主义。不过，干将莫邪的复仇情结尚不是那种存在，它带有浓重的尚古痕迹，《搜神记》毕竟由于艺术容量所限缺乏对历史文化情境的丰富体验。

叙事文学的真正成熟，必是小说对历史文化进行艺术认知的真正成熟，当历史以叙事的形式演示的时候，其意义才真正被艺术地给出。揭示历史情境及其意义，是罗贯中的《三国演义》首次完成的。《三国演义》是一幅恢宏的历史画卷，但它不是历史而是小说，它以小说符号形式演绎出中国古代历史生活，而罗贯中的成熟之举在于把历史冲突演示为人物性格冲突。历史冲突即是一些人的性格冲突，这即是历史，不能不说罗贯中对历史的理解颇为深刻；而人物性格冲突即是小说，不能不说罗贯中对小说艺术的理解颇为成熟。魏、蜀、吴的政治冲突乃是以曹操、刘备、孙权为代表的各个人物的性格冲突，抑或说各个人物性格是以历史的面目出现的，这种性格冲突远远超越了干将莫邪的复仇情结而跃入了历史性层面，它成为社会价值冲突、政治理想冲突、集群利益冲突，它构成《三国演义》中人物性格之历史性内蕴。人的个体性意义涵融于巨大无边的历史性之中，这即是古代世界人的英雄主义，这一崇高而富悲剧性的光环始终笼罩着《三国演义》文本世界。

《性格的命运》以为，古代英雄主义的历史形态在《三国演义》中主要体现为关羽义士性格形态与曹操奸雄性格形态，它之所以将二者提到突出位置细细拿捏，乃是因为关羽、曹操性格含有丰厚的历史内蕴及其普遍意义。相较于刘备和张飞，关羽性格具有更大的复合厚度：比之刘备的仁厚，关羽多了份侠义；比之张飞的勇猛又多了份理智。不过，《性格的命运》远不仅在此层面上把握关羽性格，而是将其性格及其复合厚度放到历史性层面透视，扣紧曹操放关羽与关羽放曹操这一互为相关处作独到解读。从曹操说，华容道上大难不死是天不灭曹之偶然；从关羽说，华容道上释放曹操似是其性格必然，然而罗贯中在此问题上所留存的深层底蕴为《性格的命运》犀利触及："非曹操不能被关羽'义释'""非关羽不能'义释'曹操"。问题展开为两个方面：关羽放曹不仅是关羽必然要放，且是曹操必然该放。赤壁之战，关羽经受了巨大的心理煎熬，罗贯中为他设置的两难困境是那么精妙绝伦而意味深长，这是对关羽的人格检验，更是对读者的文化检验。如若放曹，即是对刘不义，于心不忍；如若捉曹，又是对曹不义，亦有所不忍，依了舍小求大的常理，则必是捉曹无疑，因为于刘义更重而于曹义轻，如此常情常理，关羽何以不明？难怪后人在罗贯中的叙事圈套中会对关羽做出草率判断，即使鲁迅亦未幸免。然而，却正是在关羽反常的行为选择中，其情感与理智的心理冲突顿然深化而拓展为伦理性的存在与作为历史性的存在之间的冲突，抑或说，恰是这一抉择完成了关羽由伦理性存在向历史性存在的跃进，此乃关羽性格中真正的大义，因为在纯粹伦理性层面，义者必是刘重曹轻，在此层面所求之大义必是捉曹；但在历史性层面上，刘、曹冲突则非个人之间伦理冲突，那么，在这一层面，义者孰重孰轻，关羽以其行为选择做出了回答，放曹瞬间，关羽性格作为历史性的存在顿然矗立，放曹之举乃是真正的大义灭亲，其一念之间乃是对天不灭曹之历史必然性的直觉感悟，有此举，关羽乃真豪杰，因为真的英雄不仅是作为个人更是以历史性的名义而存在的。如果说《三国演义》赋予了关羽义士性格以历史性内涵，那么，当英雄主义体现为另一性格形态时，那一内涵更见完整而深厚，这便是曹操之奸雄性格。

曹操性格之二重组合是典范的艺术存在，亦是典范的历史性存在。其大智大勇、文韬武略、知人善任、慷慨热忱、豪气一身与其欺世盗名、恶贯满盈、权欲熏心、草菅人命两相错杂，让读者头一次经历了极其复杂的心理感受。其实，关羽所亲历的巨大心理冲突在曹操身上则完整而全面地演示成了性格之两面：作为伦理性的存在，曹操永久担承着恶的罪责与唾骂；然而作为历史性的存在，曹操性格却闪耀着必然性之光辉。正是伦理与历史之二律背反使得读者对曹操陷入“恨曹操，骂曹操，不见曹操想曹操”的认知困境。当对其实行伦理判断时，曹操乃大恶大奸；但当这种判断放入历史之维则不是有效的，因为曹操身上体现了古代历史的某种必然性，其统一天下的鸿鹄之志及其实践超越了伦理之维，历史性实践非伦理性实践，此乃曹操有“宁教我负天下人，休教天下人负我”的逻辑缘由。曹操是把一切人事纳入历史实践范畴而非狭隘的伦理范畴，在前者即是大仁不仁、大情不情，在后者则是大奸大恶。曹操奸雄性格倾注了罗贯中对历史与伦理二律背反的深度认知，如同关羽义士性格是古代英雄主义之历史形态一样，曹操同样是这一形态。

《三国演义》是唯一一部对中国古代历史运动进行真实写照的伟大作品，其文本世界中残酷而又真实的恢宏历史情境让我们看到了人的历史性及其普遍性这一民族文化中的真实内蕴，却往往是在儒家或道家思想中难以觅见的，儒家的修齐治平逻辑往往掩盖了人的伦理性与历史性矛盾冲突之残酷真实；道家更是取消了人的具体历史确定性。《三国演义》是一曲英雄主义的挽歌，其英雄人格所蕴积和张扬出的历史的本质力量让千古读者相信，人只有作为历史性的存在时，人的崇高才是真正的崇高。

如《三国演义》魏、蜀、吴三足鼎立的宏大历史情境，到《水浒传》中已不见踪迹，那里是汪洋一片的梁山水域。《水浒》中的荒岭野迹、草深林丛莫不隐隐昭示着历史创世英雄之坠落。少了历史性的崇高情境，英雄业已蜕去一层崇高光环。不过，英雄多了一份人的现实生存境遇，《性格的命运》把《水浒传》作为极度凸现人的这一现实境遇的伟大作品。要活着是那么艰难，贫富不均、人心奸诈、官府腐败、世风衰颓，一百零八位勇士虽竞显风流，但命运却是相似的：他们都历经人世间的巨大磨难。施耐庵讲述了世间的苦难如何把一群人重塑为一群英雄，又如何把一群英雄一一湮灭，他让读者看到，那是一块英雄辈出的现实土壤，但却亦是一块民不聊生的土壤，倘若以后者为代价，谁愿意去当英雄？《水浒传》对人的现实生存困境及其普遍性的深沉体验是古代小说前所未有的，而对此种体验的叙事策略亦是富有创意的：一方面，是普遍性的现实生存困境孕育了人由人成为英雄之可能性，即如百川般的一百零八位勇士汇向梁山；而另一方面，汇向梁山同时即是英雄存在之不可能性，一百零八位勇士面临的是顺不行反亦不行的绝路深渊。英雄成长之路即是英雄毁灭之途，如此的生存悖谬及其宿命性和不可超越性，许是《性格的命运》所深味到的蕴藏于《水浒传》文本背后凉透胸臆的哲理意味。施耐庵越是穷尽英雄人格的百态千姿，其集群性的湮灭越是撼人心魄，世间苦难如此不堪，英雄固此，何况人哉！如果说《三国演义》中的英雄显出历史实践之崇高，《水浒传》中的勇士则突出苦难现实中的不尽悲凉，落草成寇，如此草莽英雄谁愿去做却不得不做，这样的英雄如何去做又如何做得成？一百零八位勇士性格的命运即是如此。

历史情境和现实境遇中的英雄都坠落了，可是古代世界的人们远未就此中止关于英雄的梦想，非但如此，源远流长的责任感与使命感使得中国古代艺术家对英雄人物的呼唤变得更为壮观而凄厉，不过，它改变了小说艺术形式，而且这种改变近乎一百八十度。吴承恩把那种呼唤展开为超乎寻常的浪漫想象，这便是《西游记》。它是一部中国中世纪的辉煌神话，其摇曳多姿的世界数百年来一直让中国读者激情飞扬，在如痴如醉的同时又觉那样的陌生而熟悉。愤懑当中光怪陆离的想象和汹涌澎湃的宣泄是吴承恩对辛酸世间的精神超越。神话中的英雄不在人间，又在人间，他存活于人心之中，因而他更为空灵而洒脱，由此吴承恩也给对《西游记》的解读留下了无穷的可能性。《西游记》是一则寓言，它隐隐象征着人类向自由王国的迈进之途是那样遥远而艰辛，除了必然要付出巨大代价外，尚需英雄出世。这英雄乃是人格神，他是天然的，是学不会的，无此英雄则是不成的。他是守护神，他有超凡的威力，让芸芸众生黯然失色。而此英雄也是必然要出现的，他应运而生。这便是孙悟空——一位不朽的神话英雄。这个类人猿身上似乎蕴积了绵绵不绝的生命能量，他是那样绝对，既然石破天惊而生，就将永远不死，正是这种绝对，使得他足以同巨大的天庭和如来抗衡；此绝对不是别的，正是吴承恩所高扬的英雄本色，即绝对强健的生命意志，正是靠此，孙悟空得以完成其英雄使命：先是大闹天宫，继之助唐僧西天取经。大闹天宫是演示孙悟空个人英雄主义的华彩乐章，其踢天打地的无穷能量、桀骜不驯的顽强品格、笑傲长天的喜剧性精神永远让中国读者神魂激荡。如果说孙悟空大闹天宫的个人英雄主义带有浓重的非理性色彩的话，助西天取经则赋予了理性成分，这在他经历了一个由不自觉到自觉的过程，由带上金箍到脱去此箍即是孙悟空完成这一生命历程之标志，尽管这一历程由于天上人间无处不在的弊端从而透出丝丝凉意，但这却是吴承恩清醒的理性精神体现：任何英雄，作为个体性存在是难以避免陷入非理性盲区的，只有把个体能量纳入某种历史理性，他才具有历史之创世功能。

《三国演义》《水浒传》《西游记》三部小说在《性格的命运》所把握的文学逻辑上，完成了中国古典文学英雄性格塑造的历程：从《三国演义》中英雄性格的历史性到《水浒传》中英雄性格的现实性再到《西游记》中英雄性格的虚幻性。尽管三部作品在古代文学史上几乎可以认为是共时性地产生的，它们都生成于明清时期，但小说文本产生之共时，却并不意味着其叙事对象之共时，这便是《性格的命运》所表达的文学逻辑与历史逻辑的不同：文学史的运动是历史的具体的运动，此乃文学逻辑与历史逻辑之同步，然而，文学史的运动有其自身的特殊规律，明清时期是小说艺术的鼎盛时期，而正是叙事文学形式的成熟为共时生成的小说文本在叙事对象上与历史逻辑之非同步提供了可能。共时生成的三部作品清晰地映现出中国历史由远古走向近古之历时进程，此即《性格的命运》深味到的中国古代小说的文学逻辑与文化逻辑，这具体体现在人物性格形态于共时文本世界中的历时变迁，它实际上即是民族自身文化性格之历时变迁：漫漫中国古代是人类漫漫封建历史文化的典范，它溢满崇高、庄严而神圣的色泽，那是皇皇一部英雄史诗，从英雄的历史创世到英雄的现实奋争到英雄的浪漫神话，历史沐浴在英雄主义的光辉中，英雄守护着一切芸芸众生，一切芸芸众生也活在英雄的阴影之下。

不过，三部小说英雄性格的变迁之途业已昭示了英雄没落之路，他由《三国演义》的历史情境跌落到《水浒传》中的现实境遇，《西游记》把湮灭于现实境遇中的英雄复活在一个虚幻世界里，然而那毕竟是一个浪漫想象，想象中的英雄越发骇世脱俗，其实正是现实中的人越发脆弱与卑微，在关于英雄的最后的汪洋恣肆想象中，人们仿佛隐隐看到，古代历史正在耗尽其最后的神圣能量，《西游记》这部浪漫神话预示着一个没有英雄的近古历史的开始。

没有英雄，人将如何？惴惴不安，无所适从？安身立命，逍遥自由？邪恶堕落，为所欲为？这会有无边的可能性。然而，首先必是被古代历史神圣光环遮盖了的而对于人来说又是最原始和最真实的东西袒露出来，它几乎是从潘多拉的盒子里奔涌而出，它洋溢着诡秘的狞笑，四处播撒着生命享乐和欲望满足。那种体验是近古以前从未有过的。在神圣的古代，人的原始生命本能是社会性力量，故而人可以超越而升华成圣，而此时人的社会器官蜕化为生物官能，它似是要以一种显而易见的生物性事实去证明古代英雄主义之非生命性、抽象性和虚幻性。然而，这在一方面表明英雄死去后人的历史将会出现某种新的可能的同时，亦表明了那种新的可能首先必是以一种沉重的代价出现的，这便是《金瓶梅》。《金瓶梅》的世界是人的生物本能放任冲撞的世界，那种本能被兰陵笑笑生展示为肉之卑微与丑陋形态，它在两性生命的非自然平衡中自虐、他虐、滥交兽舞，西门庆以与英雄绝然背反的另一极性格形态突兀而立，这即是《性格的命运》所命名的流氓性格：他是一个欲望集合，表明人之原欲到底能膨胀到怎样的程度；他是人在古代英雄泯灭后如释重负的快意堕落，表明在纯粹生物性事实上人与神圣的道德责任与历史使命是那样格格不入，他以无边的欲望扩张和卑微快乐“丰碑”式地耸立，嘲笑着《三国演义》《水浒传》《西游记》中的英雄们：你们崇高，你们伟岸，可是你们的生命血肉于你们何益？它是一次性的，可是你们不知它有何快乐。

《金瓶梅》同样是一个寓言，它昭示着堂而皇之的中国封建历史在走向其终结的时候人的精神家园的分崩离析，英雄圣殿的彻底坍塌。西门庆之流氓性格其实是民族心理，亦是人类心理中由来已久地存在的却又从来不敢自我正视的东西，它长期地历史地压抑至深，只有当英雄圣殿倾倒的时候，它才汹涌而出，以人的最后一点可怜的生物性事实证实人的动物性存在，难怪弗洛伊德乃至其他许多哲人在面对人类历史宿命时是那样无奈：历史把人的生物性转化为社会能量，而这种转化即是压抑与升华，一旦历史不给人以希望，被压抑的东西便以扭曲了的形态一泻如注，这即是历史与文化之病。西门庆这一性格的符号性意义便在这里，其病入膏肓的临床症候是，其欲望扩张和快乐满足不是以生命创造与生成的方式而是以生命耗散与死亡的方式进行的，他以个体生命之渺小与卑微表明生命超越的不可能性。西门庆是人的丑恶深渊，亦是人的悲惨深渊，《金瓶梅》是一个无底黑洞，它足以吞噬和毁灭人的一切。

《金瓶梅》是中国历史由古代走向近代所必然要付出的惨重代价。而新的历史进程必将是重新开启人的意义的进程。对此，站在封建历史末世的曹雪芹做出了文学表述。有如《性格的命运》所见，《红楼梦》与《金瓶梅》的根本不同在于，后者以毁灭的方式表达了新生之不可能性，而前者则是以毁灭的方式表达了新生之可能性，抑或说《红楼梦》是以某种新的可能性的实际上的不可能实现去宣判封建历史。那种新生即是对人文意义和精神家园的重建，曹雪芹的深邃目光遍寻历史之域，最终他辛酸地驻足于边缘寄生地带——闺阁，从而开始了漫长的闺阁叙事。曹雪芹把闺阁扩展为一个相对独立自足的生活世界并拉大与闺外历史世界之间的生存间隔，其目的即在于“使闺阁昭传”（《红楼梦》第一回）。所有的古代英雄坠落之后，人还有何新的可能？《金瓶梅》以人的彻底堕落表达对历史世界的绝望，从某种意义上说，《红楼梦》承继了这一逻辑。历史世界的礼教秩序不过是惨无人道的铁的机制；历史世界的意识形态不过是“以理杀人”（戴震）的借口；历史世界的修齐治平不过是虚伪道统，那里的功名利禄必以人性异化去换取，贾宝玉充分体验到了历史世界之全部荒诞，他孤独地从中逃遁而出，躲进一片阴凉——闺阁内帏。然而，贾宝玉的逃躲不是如西门庆在糜烂脂粉中堕落，而是从历史恶梦中醒来后开始其生命存在及其意义的追索，此乃《性格的命运》深刻把握到的二者性格之本质区别。对于历史世界来说，贾宝玉是那样愚笨无用、古今不肖，怪诞乖张而无材补天，因为在那个世界，实际上不存在个体生命之维的人，有的只是人的集合、人的概括性与普遍性，即如历史实践、救世行道、降妖伏魔的英雄们。人作为每一个个体生命存在，譬如其一次性和不可重复性、其独一无二不可再的生存经验与感受、感性欲望与生命意志之个体性体验等，一切都被宏大的历史性和社会普遍性淹没而忽略不计了。贾宝玉是历史悲凉之雾中的真正清醒者，作为个体生命真实地存在着，这便是贾宝玉生命之全部意义。他向我们表明了，所谓人的新的可能性不是别的，即是：人是人而非圣，人是人而非物。此乃《红楼梦》所蕴含的中国历史之近代主题，它是那样浅显而深刻、简单而复杂，对于它的实现，曹雪芹是那样期望而绝望，我们永远不知他是怎样的态度，是历史地具体地实现，还是抽象地精神地实现？若是前者，曹雪芹对历史世界又如此绝望；若是后者，《红楼梦》又为我们演示得那样具体可感。卸去一切神圣使命与道德责任负荷后，贾宝玉在闺阁世界自然地舒展出其生命形态：他超越了一切善恶对峙。因为历史世界是善恶对峙的世界，其中一切英雄与小丑皆是就此而言的，而人与人、人与物在本然意义上该是现实地和谐相处的。他超越了男女性别对峙，而历史世界一切物质与精神文化无不是两性非等值文化，人的存在在本然意义上则应该是两性的存在而非占有。他超越了生与死的对峙。历史世界中对死亡的超越方式往往是对生命一次性之遗忘，贾宝玉将死看作对生的肯定，由此，生之一次性尤为重要，对此一次性生命之充盈，即是生之意义，亦即是死之意义。贾宝玉是游戏人。这不是如西门庆那样以生命为手段的形而下耗散，而是以生命自身为目的的美学舒展。这一性格形态与历史世界的英雄和流氓性格都有着本质区别，他不具备历史与道德之崇高功能，亦无卑劣肆虐之丑恶本质，他是曹雪芹所期望的人自身的完整生命形态，即如席勒所言："只有当人是完全意义上的人，他才游戏；只有当人游戏时，他才是完全的人。"（《审美教育书简》第 80 页，北京大学出版社 1985 年版）

《红楼梦》以贾宝玉这一性格形态表达了人的某种新的可能性，与此同时，又以这种可能性的实际上的不可能实现极度地表明了民族历史文化在走向近代时呈现出空前虚脱与疲软。古代历史的确走到了"昏惨惨似灯将尽"的尽头，古代世界英雄的脚步幽幽远去，面对这一切，曹雪芹陷入无边的辛酸苦痛，他永远躲在其皇皇文本背后哭泣：历史宿命如此，哪堪个人！设若历史与文化生病了，那么，所有的英雄如同流氓一样都是病态的。

匆匆读过《性格的命运》，感慨万千，古代小说人物性格由幼稚而成熟的文学逻辑，却并不代表历史走向上的民族性格如此，千千万万的中国读者在为那些人物精湛的艺术构成拍案叫绝的同时，面对其背后的文化逻辑，想必却黯然神伤，因为那的确是一条由崇高而无用、由阳刚而阴柔之路，文化内涵的蜕变过程起码可以说呈现出中国古代民族性格的命运。而这，正是《性格的命运》所要给出的深度意蕴，此文亦是就这一紧要处作粗略诠释，权当感慨系之。

附录三　另一种人生的感悟

——读石钟扬著《性格的命运》

许自然

如果说文学本身就是一个奇特的性格，那么在中国它的命运就注定是苦难的。在“文化大革命”中，它曾长期因“政治”被偏废，近些年，与“理科”相比它备受冷落，当今学界以为只要学好理科就能救国救民，文科不过是那些文人雅士的无聊游戏。

最近，诺贝尔物理学奖获得者李政道博士披露了一则信息：聪明的美国人做出决定：即使是理工科大学，也把从古希腊起直至现代的整个人文经典作为学生的必修课。

而具备“现代文明”的中国人竟把中国古典小说（明清小说是其顶峰）之类的人文经典当作陈腐旧物而陈之一隅，或偶有识宝者也只是将它束之高阁，使它成了冷宫中的美女。但也有几个有心有识之士，在那里始终默默无闻地精研细琢，发掘出那些人文经典是怎样影响了一代又一代中国人的精神，包括正面的和负面的影响。

外行看热闹，内行看门道，作者以一个古典小说内行者的资格，引导我们这些看热闹的人去看一看门道。既然我们还没有坐过宇宙飞船去遨游太空，那么何不学着坐一坐悟空惯坐的云头，去看一看连爱因斯坦或许也没有看清的宇宙奥秘，这于我们的身心不是也大有裨益嘛！

让我也来演一回文人雅士吧：开谈先言红楼，既然红楼是座各取所需的宝库，作者首先发现了“一个该死（伟大）的省略号！”我也大声捧喝：“一个神妙的‘好……’！”

记得我第一次读红楼到此处时，几乎把省略号看漏了，就念成了“宝玉你好！”，因为在贾府除仆人之外，就只有宝玉对黛玉最好，但紧接着就发现还有个省略号。于是，“好”字又成了程度副词，补上省略的内容就成了“你好狠毒，竟然弃我而去同别的女人结婚，可我这该死的心还是好想你啊！”但进而又发现这类补法都是画蛇添足。因为这一“好……”真乃神来之笔，既平淡之极，又神秘之至。故事说到这里，也就只“好……”这样了，红楼的作者终于造出了一个千古不刊之语。一个伟大的爱情悲剧在这个“好……”中静静落下了帷幕，一个人性的世界毁灭了，消失了，一个物性的世界在它的废墟上立了起来。

红楼中当然还有那块“宝玉”——娘爱的宝贝。正是这个母爱的暂时“凯旋”，酿成了母爱的最终失败：“没有热血与阳刚、没有利剑为雷电！”。曹雪芹塑造了这个“宝玉性格”，敲响了中华民族性格的丧钟，同时也敲响了中华民族性格的警钟！

《金瓶梅》论是论剧的高潮。

这何止是一篇文艺评论，这是一篇深刻的政论、精彩的商论、明晰的史论，更是一篇讨伐腐败的激越檄文！当然也要感谢文艺经典《金瓶梅》为之提供了坚实的论据。

当年俄国年轻的天才杜勃罗留波夫在旧俄腐朽文坛的时候，尚能发现“黑暗王国中的一线光明”，而我们的“金学家”却在《金瓶梅》中（以及在它所处的那个时代中）几乎“看不见一线光明，一丝希望，一点理想。”那是一个污浊的时代，一个腐烂的社会，一个黑暗的王国！历史如果不停止前进，就一定会把它“送进坟墓”！

谈《三国》必谈曹操，天不灭，曹操不灭！

雨果在《九三年》中也叙述描写了一个捉放曹式的感人故事，但那里是思想理性的升华，而这里是报恩感情的结果（关云长“义释曹操”）。

罗贯中为什么要造出这样一个与天同在的曹操呢？

谁能洞穿罗大师那深奥的心灵呢？

奸雄曹操，“奸”者计谋也，“雄”者勇敢也。酣畅淋漓的颂曹劲歌，真迫人欲伴之以狂舞，就像当年的曹操舞槊漫歌于大江之上！

《水浒》是一本奇中之奇的书，因为它能做到上自皇帝下至平民贵贱共赏，更令雅俗共议，评说纷纷，“挽歌”一说，给人耳目一新之感。

在古代，历史给“农民革命”的归宿总是失败。革命失败了，农民失败了；革命胜利了，农民还是失败了，因为农民自己从来就没有“革去”过“别人的命名”：或听命于“革命者”的命令，或听命于“非革命者”的命令。《水浒》式的悲壮挽歌还得唱下去。纵然是金圣叹怀着对农民革命的深切同情和赞美，但他毕竟是一介书生，而不是“敢于正视淋漓的鲜血”，直面惨淡的人生的“真的猛士”，于挽歌声中，当再也承受不住这惨重的压力时，金圣叹先生不得不以笔代刀，闭上双眼，一刀下去，残忍地腰斩了《水浒》。也算为苦难的农民亮起了一道风景。

文艺评论家有时很像法官。法官的职责就是对整个案情作全面探查、审理，最终做出判决，各国的立法、司法原则也有不同。英国实施“案例法”，即先法定出一批已完成的各类情况的典型案例，新案即可根据那些法定案例去判处。美国以条文法为主，即触犯了条文就犯了法，你的言行如果在所有条文规定之外，就不犯法即合法了。

如果把作者这位文艺评论家也比作一个法官，他似乎更像一名英国法官，他在书中搜集的“典型案例”确实蔚为大观，并对那些案例作了不少新的审视（这一点他比英国法官更负责任），然后再以之判处文艺作品。站在学问家的角度这或许是对的。但我却不喜欢法官式的文艺评论，假如硬要选择一种文艺评论立法，我宁愿选择那种条文规定以外的东西。其实，我更喜欢那些欣赏式的文艺评论，因为文艺评论本身应该是一种再创造。如果从评论中得不到一点儿再创造的东西，那我何不直接去读文艺作品呢？幸喜作者在全书中也给我们创造了不少值得欣赏的欣赏式文艺评论。

如果说《世说新语》的体式为中国人所独创，那也早已被外国人所“盗窃”。最近我读了几本在全世界盛行的当代大学问家的理论著述，有些甚至是心理学、哲学方面的“鸿篇巨制”，但它们不但没有吓跑反而吸引了许多一般读者。据我看来，“魔法”无非有两条：一、分成许多独立的小块，每一小块都“高度自治”。这对处于竞争中的现代忙人及那些没有耐心的闲人都适合。因为随便拿其中一小块来读，都能获得一个完整的印象，如果有一天你终于把整体都读完了，那你就获得了一个完整的理论体系。真正达到了“放得下，提得起”。二、举重若轻，娓娓道来，正如舒芜君所言“有滋有味”。当然只有大手笔、大丈夫才能“举重若轻”，才能“提得起、放得下”。

而以往的理论体系则像一座坚固的城池（欧美更是如此），只有一道城门可以进去。《说唐》之中的雄阔海就是死在这座城门之下的：为了放出城内那一大群弟兄们，他不得不扛住这沉重的闸门，虽然他力大无穷，但终因长时间的疲劳、饥饿得不到片刻的喘息，还是被压成了肉饼。为了不使这悲剧重演，亲爱的作家们，还是像本书一样给读者多一点快活的出路吧！

本书的“回目艺术”也用得很诱人，你只要花上几分钟时间，读一遍那精彩纷呈、画龙点睛式的“回目”，你就已经收获不小了——我们读者又找到了一点“快活的出路”。

从“序言”看来，舒芜对中国二十世纪的“造山运动”是肯定的，且至今心中仍满怀着对那座“珠峰”的崇拜。因为他自己毕竟是从那座山上长出来的一株比较高大的植物。其实我们这些芸芸众生不都是长在一座座山上的树木花草吗？但正因为有我们在“装点此关山”才使得“今朝更好看”。

“跋”好像可作“罢”。压轴篇《鲁迅论〈中国小说史略〉》（二十七）有三个小标题，“此稿虽专史，亦粗略也”，“久置案头，时有更定”，“虽延年命，亦悲荒凉”。有此三句压轴，足显其终剧的精彩。自跋仅作了一个重复式的解释，反使人觉得乏大家之气，有琐屑之嫌。涅克拉索夫当年在纪念杜勃罗留波夫时曾写下了这样的诗句：

多少年过去了
热情已经衰疲
而你却高翔在我们头上

在当今这个物欲横流的世道上，在这片斯文扫地俗气冲天文化荒凉的土地上，我们总算看见了几行不畏寂寞艰辛跋涉的足迹，让我们循着这路标式的足迹，跨越文化的荒漠，去领略一番中华人文的王道乐土，或许你将在这块别开生面的神圣领地上另有一种人生的感悟！

跋　蝶梦依稀逐逝川

廿世纪末旅京访胜，朋友有诗《比目鱼》纪之，我也凑了首《蝶梦》与之呼应。前几天我向他索《比目鱼》以助记忆，他怅然作答：流失在逝川。

子在川上曰："逝者如斯夫"。该感谢逝川还是诅咒逝川呢？它淘洗了诸多旧痕，留下的或更珍贵。此刻我尤想在逝川中捞回若干蝶梦，当然是关于《性格的命运》的。是自恋情结作祟还是老无长进所致？我也搞不清，反正不算"朝花夕拾"。

廿世纪八十年代确为激情燃烧的岁月，《性格的命运》就是那个时代的产物；书中探讨的虽是古典小说的审美奥秘，其间也澎湃着我的激情。当年在那仅可容膝的蜗居里，我夜以继日地书写着，虽苦犹乐。

书拖到九十年代末才得出版。自跋中"我虽早过不惑之年"云云改了三遍，初曰"已届不惑"，再曰"已过不惑"，到1995年夏出版在望就写成"早过"，没想到又过三年多才真的见书。可见其出版何等艰难。即使如此，我仍感激那个时代。中学、大学时代痛受"白专"论所扰难以安心读书，尽管我酷爱读书。廿世纪八十年代终于能心安理得地读书、教书、写书，乐何如之。

《性格的命运》被舒芜先生谬赞为"有趣有益的好书"，我不敢应承，只求与朋友作"心灵的沟通"。与获得什么奖项相比，我更在乎同学们在课堂上专注之余的笑声（安师中文系93级王立群、99级许金萍等皆有文记之，南财财管李娜在选修课后竟一口气写了五篇有"片面的深刻"的短文）、诸位同道不吝赐教的评说（朋友们在报刊上发表书评有八九篇），学术会上某些初次谋面的朋友竟视之为我的名片："哦，我读博时看过您的书……" 也因此结识了不少新朋友。

"遵四时以叹逝，瞻万物而思纷"。转眼三十多年过去，感谢仍有朋友惦记着这本小书，新版也应运而生。当年与我一样出走"围城"的胡继华博士，闻之欣然在其佳评后添了一段诗性文字，让我在庚子之冬凭增抗寒的温度。《性格的命运》首版责编张丹飞说："这是我博士毕业入职编的第一本书，有品位，我至今记忆犹新。" 并设法找出了它的电子版，为新版提供了极大的便利。《文人陈独秀》责编刘景巍说："《性格的命运》文字太美，我当初就是为之打动了才向你约稿的。"（我也成了陕西社的老作者，在那里出了几本书。）

宁宗一先生年届九十，仍不辞劳苦为《性格的命运》新版赐以佳序，为拙著添彩，对不才鼓励有加。令我无比感激且惴惴不安，愿步履蹒跚地向先生期待的境界靠拢。

《性格的命运》新版增加了插图，以光篇幅。原版内容未动，只改了若干错别字。附录了三篇书评，在读者可作参照系，在我当然是珍贵的历史留念。

感谢为此书精美面世付出辛劳的总编辑孙涵和责编张永俊、李伟楠。

钟扬庚子之冬于金陵宝华山房

2021 年 10 月 5 日到 12 日

校之于淝上—宜城旅次

图书在版编目（CIP）数据

性格的命运：中国古典小说审美论 / 石钟扬 著 . — 北京：东方出版社，2021.12
ISBN 978-7-5207-2332-9

Ⅰ. ①性…　Ⅱ. ①石…　Ⅲ. ①古典小说—小说研究—中国　Ⅳ. ① I207.4

中国版本图书馆 CIP 数据核字（2021）第 152904 号

性格的命运：中国古典小说审美论
（XINGGE DE MINGYUN: ZHONGGUO GUDIAN XIAOSHUO SHENMEILUN）

作　　者：石钟扬
策　　划：张永俊
责任编辑：李伟楠
责任审校：赵鹏丽　金学勇
出　　版：东方出版社
发　　行：人民东方出版传媒有限公司
地　　址：北京市西城区北三环中路 6 号
邮　　编：100120
印　　刷：北京联兴盛业印刷股份有限公司
版　　次：2021 年 12 月第 1 版
印　　次：2021 年 12 月第 1 次印刷
开　　本：710 毫米 ×960 毫米　1/16
印　　张：25.5
字　　数：342 千字
书　　号：ISBN 978-7-5207-2332-9
定　　价：88.00 元
发行电话：（010）85924663　85924644　85924641